KB136690

정지용 시와 주체의식

김영미

1965년 서울 출생
대전대학교 대학원 문학박사
시인, 수필가
대전대학교 외래교수

주요 논문 및 저서
「정지용 시에 나타난 죽음 초월 양상 연구」
「정지용 시에서의 주체 형성 과정 연구」
「김수영 시에 나타난 사랑 구현 양상 연구」
『옥천, 물빛 그리움』(수필집)
『옥천의 마을시』(공저)

정지용 시와 주체의식

초판 1쇄 발행 | 2015년 5월 8일
초판 2쇄 발행 | 2016년 9월 30일

지은이 | 김영미
펴낸이 | 지현구
펴낸곳 | 태학사
등　록 | 제406-2006-00008호
주　소 | 경기도 파주시 광인사길 223
전　화 | 마케팅부 (031)955-7580~82　편집부 (031)955-7585~89
전　송 | (031)955-0910
전자우편 | thaehak4@chol.com
홈페이지 | www.thaehaksa.com

값은 뒤표지에 있습니다.

ISBN 978-89-5966-693-5　93810

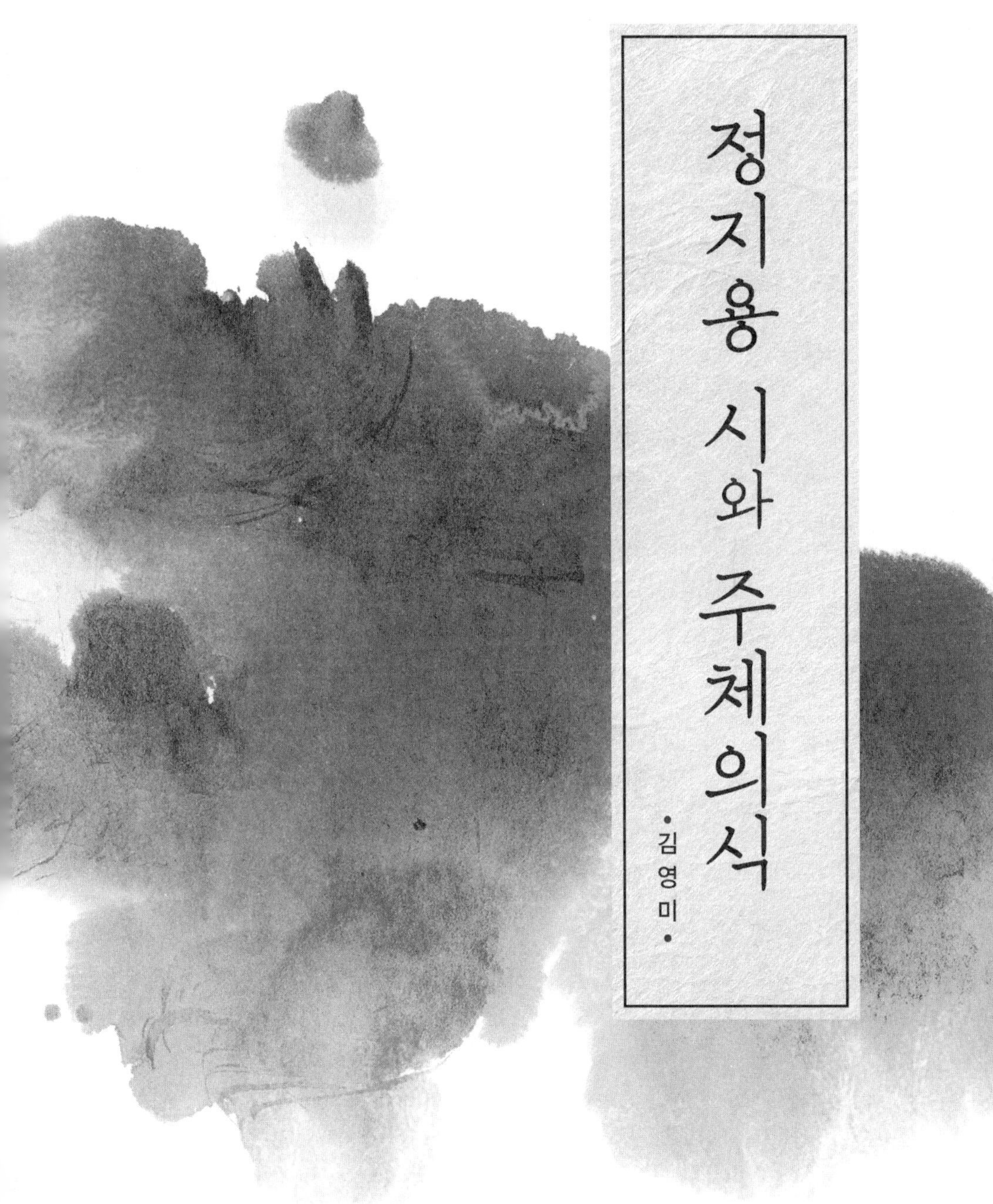

정지용 시와 주체의식

• 김영미 •

태학사

머리말

현대문학을 공부하면서 '정지용' 시인을 만났을 때, 그 떨림의 기억은 아직도 생생하다. 서울에서 태어나 30중반을 넘기고 충북 옥천으로 내려오게 된 것, 더욱이 이곳에서 만학의 나이에 학문의 세계에 발을 디딘 것 또한 우연을 가장한 필연처럼 나 자신에게 육박해 들어왔다. 필자가 박사 논문의 주제로 '정지용'을 택한 것이 결코 우연에 의한 것이 아니라는 것을 느꼈다.

학문의 세계에 발을 디딘 후 여러 시대와 작가들을 접해왔다. 때론 그 대상과 시대, 그리고 그 문학의 정서적 가치들이 혼동되어 매우 곤란한 적도 있었다. 그럴 때마다 완결된 역사의 순간은 언제나 미래의 시점에 유예될 수 있기에 본질에 가까이 가고 싶었다. 본질의 접근은 결국 작가의 내면적 추진력, 그리고 통찰력과 통한다고 생각했기 때문이다.

필자가 한 권의 책으로 엮어내는 이 졸저가 나오기까지 8년이라는 시간이 걸렸다. 그 시간동안 가장 어려웠던 점은 대상에 대한 접근방식이다. 문학은 시대마다 그 시대적 정신과 특징이 있다. 그렇다고 당대의 사회적 현실을 하나의 단일한 관점에서 접근하여 해명하기에는 너무나 많은 이질적인 요소들에 의해 둘러싸여 있다. 그리고 그러한 이질성과 더불어 많은 모순점과 문제들도 혼재해 있었다. 따라서 이 모든 현실적인 여건들을 어느 한 순간 불식시키며 앞으로 나아간다는 것은 사실상 불가능해 보였다. 여기서 나의 접근 방식은 역사에 대한 거시적인 전망을 일정 부분 잡는 대신 우리 사회, 혹은 우리 민족이 현재 속한 사회 역사적 조건들을 보다 본질적으로 사유하기 위해 노력하는 것이었다.

생각이 여기에 이르자 리얼리즘과 모더니즘의 경계가 모호해지는 의문에 부딪쳤다. 근대사회는 흔히 본질로부터 현상이 분리되고 기표와 기의가 서로 미끄러지는 시대라고들 말한다. 본질 또는 근원으로부터 분리된 현상적 삶은 결국 갈증의 시학을 낳게 된다는 사실도 알고 있다. 그래서 이 갈증을 해소하기 위해서 한편에서는 근원을 찾는 행위가 계속 될 것이고, 또 다른 한편에서는 아예 근원을 부정하고 의심하며 새로운 것을 찾게 될 것이다. 그러나 이 행위 또한 인간의 시적 구원을 향한 노력들이자 희망의 원리임을 인식하게 되는 반증이기도 하다. 모순이 존재하지 않는 사회란 현실적인 관점에서 보면 불가능하기 때문이다.

정지용에 대한 탐색을 하는 동안 기존에 그에 대해 지니고 있었던 생각들이 하나하나씩 벗겨져 나가기 시작했다. '현대시의 아버지'라는 거장의 세계에 가려져 있던 그의 실존이, 그가 살아온 시대가 온통 필자에게 들어오는 듯한 느낌을 받았다. 정지용의 시적 의장은 매우 크다. 그만큼이나 그는 외롭고 쓸쓸한 삶을 살지 않았을까 생각해 본다. 그것은 그의 문학에서 본원적 고독과 외로움이 묻어나기 때문이다. 그의 비극적 삶의 궤적과 운명을 떠올릴 때마다 그가 원하던 삶과 시적 사유는 무엇일까를 궁리하게 되었다. 정지용의 삶과 그의 문학에서 전해오는 무게와, 세상을 향한 끝없는 고민의 흔적들은 그의 내적 욕망과 강한 열정이 만들어낸 것이었다.

정지용이 생각하는 모더니티란 이 지구상에 인류가 존재하는 한 지속적으로 추진되어야 하는 과제이다. 그에게 모더니티란 결코 고정된 개념이 아니며 현실적인 조건의 변화에 따라 얼마든지 수정 가능한 것이었다. 그리고 이 경우 모더니티를 존재론적으로 사유한다는 것은 곧 근원으로 돌아가 처음부터 새롭게 재사유한다는 것을 의미한다. 서구 근대의 모더니티란 그가 생각하는 이러한 본질적 모더니티에 의해 극복되어야 하는 하나의 대상이다. 그리고 그렇게 해서 도출된 새로운 모더니티 역시 언젠가는 극복되어야 할 또 다른 대상이 될 것이다. 정지용이 구상했던 시적 열망은 이처럼 지속적인 자기 통찰을 통한 새로움의 모색과 근원에 대한 욕망으로부터 초월의 가능성까지 성립되는 모더니티이다. 이를 통해 새로운 시대를 열어 나갈 하나의 수단으로 재창조되어 활용할 수 있어야 한다는 것이다.

이런 고민에서 정지용의 본질적 접근인 자아에 대한 탐색으로 방향을 잡았다. 그리고 주체가 만난 세계에서 고뇌하고 열망했던 세계를 이어주던 수많은 '타자'로 그 테마를 잡았다. 정지용 시에서 존재에 대한 물음은 그의 시세계 전반에 걸쳐 주체의 의미와 관련된 존재론적 삶의 가치를 지니고 있다. 정지용 문학에서 근대적 사유는 식민지라는 특수한 상황 아래, 근대에 대한 회의와 불안 등 소위 주체성의 위기의식과 동궤에 놓인다. 이런 전제 하에 그의 시에 나타난 궁극적 계기를 타자성과의 관련성에 주목하고자 하는 것은 그의 시적 본질이 인간 이해의 근원적인 존재방식에서 출발하여 그 세계와 소통하는 방법의 모색에 있기 때문이다. 그의 시에 나타난 주체와 타자의 존재방식은 존재론적 욕구와 형이상학적 욕망이 공존하며 그 무엇으로도 동일하게 환원 되지 않는 매우 광범위하고 모순된 관계에 있다. 이 관계에서 모색된 타자의 사유는 주체를 확립하기 위한 인간의 가치 지향적 태도에서 비롯된 것이다.

정지용은 스스로를 드러내지 않으면서 문단활동을 하였다. 그가 근대와 반근대 사이에서 고민하던 흔적들이 표면적으로 개인주의적인 것처럼 비칠지 모르나, 거기에는 정지용 나름의 엄격한 통제원리가 작동하고 있었을 것이다. 다만 그러한 원리가 겉으로 드러나지 않을 뿐이다. 정지용은 당시의 지식인답게 자기 자신보다는 타인과 민족을 염려했던 성숙한 사람이었다. 필자의 이러한 판단이 물론 주관적일 수 있겠으나 그의 본질적인 면모를 이해하는 데 좀 더 가까이 가는 것이라 생각된다.

시에 대한 고정관념에 머물러 그 속에 안주하는 것은 시인으로서 취할 올바른 태도가 아니다. 그리고 이 말은 새로워지려는 움직일 것이다. 이러한 움직임은 필연적으로 그에 따른 시련을 동반하게 된다. 이때의 시련은 물론 이전에 한 번도 그와 같은 조건에 노출되어 본 적이 없는 현존재에게는 가혹한 것일 수밖에 없다. 그것은 지금까지 누구도 경험해보지 못했던, 예상조차 할 수 없었던 상황에로의 내몰림일 것이기 때문이다. 이 경우 주체가 의지할 곳이라곤 사실상 어디에도 없다. 주체는 그 모든 조건을 감수하고 이러한 상황을 오직 스스로의 힘과 의지만으로 헤쳐 나가야 한다. 바로 정지용이 그러했다. 정지용이 바라는 새로운 세계의 지평은 그런 시련 앞에 스스로를 기꺼이 내던진 눈물겨운 고투를 통해서만 가능한 것이다.

이 책은 혼자만의 힘으로 쓰여진 것이 아니다. 그러기에 감사한 분들이 많다. 우선 좋은 책이 될 수 있도록 세심하게 심사해 주시고 지도해주신 오세영 선생님과 정효구 선생님, 정순진 선생님 그리고 김건우 선생님께 다하지 못한 감사의 마음을 전하고 싶다. 무엇보다 필자가 어려울 때, 항상 격려를 아끼지 않으시고 필자의 부족한 노력을 나무라는 대신 용기를 주신 송기한 선생님께 머리 숙여 감사드린다. 끝으로 현재의 필자가 있기까지 애써주고 보살펴주신 양가의 어머님, 그리고 사랑과 배려를 아끼지 않았던 남편과 사랑스런 두 딸에게 두 손 모아 고마운 마음을 전한다. 빈약한 글을 책으로 엮어준 태학사 지현구 사장님, 그리고 편집부 여러분들의 노고에 감사드린다.

2015년 봄

옥천에서

김영미

차례

1장 서 론

1. 연구사 검토와 문제제기

정지용은 1926년 6월 경도 유학생들의 잡지 『學潮』 창간호에 모더니즘 경향의 시, 동요적 경향 및 민요풍의 시들을 발표하면서 문단에 등장했다.[1] 이후 그의 행적이 묘연해진 1950년까지 『鄭芝溶詩集』(시문학사, 1935)과 『白鹿潭』(문장사, 1941) 등의 시집과, 『文學讀本』(1948), 『散文』(1949) 등의 산문집을 간행했다.[2]

정지용의 시에 관해 최초로 언급한 이는 박용철이다. 그는 연평에

---

1 정지용은 1926년 6월에 창간된 『學潮』지에 「카예 뜨란스」, 「슬픈 印象畵」, 「爬蟲流動物」 등 시 3편과 「마음의 일기 - 시조 아홉首」와 「서쪽한울」, 「띄」, 「감나무」, 「한울 혼자 보고」, 「딸레(人形)와 아주머니」 등 童謠 5편을 발표했다. 같은 해 11월 잡지 『新民』 19호에 「따알리아」, 『어린이』 4권 10호에 「산에서 온 새」, 『文藝時代』 1호에 「산엣색시 들녘사내」 등을 발표했다. 그런데 지용은 데뷔 이전 1918년 17세 되던 해 휘문고보에 입학하여 박팔양, 김화산, 등과 함께 『搖籃』이라는 동인지를 만들고 이를 중심으로 시작활동을 해오고 있었다. 습작기라 할 수 있는 이 시기(1922~1923년경) 작품 「풍랑몽」, 「향수」 등은 그 시적 완성도가 높아서 그의 시적 재능이 상당한 수준이었음을 알 수 있게 해준다(김학동, 『정지용 연구』, 민음사, 개정판, 1997, 230~231면.). 발표 작품을 기준으로 삼는다 할지라도 그의 초기시에 제작년월이 밝혀져 있는 것으로 보아 『搖籃』시절은 지용에게 있어 중요한 의미를 갖는다고 할 수 있다. 초기시는 이후 시적 경향에 있어 중요한 기점이 됨은 물론 후기시가 다시 전통지향적인 경향으로 나아간다고 보여질 때, 시 전체를 아우르는 시적 출발이다. 이 글에서도 창작시점을 고려하여 논의될 것이다.

2 그 외 『지용詩選』(을유문화사, 1946. 6.)에 「유리창」 등 25편의 작품이 실렸는데 이들은 모두 두 시집의 시가 재수록 되었으며 새로 수록된 시는 없다. 그리고 『정지용시집』(건설출판사, 1946), 『백록담』(백양당과 동명출판사, 1946) 등이 재판 간행되었다.

서 정지용을 "말씀의 요술을 부리는 시인"으로 평가[3]하며 자아표출시가 주류를 이루던 1920년대 감상적 낭만시와 구별되는 이미지즘 기법을 정지용이 창출했다고 역설하였다. 이어 양주동은 지용을 "unique한 세계, unique한 감각, unique한 수법"으로, "독특한 기법을 구사하는 시인, 현시단의 경이적 존재"[4]라고 칭하며 그에게 찬사를 보낸 바 있다. 김기림 역시 지용을 "우리 시 속에 현대의 호흡과 맥박을 불어넣은 최초의 시인" 또는 "천재적 민감으로 말의 가치와 이미지를 발견한 최초의 모더니스트"[5]라며 그의 시적 천재성을 부각한 바 있다.

연평이 아닌 단일 주제를 다룬 첫 논의로는 1935년 12월 『정지용 시집』에 대한 이양하의 서평 「바라든 지용 시집」[6]이 있다. 그는 이 글에서 정지용을 두고 "말의 비밀을 알고 말을 휘잡아 조정하고 구사하는 데 놀라운 천재를 가진 시인"으로 "우리도 마침내 시인을 가졌노라"고 극찬했다. 이어 김환태의 「정지용론」[7]은 정지용의 신앙시와 동시까지 언급한 당대로서는 가장 체계적인 비평이었다. 그도 지용의 천재성을 두고 '예민한 감각'에서 비롯된 감각과 지성이 조화된 시인이라 평가하였다. 1939년, 김기림[8]이 한국의 현대시가 지용에서 비롯되었다고 주장한 그의 언급은 이후 정지용 시를 모더니즘의 틀 안에서 해석하려는 연구의 출발점이 되었다.

한편, 이와는 달리 정지용의 시를 두고 현실에 대한 비관심주의[9]에 토대를 두고 있다는 부정적인 평가도 있었다. 초기에 가장 비판적인

3 박용철, 「辛未詩壇의 回顧와 批判」, 『중앙일보』, 1931. 12. 7.
4 양주동, 「1933년 시단 년평」, 『신동아』, 1933. 12.
5 김기림, 「1933년 詩壇의 回顧와 展望」, 『조선일보』, 1933. 12, 7~13면.
6 이양하, 「바라든 지용 시집」, 『조선일보』, 1935. 12. 15.
7 김환태, 「정지용론」, 『삼천리문학』, 1938, 4.
8 김기림, 「모더니즘의 역사적 위치」, 『인문평론』, 1939. 10.
9 임 화, 「曇天下의 詩壇 一年」, 『신동아』, 1935. 12.

입장에 섰던 임화는 김기림, 김영랑, 신석정 등과 함께 정지용을 기교파라고 비판하며 그에게 "내용 사상을 방기하고, 다만 있는 것은 언어의 표현의 기교와 현실에 대한 비관심주의"라고 공격했다. 이 글은 기교주의 논쟁[10]의 발단이 되었다는 평을 듣기도 했다. 그만큼 논쟁적 성격을 띠고 있었으나, 프로문학의 이데올로기적 재단에 의한 평가에 지나지 않기 때문에 연구의 성과로서 고려해야 할 가치는 적다고 볼 수 있다. 위에서 살펴 본 바와 같이 해방 전의 정지용에 대한 당대의 평가는 각각의 비평적 입장에 따라 찬사와 혹평이 엇갈리고 있다. 이처럼 상반된 평가에도 정지용의 시가 대상에 대한 객관적 태도와 절제를 보여주었으며, 그가 최초의 모더니스트라는 시각은 대체로 일치된 견해이다.

해방 이후의 논의들에는 김동석, 조연현[11] 등의 것이 있다. 이들에 의하여 이루어진 정지용에 대한 논의를 보면, 먼저 김동석은 그의 시 정신의 근본을 순수성에 두고 두 번째 시집 『白鹿潭』을 높이 평가하였고, 조연현은 그의 시를 장인의 수공에서 나온 노래이며 정신적 필연성이나 심장의 요구에서 나온 것이라고 볼 수 없다는 엇갈린 평가를 내렸다. 하지만 이 연구들은 정지용이 '월북 작가'라는 오명을 얻게 되면서 1950년대까지 이어지지 못했다.

1960년대는 유종호, 송욱, 조지훈, 유치환, 김춘수, 김우창, 김용직[12] 등의 논의가 대표적이었다. 이 가운데 주목되는 논의로 조치훈과

---

10 기교주의 논쟁에 대해서는 김윤식, 『한국근대문예비평사연구』, 일지사, 1976, 454~461면 참조.

11 김동석, 「시를 위한 시」, 『예술과 생활』, 박문출판사, 1947.
조연현, 「수공예술의 말로」, 『문학과 사상』, 세계문학사, 1949.

12 유종호, 「현대시의 50年」, 『사상계』, 1962. 5.
송 욱, 「한국 모더니즘 비판 - 정지용 즉 모더니즘의 자기부정」, 『시학평전』, 1963.
유치환, 「예지를 잃은 슬픔」, 『현대문학』, 1963. 9.

유종호, 송욱의 것을 언급할 수 있다. 조지훈은 1962년 『사상계』가 마련한 「신문학 50년」을 평가하는 심포지엄에서 정지용을 두고 "그의 시적 혁신은 고시가에 대한 육당의 신체시의 파천황에 필적한다."고 평가했다. 이러한 평가는 지용시의 출현이 현대시의 발전에 획기적이었다는 시사적인 의미를 담고 있다. 또한 유종호는 정지용을 두고 "한국 현대시의 아버지", "현대시사에 남을 천재 시인"으로 극찬했다. 이에 반해 송욱은 정지용의 시를 연속하는 리듬이 아니라 "짧은 산문의 모임" 혹은 "재롱"에 불과하며, 현대적 주제를 싸안기엔 "폭이 너무 좁은 것이었다."고 혹평했다.

이상의 여러 주장에서 발견되는 하나의 공통점은 한국의 현대시가 정지용에 의하여 획기적인 전환을 이룩했다는 것이다. 이로써 정지용의 출현이 한국 현대시사에서 하나의 분기점이 된다는 사실을 확인할 수 있다. 정지용이 현대시사에서 중요시되고 있음은 기존의 많은 현대문학사 속에서도 쉽게 확인할 수 있다. 백철이 "정지용은 그 감각에 있어서 조선 현대시의 새로운 역사를 개척한 동시에 세련된 조선적 현대시를 만드는 데 있어서 또한 특별한 공적을 남긴 시인"[13]이라며 정지용의 시사적 업적을 고평한 것은 그 대표적인 예이거니와, 이러한 견해는 김윤식, 김현[14] 등에게서도 반복되고 있다.

그런데 정지용에 대한 연구는 1970년대를 시작으로 학술 논문과 비평이 양적으로 증가하면서 그 연구의 질적 수준도 상당한 진전을 보인다.[15] 그 대표적인 예로, 김용직은 시문학파 연구의 일부로서 정

김춘수, 「신시 60년 문제들」, 『신동아』, 1968. 6.
김우창, 「한국시와 형이상」, 『세대』, 1968. 7.
김용직, 「시문학파 연구」, 서강대 『인문과학논총』 2집, 1969. 11.

13 백 철, 『조선신문학사조사』, 백양당, 1949, 233~256면.

14 김윤식·김현은 식민지 후기의 운문활동에서 기록할 업적을 남긴 시인으로 제일 먼저 정지용이 언급되고 있음을 밝히고 있다. 『한국문학사』, 민음사, 1973, 202면.

지용과 그의 작품을 분석비평적인 방법으로 탐구하고 있다. 이러한 비교 분석을 통해 정지용 시와 이미지즘의 영향 관계에 대해서도 언급했다.

정지용의 시와 시관의 원류를 구체적으로 검토하여 수용한 오탁번은 최초로 정지용에 관한 학위논문을 발표했다. 이 논문은 지용 시에 대한 전면적이고 체계적인 연구로 분석적 방법의 틀을 제공해 주었다. 그는 지용시를 제재에 따라 산, 바다, 도회, 향촌, 신앙으로 나누어 검토하고 있으며 그의 시가 서구보다는 동양의 한시나 고전과 영향관계에 있음을 증명하고자 했다. 오탁번의 연구는 지용시에 대한 단일 논문으로, 실증적 작품 분석을 바탕으로 지금까지의 어느 연구보다 새로운 점을 발견했다. 또한 정지용 시에 대하여 극단적인 찬사나 부정 일변도를 지양하고 중립적 입장에서 시비를 가리고 있다는 점에서 그 가치를 획득한다고 볼 수 있겠다.

한편, 해금 이후 정지용 문학에 대한 연구들의 특징을 살펴보면, 크게 내용과 형식으로 나누어진다. 우선 정지용 문학에서 내용적인 측면은 시세계 전반에 대한 통시적 관점에서 시기 구분하는 것을 전제로 이루어진다. 이러한 특징은 시인의 체험과 전기적 사실, 외부환경과의 관련 하에서 논의들이 이루어졌기 때문이다. 대표적인 연구로는 김학동,[16] 장도준,[17] 이숭원,[18] 오세영,[19] 양왕용[20] 등의 것이 있다.

---

15 오탁번, 「정지용 연구 - 그 환경과 특성을 중심으로」, 고려대 대학원 석사학위논문, 1972.

양왕용, 「1930년대 한국시의 연구 - 정지용의 경우」, 『어문학』 26, 한국어문학회, 1972.

김용직, 「시문학파연구」, 『한국현대시연구』, 일지사, 1974.

김준오, 「사물시의 화자와 신앙적 자아」, 『가면의 해석학』, 이우출판사, 1985.

16 김학동, 『정지용 연구』, 민음사, 1987.

17 장도준, 『정지용 시 연구』, 태학사, 1994.

18 이숭원, 「정지용 시 연구」, 서울대 대학원 석사학위논문, 1980.

위 논의들은 연구의 초점을 주로 전기적인 사실에 두고 시인의 생애를 통해 그가 걸어간 시력을 밝히려는 총체적 노력이라 할 수 있다. 대부분 정지용의 시 세계는 3기로 구분[21]된다. 초기의 모더니즘과 중기의 카톨릭시즘, 후기의 동양적 세계관이 그것이다. 이러한 주장은 초기시 이전 습작시기에 의미를 두지 않고 대신 모더니즘 경향의 시 발표 시점을 그 시적 출발기점으로 본 것이다.

그러나 이와 달리 오세영은 습작기의 시들을 제1기, 모더니즘적 경향을 2기, 카톨릭 신앙시를 3기, 자연시를 4기, 그리고 그 이후를 총괄하여 제 5기로 구분했다. 이 같은 오세영의 시기 구분은 모더니즘 이전 시기의 작품들에 주목을 요한다. 즉 문단 활동의 측면 이전에 그의 사유 구조 전반을 살피는 데 있어서 중요한 근거를 제공하고 있다는 견해이다. 이때 쓰인 시들이 주로 고향의 풍경이나 민간 설화를 중심으로 한 유년체험들을 담아내고 있기 때문이다. 이런 의미에서 보면 정지용에게 있어 『搖籃』 시절은 중요한 의미를 갖는다고 할 수 있다. 이승원 역시 초기시를 발표 순서에 의해서가 아니라 창작 시점의 순서에 의해 재배열하고 시의식이 변화・발전해 간 양상으로 고찰하였다. 위 논의들은 정지용 연구의 기초를 이루는 것으로 그 가치적 의미를 지닌다.

다음으로 시적 의미의 다의적인 해석으로 접근한 개별 작품론의 연구,[22] 상상력과 관련된 연구,[23] 정지용 시의 특정 분야 즉, 동시,[24]

---

19 오세영, 「지용의 자연시와 性情의 탐구」, 『한국현대문학연구』 12집, 한국현대문학회, 2002.

20 양왕용, 『정지용 시 연구』, 삼지원, 1988.

21 양왕용, 『정지용시연구』, 삼지원, 1988; 김용직, 『한국현대시사』, 한국문연, 1996; 장도준, 『정지용 시 연구』, 태학사, 1994.

22 이진흥, 「정지용의 작품 '유리창'을 통한 시의 존재론적 해명」, 경북대 대학원 석사학위논문, 1979.

바다 시편,[25] 종교시,[26] 죽음의식,[27] 고향의식[28] 등의 것이 중심을 이루며 연구되었다.

한편, 정지용 시의 형식에 관한 논의로는 현상학적 · 구조론적 방법으로 접근한 원형심상적 관점의 연구,[29] 시어와 형태구조 분석[30] 등에 관한 것이 있다. 그 대표적인 예로 문덕수와 김명인 등의 것을 들

이숭원, 「'백록담'에 담긴 지용의 미학」, 『어문연구』 12호, 어문연구회, 1983. 12.
마광수, 「정지용의 시 '온정', '삽사리'에 대하여」, 『인문과학』 51집, 연세대 인문과학연구소, 1984.

23 김명인, 「정지용의 '곡마단'고」, 『경기어문학』 4집, 1983. 12.
김신정, 「불길한 환상, 유리창 밖의 세상 - '유리창2'론」, 『시의 아포리아를 넘어서』, 이룸, 2001.

24 장도준 「정지용 시의 음악성과 회화성」, 김신정 편, 『정지용의 문학세계 연구』, 깊은 샘, 2001.
권정우, 「정지용의 동시 연구」, 김신정 편, 『정지용의 문학세계 연구』, 깊은 샘, 2001.
윤현태, 「정지용의 동시 연구」, 『순천향어문연구』, 1998.
김미란, 「정지용 동시 연구」, 『청람어문연구』 3집, 2004. 12.

25 이숭원 편저, 『정지용』, 「김재홍 - 정지용, 또는 역사의식의 결여」, 문학세계사, 1996.
김신정, 『정지용 문학의 현대성』, 소명출판, 2000.
김종태, 『정지용 시의 공간과 죽음』, 월인, 2002.
백운복, 「정지용의 '바다'시 연구」, 『서강어문』 5집, 1986. 12.

26 김윤식, 「모더니즘의 한계 - 카톨릭시의 행방(정지용의 경우)」, 『한국근대작가논고』, 일지사, 1974.
김윤식, 「카톨릭시즘과 미의식」, 『한국근대문학사상사』, 한길사, 1984.
유성호, 「정지용의 이른바, '종교시편'의 의미」, 김신정 편, 『정지용의 문학세계 연구』, 깊은 샘, 2001.
강신주, 「한국 현대 기독교 시 연구」, 숙명여대 대학원 박사학위논문, 1992.
김효신, 「카톨릭과 정지용 시」, 『인문과학연구』 6집, 대구카톨릭대학교, 2005.

27 이숭원, 「정지용 시에 나타난 고독과 죽음」, 『현대시』, 1990. 3.
김종태, 「정지용 시의 죽음의식 연구」, 『우리어문연구』 16집, 2002.

28 송기한, 「정지용의 '향수'에 나타난 고향의 의미」, 『우리말글』 29집, 2003. 8.

29 문덕수, 「한국 모더니즘시 연구」, 고려대 대학원 박사학위논문, 1981.

30 김명인, 「1930년대 시의 구조 연구」, 고려대 대학원 박사학위논문, 1985.
김 훈, 「정지용 시의 분석적 연구」, 서울대 대학원 박사학위논문, 1990.

수 있다. 먼저 문덕수는 정지용 시에 나타난 이미지군을 바다 · 들 · 신앙 · 산의 관련체계로 나누어 각 이미지의 원형심상을 추적하였다. 그는 정지용 시 세계의 변이과정을 시대적 상황과 관련지어 그 구조적인 특성을 심화시킨 연구로 주목된다. 또한 김명인은 정지용, 김영랑, 백석 등 세 시인을 중심으로 1930년대 시의 구조론적 차원에서 분석하고 있는데, 특히 시어구조와 형태구조, 그리고 공간성, 소재 등을 통해 의미구조의 특징을 밝히고 있다. 하지만 시인의 사상적 변모까지도 작품 구조분석을 통해 해석하고자 한 시도는 그 한계로 지적될 수 있다.

그리고 문예사조의 측면에서 모더니즘적 특징을 밝히려는 연구들이 있다. 정지용시의 현대성에 관한 기존 논의들은 크게 서구 모더니즘의 수용이라는 연구[31]와 미학적 모더니티에 중점을 둔 연구[32]로 나누어진다. 모더니즘이라는 개념은 포괄적이기 때문에 작품 분석을 위해서는 난해한 측면이 있고, 모더니즘의 한 개념인 이미지즘으로 한국의 근대시를 분석할 때도 해석의 잉여가 발생하게 된다. 그로 인해 생기는 여러 곤란을 해결하고자 등장한 것이 '모더니티'란 개념인데, 정지용의 시 또한 '모더니티'란 측면에서 새로운 조명을 받게 된

---

31 송 욱, 앞의 책.
김윤식, 『한국근대문학사상비판』, 일지사, 1978.
문덕수, 『한국 모더니즘 시 연구』, 시문학사, 1981.
조동일, 『한국문학통사』, 지식산업사, 1983.
김재홍, 「갈등의 시인 방황의 시인, 정지용」, 『한국현대문학의 비극론』, 시와시학사, 1993.

32 한상규, 「1930년대 모더니즘 문학의 미적 자율성 연구」, 서울대 대학원 박사학위논문, 1998.
문혜원, 「정지용 시에 나타난 모더니즘 특질에 관한 연구」, 『관악어문연구』 18, 1993.
진순애, 『한국현대시와 모더니티』, 태학사, 1999.

다. 특히 많은 연구자들이 주목한 것은 '미학적 근대성'이다. 이들의 연구는 지용 시에 나타난 근대 비판과 부정의 정신을 강조한다. 이런 의미에서 '미학적 모더니티'는 '서구 모더니즘의 수용'이라는 기존 연구의 비교문학적 관점을 극복하기 위한 반성의 의미를 지닌다.

이상 정지용 연구의 특질을 살펴보았을 때, 그의 시를 이해하는데 가장 중요한 두 가지 맥락이 현대성과 전통성에 있다는 판단을 하게 된다. 정지용 시의 현대성과 전통성은 불가분의 관계에 있다. 하지만 두 논의를 서로 다른 방향에서 접근해 보면 결국 이 두 세계가 융합하여 서로를 포용하는 통합적 세계가 정지용 문학의 특질이라는 사실에 이르게 된다. 정지용의 시에서 그 갈등 양상이 시 전반에 나타나는 이유 역시 근대성과 전근대성이 착종된 현실에서 찾아 볼 수 있다. 따라서 정지용 문학에서 근대성은 그것을 온전히 구현하는 문제로부터 근대성의 모순과 함정을 극복하는 문제에 이르기까지, 근대성에 관한 전면적인 성찰을 견지하고 있다.

그동안 정지용의 시에 대한 연구는 후기 동양적 정신세계와 미학적인 것에 근거하여 초기시를 통합하려는 경향에서 이루어진 것들이 대부분이다. 이 과정에서 근대성이라는 문제는 특정한 근대적 문맥에서 제대로 견지되지 못하였다. 이 글은 이러한 문제의식에서 출발하고자 한다. 정지용의 시를 근대성과 관련시키고자 하는 것은 그에게 있어서 근대의 현상은 선택의 문제가 아니라 필연의 문제이기 때문이다.

기존 연구에서 그의 시세계를 시기별로 구분하는 방식은 시 변화 양상을 드러내는데 효과적이었다는 평가와 함께 그 변화의 궁극적 계기를 일관적으로 설명하는데 일정한 한계를 가진다. 이에 따라 정지용의 시에서 일관성 있게 모색된 시적 본질을 주체성이라는 근본적인 문제의식 아래 규명하고자 한다. 그것은 주체성이 주체와 세계의 미분화 상태에서 벗어나 자아의식을 형성하고 그 한계를 성찰하는 점진적 성찰의 과정으로 이루어져 있기 때문이다. 정지용 문학에서 주체와 타자에 대한 각성은 그 중심에 위치하며 이때 근대적 주체와 타자성의 문제가 주요한 테마로 연구될 것이다. 이 글은 정지용 시에 나타난 주체 형성과정과 그 의미를 타자성에 대한 사유의 변천 과정을 통해 밝히고자 한다.

이 글의 논의와 관련된 연구로는 신범순,[33] 남기혁,[34] 손병희,[35] 김승구,[36] 김신정,[37] 최윤정[38] 등의 논문이 있다.

신범순은 정지용의 시들에서 '헤매임'의 주체를 발견해내며, 이 '헤매임'이라는 것은 훼손된 가치의 세계를 회복하고자 하는 내밀한 시선에 물들어 있다고 지적한다. 정지용에게 '바다'와 '산'이라는 것은 단순히 소재 이상의 무게를 지니는 것이며, 그의 사유나 상상력의 흐름과 맞닿아 있는 공간이라는 것이다. 그는 이 '헤매임'의 새로운 양상이 후기시의 산문적 형식과 산에 대한 탐구로 이어지고 있다고 본다. 그의 연구는 정지용의 시가 지닌 내적논리를 규명하고 있다는 점에서 의미를 지니고 있으나 시인의 부정적 시선에 압도된 풍경의 재현에 한정된다는 아쉬움을 남긴다.

---

33 신범순, 「정지용 시에서 '헤매임'과 산문 양식의 문제」, 『한국현대문학연구』 5, 한국현대문학회, 1997.

34 남기혁, 「정지용 중·후기시에 나타난 풍경과 시선, 재현의 문제」, 『국제문학』 제47집, 2009.

35 손병희, 『정지용 시의 형태와 의식』, 국학자료원, 2007.

36 김승구, 「정지용 시에서 주체의 양상과 의미」, 『배달말』 37권, 배달말학회, 2005.

37 김신정, 「정지용 시에 나타난 '자기'와 '타자'의 관계 - 전기시와 산문을 중심으로」, 『비평문학』 12, 한국비평학회, 1998.

38 최윤정, 「근대의 타자담론으로서의 정지용 시」, 『한국문학이론과 비판』 제50집, 한국문학이론과 비평학회, 2011. 3.

원근법적 관점에서 접근한 남기혁의 논문은 정지용 시에 나타난 '풍경의 시선', '언어적 재현'의 문제를 추적하였다. 그는 중·후반의 종교시, 기행시, 기행산문시 계열의 시를 중심으로 분석하고 있는데, 종교시에서 성찰적 시선으로 근대시의 내면성을, 후기 기행시에서는 죽음의 문제를 상징적으로 드러내었다고 지적한다. 이와 비슷한 시각에서 이광호[39]는 정지용 시에 나타난 시선을 중심으로 살피고 있다. 이때 시선의 움직임은 '갑판 위'나 '기차'처럼 움직이는 바깥 풍경의 스펙터클을 조망하거나, '유리창'이라는 밀폐된 장소에서 외부로 향하는 시선으로 내면풍경을 구축했다고 분석한다. 두 논의는 주체의 시선에 의해 포착된 근대성의 문제를 결국 자기선언이나 주체의 동일성 구축에 있었다는 결론에 이르고 있다.

한편, 손병희의 논문은 정지용 시의 주체와 타자관계에서, 타자의 양상과 그 성격을 타인과 사물, 한계 상황 등에 대한 타자의식으로 밝히고 있다. 그는 정지용 시에 나타난 주체의 정서를 나르시스적 욕망에서 비롯된 비애로 평가하며, 주체화 과정에서 나타나는 타자의 양상을 분별하고 있다. 특히 그의 시에 내재한 타자의식을 '언어화된 의식'의 중요한 요인으로 보았다. 하지만 일부 작품분석에서 이 대타관계의 비극성을 주체의 문제 회피와 도피로 분석하고 있는데, 이는 작품과 작가의 사상적 영향관계에 치우친 평가로 문제가 있어 보인다. 또한 김승구는 정지용의 시를 근대의 주체 담론으로 평가하며 그 근대적 주체의 비극적 인식을 지적한다. 그 과정은 그의 특징적 국면을 형성하는 풍경, 공포와 신경증, 환상, 죽음 등의 테마들과 맞물리는 양상으로 드러난다고 보았다. 하지만 이 담론을 해명할 수 있는 근거

---

39 이광호, 「정지용 시에 나타난 시선 주체의 형성과 변이」, 『어문논집』 64권, 민족어문학회, 2011.

에 있어서 다각적인 분석에 미치지 못했다는 점을 지적할 수 있겠다.

김신정이 주목한 것은 정지용의 전기시와 산문에 나타난 '자기'와 '타자'의 관계이다. 이 관계는 두 가지 특징적인 시의 경향을 통해 드러난다. 「카페 프란스」와 「바다」 연작에서 나타나는 첫 번째 경향은 내 '밖'의 타자에 대한 경탄과 더불어 자아의 내면화를 타자화하려는 태도이다. 두 번째 경향은 '나'의 뿌리를 묻고 그것을 회복하고자 하는 갈망에서 비롯된다는 특징이 있다. 결국 서로 다른 두 경향을 통해 '자기'와 '타자'가 단절되어 공존하고 있는 모습을 보여준다는 지적이다. 이러한 평가는 과거를 향해 부유하고 있는 주체의 상실감을 드러내 보인다는 점에서 손병희의 논의와 별반 다르지 않다. 김신정의 인식론적 관점은 정지용의 시를 폭넓게 이해하는데 그 의미가 있지만, 후기시에 대한 탐색이 결여되어 있다는 점에서 그 한계를 갖는다.

최윤정은 정지용의 후기에 해당하는 산수시의 세계가 이전에 경험했던 근대 문명을 소거하는 지점이라고 평가했다. 이는 전시 체제에 돌입한 일제의 폭력적인 억압을 극복하고자 하는 노력의 일환으로 산수시와 부합되는 것에 대한 강조로 보인다. 그러므로 정지용의 시를 그저 감각적인 시로만 파악할 것이 아니라 그 속에 배태되어 있는 의미까지도 읽어내야 한다는 지적이다. 최윤정은 정지용의 후기시 특징으로 근대로부터 소외된 것들에 대한 인식, 그로부터 비롯된 근대는 근대문명을 확장하는 제국주의의 반대항으로 자연과 피식민지를 설정했다. 그러나 모더니즘이라는 거대 담론으로 정지용이 인식했던 현실과 시대, 그리고 정지용 시의 정체성을 다시 쓰기에는 다소 무리가 있어 보인다.

이상에서 살펴보았듯이 정지용의 문학에서 근대성과 관련된 연구들은 주로 감각론을 중심으로 진전을 이루어왔다. 그것은 근대적 시인으로서 감각적 차원의 수용이라는 의미를 지니지만, 그의 시 해석에 있어서는 상징성과 회화성에 치우친 경향을 보여주었다. 이에 감각적 인식의 표상이자 의식 구조인 주체 자체의 속성을 포괄하되, 그것이 지닌 구성 원리와 지향성까지를 고찰하는 방식으로 나아가야 한다고 본다. 따라서 주체를 소재적 차원에 한정하거나 유형화의 수준에 머무르기보다는 그 의미와 원리로 나아가고자 한다.

이 글은 정지용 시에 나타난 주체의 형성과정과 그 의미를 밝히는 것을 목적으로 삼는다. 주체에 주목하는 이유는, 주체에 대한 이해가 결국 상실된 주체성을 되살리기 위한 노력이었고, 역사의 주인이 되기 위한 끊임없는 싸움이었기 때문이다. 자아가 세계를 바라보는 인식의 주체로서 확립되어 간다는 것은 근대적 사고의 산물이다. 이렇게 주체가 자신과 세계를 알아가는 과정은 제국주의 시대의 식민지 민족들에게 주체적 사고를 박탈당하고 근대 사회의 일원으로 기능하지 못하게 하는 억압에 대한 저항과 연계된다.

정지용의 문학에서 주체는 잃은 것을 찾겠다는 의지로 정신적이고 내면적인 방식으로 표출되며 공동체로 전이되는 과정을 보여주었다. 즉 주체의 회복 의지는 주체를 찾을 수 있다는 희망이 전제되지 않으면 발현되지 않는 의식인 까닭이다. 이 과정에서 주체는 자기이익을 초월하여 세계 공동체를 희구하고자 한 주체의 책임과 의지를 고무시킬 수 있는 모색을 보여주고자 하였다.

이 글은 정지용의 시에서 주체 형성과정을 삶의 여정에 따라 진행된 것으로 파악함과 동시에, 그의 작품 전체에서 지향하고자 하는 주제를 하나의 움직임으로 파악하고자 한다. 필자가 다루는 주체는 하나의 수렴점으로 존재한다는 점에서 동일한 지향점을 띠고 있다. 이 과정에서 주체가 타자와의 관계를 형성하고 그 가운데 주체 확립이 곧 윤리 확립으로 기능한다는 사실을 확인하게 될 것이다.

정지용 문학에서 주체는 존재론적 삶의 가치를 지향하는 감성을 중심으로 하여 윤리적 의지와 참된 진리추구의 형이상학적 세계로 나아가는 끊임없는 노력의 과정을 보여주었다. 따라서 정지용의 작품에 나타난 주체의 현실대응은 새로운 관점에서 밝혀져야 한다. 필자는 근대 주체의 사고에서 벗어나 이 시대의 진정한 주체란 어떠한 모습이어야 하는가를 보여준 레비나스의 사상에 기대어 이 점을 밝히고자 한다. 이것은 정지용의 시 작품에 나타난 자기이해의 문제, 즉 주체의 문제를 풀어나갈 수 있는 열쇠로서 기능할 것이다.

2. 연구방법론

한국 근대시에 나타난 '근대성'에 대한 학문적 천착은 그것의 명암이라는 두 측면에 대한 이중적 의미를 띠는 일종의 자기 반영적 논리를 나타낸다. 더불어 그것은 동일한 이념형과 문제의식을 공유했던 집단에서 벗어나 타자와의 대화적 관계를 모색하게 된 계기도 마련해주었다. 이를 통해 근대시에서 새로운 주체의 정립과 그것의 현실대응적 성격이 밀접하게 관련되어 있음을 알 수 있다. 오늘날 전 세계의 모든 사람들이 공유하고 있는 아주 중요한 경험, 예를 들면 공간과 시간의 경험, 자아와 타자의 경험, 삶의 기능성과 위험성에 대한 경험의 방식이 존재하고 있다.[40] 이 경험의 실체를 '근대성'에 포함하려는 견해에 비추어 볼 때, 우리의 현재에 거대한 그늘을 드리운 '근대'의 의미망은 매우 큰 것이 아닐 수 없다.

1930년대에 전개된 한국의 모더니즘[41]은 현재에도 쟁점으로 논의

40 M. Berman, 윤호병 역, 『현대성의 경험』, 현대미학사, 1994, 25면.

41 서구 모더니즘이 언제 시작되었느냐 하는 문제는 모더니티의 개념 규정과 더불어 논란의 여지가 있지만 모더니즘을 의미망의 축으로 놓고 볼 때, 대체로 세 단계로

되고 있는 근대성을 떠나서는 성립되기 어렵다. 그것은 모더니즘 시인들에게 있어서 근대의 현상으로 받아들이고 아니고 하는 선택의 문제이기보다 하나의 필연으로 모더니스트들의 정신 구조와 등가[42]로 파악되기 때문이다. 그러므로 근대라는 의미를 배제하고는 그 논의가 불가능할 정도로 1930년대와 밀접한 연관을 가지고 있다.

나누어 구분된다. 1880년경부터 1910년까지를 原모더니즘(proto Modernism)이라 하고, 1910년에서부터 1960년까지를 舊모더니즘(paleo Modernism), 1960년 이후를 후기모더니즘(post Modernism)이라 한다(오세영, 『한국 근대문학론과 근대시』, 민음사, 1996, 377~381면.). 이 중 1930년대에 한국에 수용된 모더니즘은 1909년을 기점으로 전 유럽적으로 발생하게 된 舊모더니즘인데 여기에는 영미의 이미지즘만 있었던 것이 아니라 미래파, 다다이즘과 초현실주의, 심리주의 등 근대 이후의 모든 예술 현상이 포함된다. 이들을 크게 영미의 이미지즘과 대륙의 아방가르드 예술로 구분할 수 있다(송기한, 『현대시의 유형과 인식의 지평』, 지식과 교양, 2013, 104~105면.). 김윤식은 (『한국현대시론비판』, 일지사, 1986, 289면.) 모더니즘시 운동양상을 광의의 모더니즘과 협의의 모더니즘으로 구분한다. 전자는 소위 近代라는 개념에 준하는 것으로 이해되고, 후자는 모더니즘을 예술사조상의 모더니즘으로 이해한다. 그러나 광의의 모더니즘이 근대의 제반현상을 지칭하는 것이라면, 이를 근대성(Modernity)이란 용어로 바꾸어 표현하는 것이 더 적당할 것이다. 이러한 구분은 대략 영미계 모더니즘과 프랑스계 모더니즘이라는 큰 틀에서 벗어나지 않는다.

이 글에서 모더니즘이나 모더니티라는 개념은 통상의 의미보다 좀 더 포괄적인 뜻으로 사용하고자 한다. 모더니즘시는 근대의 체험을 담은 시나, 아니면 비체험적인 시 모두가 이것과 관련이 되어 있다고 보기 때문이다. 즉 문학은 현실 체험의 소산임과 동시에 그러한 체험이 내재화되어 나타난 작품까지도 그 영향 관계 속에 놓을 때, 시대의 차원을 넘어서 그 영향관계도 모색될 수 있기 때문이다. 모더니즘은 그 정신적 태도에 있어서는 모두 문명사에 대한 위기의식에 그 기반을 두고 있다. 1920년대 후반에 등장한 한국모더니즘을 선취한 정지용은 영미의 모더니즘, 소위 이미지즘에 경도되어 있었다. 모더니즘이란 근대성에 대한 안티테제를 그 방법과 정신으로 내세운다. 그런데 무엇이 근대성을 만들고 또 그것에 대한 정신적 국면이 어떻게 형성되었는가를 이해하는 것이 모더니즘을 이해하는 길이라고 볼 때, 이 글에서는 정지용 시의 그 정신적인 세계를 사조와 기법의 측면보다는 보다 근원적인 존재론적 국면에서 고찰하고자 한다. 근대의 현상은 선택의 문제가 아니라 하나의 필연이며 진행적 담론의 과정이고 이를 대안적 모색의 사유체계를 갖고자 한 시인의 세계와 맞닿아 있다고 보기 때문이다.

42 김윤식, 「한국근대문학사상의 기본축」, 『한국근대문학사상비판』, 일지사, 1978, 9~10면.

이 시기 '모더니즘'의 대두는 다층적이고 복합적으로 형성되었는데, 이는 미래 전망에 대한 담론의 차원이든 혹은 보다 원론적이고 근원적인 범주에 대한 천착이든 당시 근대의 문학 속에 깊은 아우라로 작용하고 있다. 이러한 삶 가운데 인간의 위치를 어떻게 설정할 것인가 하는 문제는 근대에 봉착되어 그 어느 시대보다 더 절실하게 요구되었다. 특히 정지용의 시는 사물시, 자연시, 산수시로 이해되어 왔을 만큼 그의 시적 대상이 자연과 밀접한 관련 하에 놓여 있다. 이러한 특징은 인간이 세계와 자신을 이해하는 방식을 함축하는 근대성의 한 척도가 되는 자연관과 관련되며, 자연을 지각하는 주체는 인간이 자신을 이해하는 방식과 연결되어 근대성과의 관련 양상으로 자연스럽게 드러난다. 그 가운데 주체는 이중적인 정서를 경험하게 되는데, 이것은 식민지로 인한 정치적 억압과 새롭게 대두되는 문화적 현실에 대한 인식이 동시에 공존하고 있기 때문이다.

근대는 자아에 대한 발견을 특징으로 한다. 데카르트 이후 등장한 인간 이성은 상징을 몰아내고 합리성을 도입하면서 인식의 주체로 탄생하기에 이른다. 인간은 '주체' 또는 '주관'이라고 규정되는데, 이로써 인간중심주의 또는 이성중심주의를 구축하게 된다. 근대적 주체는 곧 사유하는 주체이며, 이때 세계는 사유하는 주체에 마주서 있는 '객체'가 된다. 사유하는 주체는 객체에 대하여 있고, 이 둘 사이에는 확실한 경계가 전제되며 "주체로서의 자아가 객체를 표상하는 것을 통하여 비로소 존재자가 접근 가능하게 된다."[43]고 생각한다. '주

43 M, Heidegger, 박찬국 옮김, 『니체와 니힐리즘』, 서울, 철학과 현실사, 2000, 200면. 주체의 개념은 시대적 상황에 따라 의미가 달라져 왔다. 주체 개념에 대한 하이데거의 해석은 '사유한다'는 말로 번역하며, 데카르트의 '코키토'를 자신의 앞에 세우는 방식으로, 자신에게 가져온다는 의미로, 즉 표상한다는 의미로 사용되고 있다(위의 책, 213면.).

체'란 이름과 개념은 이제 이러한 새로운 의미를 갖게 되면서 인간을 표현하는 명사가 되고 인간의 본질을 표현하는 단어가 된다. 이러한 사실이 의미하는 것은 인간이 아닌 모든 존재자는 이러한 주체에 대한 객체가 된다는 것이다. 즉 근대적 주체가 시작되면서 인간은 존재자로서의 존재자 전체를 관장하기에 이른다.

이런 맥락에서 볼 때, 근대의 주체를 이해하는 데 있어서 중요한 특징 중 하나는 이중성, 또는 이원론이다. 자아의 개념도 정신적 자아와 신체적 자아로 이분화 되고 주체는 세계와 이분화 되는 결과를 낳는다. 자아에 대한 지나친 강조가 역으로 인간 자신을 파멸로 몰아간 하나의 계기가 되며, 자아의 인식과 자아에 대한 반성적 재인식이라는 이 역설이야말로 근대의 슬픈 자화상이 아닐 수 없다. 이렇게 인간을 파탄시킨 자아에 대한 새로운 관계설정이야말로 근대가 제기한 반성적 과제의 하나가 되었다. 이 문제는 곧 근대라는 삶의 터전에 뿌리를 내리고 있던 인간들에게 처한 위기와 극복의 과제에 직면하게 됨을 의미하는 것이기도 하다.

니체 이후 근대 초극을 모색해 온 철학자들은 탈근대의 축을 형성하며 이러한 주체 극복을 그들 사상의 핵심 과제로 삼고 있다. 이러한 견해들은 인식하는 주체를 부정하고 모든 합리적 사고를 거부함으로써 근대 주체의 이중적이고 기만적인 성격을 부각시켰다. 이와 같이 니체를 선두로 프로이트의 영향 아래 형성된 탈근대 사상가들[44]

44 대표적으로 푸코, 라캉이 그들이다. '주체의 죽음'을 유행시킨 푸코에게 주체는 어떤 불변하는 '실체'가 아니라 자신과의 관계에서 완전히 자신과 일치할 수 없는 여러 가지 형식으로 나타날 뿐이다. 즉 푸코는 주체를 거부하는 것이 아니라 이러한 각각 다른 형식의 주체가 어떻게 역사적으로 구성되는가 하는 것을 알고자 함이다. 이러한 각각의 주체는 힘(권력)과의 관계에서 구성된다고 본 것은 니체적 사유의 틀 안에서 반복된 움직임을 하고 있었음을 보여준다. 한편, 라캉은 정신분석학적 통찰을 통해 주체의 존재를 그려보고자 한다. 라캉의 주체는 시니피앙의 결과로서 구성된 주체라는

은 합리적 이성과 확고한 진리를 부정함으로써 근대의 폭력성에 대항하였다. 이 문제의식을 비판하며 이들과는 다른 측면에서 극복하려는 시도들은 후설의 현상학과 존재의 사유를 중심에 둔 하이데거 사상이 있으며, 타자이론의 중심에는 레비나스가 있다. 이들은 주체의 주체성이 회복되어야 함을 강조함으로써 타자의 시대를 열어 보이며 근대의 문제들을 극복하고자 했다.

레비나스[45]는 주체를 중심으로 사고하는 반성철학[46]을 통해 타자에

점에서 푸코의 비실체적 주체와 동일한 모습을 띤다. 상상적 질서와 상징적 질서의 구별은 여기서 주체 구성 과정을 이해하는데 중요한 역할을 한다. 라캉이 보여준 주체는 자기 자신과의 소외 과정을 통해 구성된다는 점이다. 상상적 질서에서는 타자와의 동일시를 통해 자신이 구성된다면, 이러한 상상적 자아는 상징적 질서에 진입함으로써 사회적 자아를 획득하게 된다. 일상적 주체는 상상적 질서에서 상징적 질서로 진입할 때, 비로소 주체로서 구성된다. 라캉의 주체는 타자의 욕망과 관련해서 욕망의 주체로서 존재한다. 주체는 타자를 통해서, 타자의 담론에 관여함으로써 주체가 된다. 고정된 어떤 실체적 존재가 아닌 타자는 언제나 다른 얼굴로, 다른 목소리로 주체의 욕망을 야기시킬 수 있다. 그러나 타자는 결코 나의 결핍을 채울 수 없다. 그러므로 나의 욕망은 끊임없이 욕망으로 존속할 수 있다. 따라서 라캉에게 주체는 욕망의 다른 이름일 수 있다(강영안, 『타인의 얼굴』, 문학과 지성사, 2005, 64~74면 참조.).

45 유대인계 프랑스 철학자 엠마누엘 레비나스(Emmanuel Levinas, 1906. 1. 12~1995. 12. 25)는 러시아 리투아니아의 카우나스의 독실한 종교적 분위기의 유대교 집안에서 장남으로 태어났다. 이후 18세에 프랑스로 이주해 대학을 다녔고, 24세에 독일에서 박사학위를 받았으며, 같은 해에 프랑스로 귀화하였다. 그는 독일군 포로수용소 생활을 겪었을 뿐 아니라 그의 부모와 두 남동생이 모두 나치에 의해 학살되었다. 레비나스의 삶의 경험은 그의 철학에 근본적인 원천이자 배경이다. 즉 전쟁의 경험은 그에게 서양 철학에 대해 반성할 수 있는 계기를 마련해주었다. 전쟁의 폭력과 서양 철학은 다 같이 전체주의적이다. 둘 다 인간의 인격을 하나의 체계에 종속시킨다는 것이다. 이러한 폭력은 근원적으로 인간의 절대적, 인격적 가치를 부인하고 전체성을 우선적으로 생각하는 철학으로부터 흘러나온다. 레비나스는 이러한 철학적 흐름에 대항에서 다른 이, 즉 타자의 존재가 인간 존재에 차지하고 있는 자리를 드러내 보이고자 한다. 결국 인간을 전체의 한 부분으로 보는 전체주의적 철학에 대하여 인간의 존엄성과 책임의 이름으로 대항한다. 이런 배경에서 배태된 타자에 대한 사유는 폭력과 인종주의의 뿌리를 노출시키고 '다르게 사유함'을 통해 이를 극복해보려는 치열한 노력이었다. '다르게 사유함'은 타자를 전혀 다른 방향으로 생각하는 것이다. 타자에 대한 다른 사유를 전쟁과 폭력, 타민족 말살의 대안으로 들고 나온 까닭은 이들 모두 타자를 거부

대한 사고체계를 형성하였다. 이러한 근본적인 반성철학을 바탕으로 인간의 삶을 다시 새롭게 구축할 수 있는 가능성에 대한 모색은 근대성의 극복으로 타자 또는 타자성의 수용이라는 입장에 서게 된다. 그는 서양 철학의 보편주의가 전제한 동일성의 사고를 문제 삼으며 자아중심의 윤리가 타자중심의 윤리로 전환되어야 함을 역설한다. 또한 전체성의 철학을 비판하면서 이에 대항하여 어떤 무엇으로도 환원될 수 없는 개인의 인격적 가치와 타자에 대한 책임을 보여 주는 평화의 철학을 구축하고자 한다. 레비나스는 타자를 주체 구성에서 중요한 계기로 생각하며, '타자의 사유'만이 진정한 주체를 회복할 수 있는 길이라고 보았다.

레비나스의 타자 개념[47]은 주체에 의해 규정되거나 파악될 수 없는

하는 데 공통점이 있기 때문이다. 이런 의미에서 타자 배제는 이데올로기의 특수한 한 형태로 나의 '존재'와 존재 유지를 최고의 가치로 삼는 데서 비롯된다. 레비나스 타자를 수용하고 타자를 받아들이는 윤리적 행위로서만 전체성의 세계가 극복될 수 있다고 본다. 즉 개인의 인격성과 타자성, 인간 존재의 윤리적 의미를 타자의 사유를 찾고자 하였다. 따라서 레비나스 철학의 궁극적 지향점은 주체성을 다시 세우는 것으로 이 이념에 근거한 주체성이란 타자를 받아들이는 주체성임을 밝히고 있다(강영안, 앞의 책, 19~32면 참조.).

46 반성철학(Reflexio)이란 의식의 직접적 포착이 아닌 대상을 통한 우회적 인식이다. 의식의 직접적 포착은 느낌이기 때문에 사고가 될 수 없다, 결국 무엇인가를 거쳐 가는 반성적 분석을 통해 이루어진다(리쿠르, "Le Conflit des Interpr tations", 양명수 역, 『해석의 갈등』, 이카넷, 2001, 355면.).

47 레비나스의 타자 개념은 인간 중심적인 소통의 철학이다. 그는 궁극적인 자아의 실현을 타자 관계에서 구하고자하는 타자 중심적인 삶의 윤리를 지향한다. 유토피아와 같은 이상적인 미래사회를 인간 공동체에서 구현하는 것이 그의 목적이다. 새로운 패러다임으로서의 타자윤리는 인간의 이상과 지고의 선을 인간의 실존적인 삶 속에서 사유하고자 한다. 그 배경은 인간정신의 지평을 크게 넓히는 새로운 인간이해와 인간적 삶에 대한 성찰에 대한 관심이다. 또한 인간과 진리의 본질을 타자, 욕망, 감성, 신체성, 향유, 유일신, 등과의 다원적인 관계를 통해 설명하고자 한다. 그리고 초월적인 윤리로 인간정신의 부활을 선언한다. 레비나스의 타자 윤리는 타인에 대한 사랑과 희생이 그 어떤 철학적 사유보다도 앞선다고 주장한다. 그런 사유는 너와 나의 실존적 관계를 삶과 죽음을 초월하는 존재의 심연을 통해서 이해하고자 한 것에서 비롯된다.

그리고 주체의 가치관에 의해 환원될 수 없는 개체의 고유한 특성을 밝히는데 유효한 방법론이라고 판단된다. 따라서 정지용 시에서 주체는 대상에 대한 모순적 상황과 갈등현상의 발생 원인을 감각의 오류나 한계 때문이 아니라 이성이 사물과 현상을 이해하는 과정의 결함 때문이라는 문제의식에서 출발한다. 이로써 주체가 대상을 자기중심적으로 이해하는 것이 아니라, 대상에 집중함으로써 그 자체의 의미를 스스로 드러낼 수 있도록 하고자 한 것이다.

타자는 어떤 것에 대립하고 있는 다른 어떤 것을 포괄적으로 뜻한다. '나'를 중심으로 말한다면, 타자는 '나'가 아닌 '남'을 가리킨다. 즉 "타자는 내가 아닌 자이며, 내가 그것으로 아니 있는 자이다.[48] 타자의 사유는 근본적으로 '근대적' 사고의 중심축인 이성과 주체 개념에 기초한 서양 철학의 보편주의를 비판대상으로 삼았을 뿐만 아니라, 이를 해체한다. 프로이트를 시작으로 라캉, 데리다, 푸코와 같은 논자들을 들 수 있다. 이들은 각자의 방식으로 '타자'나 '타자성'이 함축하고 있는 의미에 대해서 독특하게 해명한다.

우선 사상적 기반이 된 프로이트는 19세기 말 정신분석을 통해 인간은 의식으로 조종할 수 없는 거대한 무의식이 있음을 밝힌다. 프로이트에게 주체는 의식과 무의식적 동기로 분열되어 있는 주체이다. 주체의 분열은 유년기의 정신적 외상과 관련되는데, 무엇보다 외디프

그 결과 인간을 안으로는 결핍된 욕구로 자기중심적 내면성을 유지하면서 자아의 바깥으로 향해 있는 것으로 외재적 열망을 향한 존재로 해석한다. 즉 타자에 대한 열망과 초월성이야말로 윤리적 관계형성의 올바른 계기라고 보았다. 저서로는 『존재에서 존재자로』(1947), 『시간과 타자』(1948), 『전체성과 무한』(1961), 『타인의 인간주의』(1972), 『존재와 다른 것 또는 존재 사건 저편』(1974), 『윤리와 무한』(1982) 등 25권이 있다. 이 글에서는 서동욱 옮김, 『존재에서 존재자로』, 민음사, 2003. 강영안 옮김, 『시간과 타자』, 문예출판사, 1996. 등을 주요 텍스트로 삼고 그 외의 레비나스 사상을 연구한 국내의 문헌과 논문을 참고로 하였다. 레비나스의 책은 앞으로 년도로 인용한다.

48 J-p. Sartre, 손우성 옮김, 『존재와 무』 10판, 삼성출판사, 1978, 406면.

스 콤플렉스(Oedipus complex)를 거쳐 주체는 의식과 무의식 사이에서 불안정하게 찢어진 주체가 된다.[49] 분열된 주체는 자기 내부에서 스스로를 타자로서 경험하게 될 것이다. 이 경험은 주체의 자기소외, 즉 주체의 타자화를 초래할 수 있다. 그가 발견한 무의식은 인간이 스스로를 돌아보고 자만심과 독선을 버리고 타자를 인정하는 현대 사상의 초석이 된다. 라캉은 바로 프로이트의 초기 사상인 무의식의 발견으로 돌아간다. 그의 영향은 타자의 전제를 수용하는 라캉의 다음과 같은 말에서 드러나고 있다.

> 나는 나 자신보다도 이 타자에 속해 있는 것이 아닐까? 내가 스스로의 자기 동일성을 확증하려는 바로 이 순간에도 나를 동요시키는 이 타자는 누구인가? 타자는 단순히 나와 다른 또 하나의 주체가 아니다. 타자의 존재는 타자성의 두 번째 단계에서만 이해될 수 있다. 타자는 또 다른 주체가 아닌 주체가 환원시킬 수 없는 이질성으로 이해될 때에야 비로소 나와 다른 주체 사이에서 중재 역할을 수행할 수 있는 것이다.[50]

위 글은 타자라는 개념이 자기 동일적 실체나 개념이 될 수 없는 이유를 설명하고 있다. 타자는 근본적으로 연결 관계의 문제라는 것이다. 이 관계는 공간적 차이를 만들어 '함께 있음'이 만들어 내는 차이로 '동일자와 타자'라는 대립 구조로는 설명할 수 없는 '이웃'의 관계이다. 라캉은 주체에게 '타자'에 대한 의식이 싹트기 시작하는 과정에 대해 상상계, 상징계, 실재계 등의 연결 방식의 관계로 설명하고 있다.[51] 타자는 상호 주관성과 같은 상상적이고 상징적인 재현 방식

---

49 T. Eagleton, 김명환 외 옮김, 『문학이론입문』, 창작사, 1986, 193면.
50 J. Lacan, 권택영 역, 『욕망이론』, 문예출판사, 1994, 88면.
51 위의 책, 16~17면.

으로 환원될 수 없는 근원적인 타자성으로 드러난다는 것이다. 또한 그에 의하면 한 주체의 무의식에는 타자의 담론이 스며들어 있으며 "주체의 욕망은 항상 타자에 의존한다."[52]고 주장한다. 라캉의 타자에 관한 이론은 한 주체에 무의식적으로 '타자'가 스며들어 있다는 기본적인 전제로서 수용되어야 할 것이다.

한편, 푸코의 사유는 '타자의 사유'라고 할 수 있다. 그의 이론은 타자의 입장에서 동일자들이 그 타자를 어떠한 방식으로 억압하고 관리해 왔는가를 정교하게 분석해내고 있다. 푸코는 경계 바깥으로 밀려나는 '타자'의 존재에 대해서 주목한다. 그는 광인, 병인, 과학으로 정립되지 못한 지식들, 범법자들, 여자들과 아이들 등 지금까지 철학적 담론에서 늘 배제되어 왔던 '타자'들을 그의 사유 속으로 진입시킨다. 이러한 의미에서 푸코는 타자를 동일자 안에서 자기 정립적으로 사유하지 않고 동일자의 바깥에서 사유하는 것이다.[53] 그는 기존 사유의 틀에 안이하게 머물지 않고 끊임없이 그 경계를 문제 삼으며 기존의 지식과 권력이 감추려고 하는, 그래서 사람들에게 익숙해져 편하게 느껴지는 사고행위의 틀에 도전한다.

이상과 같이 가장 첨예한 쟁점이 된 주체의 해체와 탈중심화는 서양문화 전반에 깔려있는 자아중심적 사고를 반성하게 하는데 크게 기여했다. 문제는 해체 이후, 인간의 삶이 어떤 모습을 할 것인가이다. 이러한 문제의식을 비판하며 등장한 레비나스의 사유는 본 논문의 방법론 정립에 커다란 도움을 줄 것이다. 즉 '주체 중심주의적 관점'에서 탈피하여, 그 주체가 전략적으로 수용한 '타자'의 존재에 대하여 주목하겠다는 것이 바로 이 글의 방법론과 '타자'에 대한 문제의식

52 같은 책, 138면.

53 M. Foucault, 이정우 역, 『담론의 질서』, 새길, 1993, 참조.

이 접합되는 부분이라 하겠다.

레비나스는 근대를 넘어 탈근대에 이르기까지 인간 주체의 문제에서 '주체의 죽음'을 선언하기까지 절대화된 주체, 이성적 주체, 세계의 의미 부여자로서의 주체는 더 이상 유지될 수 없음[54]을 밝히고 있다. 그는 새로운 주체성을 확립하기 위해 타자성의 개념을 수용하고자 한다. 그리고 자기실현의 과정에서 만나는 타자의 존재가 인간의 삶에 어떤 의미가 있는가를 밝히는 데 집중되어 있다. 이런 맥락에서 타자성에 관한 논의들은 살펴볼 때, 그 출발은 헤겔로부터 시작된다.

헤겔은 타자성의 개념을 절대이성에서 찾고자 한다. 이때 이성은 선험적인 것이 아니라, 감각과 지각, 오성의 변증법적 활동의 과정을 통해 발달하면서 발생한 절대이성이다. 그 이성의 대상 역시 자기와 같은 이성을 가진 타자이다. 변증법적 이성은 변증법적으로 자기를 실현하기 위해서 거쳐야만 하는 실재의 세계와 타인이 수많은 차이들을 보유한 존재들로서 자신과 대립하고 있다는 사실로 인해 현실성을 획득할 수 있는 것이다.

타자는 자기 동일적 진리로서의 자기의식의 입장에서 볼 때, 자기와 대립하는 차이로서 존재한다. 그런 상태에서 타자와 관계하는 자기의식은 타자에 속한 차이들을 자기 동일적인 것으로 만듦으로써 자기와 타자의 동일성을 확보할 수 있다.[55] 그러나 타자의식과의 대면은 형식적 통일성의 기능을 가능하게 할지라도 내용의 차이로 인한 대립을 확인시키게 됨으로써 결국 자기 안에 부정의 힘을 자극하는 이중적인 의미를 지니게 된다. 헤겔이 발견한 근대는 타자의 인격적인 면을 수용하게 되면서 진일보하였지만, 변증법적 부정을 거치는

---

54 E. Levinas(1996), 5면.

55 김성균, 「헤겔의 변증법적 이성과 인정투쟁 이론에 대한 비판적 고찰」, 숭실대 대학원 석사학위논문, 1998, 19~20면.

동안 타자를 절대적 자기 동일성에로 무화시켜버리는 결과를 초래한다. 결과적으로 헤겔은 주체의식의 맥을 이어가면서 근대의 비극적 상황의 문을 열어주고 있는 셈이다.

한편, 후설과 하이데거의 현상학을 배경으로 하는 사르트르의 실존철학은 사유하는 실체를 인정하지 않는 후설의 지향성을 받아들이고 있다. 의식은 본질적으로 지향적이기 때문에 의식과 대상세계는 상호관련 아래 개념화되어야 한다는 것을 수용한다.[56] 사르트르의 『존재와 무』를 관통하는 가장 중요한 개념 가운데 하나는 '우연성'[57]일 것이다. 이것은 그의 기본 명제인 '실존은 본질에 선행한다.'와 직접적으로 관련되어 있다. 이는 모두 사르트르의 무신론적 사고와 관련되는데, "이 우연성이라는 개념과 사르트르의 무신론은 표리관계에 있다고 할 수 있다."[58] 그는 인간을 만든 신이 존재하지 않기에 인간의 본질은 정해지지 않았다고 역설한다. 그러므로 인간 스스로 자유로운 선택과 자발적 결단을 통해 자신의 선택과 결과에 따라 무한한 책임을 짊어져야 하는 것이다.

> '의식이 무엇인가'에 대한 의식이다. 그것은 초월이 의식의 구성적 구조라고 하는 의미이다. 다시 말하면, 의식은 그 자체가 아닌 존재의 '도움을 받아' 발생한다는 뜻이다. 그것을 우리는 존재론적 증명이라고 부른다.[59]

실존의 출발점은 행위주체의 의식이지만, 모든 의식은 필연적으로

56 전경갑, 『현대와 탈현대의 사회사상』, 서울, 한길사, 1997, 103~120면 참조.
57 변광배, 『존재와 무』, 서울, 살림, 2007, 116면.
58 위의 책, 118면.
59 J-p. Sartre, 정소성 역, 『존재와 무』, 서울, 동서문화사, 2009, 42면.

어떤 대상을 향해 있는 지향적 의식이다. 결국 의식과 대상, 의식적 존재와 의식이 없는 존재, 대자적 존재와 즉자적 존재는 긴밀히 연결된다.[60] 그러나 대자존재는 즉자존재 상태에 머무르지 않는 존재이기 때문에, 즉자존재의 상태를 끊임없이 무화시킴으로써 세계는 변화하게 된다는 것이다. 사르트르는 의식적 존재로서의 인간을 대자적 존재로 규정한다. 그런데 절대적 자유를 선고받은 나의 자아실현은 역시 절대적 자유를 실천하도록 선고받은 타인의 자아실현을 침해할 수도 있고 또한 그 역도 성립한다고 보았다. 그러기에 '타인은 곧 지옥'이라고 선언한다.[61] 그에게 있어 타자의 존재는 나에게 심각한 도전과 위협으로 다가오며 적대적 관계를 형성하게 된다. 이 관계에서 인간존재는 타인과의 평화공존보다는 필사적 투쟁이 불가피하다. 여기에서 레비나스는 기존의 자유에 관한 개념 자체를 문제시 한다.

> 자유의 자발성은 문제되지 않았다. 그것의 제약만이 비극으로 여겨져 왔고, 문제가 되었다. (…) 만일 내가 자유롭게 나 자신의 실존을 선택한다면 모든 것이 정당화될 것이다.[62]

---

60 J-p. Sartre, 손우성 역, 『존재와 무 I』, 삼성세계사상 9, 삼성출판사, 1993, 199~198면. 그에 따르면 존재는 즉자존재, 대자존재, 그리고 대타존재로 구성된다. 즉 즉자존재란 인간의 의식과 무관하게 존재하는 사물과도 같은 것이다. 중요한 것은 사르트르에게 의식은 존재가 아니라는 점이다. 이러 의미에서 의식은 무(無)라고 할 수 있다. 또한 의식이라는 것은 외부에 있는 무엇인가를 지향한다는 의미로 대자존재가 된다. 인간은 대자존재로서 외부의 무언가를 지향함으로써 외부의 것으로 자신을 내면화시킬 수 있는 것인데, 대자존재가 그 상태에 머물러 안주하게 될 때, 즉자존재가 되는 것이며, 이것이 '무의 상태'이다. 즉자존재의 상태를 끊임없이 무화시킴으로써 세계는 변화하게 된다는 의미이다.

61 J-p. Sartre, 정소성, 위의 책, 408면.

62 E, Levinas(1961), 83면.

레비나스는 서구사회의 절대가치인 자유를 정당화하지도 도덕적이지도 못한 것이라고 문제 삼는다. 왜냐하면 자유는 타자를 자신의 자유의 장애물로 여기며, 죽음으로 위협하는 존재로 몰기 때문이다. 그러나 사실상 타자는 나의 자유의 장애물도 아니고, 죽음으로 나를 위협하지도 않는다. 그는 도덕성을 자유와 함께 시작되는 것으로 보지 않는다. 오히려 인간이 자신의 자유의 과도함에 대하여 죄책감을 가지게 될 때, 인간의 의식 속에 도덕성이 발생하는 것이라고 말한다.[63] 자유를 근거로 도덕적 책임을 근거 지은 것과 정반대로 '자유에 앞선', 즉 나의 자율과 능동적 행위에 앞서 나에게 부과된 책임의 의미를 드러내고자 한다.[64] 여기에 레비나스가 도덕성의 기원을 자율성이 아닌 타율성에서 찾는 이유가 있다.

이상과 같이 헤겔이나 사르트르 등이 속한 철학은 타자를 자기에게 환원하는 동일성의 철학을 견지한다. 한편, 이와 달리 새로운 이성을 탐구하는 다른 사유는 존재론적 차이를 진지하게 사유할 것을 요구한다. 포스트모던 사상가들이 차이가 생성되고 분산되는 다양한 과정을 철학적으로 해명한다면, 존재론적 차이를 타자와 연관시켜 생각함으로써 형이상학의 문제점을 가장 극명하게 밝힌 사상가는 레비나스일 것이다.[65] 그의 사상은 크게 세 가지로 규정할 수 있다. 첫째, 레비나스는 파르메니데스로부터 하이데거에 이르는 서양 형이상학의 역사를 타자가 동일자에 흡수, 지양되는 존재론으로 규정하고, 이러

---

63 김연숙, 「레비나스의 타자윤리에 관한 연구」, 서울대 대학원 박사학위논문, 1999, 113면.

64 강영안(2005), 80면.

65 존재론적 경험과 타자의 사유를 통하여 탈현대적 도전을 보인 레비나스의 사상을 지배의 존재론을 극복할 대안으로 보고 하이데거와의 비교를 통해 레비나스의 사상을 규정하였다. 탈현대적 의미의 초월의 현상학을 차이와 타자성을 인정하는 새로운 초월 형식으로 제시하고 있다고 해석한다(위의 책, 209면.).

한 지배의 존재론을 극복할 수 있는 철학으로 타자의 형이상학을 발전시킨다. 둘째, 형이상학의 근본 특성은 자기 자신에로의 반성적 환원이 아니라 절대타자로의 초월이다. 셋째, 절대타자에로의 초월은 신체적 존재로서의 인간의 유한성에 뿌리를 두고 있다.[66]

레비나스의 타자이론은 후설과 하이데거로부터 직접 철학을 배우고 후설의 연구로 박사학위를 받은 만큼 그에게 있어 그들의 영향은 매우 크다.[67] 그러나 이들의 사상에 대한 비판적 해석과 새로운 방향의 모색은 자아와 타자의 관계를 형성하려는 시도로 그의 사상을 체계화시켰다. 그의 이론을 후설의 타자이론과 하이데거의 존재자와 존재를 대비시켜 이해하고자 함은 어느 한 쪽을 편향적으로 지지하기 위한 것이 아니라 타자의 문제를 올바른 방향과 윤곽으로 드러내 보이고자 하는 것에 있다.

후설 현상학은 "개념상 확고하게 경계 지어지고 충분히 그 의의가 밝혀진 문제들, 방법, 및 이론"을 갖춘 엄밀학이 되어야 한다고 보았다.[68] 현상학을 엄밀한 제1철학으로서 확립하고자 한 후설은 그 근원

---

66 이정우, 『주체란 무엇인가』, 서울, 그린비, 2009, 210~216면 참조.

67 레비나스는 1930년 24세에 독일 프라이부르크 대학에서 현상학의 기초개념에 관한 내용을 다룬 "훗설현상학에서의 직관이론"으로 박사학위를 받았다. 레비나스를 매료시킨 훗설의 논문은 "엄밀학으로서의 철학"이었다. 그러나 그는 자신이 훗설로부터 세계나 세계구성에 관한 이론보다는 가치론적 지향성의 영향을 받고 있음을 강조한다. 이때 가치의 특성은 지식에 의해 변형된 존재자들에 부여되는 것이 아니라, 비이론적 지향성의 특수한 태도에서 오는 것임을 강조한다. 이점에서 레비나스는 훗설 철학이 윤리적 문제나 타자와의 관계에 대해 논했던 것을 넘어서 발전해 갈 가능성을 보고 있다. 그러나 이후 훗설보다는 하이데거의 『존재와 시간』에 심취하였고, 대학에서 하이데거의 강의를 경청하였으며(1928~29), 그는 훗설의 의식에 관한 현상학보다는 하이데거의 실존적 존재론에 더 많은 관심을 보였다. 이후 하이데거 사상에 비판적 해석과 새로운 사상의 방향으로 1963년 발간된 『전체성과 무한』은 서구철학의 존재론적 자아론을 극복하면서, 자아와 타자의 윤리적 관계를 형성하려는 시도로서, 세계적 명성을 가져다주었다(김연숙, 앞의 논문, 15~16면 요약.).

68 윤명로, 「후설에 있어서의 현상학의 구상과 지향적 함축」, 한국현상학회편, 『현

자체의 절대적 확실성을 주장한다. 그 근원을 찾는 방법은 현상학적 환원을 통하여 도달한 기반인 선험적 주관성으로서의 자아이다. 레비나스는 이와 같은 후설의 이론에 대하여 비판한다.

> 현상학적 환원의 혁명적 특징에도 불구하고, 후설 철학에서 혁명은 자연적 태도가 이론적인 정도로만 필요하다. 환원의 역사적 역할이 실존의 특정 순간에 나타나는 의미 등은 그에게 전혀 고려되지 않고 있다.[69]

레비나스에 의하면 후설의 현상학은 본질적으로 자아론이다. 이 같은 환원은 후설을 고립된 의식 안에 머물게 한다. 경험적 세계는 의식에 의존한다는 점에서 그것이 현상적 세계에 관한 것일지라도, 후설은 에고로 향하고 에고는 세계구성의 행위 속에서 자신의 세계를 창조한다. 여기에서 타자는 객관적 의미 안에서만 표현된다는 점에서 나의 의식에 의존하는 타자로 상정되는 것이다. 레비나스는 후설의 주장에 대하여 다른 사람들이 나의 삶의 의미와 무관하다는 주장이 함축되어 있음을 문제시한다. 왜냐하면 의식은 지향적 관계에서만 세계를 구성하기 때문이다. 그는 모든 지식에 앞서 체험되는 사태를 직시한다. 그리고 이성에 선행하는 근원적인 영역으로, 감성의 영역이 있음을 강조한다. 타자는 이 의식의 본질을 지향성에 근거하여 나와 타자의 관계를 밝힌다. 그가 직접적이고 근원적인 영역을 탐구하고자 하는 현상학에서 가장 주목한 것은 '지향성'[70]이다.

지향성은 의식의 속성이 아니라 의식의 실체성으로서 존재한다고

상학이란 무엇인가』, 서울, 심설당, 1990, 15면.

69 E, Levinas(1961), 157면.

70 박인철, 「타자성과 친숙성 - 레비나스와 후설의 타자이론 비교」, 『철학과 현상학 연구』 24, 한국현상학회, 2005, 5면.

볼 때, 그 의식은 그 자체로 벌써 자기초월을 특징으로 한다. 레비나스는 이것을 "지향성으로서의 의식의 실체성은 스스로 초월하는데 있다."[71]라고 적절히 표현한다. 그가 말하고자 하는 지향성은 감성적이고 수동적인 성격에 근거하며, 지향작용과 지향된 것 사이의 상관관계를 의미하는 것이다.

하이데거에 대한 비판은 현상학과 같은 맥락 안에 있으며, 그에 대한 레비나스의 비판은 존재론적 세계[72]의 인식에서 비롯된다.

> 존재론적으로 탐구되는 존재와의 관계는 그것을 나타내기 위하여 존재자를 중화하는 데 있다. 그러므로 그것은 타자와의 관계가 아니라 타자를 동일자로 환원하는 것이다.[73]

위 인용문에서 '존재자의 중화'란 존재자를 의식의 대상으로, 즉 표상으로 끌어들이는 작업에서 필연적으로 수반된다. 하이데거의 존재론적 세계관에 대한 레비나스의 비판은 크게 두 가지 방향으로 구분해 볼 수 있다. 첫째, 현존재와 대상적 세계와의 관계설정, 둘째, 자아와 타인간의 관계설정에 관한 것이다.[74] 이들은 모두 '존재에 대하여'라는 범주의 문제로 등장하지만, 하이데거가 '존재의 의미'에 대한 논의로 시작하는 반면, 레비나스는 '동일자와 타자'에 관한 문제로 시작된다. 이 같은 문제의식의 차이로부터 하이데거가 서구철학의 문

---

71 강영안, 「향유와 거주」, 『철학』 43집, 한국철학회 편, 1995, 306면.

72 레비나스는 '존재자'라는 개념을 하이데거와 크게 차이 없이 사용한다. 하지만 '존재'라는 개념에서는 차이가 있다. 하이데거는 존재를 언제나 존재자의 존재로 즉 '현존재의 존재론적 구조'로 이해한다. 하지만 레비나스는 존재자 없는 존재, 익명적 존재 사건을 얘기하고 있다(E. Levinas(1996), 38면.).

73 E, Levinas(1961), 45~46면.

74 김연숙, 앞의 논문, 31면.

제를 존재와 존재자들의 관계가 존재망각에 있다고 본데 반하여, 레비나스는 동일자와 타자의 차이를 인식하지 못한 채, 모든 타율성을 자율성으로 환원한데 있다고 보았다.

특히 레비나스에게서 타자와의 관계는 존재론적 문제가 아니라, 윤리학의 문제이다. 하이데거는 그의 존재론적 철학의 전반에 걸쳐 일관되게 윤리나 도덕의 문제에 침묵하고 있다. 그는 윤리를 비본질적인 것으로 경시[75]했던 하이데거의 존재질문에 대하여 윤리를 존재질문으로 되묻고 있다. 현존재가 관계할 수 있고 또 언제나 관계하고 있는 존재 자체는 실존이다. 실존은 윤리학적 개념이 아니라 존재를 이해하고, 존재에 대해 관심을 가지면서 존재 그 자체를 문제 삼으면서 존재하는 현존재의 존재규정이다.[76] 이에 비해 레비나스는 윤리를 존재질문의 주제로 삼는다. 존재론과 형이상학에 대한 그의 입장은 아래에서 확인할 수 있다.

> 형이상학은 존재자와의 관계를 통해서 존재론을 형성하는 인식행위의 토대를 제공한다. 그리고 이 같은 존재자와의 관계는 모든 존재론에 앞선다: 그것은 존재 안의 궁극적 관계이다. 존재론은 형이상학을 전제로 한다.[77]

---

75 윤리를 비본질적으로 것으로 보았던 하이데거의 존재질문은 동일자가 타자를 지배하는 서구 전통적 동일성의 철학을 확인하는데 그치고 있다(김영한, 「레비나스의 타자 철학 - 하이데거에 대한 비판을 중심으로」, 『철학논총』 제64집, 새한철학회, 2011, 124면.). 하이데거에 따르면 윤리학은 형이상학적 사유에 속한다. 마음에 간직하는 사유 즉, 시원적 사유는 윤리학도 존재론도 아니라고 본다. 시원적 사유는 존재사유이며, 이것은 윤리학보다 더 근원적이고 보았다. 그러나 레비나스는 하이데거의 이러한 철학을 '중립성의 철학' 또는 '유물론'이라고 비판한다. 왜냐하면 그의 사유는 인간이 당하는 고통과 현실적 불평등이나 불의에 대해서는 완전히 침묵하고 있다고 보았다.

76 김연숙, 위의 논문, 32면.

77 E, Levinas(1961), 48면.

위 인용문에서 보듯, 레비나스는 존재론적 세계구성에 앞서 다른 존재자와의 관계가 선행해야 함을 강조한다. 즉 그에게 의식작용·표상작용보다 중요한 것은 형이상학적 세계관이고 이것은 다름 아닌 윤리학이다. 형이상학적 관계는 존재와의 관계를 넘어선 것으로 의식을 넘어선 것과의 관계이다. 그리고 나의 의식을 넘이 타자적 존재자에게 다가가는 방법은 바로 타자에로의 초월을 통해서만 가능하다는 것이다. 여기에서 자아의 주체성은 타자에 대한 윤리적 책임에서 규정하고자 하는 타자에 대한 주체의 태도에서 기인된다고 보았다.

이상에서 살펴 본 바와 같이 레비나스와 후설, 하이데거 등에 있어서 자아와 세계의 관계양상에 대한 이해방식은 서로 다르다. 레비나스에게 있어 인간간의 관계는 보다 심층적인 관계에 있다. 그는 이 현상의 근거가 되는 것으로 타자의 절대적 타자성과 자아의 수동성 사이의 직접적 관계를 들어 설명한다. 그는 하이데거의 익명적 존재에서 나와 구체적인 실존의 존재자로, 관념론적 차원에서 구체적인 신체성으로 해석했다. 따라서 인간간의 관계를 가능하게 하는 것은 타자 사이의 절대적인 차이에서 기인하다고 본다. 이러한 이해를 통한 레비나스의 주체성은 인간이해의 중심에 바탕한 윤리적 대상인식이라는 새로운 개념의 주체를 의미한다.

인간은 각각의 분리된 개인들로서는 독립적이고 자기 충족적인 내재성이며 자아중심적이다. 그러나 또 한편으로 인간은 타자를 향한 초월을 통하여, 절대적 초월 또는 외재성으로 타자와의 관계 안에 들어서며, 타자를 위해 헌신하는 타자중심적 이타적 존재가 된다. 여기서 윤리적 관계는 낯선 타자를 향한 자기 초월의 공간을 열어 놓음으로 자아의 이기적 삶을 이타주의적 삶의 차원으로 초월시키고자 한다. 그것으로 타자를 받아들이는 주체성을 밝히는 데 있다. 결국 레비나스는 '다른 이', 즉 타인은 결코 '나'로 환원될 수 없는 사람임을 강조한다. 그가 다른 이의 존재를 그토록 강조한 까닭은 주체의 주체성을 드러내기 위한 것이었다.[78] 그의 사유는 근대의 이중성과 근대적 주체의 문제점을 극복하는 대안으로 제시된다는 점에서 한국의 근대성과도 같은 맥락으로 이해가 가능해진다.

타자에 대한 관심이 고조된 것은 1960년대 이후 탈근대적이라 할 만한 철학적 경향들이 등장하면서이다. 특히 인간과 사회의 관계 또는 인간과 인간 사이의 관계라는 개념으로 표현되어 왔다.[79] 한국사회에서 타자라는 용어는 1990년대 이후 탈근대적 사고의 등장과 함께 지속적으로 확산되었다. 그러나 서구 모더니즘의 수용과 비판으로 점철된 식민지 시대는 제국주의와 근대, 혹은 근대성이라는 거대한 타자에 대한 인식과 투쟁, 갈등의 길항 가운데 위치해 있었다.

타자의 개념은 자아 밖의 모든 외재성을 의미한다. 즉 '나' 밖의 다른 사람, 이름지을 수 없는 물질적 요소들, 무한, 그리고 신 등이다. 일반적으로 나와 구별되는 존재로서의 타인이나 사물, 혹은 현실을 폭넓게 지시할 수 있다. 흔히 다른 것, 즉 동일 범주로 취급될 수 없는 것의 의미로 사용된다. 타자는 '차이'와 '다름'에 기반하고 그것을 생성한다. 타자는 '차이'와 '다름'에 의해 발견되고 주체에게는 낯설고 이질적인 것으로 드러나며 타자, 타자와 나, 나와 세계의 여러 관계의 층위에서 논의된다.

'타자'가 지니는 의미론적 지평은 그 어떤 주제보다 깊게 탐색되고 있다. 타자의 사유로 세계를 해석하고자 하는 욕구는 지금까지 세계가 자기중심적인 동일자의 관점으로만 편협하게 해석되었다는 사실의 반증이기도 하다. 그러나 주체 형성이 타자의 부정이나 타자와의

---

78 강영안(2005), 74면.

79 고영아, 「哲學的 人間學의 觀點에서 본 엠마누엘 레비나스(Emmanuel Levinas)의 他者性의 論理에 관한 硏究」, 서울대 대학원 석사학위논문, 1997, 46면.

관계 속에서 이루어진다는 점에서 타자는 주체 형성의 조건이기도 하다. '나'는 '남'이 아닌 점에서 '나'이지만, 동시에 바로 그러한 점에서 '나'는 '남'과 이미 연루되어 있기 때문이다. 이러한 관계 속에서 '나'에 대한 '남'의 반응과 태도를 통해 '나'의 정체성을 형성하는 까닭에, '나'의 정체성은 '남'에 의해서 부여되거나 규정[80]된다고 말할 수 있다. 곧 "내가 나를 바로 의식하는 것이 아니라 나에 대한 다른 사람들의 반응을 통하여 비로소 나 자신을 의식하게 된다."[81]는 것은 바로 타자와의 공존을 의미한다.

근대의 보편적 특성이 된 이중성에 대한 비판의 의미로 볼 때, 서로 구별되는 두 개의 가치를 충돌시킴에 따라 나타나는 애매성은 결국 주체로 환원될 수 없는 타자의 자리를 마련하는 것이라 할 수 있다. 이 가운데 식민지 시기 타자 담론을 문제 삼는 것은 궁극적으로 타자구성을 통해 드러나는 주체의 성격을 파악하기 위해서이다. 이러한 담론에 의해 당시 그 나름의 특수성을 띠며 근대를 전개하고 근대화에 대응하여 형성된 문화현상은 모더니즘이다. 특히 모더니즘은 각 시대와 구체적 체험에 근거하여 주체의 문제와 직접적으로 관련되어 있다. 따라서 그것이 '타자'를 통해 식민지 근대인의 자아정체성과 이해관계를 형성시켰다면 이로 인해 촉발된 위기의식이야말로 주체 구성에 매우 중요한 준거가 된다고 볼 수 있다.

모더니즘의 경우 그것을 세계사적 보편성의 차원에서만 해명하려 할 때, 우리는 현실이 이론을 배반하는 경험을 숱하게 겪어왔다. 그렇다고 보편성을 방기하는 것이 해결이 아니라는 사실도 확인하였다. 그런데 문제는 우리의 현실이 근대적 보편성 및 식민지 특수성과 변

---

80 손봉호, 『고통받는 인간』, 서울대출판부, 1995, 68면.

81 손봉호, 앞의 책, 67면.

증법적으로 매개되어 있음을 확인하는 일이다. 이 작업은 정지용이 모더니즘을 수용하게 된 계기와 근거, 나아가 창조적 수용을 일으킨 동인 등을 밝히는 차원에서 그 명증성이 검토되어야 할 것이다. 그것은 모더니즘이 단순히 문예사조라는 의미망 너머에 있었으며, 당대의 사회·문화적 요인들과의 이해관계에 따른 주체들의 대응 전략이었기 때문이다.

필자는 정지용 문학의 주체성과 주체에 관한 사유구조를 타자의 관점에서 살피고자 한다. 타자의 문제는 나의 외부에 있는, 나와 구분되는 모든 존재를 타자라고 정의할 때 타자는 우선 존재론, 형이상학의 주제가 된다. 타자의 존재성과 실체가 무엇이냐는 것이 여기서 핵심이 될 것이다. 그러나 존재론의 문제는 인식론적인 해명을 필요로 한다. 타자가 주체와 어떻게 경험되고 이해될 수 있는가 하는 인식론적인 논의 또한 타자문제에서 중요한 위치를 점한다. 그러나 이 글에서는 존재론과 형이상학적 탐색에 보다 비중을 두고자 한다. 이는 타자를 인식론적으로 명료화하고 주체화하기보다는 타자의 타자성을 강조하는 타자윤리학으로 나아가는데 그 초점이 맞춰져 있기 때문이다. 따라서 정지용 문학에서 내면적 주체성의 의미를 찾아가는 도정은 존재와의 본질적 관계 속에서 탐색될 것이다.

오세영은 정지용을 비롯한 한국의 모더니즘 시인들이 엄밀한 의미에서 "서구의 개념상으로 이미지스트인가"[82]라는 의문으로 서구의 이론적 잣대에 맞추어 그의 시를 평가해 온 것에 대해 문제를 제기한다. 특히 정지용이 보여준 모더니즘적 특성에 대해 다음과 같이 언급한다.

지용의 시가 광균이나 기림의 그것보다 더 비극적일 수 있었던 것은

82 오세영, 「모더니스트, 비극적 상황의 주인공들」, 『문학사상』, 1975, 337면.

적어도 지용에게 있어서 모더니즘은 광균이나 기림이 의식하지 못했던 시 이념에 관한 자각이 점차 일깨워졌기 때문이다. 여기서 시 이념이라고 하는 것은, 30년대 한국이 수입한 수사학적 모더니즘이 아니라 그 안에 내재한 서구 문화의 정신을 말한다. 그러나 오랜 역사 동안 전통과 문화와 형이상학적 질서가 서구와 다른 한국에 있어서 서구 정신의 내적 필연성에 의하여 발생한 모더니즘의 이념을 한국의 것으로 받아들일 수는 없었다. 이것이 한국 모더니즘 운동이 실패한 가장 중요한 원인이기도 하지만, 지용 자신에게 있어서도 개인적인 비극을 낳게 했다. 즉 받아들일 수 있는 서구의 수사학적 모더니즘과 받아들일 수 없는 서구 이념 사이에서의 모순과 그 모순을 풀고자 했던 그의 고민은 후기에 가서 동양정신에 관한 탐구와, 종교시(가톨릭시즘)에의 귀의로 변모된다. 그러나 이땐 이미 그는 모더니스트가 아니었다.[83]

위 글에서 오세영은 한국 모더니즘의 모순된 특성에 대해 설명하며 정지용의 시가 지니고 있는 모더니즘적 특수성을 해명하고 있다. 즉, 지용의 시는 서구 모더니즘의 틀로써 완전히 설명될 수 없다는 지적이다. 그것은 역사적 상황과 문학적 전통이 서로 다른 두 문화권 사이의 모순을 모색해 나갔던 정지용 시인의 고민을 발견하고 있는 것이다. 오세영의 평가는 지용 시의 내면적 시적 동인을 그 과정의 모색에서 찾아야 한다는 견해이다. 그의 지적은 시작활동 내내 시대에 대한 고민과 인간 본연에 대한 끊임없는 탐색을 지속적으로 표출한 정지용 시인에 대한 적확한 평가라고 할 수 있다.

정지용의 고민은 문학 안과 밖에서 존재하는 인식들 사이의 충돌에서 시인이라는 자기존재를 세우고자 하는 것에 있었다. 그는 이러

83 위의 글, 340~341면.

한 고민을 그의 시론을 통해 분명하게 나타낸다.

> 시인은 구극에서 언어문자가 그다지 대수롭지 않다. 시는 언어의 구성이기보다 더 정신적인 것의 열렬한 정황 혹은 旺溢한 상태 혹은 황홀한 사기임으로 시인은 항상 정신적인 것에서 정신적인 것을 조준한다. 언어와 宗匠은 정신적인 것까지의 일보 뒤에서 세심할 뿐이다.
>
> 시인은 생애에 따르는 고독에 입문 당시부터 초조하여서는 사람을 버린다. 금강석은 석탄층에 끼웠을 적에 더욱 빛났던 것이니, 고독에서 온통 발각할 것을 차라리 두리라.
>
> (…) 비틀어진 것은 비틀어진 대로 그저 있지 않고 소동한다.
>
> 시인은 정정한 巨松이어도 좋다.
> 그 위에 한 마리 맹금이어도 좋다.
> 굽어보고 高慢하라.[84]

정지용 시인이 가장 중요하게 생각했던 것이 바로 정신이었다는 사실과 그것을 추구하고자 하는 시인의 존재론적 고독의 한 단면이 읽혀지는 글이다. 정지용의 시적 근원과 지향점에 대한 시적 방향 또한 정신세계에 위치해 있다는 사실을 보여주고 있다. 이에 내적의식의 주체로서 세계와 맺고 있는 관계에 대한 이 글은 정지용 시의 본질을 규명하는 일과 구체적으로 연관될 수 있는 것이다. 이러한 특징으로 볼 때, 그의 문학은 시정신의 의미체계로 창작되었음을 알 수 있다. 따라서 작품의 텍스트가 지니는 심층적 의미를 주체의 문제로

---

84 정지용, 「詩의 옹호」, 『정지용전집 2』, 민음사, 1988, 246면.

탐구하는 것은 그의 작품에 대한 본질적인 연구를 가능하게 한다고 볼 수 있다.

필자는 정지용 시에 대한 논의를 엠마누엘 레비나스의 사상에 기대어 분석함으로써 보다 풍부한 결실을 얻게 되리라는 가정에서 출발한다. 정지용 시인의 시선을 통해 관찰된 현상은 역사적 기록에서 담을 수 없었던 다양한 타자들의 생생한 숨결과 흔적으로 그의 작품에서 현현된다. 인간이 타자의 존재를 긍정적으로 포용할 때, 타인과 세상을 향해 열려진 존재를 완성해 갈 수 있는 인식이 가능해진다.

정지용 문학에서 근대적 사유는 식민지라는 특수한 상황 아래, 근대에 대한 회의와 불안 등 소위 주체성의 위기의식과 동궤에 놓인다. 이러 전제 하에 정지용 시에 나타난 시 변화의 궁극적 계기를 타자성과의 관련성에 주목하고자 한다. 그 이유는 그의 시적 본질이 인간이해의 근원적인 존재방식에서 출발하여 그 세계와 소통하는 방법적 모색에 있기 때문이다. 그의 시에 나타난 주체와 타자의 존재방식은 존재론적 욕구와 형이상학적 욕망이 공존하며 그 무엇으로도 동일하게 환원되지 않는 매우 광범위하고 모순된 관계에 있다. 이 관계에서 모색된 타자의 사유는 주체를 확립하기 위한 인간의 가치 지향적 태도에서 비롯된 것이다.

아울러 근대라는 개념을 문제 삼을 때, 가장 먼저 사유되는 것은 공동체의 붕괴와 그에 따른 고립된 개인의 등장이라고 할 수 있다. 이와 관련하여 마샬 버만은 "근대화된다는 것은 주변의 낯익은 것들이 대기 중에 사라져버리는 것"[85]이라고 언급한다. 이런 변화 속에서 근대인은 모험과 쾌락, 자신과 세계의 변화를 보장해 주면서 동시에 익숙한 것들을 파괴하는 위험한 환경 속에 자신이 놓여 있다는 것을

---

85 M. Berman, 앞의 책, 12면.

발견하게 된다. 그리하여 그들은 자신을 둘러싸고 있던 공동체의 붕괴 과정을 목도하게 되며, 그때까지와는 다른 삶 속에서 존재하게 되는 운명에 처하게 된다.

정지용은 당시 유학을 경험하고 모더니즘 문학을 대표하는 구인회 멤버였다. 그에게 근대에 대한 탐색은 시간의 흐름에 따라 변화를 거듭하며 주체 확립에 대한 방향으로 모색되었다. 모더니즘은 단순히 문예사조라는 의미망을 넘어 당대의 사회 현실에서 주체들이 전략적으로 수용한 대응 전략이었다. 이를 통해 그 내적 필연성의 맥락을 짚어내는 것이 중요한 과제가 될 것이다. 또한 이 문제를 풀기 위해서 외부 사물의 현상에서부터 자신의 내면과 정서, 의식에 이르기까지 이것들이 주체에 의해 대상화되고 타자화되는 과정을 살피는 것은 중요한 의미를 지닌다.

이 글은 정지용 시에서 타자구성이 주체와 어떤 관계 속에 놓이게 되며, 그러한 의미망이 어떻게 형성된 것인지를 밝혀나갈 것이다. 그 과정에서 주체는 대상을 인지하고 인지된 자아와 겹치면서 주체의 형성과정이 드러날 것이다. 정지용의 시는 시론 및 산문과 유기적으로 관계한다. 이것은 정지용 시의 특징이 내적 필연성에 의해 발현된 실천적 의지와 의식을 함의하고 있기 때문이다. 그러므로 정지용 시의 변모과정은 실천적인 의지의 차원에서 지향성을 추구하는 타자성의 담론으로 보게 되는 근거가 될 것이다.

정지용은 근대를 통해 새로운 세계를 꿈꾸는 문학으로 전통적 양식들을 발굴하여 민족적 문학을 고수한다. 또한 인간의 본원성을 확보하려는 시인의 생명과 존재에 대한 심층적인 사유를 드러낸다. 즉 주체중심주의와 고정된 실체론에서 벗어나려는 타자들의 복합적인 요소에 의해 새로운 주체가 형성된다는 것이다. 이 글은 그의 시에서 주체의 형성과정이 타자와의 만남·융화·수용을 통해 비로소 한 주체가 새롭게 존재한다는 논리로 전개될 것이다. 이러한 연구를 위해서 가장 먼저 타자의 개념과 '타자성'에 대한 인식 및 갈등, 길항 작용이 기본적인 전제로서 이루어질 것이다. 그것은 타자에 의해 촉발된 위기의식이야말로 주체 형성과정에 중요한 본실을 구성하고 있기 때문이다.

주체가 자신과 세계를 알아가는 과정은 자기 자신으로부터 출발해 보편적 인류애로 전이된다. 이러한 인간 활동들을 통해 각각의 가치는 인간의 경험 영역을 포함한다. 프라이에 의하면 고대 그리스시대 이래 인간이 가치를 추구하는 영역은 크게 세 개의 주된 영역으로 나누어진다.[86] 이 가운데 예술, 미, 정서 등을 지향하는 세계가 중심적인 영역이며, 다른 두 개의 세계가 그 양쪽에 위치해 있다. 그 하나는 사회적인 행위와 사건의 세계이며, 다른 하나는 개인적인 사상과 관념의 세계를 지향한다.

그런데 프라이에 의하면 이 세 개의 영역은 서로 독립되어 있는 것이 아니라 그 중심 영역, 즉 예술의 영역에 통합이 된 삼위일체로 존재한다. 이 삼중의 구조에 의해서 인간의 능력은 감정, 의지, 이성 등으로 분리되며, 이 능력의 소산인 정신적인 구축물을 기초로 해서 진, 선, 미 등의 가치추구로 나눠진다. 이때 감정은 인간의 본성과 인간의 상황에 해당하는 것이며 감성적 활동으로 구성된다. 그렇지만 진리는 순수이성으로 공간적 질서에 따르는 행위이다. 이것에 대응해서 의지는 시간적 질서에 따르는 행위이며, 이때 감정은 이 양자를 겸하고 있다.

이런 의미로 보면 정지용 문학에서 상실된 주체의 회복의지는 인간의 고전적 가치인 진, 선, 미를 추구하는 가치 지향성의 의미로 이

---

86 Northrop Frye, 임철규 역, 『비평의 해부』, 한길사, 1982, 340~342면.

해될 수 있다. 그의 시에 대한 탐색이 개인화된 미적 감수성을 통하여 선한 것을 희구하는 윤리성과 참된 진리 추구에 있다고 보기 때문이다. 따라서 정지용 시에 나타난 주체 형성과정을 존재론적 삶의 가치를 지향하는 감성적 주체, 타자지향적인 윤리적 주체, 초월적 주체의 초월의식이 지향하는 형이상학적 세계로 나누는 근거가 될 것이다. 정지용 시에서 가장 큰 특징이 감각성에 있다는 사실은 감정의 영역이 중심을 이루는 고전적 가치와 그 의미가 상통한다고 여겨진다. 그에게 있어 미학적 정서는 주체 이전 자아의 자기 확립을 위한 내면성으로 형성되어 이후, 윤리적 실천 의지와 참된 삶을 위한 토대가 된다. 결국 이러한 주체들은 인간의 경험을 바탕으로 한 인간 삶의 가치를 추구하는 동일한 지향점이 되었다는 사실을 확인하게 될 것이다.

정지용의 주체 개념은 그의 사상과 의미들을 표출하고자 하는 자기 자신의 정체성과 자기이익을 초월한 참된 삶에 관한 물음에 응답하였다는 점에서 그 이유를 찾을 수 있을 것이다. 그의 시세계는 식민지시대 거대한 근대 체험의 소용돌이 속에서 자기 자신을 찾으려는 노력이었다. 그 탐색은 인식하는 주체로서 자기를 확립하려는 시도임과 동시에 존재의 문제에 천착하였다는 점에서 인식의 틀을 빼앗긴 시대의 아픔을 극복하려는 시도이다. 그리고 이 노력은 인간의 고전적 가치인 진, 선, 미를 이상화된 형태로 복원하고자 하는 의지를 통해 자기 인식의 방법으로 새로운 주체에 한발 다가서 있는 것이다.

타자의 사유는 자기 인식과 자기반성을 수행하는 대표적 형식이라는 점을 감안하여 타자와의 관계를 다룬다는 것은 그 시대의 주체의식을 가장 효과적으로 드러낸다. '타자'가 지니는 의미론적 지평은 그 어떤 주제보다도 자아의 본질에서 깊게 탐색되고 있다. 따라서 타자의 입장에서 세계를 해석하고자 하는 것은 정신의 밑자리를 관류하여 흐르는 존재론적 주체의 욕망일 것이다. 특정한 시대와 특정한 문화적 배경 아래에서 타자의 사유를 문제 삼는 것 또한 주체 정신의 일관된 흐름을 읽어내고자 하는 것에 있다. 하여 이 글에서는 정지용 시에 나타난 주체 형성과정과 그 의미를 타자성에 대한 사유의 변천 과정을 통해 밝히고자 한다.

먼저 2장에서는 정지용 시에 나타난 주체 형성과정의 가장 중심축인 존재론적 세계를 지향하는 감성적 주체를 살펴볼 것이다. 구체적으로 과거의식, 이국지향의식, 고독의식 등으로 발현되는 타자의 존재방식을 읽어내고자 한다. 존재론적 세계는 본연적 자아와 세계와의 일차적 관계에서 감각 작용을 통한 향유의 감성이라는 특성을 드러내게 될 것이다. 이 가운데 보이지 않고 인식되지 않았던 수많은 대상들과 관계 맺음이 가능해진 주체는 자아의 이기적인 욕망을 포기하고 타자에 대한 책임적인 주체로 설 수 있는 가능성이 드러날 것이다.

3장에서는 타자지향적인 윤리적 주체를 통해 정지용 시의 상실감과 종교의식을 알아보고자 한다. 상실감은 공동체에 대한 기억으로 자기 모색을 탐색하던 자아가 과거에서 현재로 삶의 방식이 이동하면서 구체적으로 드러날 것이다. 상실감은 죽음이라는 실존적 고통의 사건과 존재에 대한 부조리를 경험하면서 종교를 통한 인간적 자아의 고백을 드러낸다. 여기에서 정지용 시인의 세계를 인식하는 가치관이 종교의식에서 비롯되고 있음이 확인될 것이다. 특히 정지용 시에서 느껴지는 인간적 고통과 종교관 및 가치관 등을 통해 열린 세계로 확대되는 시적 열망이 타자 지향적 사유에서 비롯되고 있음이 드러날 것이다. 이때 주체는 자아중심적 주체와는 다른 상징을 통해 사고하는 윤리적 주체로 파악될 것이다.

마지막으로 4장에서는 정지용 시에 드러난 초월적 주체와 형이상학의 세계를 조명하는 장으로, 그의 시에서 초월성이 구현되는 양상과 그 의미를 살펴보고자 한다. 형이상학적 세계에서 타자는 주체의 절대적 외재성으로 살아 있는 주체가 경험할 수 없는 절대적이고 극단적인 대상으로 형이상학적 욕망에 근거하고 있다. 이 경험은 주체에게 모든 가능한 것의 한계에 도달하는 사건으로 존재하며, 초월적 주체로 변모되는 요인이 된다. 정지용은 처음부터 끝까지 일관된 시의식을 갖고 있었으며 그것을 자신이 발견한 하나의 사상으로 간직하고 있었다. 그것이 근대의 주체를 뛰어넘어 새로운 역사를 써 나갈 수 있는 힘을 지니고 있는 자기 인식과 초월의 논리에서 비롯된 주체였음을 밝혀 나갈 것이다.

2장 감성적 주체와 존재론의 세계

1. 동심의 상상력과 향유적 존재로서의 자기성

삶의 세계에서 자아의 본질은 자신의 존재를 유지하려는 경향이 있다. 이 존재노력은 신체적으로 자신을 구성함으로써 익명적 존재에 자신을 내맡기지 않고, 존재를 자신의 것으로 소유하고자 하는 욕구에서 비롯된다. 무언가를 향유하게 되는 주체는 환경과 물질적 요소들과 분리될 수 없는 성질을 지니며 먹는 것에 대한 일상적 욕구에 몰두하는 경향이 있다. 이러한 욕구는 인간을 끊임없이 위협하는 외부세계로부터 자신의 존재를 유지하려는 것으로 자연스러운 표현이고 노력이다. 그 통로는 감성이고 몸이다. 감성의 영역은 외부로부터 직접적으로 영향을 받으며 감동하고, 그 자극을 감수하는 영역이다.

정지용의 초기시에 해당하는 동시는 구전되는 민요와 원형적인 삶을 보여주는 개인적 정서를 담지하고 있다. 동시에서 유년의 기억은 일상적 삶을 표상하는 이미지이다. 그 대상을 통하여 행복감에 몰입한 채 그것을 누리고 즐기며 스스로의 자기성을 회복하는 과정에서의 시적발견은 자연을 대상화하면서 극대화된다. 이것은 이성의 영역이 아닌 감성적 차원인 체험 이전의 세계로 시인의 내적 인식을 드러내 보이는 감성적 주체의 근원적이며 존재론적 욕구를 드러내 보이는 요소들이다.

감성의 세계에서 타자의 존재방식은 먼저 주체의 근원적이고 존재론적 욕구에서 비롯된다. 존재론은 존재의 특수한 형태와 관계없이

'존재하는 것 그 자체'의 근본적 규정을 그 대상으로 삼는다.[1] 존재론의 형태는 아리스토텔레스의 형이상학으로 불리게 된다. 그 이후, 존재론을 형이상학 안에 위치시키며 '존재에 관한 학'으로 분류되어 왔다. 형이상학이라는 이름 아래 존재자 자체 또는 실체를 탐구하는 존재론은 인식론으로 대치되기도 한다.

존재론의 기본적인 관심사의 하나는 구체적인 경험의 대상을 가능한 한 '있는 그대로'로 밝혀보려는 것이고, 다른 하나는 그것을 '논리적으로, 체계적으로' 밝히고 표현해 보려는 것에 있다. 여기서 발생하는 문제는 논리란 그물에 걸리지 않는 존재의 고기는 잡을 수가 없다는 것이다. 논리의 그물에 잡히지 않는 고기가 쓸데없는 것들이라면 문제가 없지만, 삶의 현실에서 절박하고 중요한 문제라면 심각한 것이다.[2] 이와 같이 현실적 문제들은 논리적으로나 체계적으로 접근할 수 없다. 또한 그것을 나타내기 위하여 중화하고 희석한다면 문제의 본질을 벗어날 수밖에 없다. 따라서 본질에서 존재자와 실질적으로 관계 맺는 궁극적 방법이 문제가 되며 이러한 관계에서 인간의 주체성이 드러나게 된다.

레비나스는 인간의 주체성[3]을 두 가지 의미로 규정한다. 첫째로 가장 원초적인 의미의 주체성은 향유를 통해 형성된다. 인간은 삶의 요소로서 경험되는 세계를 향유하고 즐기는 가운데 '자기성'의 영역을 확보한다. 즉 인간은 자기에게 돌아가 전체로부터 자기를 분리하여 내재성이 형성된다는 것이다. 이런 의미의 주체성은 본질적으로 '이기주의적'이고 자기 자신의 삶에만 관심을 가지며, 여기에서 초월은 불가능하다. 두 번째는 윤리적 주체성으로 주체와 타자의 관계에서절대

---

1 『문학비평용어사전 · 하』, 국학자료원, 2006, 848면.

2 손봉호, 앞의 책, 15면.

3 E. Levinas(1996), 149~151면 참조.

적 외재성과 관계한다. 바로 이런 주체가 타자를 통해서 이기적인 욕망을 포기하고 타자에 대한 책임적인 주체로 설 수 있다는 것이다.

정지용 시에서 존재에 대한 물음은 그의 시세계 전반에 걸쳐 주체의 의미와 관련된 존재론적 삶의 가치를 지닌다. 이는 그의 시사적인 위치나 그가 이룬 성과에서 비롯된 것이라기보다는 시인의 삶의 근원적 · 내면적 시각에서 발현된다. 익명적 존재로서의 자기를 찾아가고자하는 태도에서 볼 때, 존재론의 한 특성으로 하이데거는 존재와 존재자를 구별하면서 존재자론에 머물러 존재의 사유와 물음[4]에 천착한다. 이에 반해 레비나스는 존재론적 세계구성에 앞서 다른 존재자와의 관계가 선행[5]되어야 한다고 주장한다. 여기에서 존재는 '존재자 없는 존재'로서 의미를 지니며 주체라고 불리기 이전의 세계로부터 존재의미를 말한다.

이렇게 보면 정지용의 동시에서 드러나는 존재[6]는 자아의 이기적

---

4 하이데거는 전통적인 형이상학을 인식론으로 규정하고, 존재의 사유 또는 존재의 물음으로로 정의된다. 실존에는 하나의 세계가 어떤 독특한 방식으로 이미 가정되어 있다. 실존 생활 자체의 본질 속에 가로놓여 있는 이 근원적인 세계와의 관련은 '세계내존재(In-der-Welt-sein, Being-in-the-World)'라는 술어로 규정된다. 그리고 인간은 세계와 어쩔 수 없이 관련되어 존재하는 세계 내의 존재라고 해석한다. 이것은 현존재의 존재양식으로 현존재가 세계성이라는 실존범주를 가지고 있음을 의미한다(M. Heidegger, 전양범 역, 『존재와 시간』, 시간과 공간사, 1992, 130~132면.).

5 레비나스는 '존재'라는 것을 명사가 아니라 동사적 의미의 존재사건으로 본다. 존재란 '있다'라는 익명적 존재의 의미를 가지며 '존재자 없는 존재'인 것이다. 그것은 하이데거의 존재가 언제나 존재자 속에 붙잡혀 있다는 것과는 다른, 즉 존재하는 대상에 결코 매여 있지 않으며 존재는 존재자로부터 독립적인 것으로 보았다(E. Levinas(1996), 38~43면 참조.). 이러한 '존재' 는 이름을 가진 사물과 자기 자신을 일컬어 '나'라고 부르는 주체의 출현 이전의 세계이다.

6 이 글에서는 존재하는 모든 것을 나의 범주와 도식으로 환원하는 전체성의 이념과 자기실현의 이념이 아니라 인간의 자기실현과 관련된 일을 '존재론'이라고 부르고 이러한 존재론을 레비나스적인 의미에서 '타자로 열린 형이상학'으로 고려하여 그 의미를 두고자 한다.

본성인 향유적 존재의 의미로 파악된다. 이때 향유는 이름을 가진 사물과 자기 자신을 주체로 받아들이기 이전으로 이기적인 자아의 세계에서 인간임을 인식하고 파악하며, 소유하고, 의미를 부여하는 행위이다. 이 태도는 존재의 무게를 더하는 것이기도 하지만, 오히려 이 무게가 타자와의 관계를 통해 가벼워질 수 있다. 이러한 과정을 통해 일차적인 인간의 주체성이 형성된다.

동심의 상태는 말 그대로 천진난만하여 삶을 지향하는 순수한 삶의 근원적 성격을 잘 드러낸다. 그런 차원에서 '고향'에 대한 유년의 동경은 근원적 의미를 잘 드러내 주는 기제로 작용한다. 그것은 동심이 원초적인 인간 본성을 지니고 있기 때문이다. 정지용에게 있어 동심의 세계는 자기를 체험한 현실세계를 언어의 서사체계로 전환시키는 기본 시각에서 비롯된다. 그것은 사물을 대하는 그의 감각적 특성에서 찾을 수 있다. 당대의 논의 가운데에서도 이러한 특성은 잘 나타난다.

> 시인의 예민한 촉수가 이르는 곳에 거기는 반드시 새로운 발견이 있고 새로운 발견이 있는 곳에 반드시 기쁨이 따른다. (…) 그것은 대상을 휘어잡거나 어루만지거나 하는 촉수가 아니요 언제든지 대상과 맞죄이고 부대끼고야 마는 촉수다. (…) 시인의 촉수는 또 이와 같이 모든 물상을 붙들어 개성화하고야 마는 적극성만을 가진 촉수가 아니라, 한편 부닥친 물상의 구석구석에까지 침투하여 시인을 도리어 그 물상에 몰입케 하고 동화케하는 너그러운 포용성을 가진 촉수다.[7]

> 그의 천재의 본질은 그의 예민한 감각에 있다. (…) 연정, 고독, 비애, 이 모든 정서는 한숨 쉬고 눈물 흘려야만 하는 것이 아니다. 시인 정지

7 이양하, 앞의 글(김학동, 앞의 책, 324~325면.).

용은 이런 정서에 사로잡힐 때, 그저 한숨 쉬거나 눈물짓지 않고, 이름 못할 외로움을 넥타이처럼 만지고, 모양할 수도 없는 슬픔을 오렌지 껍질처럼 씹는다. 이리하여 그의 감각은 곧 정서가 되고, 정서는 곧 감각이 된다.[8]

인용된 글들은 정지용의 감각[9]이 지닌 특성을 예리하게 지적한다. 먼저 이양하는 감각이 지닌 매우 중요한 측면을 주체가 대상을 직접 체험하고 느끼는 행위로 강조하고 있다. 이어 김환태는 정지용의 감각을 단순히 시각적인 것으로 보지 않는다. 그는 정지용을 두고 시의 특징이 다양한 감각을 통하여 감정이나 정서를 형상화하는 것이며, 감각은 감정과 정서가 결합된 것이라고 보았다. 이러한 평가에서 정지용 시의 감각적 접근 방식이 지니는 무게와 중요성이 부각되고 있다. 시인이 사물을 대하는 감각적 태도는 단지 사물에 대한 예민한 특성에만 국한되는 것이 아니라 그 사물의 감정을 시인의 내부로 응축해 들어가는 존재론적 상황과 관련짓고 있는 것이다.

정지용의 시적 출발을 모더니즘적 세계로 파악하는 경우가 대부분이다. 그러나 등단 작품들의 편수나 작품의 창작 시기를 놓고 보더라도 정지용 시의 근간은 동시의 세계[10]로 보는 것이 타당하다. 그의

---

8 김환태, 앞의 글(김학동, 같은 책, 334~335면.).

9 김신정은 정지용 시의 특징을 '감각'이 지니는 무게와 문제성을 중심으로 시의 변모과정을 설명하고 있다. 여기서 논의의 초점이 되고 있는 것은 감각을 통해 세계와 대면하는 그의 방식, 감각으로 표면화되는 심미적 태도의 특징에 있다. 즉, 감각 안에서 감정과 사유와 삶의 문제를 통합한다는 것이다. 감각을 통해 끊임없이 자기 갱신과 혁신을 이루어 나간 모더니스트임을 해명하는 그의 작업은 방법적 차원에서 적절한 평가로 보인다(김신정, 앞의 책, 소명출판, 2000, 22~23면.).

10 정지용의 동시(요) 연구는 동시를 통해 그의 시의 내적 동인을 파악하고자 하는 것이 일반된 견해이다. 그러나 그 범위에 대한 논의들은 다양하다. 동요류 · 민요풍시편들을 동시로 규정하지만 작품 편수에서는 다른 견해들이 보인다. 장도준은 창작시기

경우 동시는 전체적 맥락이나 내용에 있어 이후의 시기에서 광범위하게 나타나고 있다. 동시에 대한 정지용의 시각은 언어감각의 참신성에서 비롯된다. 이후에 그의 시론에 적고 있는 다음 글에서 그 의미를 간취해 낼 수 있다.

> 문자와 언어에 혈육적 愛를 느끼지 않고서 시를 사랑할 수 없다. (…) 예지에서 참신한 嬰孩의 訥語, 그것이 차라리 시에 가깝다. 어린아이는 새 말 바께 배우지 않는다. 어린아이의 말은 즐겁고 참신하다. 으레 쓰는 말일지라도 그것이 시에 오르면 번번히 새로 탄생한 혈색에 붉고 따뜻한 체중을 얻는다.[11]

위 인용된 글에서 보듯이 정지용의 동시는 어린이다운 참신함과 선명함이 보유되고 있는데서 탄생한 것임을 알 수 있다. 동시가 갖는 기본적인 순진성[12]을 공유하면서 정지용만의 고유한 세계를 바라보는 감각적 사유는 참으로 교묘하다. 정지용 시의 근간을 이루는 동시는 이러

를 휘문고보 시절까지로 소급하여 1926. 3월 사이에 주로 창작된 것으로 보았지만, 권정우는 동시의 범주를 서정적 자아와의 표현의 문제, 구성의 문제, 주제와 대상의 문제로 고려하였다. 그러므로 정지용이 『학조』 창간호에 실은 6편을 비롯해서 『신소년』에 실린 네 편의 시 「할아버지」, 「산넘어 저쪽」, 「산에서 온 새」, 「해바라기 씨」 등의 열편으로 보았다. 김미란은 동시의 성립요건을 문제 삼으며 『정지용시집』 3부 16편, 그 외 2편(「바람 2」, 「호수 2」), 최근 발굴작 3편(「넘어가는 해」, 「겨울ㅅ밤」, 「굴뚝새」)을 포함해 21편으로 확정지었다(장도준, 권정우, 김미란, 앞의 책과 논문 참조). 이 글에서는 『정지용시집』을 기본 텍스트로 하여 어른이 된 시적 주체가 유년을 회상하고 있는 시편들을 대상으로 한다. 이는 대상과 주제의 범주 이전의 세계인 감성적 · 감각적 차원에서 다루기 때문이다.

11 정지용, 「詩의 옹호」, 243면.

12 정지용은 그의 산문 「대단치 않은 이야기」에서 "인생에 진실로 기쁨이 있는 때가 있다면 그것은 어린 시절뿐이요. 어린이들의 기쁨이란 순수하게 기쁜 것이다."라고 적고 있다(위의 책, 427면.).

한 마음과 언어를 대하는 태도에서 그 기원을 유추해 낼 수 있다. 일찍이 인간 정지용을 이야기한 김환태의 글에서도 그 사실이 확인된다.

> 그는 그의 속에 어른과 어린애가 함께 살고 있는 어른 아닌 어른, 어린애 아닌 어린애다. 어른처럼 분별 있고, 침중한가 하면, 어린애처럼 천진하고 재재바르다. 콧수염이 아무리 위엄을 갖추어도, 마음이 달랑거린다. 때때로 어린애처럼 감정의 아들이 되나, 어른처럼 제 마음을 달랠 줄도 안다.[13]

김환태는 정지용의 천재적 특징 중 그 하나를 마음의 동요로 보았다. 그는 정지용을 두고 동요가 지닌 정밀과 균형의 동경에 대한 태도를 높이 사고 있다. 이에 천재적 마음의 동요는 정밀과 질서의 세계에 대한 향수를 낳게 하는 동인으로 파악했다. 그러므로 그의 시를 순수한 감정과 찬란한 감정에 예리한 지성이 결합된 것으로 보았다. 그 결과 정지용의 시가 지니고 있는 정서를 감정과 이지의 신비한 결합에 있다고 평가했다.

정지용의 동시에서 존재론적 관심은 그의 시에 빈출하는 '그리움', '외로움', '향수' 등의 주체에 의한 과거적 공간 안에서 등장한다. 여기에서는 어릴 적 상상력의 세계가 그 바탕이 된다. 먼저 그의 초기시는 고향의 풍경과 친밀한 것에 대한 그리움의 정서로 발현되는데, 특히 동요류·민요풍[14]의 시에서 향유로서의 존재론적 욕구의 세계가

---

13 김환태, 앞의 글, 332면.

14 이 명칭은 박용철에 의해 편집된 『정지용시집』 발문에서 '자연동요의 풍조를 그대로 띤 동요류와 민요풍시편'이라 쓰면서 붙여진 것이다(박용철, 발, 『정지용시집』, 동성, 시문학사, 1935. 10, 157면.). 동요·민요풍의 시들은 정지용의 초기 양식으로 그 시기가 휘문고보의 『요람』 동인 시절에 쓰여진 것들이 대부분이다. 그 이유는 첫째, 박팔양이 "그의 시집 제3편의 동시 또는 민요풍의 시작은 반수 이상이 그 당시의 작이

자리한다.

어적게도 홍시 하나.
오늘에도 홍시 하나.

까마귀야. 까마귀야.
우리 남게 웨 앉었나.

우리 옵바 오시걸랑.
맛뵐라구 남겨 뒀다.

후락 딱 딱
훠이 훠이 !

「홍시」[15] 전문

중, 중, 때때 중,
애기 까까 머리.
삼월 삼질 날,
질나라비, 훨, 훨,

니 이 문인이 소년시절이 얼마나 문학적으로 조숙하였는지를 알 수 있으며"라는 언급에서 알 수 있다. 『요람시대의 추억』, 149면. 두 번째, 정지용이 일부의 '동요·민요풍'의 시들의 작품 말미에 기록하고 있는 연월일과 장소가 발표 연월보다 훨씬 앞서 있다는 점이다. 셋째, 발표 시기를 기준으로 삼는다 해도 이러한 경향의 시들이 거의 1927년 7월 이전에 발표되고 있기 때문이다. 그러므로 '동요·민요풍'의 시들은 정지용의 전개 과정에서 가장 초기 작품들로 보는 것이 타당하다고 본다.

15 『정지용시집』, 시문학사, 1935, 22면. 이하 정지용 시의 인용은 모두 『정지용시집』(시문학사, 1935)과 『백록담』(문장사, 1941)을 따르기로 하며, 이와 다를 경우는 각주로 표기한다.

제비 새끼, 훨, 훨,

쑥 뜯어다가
개피 떡 만들어.
호, 호, 잠들여 놓고
냥, 냥, 잘도 먹었다.

중, 중, 때때 중,
우리 애기 상제로 사갑소.

「三月 삼질 날」 전문

위의 시들은 어린 시절의 전원풍경을 간결하게 표현하고 있다. 정지용의 동시는 일상에서 느끼는 작고 구체적인 감정에 젖어 그것을 향유하고자 하는 기본적 지향이 드러난다. 동심의 세계에서 향유는 아직 인간관계가 개입하지 않는 공간으로 그 대상이 두려움으로 존재하지 않는다. 따라서 인간 삶의 근원적 모습인 향유[16]는 세계와의 일차적인 관계이다. 우리가 향유하면서 살아가는 대상적 세계의 사물들은 삶을 위한 도구나 삶의 목적이 아니라 자아의 독립적 존재방식이며 동시에 감각 작용이다. 그것은 심리적 상태 이전의 자아의 자기성[17]이다. 향유는 심리적 상태 이전의 자신으로 돌아오는 과정에서

---

16 레비나스는 인간과 환경세계와의 근원적 관계를 사물이 우리에게 다가오는 방법으로 탐구하며 모든 대상적 세계와의 관계, 사물과의 관계를 향유로 설명한다. 향유는 '즐김과 누림'으로 사물의 세계는 우리의 생존을 위한 수단이나 유용성의 대상이기보다는 존재의 원천이고 만족으로 체험된다(E. Levinas(1961), 103~107면 참조.). 향유는 주변세계를 삶의 요소 또는 삶의 환경으로 체험하는 것이다. 바로 이 향유를 통해서 주체성의 모습이 최초로 드러나는 것으로 묘사된다.

17 '자기성'은 인간의 존재론적 독특성으로 보는 자기복귀, 내면성의 형성, 자아의

자신을 즐기는 내면성으로의 형성을 위한 행위라고 볼 수 있다. 그러기에 자아의 자기성의 확립을 향유로서 찾아가고자 하는 것은 갈증의 기억으로 이루어진다. 따라서 즐김과 삶에 대한 사랑은 곧 나의 삶을 채워주는 궁극적 의식으로 나타나며 삶의 내용으로서의 의미를 갖는다.

「홍시」에서 보면 늦가을 감나무에 홍시가 매달린 어릴 적 시골집의 풍경을 그리고 있다. 그 홍시를 오빠가 돌아오시면 맛보여주고 싶은 마음에 어제도 오늘도 홍시를 따먹는 '까마귀'를 쫓을 수밖에 없다. 그러나 거기에는 '후락 딱 딱 훠이 훠이 !'라는 감성적 정서가 깃들어 있다. 이때 '까마귀'를 보고 느끼는 심정은 근심과 걱정이 아닌 행복감이다. 홍시를 남겨두고픈 시적 자아는 오빠를 위한 것, 혹은 '까치밥'의 그 어떤 의미로도 감나무에서 홍시가 떨어지지 않기를 바란다. 이는 대상과의 즐김과 누림을 통해 공유하고자 하는 근원적인 삶의 태도에서 연유된 감정이다. 이때 오빠가 부재한 상황의 묘사에도 상실감이 느껴지지 않는 것은 바로 어린 시절 풍경의 소재들이 향유로 결합되어 친근감으로 다가오고 있기 때문이다. 따라서 기억으로서의 개인적 정서가 발현되는 동심은 시적 주체의 자아상으로 형상화되는 감성적 존재로서 드러난다.

이어지는 인용시 「三月 삼질 날」[18]의 경우는 '삼질 날'에 행하는 민족의 관습을 떠올리며 이를 하나의 시적 정황 속에 담아 순수하고 천진난만한 동심을 그리고 있다. 이 날은 강남으로 날아갔던 제비들이 돌아와 따뜻한 봄날에 아이들의 머리를 깎는 것이 오랫동안 습속

자기성 확립이라는 향유의 한 특징이다. 자신을 즐기는 존재로 그것을 유지하려는 경향인 삶의 향유는 그 자체가 목적일 뿐 도구 전체성 속의 한 부분으로 자리하지 않는다. 즉 살기위해 먹는 것이 아니라 먹는 것 자체가 곧 삶의 내용을 이루고 있는 것이다 (위의 책, 152~160면 참조.).

18 이 작품은 『學潮』발표 당시 「딸레와 아주머니」라는 제목이었는데, 『정지용시집』에 와서 「三月 삼질 날」과 「딸레」라는 두 편의 시로 개작하여 실렸다.

으로 산정되어 나타난다. 집에서 '쑥 뜯어다 개피 떡 만들어' 먹는 풍경은 가족의 건강과 행복을 소원하는 민간 신앙과 접맥되는 부분이라 할 수 있다. 이러한 상황은 '중, 중, 때때 중,/ 질나라비, 훨, 훨,/ 제비 새끼, 훨, 훨,/ 호, 호, 잠들어 놓고/ 냥, 냥, 잘도 먹었다.'라는 표현에서 잘 나타난다. 또한 반복과 리듬감은 구전되어 불리는 일상적 삶의 모습으로 묘사된다. 이것은 시적 자아의 기본적인 자아상이 감성적인 것에 닿아 있기 때문이다. 아이들의 모습을 우스꽝스럽게 묘사하거나 '나비'와 '새'의 생동감을 감각적으로 표현한다. 또한 표현의 중첩은 삶의 내용을 채워주는 향유의 한 양상이다.

이렇듯 감각성과 체험의 진실성을 함의하고 있는 시들은 시적 자아가 누리고 향유하는 대상으로 체험되며 기억을 통해 다양하게 변주된다. 그 대상은 민요풍의 시편으로 고향에서 전해들은 민간전승을 소재로 등장한다. 이에 따라 향토적 소박성을 즐기는 삶으로서 이기적인 욕구의 세계가 드러난다.

당신은 내맘에 꼭 맞는이.
잘난 남보다 조그만치만
이리둥절 이리석은척
옛사람 처럼 사람좋게 웃어좀 보시요.
이리좀 돌고 저리좀 돌아 보시오.
코 쥐고 뺑뺑이 치다 절한번만 합쇼.

호. 호. 호. 호. 내맘에 꼭 맞는이.
큰말 타신 당신이
쌍무지개 홍예문 틀어세운 벌로
내달리시면

(…중략…)

키는 후리후리. 어깨는 산ㅅ고개 같어요.

호. 호. 호. 호. 내맘에 맞는이.

「내 맘에 맞는 이」 부분

한길로만 오시다
한고개 넘어 우리집.
앞문으로 오시지는 말고
뒤ㅅ동산 새이ㅅ길로 오십쇼.
늦인 봄날
복사꽃 연분홍 이슬비가 나리시거든
뒤ㅅ동산 새이ㅅ길로 오십쇼.
바람 피해 오시는이 처럼 들레시면
누가 무어래요?

「무어래요」 전문

위의 시들은 동심의 평화로웠던 시절에서 연장되어 민요적 리듬과 정서로 시적 자아의 삶을 아름답게 채색시키고 있다는 점에서는 동일하다고 할 수 있다. 「홍시」와 「三月 삼질 날」 등이 유년 시절의 중요한 특징인 사물과 환경을 관찰하는 호기심이 주체의 내면으로의 복귀가 밖으로 구체화되었다면, 위에서 인용된 시들은 자기 자신으로 돌아오는 중심점으로 자기 자신으로의 복귀[19]를 실현시키고자 한다.

19 여기에서 자기 자신으로 돌아오는 과정으로 자기를 환경과 분리하여 자기성을 확립하는 일은 집을 짓는 일 가운데 구체화된다. 향유 속에서 세계의 불확실성을 경험한 주체는 자기 자신으로의 복귀를 통해서만 존재할 수 있다(강영안(1996), 136~137면

그 대상은 자아와 대립적 위치에 있는 타자가 아닌 자기와 같이 즐기고 누릴 수 있는 대상으로 나타난다.

「내 맘에 맞는 이」에서 '당신'이라는 타자를 두고 그 몸짓과 풍채에 흡족해하는 시적 주체의 감정이 드러나고 있다. 큰 말을 타고 쌍무지개를 달리는 '키는 후리후리. 어깨는 산고개' 같은 '당신'을 그리고 있는 심정은 행복한 마음으로 에워 싸여있다. 이 상태는 '실체 없는 성질'로 늘 가변적이고 불확정적이다. 그런데 이 속성을 지닌 이기적인 사랑의 마음을 '내맘에 꼭 맞는이'라며 대상을 통해 즐기고 만족해한다. 자아의 감성적 내면성은 분리된 존재로서 타자와의 관계를 열기 위한 존재노력에서 발생한 것이다. 이 노력은 '호, 호, 호, 호,'라는 반복된 의성어를 통해 스스로 마음을 열어 보이는 목소리로 표현된다. 그러면서도 자신에게 꼭 맞는다는 행복한 다짐에서 대상을 소유하고자 하는 존재론적 욕구를 드러낸다.

하지만 삶의 세계는 우리에게 향유의 차원에서 만나는 존재를 질서 정연한 목적성의 체계에 따라 움직이지 않게 한다. 그런 개별적 감성의 영역은 누구도 소유할 수 없는 것이며 누구의 소유가 될 수 없기 때문이다. 그러기에 향유적 자아는 어떤 것에 의존하지 않고 홀로 향유의 행위를 완전히 자기의 것으로 채우고자 노력한다. 이때 주체는 자기 자신을 찾고자 모색한다. 그 준비 과정으로 세계 안에 자신을 위치시키고 생활 근거를 확보하기 위해 '집'이라는 공간적 거점을 마련하여 외부 세계를 향한 문을 열어 보인다.

「무어래요」에서는 시적 대상에 대한 기다림의 감정을 표현하며 '집'이라는 장소와 '때'를 지정하고 있다. '한길로만 오시다 한고개 넘어 우리집'이란 표현에서 보듯이 '우리집'이라는 장소를 마련해 놓고

참조.).

그 대상을 특별한 자리에 위치시킨다. 이때 주체는 집이라는 물리적・공간적 가능성 안에서 자기정립을 내면성이 아닌 밖으로 드러내며 자기 자신에게 돌아온다. 그리고 스스로를 통제할 수 있는 '집'이라는 중심점을 설정하여 대상과의 만남을 시도한다. 여기에서 주체는 대상을 자신과 같은 대상으로 받아들인다. 그 시기는 '늦인 봄날'에 '복사꽃 연분홍 이슬비가 나리시거든'이란 표현에서 볼 수 있듯이 친밀감을 넘어 기대와 환대가 있는 여성적인 얼굴의 부드러움[20]을 통해 창조된다. 여기에서 주체는 고운 빛깔로 채색된 봄날의 이슬비와 같은 자연의 아름다운 질서를 동반하며 대상을 발견하고 좀 더 깊은 자기의식에 이른다. 이러한 상황은 주체가 의도한 것이 아니라 원형적 공간 속에 있어온 삶의 요소들이다. 이 대상과의 관계는 경험적 질서에 속한 것이 아니라 감성의 질서에 속하는 향유의 차원에서 기인된 것이다. 이는 '바람 피해 오시는이 처럼 들레시면/ 누가 무어래요?'라는 표현으로 나타난다. 여기에서 만남은 미리 정해져 있는 일반적인 시간성에 있는 것이 아니라 약속이 필요 없는 자유로운 공간에서 이루어진다.

삶의 요소는 우리 존재의 충족임과 동시에 위협이기도 하다. 그러므로 시적 자아는 자기 자신을 위한 노력으로 자기에게 돌아오고자 한다. 그것은 자기를 환경과 분리하여 자기성을 확립하고 집을 짓으며 그 안에서 거주하는 것[21]으로 나타난다. 그런 의미에서 보면 작품 「무어래요」는 향유하면서 살아가는 세계 안에서 자기의 설 자리・거주지・집을 마련하면서 자기성이 형성된다. 이때의 집은 외부 세계의 위험성으로부터 자신의 안위를 보장받으면서 거주 공간[22]을 소유

---

20 이런 친밀감의 표현은 내면으로의 전향으로 집과 거주의 내면성의 조건이다. 연약하고 부드러운 내면으로의 복귀에서 향유의 주체는 세계를 표상한다(위의 책, 127면.).

21 강영안(2005), 136면.

하고 그 세계 안에 머무는 곳이다. 곧 나의 자유와 가능성을 확보하는 곳이기도 하다.

삶은 본질적으로 삶에 대한 사랑이며 자기애이다. 삶의 내용은 단지 삶을 채워주는 것에 그치지 않고 삶을 완성하고 아름답게 장식해준다. 이런 자기성은 순수한 평화의 상징적 대상들을 불러들여 그 세계에서 삶을 즐기고자 한다. 그것은 바로 자기애를 유지하기 위한 존재 노력의 한 양상이라고 볼 수 있다. 향유의 감정은 희망의 속삭임을 들으며 주변의 것들을 불러 모아 잊을 뻔했던 그 감정으로 돌아간다. 이곳에서 시적 자아는 신비스럽거나 정감어린 대상과의 만남을 동심의 세계를 통해 형상화한다.

나—ㄹ 눈 감기고 숨으십쇼.
잣나무 알암나무 안고 돌으시면
나는 샃샃이 찾어 보지요.

숨ㅅ기 내기 해종일 하며는
나는 슬어워 진답니다.

슬어워 지기 전에
파랑새 산양을 가지요.

떠나온지 오랜 시골 다시 찾어
파랑새 산양을 가지요.

「숨ㅅ기 내기」 전문

---

22 E. Levinas(1961), 167면.

저 어는 새떼가 저렇게 날러오나?
저 어는 새떼가 저렇게 날러오나?
사월ㅅ달 해ㅅ살이
물 농오리 치덧하네.

하눌바래기 하늘만 치여다 보다가
하마 자칫 잊을번 했던
사랑, 사랑이
비듥이 타고 오네요.
비듥이 타고 오네요.

「비듥이」 전문

어린 시절의 놀이들은 만족스런 체험으로 기억되어 자기 스스로를 충족시키는 행위에 속한다. 즉 자기중심적인 자아의 세계이다. 이때 놀이는 목적이 없기에 두려움도 없이 행위 자체를 즐기게 된다. 그런 추억의 하나인 '숨바꼭질' 놀이의 기억을 형상화하고 있는 「숨ㅅ기내기」는 '파랑새 산양'으로 환상과 꿈을 찾았던 동심의 세계를 보이고 있다. 숨는다는 것은 이중적인 의미를 갖는다. 대상이 두려운 존재로 느껴지면 자신을 은폐하는 도피의 의미가 되지만, 이와 달리 타자의 존재를 의식하지 않거나 친근한 대상으로 받아들일 때는 즐기는 행위를 뜻하기도 한다. 위의 시에서 '나―ㄹ 눈 감기고 숨으십쇼.'라는 표현에서 보면 두려움의 대상이었다면 스스로 눈을 감았을 텐데, 시적 대상에게 나의 눈을 감기라고 말하는 것에서 그 친밀감이 느껴진다. 또한 놀이가 계속되기를 바라는 마음은 끝이 없는 환상의 세계인 '파랑새'로 자아의 자아상을 형상화하고 있다. 그 세계는 나의 자유와 가능성을 가능하게 하는 존재론적 삶의 장소인 고향으로 향한다. 그것은 '산양을 가지요./ 떠나온지 오랜 시골 다시 찾어/ 파랑새 산양을 가지요.'라는 표현에서 잘 나타난다.

이어지는 인용시는 고향의 시골 풍정과 세시풍속적인 생활 감각을 즐기는 상황이 고유한 시어 속에 함축되어 그 의미가 한층 정감스럽게 다가온다. '새때', '사랑', '비둘기'의 대응을 통해서 재치 있게 표현되는 감각적인 이미지들이다. 하늘에서 날아오는 비둘기의 모습은 '사월 햇살'이 눈부시게 비치는 가운데 마치 바다에서 큰 물결이 밀려오는 것처럼 '물 농오리 치덧하'게 묘사된다. 이는 시적 주체의 황홀한 심정을 나타내고 있는 것이다. 특히 '하늘바래기'[23]라는 표현에서 알 수 있듯이 아무런 근심 없이 하늘만 바라보는 감성은 사물을 있는 그대로 사랑하고자 하는 시적 태도이다. 그 감정에 휩싸여 '사랑, 사랑이/ 비듥이 타고 오네요'라고 읊조리는 것에서 시적 자아의 행복감은 향유적 요소들로 그 내면적 삶의 내용이 채워진다.

위의 시들에서 '파랑새'와 '비둘기' 등의 '새'는 다른 가치를 상징하는 대립물로 존재하는 것이 아니라 순수함의 승화로 나타난다. 시적 주체가 스스로 즐거움을 느끼듯, '새' 또한 자기 자신의 감정에 이르게 되어 그 자신의 즐거움처럼 자리한다. 즉 순수함과 투명함으로 경계를 짓지 않는 공중에서의 놀이를 하고 있는 것이다. 그리고 보금자리의 포근함을 상징하는 '새'의 이미지는 순수함으로부터 내적인 꿈들로 이행되는 상상력을 불러일으킨다. '새'를 소유하지 않고 찾으러 가거나 바라보는 호기심으로 연결되는 모든 방식은 충동적인 행위이다. 이런 점에서 위 시들은 그 근원의 원초적인 감성에서 출발하고 발전되어 보금자리에 거주하고픈 대상을 향해 열린 틈새를 보이는 과

---

23 원래는 하늘에서 내리는 빗물만을 바라며 의지하는 천수답을 일컫는 말이지만 여기서는 '하늘바라기처럼 하늘만 바라보며 아무 일도 하지 못하고 있다가'로 풀이할 수 있다(권영민, 『정지용 詩 126편 다시 읽기』, 민음사, 2004, 485면.).

정이라 하겠다. 따라서 아름다운 소식을 전하는 순수한 존재로서의 '새'는 실존의 순수한 몸의 세계를 암시하는 시적 대상물로 작용한다.

향유의 주체는 늘 향유의 내용에 의존해 있다. 향유를 통해 주체가 누리는 독립성은 '의존성을 통한 독립성'이다. 따라서 향유의 주체는 무엇을 누릴 때 자신이 아닌 다른 것, 즉 타자에 의해 늘 의존해 있다.[24] 바로 이 의존성에 의해 독립성이 가능하다. 이는 항상 자기가 아닌 다른 것에 의존하고자 하는 존재론적 욕망을 일깨운다. 그러기에 자아는 자신을 에워싼 자신의 세계로 변형시키기 시작한다. 그 시적 대상은 낯선 얼굴이 아닌 친밀한 타자로부터 등장한다.

할아버지가
담배ㅅ대를 물고
들에 나가시니,
궂은 날도
곱게 개이고,

할아버지가
도롱이를 입고
들에 나가시니,
가믄 날도
비가 오시네.

「할아버지」 전문

인간에게 있어 이성보다 감성이 근원적인 한, 인간은 오성의 능동

24 강영안(2005), 134면.

적 작용에 앞서 모든 타자로부터 노출되어 있다.[25] 이때 감성은 직접적으로 타자에게 접하고 있는 부분이다. 이런 의미에서 어린 화자에게 할아버지는 매우 친밀한 타자로서 무엇이든 받아들일 수 있는 수용성, 즉 감성적 세계에서의 만남이다. 자연과 더불어 살아온 '할아버지'의 모습을 간결하게 묘사하고 있는 이 시는 할아버지의 행위에 녹아들어 있는 삶의 지혜를 놓치지 않고 있다. 어린 화자가 할아버지를 경이롭게 바라보는 시선은 두 번의 사건을 통해 반복적으로 나타난다. '궂은' 날 '담뱃대'를 물고 들로 나가시거나, '가문' 날 '도롱이'를 입고, 들에 나가시는 할아버지의 행동은 상식적인 기준에서는 이해되지 않는 비현실적인 행위임에 분명하다. 그러나 어린이의 관점에서 보면 할아버지의 행동은 마치 마술과도 같이 자연현상이 변화[26]하는 것이라고 볼 수 있다. 할아버지의 예지는 농촌 생활 속에서 오랜 경험과 연륜으로 미리 날씨를 예측한 행동으로 묘사된다. 이때 할아버지의 예지를 이해할 수 없는 어린 화자는 날씨와 할아버지 행동 사이의 인과관계를 뒤집어 생각한다. 그리고 이것을 아이답게 재미난 발상으로 이끌어낸다. 특히 할아버지를 상징하는 '담뱃대'와 '도롱이'를 통해서 그 친근감이 더해진다.

자연의 일부로서 인간을 볼 때, 동양적 세계관과 민담이 담고 있는 그 신비적 세계는 근대의 의미에서 현대적 구조와는 대립적으로 위치한다고 볼 수 있다. 근원에 대한 동경이 파괴되어 버린 현실에서 그러한 동경의 지향은 의도하였든, 혹은 의도하지 않았든 근대적인 이중성을 말한다. 이런 의미에서 정지용의 동시는 탈근대적 정서를 보이며 전통적 삶의 모습이 투영되어 있는 공간으로 제시되고 있는

25 김연숙, 앞의 책, 14면.
26 권정우, 앞의 책, 141면.

것이다. 이 공간에서 친밀한 타자와의 거주는 세계의 위협으로부터 벗어나 자신을 보호하는 수단이 되기도 한다. 따라서 거주를 통해 인간은 집안의 안온함과 정감을 경험한다.

해바라기 씨를 심자.
담모롱이 참새 눈 숨기고
해바라기 씨를 심자.

누나가 손으로 다지고 나면
바둑이가 앞발로 다지고
괭이가 꼬리로 다진다.

우리가 눈감고 한밤 자고 나면
이실이 나려와 가치 자고 가고,

우리가 이웃에 간 동안에
해ㅅ빛이 입마추고 가고,

(…중략…)

가만히 엿보러 왔다가
소리를 깩 ! 지르고 간놈이—
오오, 사철나무 잎에 숨은
청개고리 고놈 이다.

「해바라기 씨」 부분

인간이 손으로 무엇을 할 수 있을 때, 향유와 요소적 환경세계의 거리를 메워주는 노동[27]이 시작된다. 그리고 주체가 노동의 결과로써 사물을 소유할 때, 요소 세계는 지속성을 가진 사물, 곧 '실체'의 세계로 전환[28]한다. 그것은 각각의 고유한 영역을 가진 사물들의 세계로 전환한다는 말이다. 그런 의미에서 '씨'라는 자연물도 손의 개입을 통해 지속성을 가진 실체가 된다. 씨는 겉으로 드러나지 않는 잠재적인 힘, 혹은 신비한 잠재력을 상징한다고 보면 해바라기 씨를 심는 행위에서 '씨'는 거주하고 노동하는 인간에 종속되어 사물이 된다. 따라서 노동과 소유를 통한 주체는 '참여'로 특징지어지는 고유한 주체로서 자유를 얻게 되는데, 이러한 자유는 그 자체가 자기중심적이다.[29] 왜냐하면 노동과 소유는 모든 것을 자아 속에서 전체화하는 경향을 가지고 있기 때문이다. 그러나 씨를 심는 행위를 향유의 대상으로 간주하면 그 행위는 세계 안에서 거주하는 인간 활동의 한 부분일 뿐, 그 이상의 의미를 갖는 것은 아니다. 인용된 시에서 '해바라기 씨'를 심은 뒤에 그 새싹이 나오는 모습을 동화적으로 그리고 있다는 것은 바로 향유의 대상이기에 가능한 것이다.

향유와 거주의 지향성을 통한 표상적 주체는 주체로서의 자신을 확인하고 자신을 구성한다. 삶의 주체가 된다는 것은 언제나 신체적 존재로서 자신을 구성하는데 있다. '해바라기 씨'를 심는 것은 주체가 자기 밖에 있는 것이기도 하다. 밖은 누구와 대화할 수 있다는 가능성을 바탕으로 한다. 따라서 '그 누구는' 동일자로 환원될 수 없는 무수한 타자들과의 대화이다. 이 시에서 그 대상은 '누나'를 비롯해 '참새', '바둑이', '괭이', '청개구리' 등으로 의인화된다. 참새 눈을 숨기고

27 김연숙, 『타자윤리학』, 인간사랑, 2001, 87면.
28 E. Levinas(1961), 131~135면.
29 강영안(2005), 142면.

해바라기 씨를 심고, 누나와 바둑이와 고양이가 모두 함께 흙을 다지면서 자신의 소리로 대화에 참여하고 있다. 그것은 '눈', '손', '앞발', '꼬리' 등의 행위에서 그 정황이 구체적으로 그려진다. 특히 마지막 연에서 '청개고리'를 묘사한 구절은 대상에 대한 섬세한 관찰과 아이다운 표현이 더욱 동화적 세계에 있음을 드러낸다.

시적 주체는 '씨'를 심고 거기서 새싹이 트는 과정을 향유의 대상으로 지켜보며'해바라기'를 자신의 자아상으로 형상화하고 있다. 이런 의미에서 보면 동시의 세계는 존재론적 근원에 대한 욕망이 과거적 개념으로서의 '근원'이 아니라 현재적 욕구로서의 '근원'의 개념이 된다. 따라서 정지용에게 있어 한 본질적 속성으로의 근원 지향은 바로 '지금 여기'의 삶의 방식에 대한 문제제기이며 현재적 삶이 억압하고 있는 인간 존재의 본원적 욕망과 열망에 대한 환기를 의미한다.

존재론적 인간은 그저 존재한다는 무의미의 일상의 삶에서 의미 있는 삶으로의 이행, 즉 독립적인 자아를 찾아 나선다. 이 가능성으로서 의식은 다시 일어설 수 있는 것으로 새롭게 시작할 수 있는 동력이 된다. 자신의 활동에 대해서 주도권을 가지고 자기 자리에 돌아가 다시 일어설 때, 우리 자신은 홀로 설 수 있다. 홀로서기와 더불어 비로소 무엇이라 이름 부를 수 있는 주체가 등장한다. 감성적 주체는 존재론의 세계에서 홀로서기를 통해 자기 자신을 긍정하는 자아와 관계한다. 여기에서 익명적인 역사의 운명을 벗어나 자기의 존재를 스스로 확인하고 자기의 역사를 만들어 나가게 된다. 그것은 자기 자신을 타인과 사물로부터 분리하는 것이고 자기 자신이 설 자리를 '세계 속에서' 점유하는 것을 뜻한다. 향유는 인간이 세계 속에서 살아가는 가장 근원적인 존재 방식이다. 그 방식으로 자신을 둘러싼 사물 속에서 대상을 경험한다. 이를 통해 존재론적 욕구는 자기확립을 위한 세계와의 일차적인 관계를 가진다.

정지용 시에 나타난 향유는 감성적 주체를 통해 대상과 관계한다. 여기에서 향유는 아직 인간관계가 개입하지 않는 공간으로 그 대상이 두려움으로 존재하지 않는다. 따라서 우리가 향유하면서 살아가는 대상적 세계의 사물들은 삶을 위한 도구나 삶의 목적이 아니라 자아의 독립적 존재방식이며 동시에 감각작용이다. 다시 말해 심리적 상태 이전의 자신으로 돌아오는 과정에서 자신을 즐기는 내면성의 형성을 위한 행위라고 볼 수 있다.

정지용이 『學潮』에 발표한 작품의 형식은 시조에서 동시와 자유시 형식에 이르기까지 다양하다. 이는 혹독한 역사적 시련기에 놓인 한 개인이 자신의 정체성을 보존하기 위한 방법으로 파악할 수 있다. 시적 주체는 자기정체성의 보존과 확립을 위한 기제로 먼저 과거적 공간을 제시한다. 이 공간에서 주체는 독자적이며 유아론적 체험인 동시를 통해 인간 존재의 근원적인 즐김으로 그 주체의 공백을 채우고자 한다. 그 향유를 통해 형성된 주체성은 가장 원초적인 의미의 주체성이다. 삶의 요소인 '자연'으로 경험하는 세계를 향유하는 가운데 인간은 '자기성'의 영역을 확보한다. 이로써 '자기'에게 돌아가고 전체로부터 자기를 분리하여 '내재성'을 형성하게 되는 것이다. 이런 의미의 주체성은 본질적으로 자기 자신의 삶에만 관심을 가지며, 여기에서 초월은 불가능하다. 감성적 주체는 존재론의 세계에서 자연과 유아적 기억의 향유를 통해 자아의 자기정립을 위한 홀로서기를 보여주고 있는 것이다.

2. 이국지향성과 존재 부조리의 경험

정지용은 1923년부터 6년 동안[30] 교토에 위치한 동지사대학에서 유학생활을 하였다. 지용에게 있어 교토는 새로운 서구문학을 접하게 되는 '낯선 곳'이며 새로운 문물인 근대풍경에 대한 '낯선 대상'을 체험하는 즉 '다른 곳', '다른 것'의 존재를 인식하게 되는 곳이다. 인간은 의미 있는 삶으로의 이행을 위해 세계 속에 공존하고 있는 '다른 곳', '다른 것'을 지향한다. 이러한 생의 모험에서 욕망의 중심에 있는 다양한 타자들을 곳곳에서 만난다. 정지용에게 있어 다른 곳은 바로 근대적 공간인 이국타향이다. 감성적 주체에게 이국정서는 동경으로 다가왔는데 이는 그의 압천에 대한 진술에서 확인할 수 있다.

> 대개 中鴨에서 하숙을 정하고 있으니 下鴨으로 말하여 都心地帶에 듦으로 들이 더럽고 공기도 흐리고 하여 여러 점으로 있기가 싫었다. 그래도 中鴨쯤이나 올라 와야만 여름이면 물가에 아침저녁으로 月見草가 노오랗게 흩어져 피고 그 이름난 友禪을 염색도 하여 말리고 표백도 하고 하였다. 원래 거기서 이르는 말이 鴨川 물에 헹군 비단이라야만 윤이 칠칠하고 압천물에 헹군 피부라야만 옥같이 희다는 것이었다. 그래서 그런지는 몰라도 거기는 비단과 미인으로 이름난 곳이었다.[31]

위 글에서 압천은 시골 출신인 정지용에게 자신이 지내왔던 곳과는 다른 차원에서 동경의 대상으로 다가왔다. 그는 옛 도시를 가로질러 흐르는 중앙천변 근처에 하숙을 정하고, 그곳에서 낯선 타국의 유

---

30 정지용은 1923년 5월 3일 동지사 대학 예과에 입학하여 1926년 3월에 수료하고 그해 4월 1일, 같은 대학 문학부 영문과에 입학하여 1929년 6월 30일에 졸업한다(최동호, 편저, 『정지용 사전』, 고려대학교 출판부, 2003, 605면.). 대부분의 저서들은 '예과'에 대한 언급이 빠져 있다. 당시 동지사 대학은 4월초에 시작하여 3월말에 종료하고 있었는데, 정지용의 성적표를 보면 입학날짜가 '1923. 5. 3'으로 되어 있다(이석우, 『정지용 평전』, 충북개발연구원 부설 충북학연구소, 2006, 54면.).

31 정지용, 『文學讀本』, 박문출판사, 1948, 50면.

학 생활을 시작한다. 고향의 작은 실개천에서 자란 그가 교토 한복판에 있는 '가모가와'라 불리는 강을 바라볼 때, 그 경이로움은 현해탄에서 느꼈던 '바다'에 대한 이국적 체험을 상기시켰을 것이다. 정지용의 '낯설음'의 체험은, 이전까지 '나'에게 익숙한 것으로 존재하지 않았던 낯선 대상에 대한 직접적인 접촉으로부터 시작되어 체험의 대상을 좀 더 확대하며 그 강도를 높여나가고 있다.[32] 그러기에 유학 초기의 창작품들에서는 낯선 대상에 대한 놀라움과 신비스런 감성적 상상력이 드러난다. 따라서 근대풍경의 이국적인 것에 대한 낭만적 서정은 '바다'를 대상으로 다양하게 표출하고 있다.

나지익 한 하늘은 白金빛으로 빛나고
물결은 유리판 처럼 부서지며 끓어오른다.
동굴동굴 굴러오는 짠바람에 뺨마다 고흔피가 고이고
배는 華麗한 김승처럼 짓으며 달려나간다.
문득 앞을 가리는 검은 海城같은 외딴섬이
흩어져 나는 갈메기떼 날개 뒤로 문짓 문짓 물러나가고,
어디로 돌아다보든지 하이한 큰 팔구비에 안기여
地球덩이가 동그랐타는것이 길겁구나.
넥타이는 시언스럽게 날리고 서로 기대슨 어깨에 六月별이 시며들고,
한없이 나가는 눈ㅅ길은 太平線 저쪽까지 旗폭처럼 퍼덕인다.

「甲板 우」[33] 부분

32 김신정, 앞의 책, 45면.

33 이 시는 『문예시대』 2호(1927. 1.)에 발표된 것을 『시문학』 2호(1930. 5, 8~9면)에 재수록, 『정지용시집』에 다시 수록되었다(민병기, 『정지용』, 건국대학교출판부, 1996, 132면.). 작품 말미에 「1926년 여름 현해탄 우에서」라고 적고 있는 것으로 보아 정지용의 유학 당시 일본을 내왕하는 뱃길에서 쓴 것(김학동, 앞의 책, 42면.)으로 여겨진다. '바다'에 관련된 첫 작품인 이 시를 시작으로 이후 '바다시편'들이 이어지고 있다.

이 작품은 '갑판 우'에서 바라보는 바다의 풍경을 담고 있다. '바다'는 근대문물을 받아들이는 직접적인 체험으로 시적 주체에게는 두려움과 경이로움의 이중적인 감정[34]을 갖게 한다. 하지만 이 시에서는 새로운 공간으로서의 바다에 대한 호기심으로부터 시작된 근대적 세계 체험에 대한 지향의 기미를 보이고 있다. '나지익 한 하늘'이 '백금빛으로 빛나고' 있는 풍경은 드넓은 바다에서 물결이 햇빛에 반사되어 빛나는 것으로 묘사된다. 더불어 하얀 거품들이 무수하게 물보라를 치며 투명한 바다에 넘실거리는 것을 '유리판처럼 부서지며 끓어오른다'라고 표현한 데서 알 수 있듯이 '바다'는 시적 주체에게 동경의 대상으로 인식되어 경이로운 감정을 드러낸다.

그 이미지는 다채롭다. 먼저 배가 항해하는 광경을 '김승처럼 짓으며 달려나간다/ 기(旗)폭처럼 퍼덕인다'라며 물결의 파동을 역동적으로 묘사한다. 때론 '해성같은 외딴섬, 흩어져, 갈메기, 한없이'라는 시적주체의 어조에서 가벼운 상념을 자아내기도 한다. 하지만 '지구덩이가 동그랐타는것이 길겁구나'와 같은 원형적인 부드러움이나, '유리판'의 맑고 깨끗함, 그리고 물결의 흔들림 등의 이미지들은 한가롭게 자연을 즐기고 있는 상태를 연상케 한다. 전체적으로 위의 시는 바다의 화려한 움직임을 감각적 인상으로 환기시킨다. 시적 주체는 바다의 상상력을 동원하여 대상을 자신의 의지대로 변모시킬 수 있

---

34 문혜원은 김기림과 비교를 통해 김기림이 이국적인 것에 희망을 품었다면 이와는 달리 지용의 시에서 '이국적인 것'은 "선망의 대상임과 동시에 슬픔과 고독을 가져오는 동기로 작용하고 있다."(문혜원, 앞의 책, 220면.)고 보았다. 물론 이국적인 대상을 극찬한 것은 아니지만, 향수의 시적 동기를 부여한다는 점에서 초기의 바다와 관련된 시들은 낭만적 서정을 감각적으로 표현하고 있다. 왜냐하면, 정지용의 고향인 충북 옥천은 바다가 없는 시골로 작은 실개천이 흐르는 곳이다. 여기에 일본 유학을 위해 가장 먼저 접하게 되는 대상이 '바다'였기 때문이다. 정지용에게 '바다'는 자연물이기에 앞서 근대적 공간을 이어주는 '낯선 대상'으로 다가왔다는 의미로 그 근거를 두고자 한다. 따라서 그 감정은 두려움보다는 경이로움을 먼저 토로한다.

음을 보여주고 있다.

인간이 자연환경에 적응하며 생활해 나가기 위해서는 물질을 필요로 한다. 인간의 기질 중의 하나로 원초적인 감정이 내면을 지배한다고 볼 때, 바슐라르에게 있어 인간의 믿음, 정열, 이상, 사고의 심층적인 상상세계를 파악하려면 그것을 지배하는 물질의 한 속성으로 파악해야 한다는 것이다.[35] 그는 인간의 상상력을 근본적으로 물질적이라고 생각하면서, 세계를 구성하는 4가지 기본 물질 즉, 물 · 불 · 흙 · 공기로 분류한다.[36] 물질은 물체를 본바탕으로 하여 '지금 여기' 현실과 관계한다. 바슐라르는 그 물질을 다음과 같이 규정한다. 즉 무한히 작은 것이 큰 것을 드러내거나 변화시킨다. 그리고 물질은 에너지이며, 구체적인 것은 추상적인 것으로 번역될 수 있으며, 흔들리는 시간 속에서만 존재한다.

이 원칙은 서로 개별적으로 작용하는 것이 아니라 상호 보완적으로 작용한다. 이러한 물질개념이 상상을 가능케 하는 힘이고, 물질은 유동성으로 인해 새로운 이미지를 낳는 근원이 된다.[37] 정지용 시에서 '바다'는 고정화되어 있지 않은 '물'의 수평적 이미지를 다양하게 변모시킴으로써 그 물질적 상상력을 드러내고 있는 것이다. 상상력은 고정되어 있는 것이 아니라 시간에 따라 변화한다. 정지용에게 있어 상상력은 또 다른 대상으로의 의식지향을 보이며 생생한 움직임으로 나타난다. 그 대상은 형태가 고정되어 있는 물질이다. 이러한 물질의 내면성에 의해 유발되는 상상력은 보다 구체적으로 드러난다.

우리들의 汽車는 아지랑이 남실거리는 섬나라 봄날 왼하로를 익살스

---

35 이가림, 『물과 꿈』, 문예출판사, 1980, 281면.

36 이가림 앞의 책, 9면.

37 곽광수 · 김현, 『바슐라르 연구』, 민음사, 1976, 189면.

런 마드로스 파이프로 피우며 간 단 다.
우리들의 汽車는 느으릿 느으릿 유월소 걸어가듯 걸어 간 단 다.

우리들의 汽車는 노오란 배추꽃 비탈밭 새로
헐레벌덕어리며 지나 간 단 다.

나는 언제든지 슬프기는 슬프나마 마음만은 가벼워
나는 車窓에 기댄 대로 회파람이나 날리쟈.

먼데 산이 軍馬처럼 뛰여오고 가까운데 수풀이 바람처럼 불려 가고
유리판을 펼친 듯, 瀨戸內海 퍼어란 물. 물. 물. 물.
손까락을 담그면 葡萄빛이 들으렷다.

입술에 적시면 炭酸水처럼 끓으렸다.
복스런 돛폭에 바람을 안고 뭇배가 팽이 처럼 밀려가 다 간,
나비가 되여 날러간다.

「슬픈 汽車」 부분

바람은 휘잉. 휘잉.
만틀 자락에 몸이 떠오를 듯.
눈보라는 풀. 풀.
붕어새끼 꾀여내는 모이 같다.
어린아이야, 아무것도 모르는
새빩안 기관차 처럼 달려 가쟈!

「새빩안 機關車」 부분

위의 시는 '기차'라는 근대문물을 그 대상으로 하고 있다. 이때 '기차'는 시적 주체가 직접 체험하고 기억되는 것으로 결국 주체의 의식 지향을 구현해보려는 것이다. 이때 주체는 물질과 관계 맺는 방식을 스스로 설정하며 의식을 직접적으로 드러낸다. 근대적 주체성을 본질로 내세울 때, 표상이란 자기 앞에 세우는 활동이다. 표상활동을 통해 인간은 세계를 근거 짓는 존재가 되었다. 즉 표상활동은 현재라는 시간적 차원의 특권에 대해 대상을 동일한 하나의 지평에 귀속된 것이다.[38] 이러한 주체의 지배는 존재에 대한 자기로부터의 출발에 그치지 않고, 자기에게 귀환한다. 그리고 자신을 벗어날 수 없다는 사실은 자신에게 몰두하는 방식으로 존재자로서의 자기 정립 곧 주체의 물질성[39]을 의미한다.

이런 의미에서 대상을 지각할 때, 그 사물은 실재성에서 크게 벗어나지 않는다. 그 상상력은 대상을 보고나서 연상시키므로 현실과 실재 안에서 존재한다. 위 인용시는 '기차'의 형태와 특징을 차창 밖의 풍경으로 그리고 있다. 즉 '아지랑이'가 피어나는 '봄날' 마도로스의 파이프 담배처럼 연기를 뿜으며 달리거나 '유월소 걸어가듯' 느릿한 모습으로 묘사한다. 여기에서 시적 주체의 낭만적 서정은 동화처럼 엮어진다. 거기에 '노오란 배추꽃'도 스치우니 잠시 슬픈 마음은 가벼워져 차창에 기대어 휘파람을 불어보는 여유를 가져본다. 그리고 파란 하늘과 바다의 촉감을 '손까락을 담그면 포도빛/ 입술에 적시면 탄산수' 등의 선명한 이미지를 통해 직접적으로 전달한다.

---

38 서동욱, 『차이와 타자』, 문학과 지성사, 2000, 8~13면 참조.

39 E. Levinas(1996), 52면. 주체의 물질성은 자신에게 얽매임이다. 자아가 자기 자신에게 결정적으로 메이게 되면서 고독의 비극을 구성한다. 즉 고독이 비극적인 것은 타자가 없기 때문이 아니라 자기 동일성 안에 포로로 갇혀 있기 때문이고 고독이 곧 물질이기 때문이라는 것이다.

이러한 감각적인 이미지들로 채색된 '기차'는 물질이 갖는 외형적 특징들이다. 이 특징은 의식 속에 경험되어 결국 주체 속으로 귀착되어 버린다. 이렇듯 형태가 고정된 물질의 상상력은 형태가 없는 물질에 비해 자유로운 상상력 안에서 발현되는 내면성의 힘으로 작용하기에는 제약이 따른다. 그럼에도 시적 주체는 기차라는 근대의 상징물을 감성적 경험을 통해 직관의 근저에 있는 감각으로 사유한다. 이러한 의식지향성으로 인해 이국정서를 낭만적 서정으로 물들이고 있다. 「새빩안 機關車」 역시 구체적인 대상을 추상적인 느낌으로 그려내고 있다. 시적 주체는 '어린아이야'라는 호칭으로 자신의 내면세계를 감상적 어조로 표현한다. 그 심경은 바람과 눈으로 표상되는 자연 속에서 아무것도 모르는 아이처럼 달려가고 싶다. 그 마음에서 우러난 시선은 다른 세계를 향해 있기에 '새빩안 機關車'를 타고 빨리 달려가고 싶다고 말한다.

정지용 시에서 이국정서는 주체와 사물 사이에 사물의 이미지를 개입시키는 방식으로 나타난다, 그것은 이미 우리가 그 상황이나 사건과 맺고 있는 간접적 관계에서 기인하며 그 대상들은 바깥에 있다. 여기서 바깥은 '내재성'과 관련이 없는 것이며, 대상들은 이미 자연적으로 '소유되어' 있지 않다.[40] 이러한 대상을 가로지르며 재현된 사물들은 주체의 세계 속에서 멀어지게 되며 형상이 이루어내는 내재성으로 변환되지 않는다.

위 시들에서 묘사된 새롭고 낮선 대상은 동경의 대상으로 그것의 객관적 의미를 통해서 또한 주관적 의미를 가진다. 이때 대상을 관조적으로 바라봄으로써 자기정립을 위한 지향적 대상에까지 도달하지 못하고 감각 자체 안에서 길을 잃어버리는 결과를 빚는다. 이후의 근

40 E. Levinas, 서동욱 옮김, 『존재에서 존재자로』, 84면.

대적 공간을 상징하는 물질들을 대상으로부터 멀어지게 하는 걸림돌이 되는 까닭도 이러한 이유이다. 결국 감각은 새로운 요소를 만들어 내지만 하나의 대상에 대한 다양성과 결합되어 있는 한, 그 애매성의 의미에서 주체의 의식을 이끌어주는 의미로부터 분리되어 있다. 정지용의 시에서 이국지향성은 선택된 이미지에서 기인된 상상력으로 시인의 의식에 동참하는 감성의 세계이다. 이러한 감성적 체험은 존재가 전환되는 체험으로 궁극적 지향점에 도달하기 위한 과정의 의미를 지닌다고 볼 수 있다.

향유의 관점에서 볼 때, 사물은 우리의 생존을 위한 수단이기보다 존재의 원천이고 만족으로 체험되지만 순간적인 것에 불과하다. 만족감을 맛보는 순간, 내일에 대한 불안이 고개를 내민다. 삶의 요소는 이런 의미에서 나를 떠받치고 있는 기반이지만, 다른 한편으로는 나의 힘으로 어찌할 수 없는 세력으로 남아 있는 것이다.[41] 레비나스가 강조하는 주체의 의미는 익명적인 존재에서 주체로, 다시 주체에서 타자로의 이행을 위한 '존재론적 모험'이라 부르는 초월이다.[42] 이것은 의식이 어떤 대상을 향하는, 있는 것으로 주어진 현실에 안주하지 않고 끊임없이 무엇으로 향하는 것이다.

육체적 의미가 포함된 지향 개념은 지향을 활동하게 하는 욕망에서 오는 자극과 더불어 일상적 의미에서 보면 주체가 욕망할 수 있는 것에, 나의 욕망을 전적으로 만족시켜줄 대상에 몰입한다. 이때 욕망할 수 있는 대상과 존재의 모험과의 관계는 무의식적으로 욕망의 대상 이상의 것으로 나아갈 수 있다. 왜냐하면 욕망이 향하고 있는 대상들이 존재하기 때문이다.[43] 현재의 삶에서 부족하고 결핍된 것으로

41 강영안(2005), 232~233면.

42 위의 책, 85면.

43 E. Levinas(2003), 57~59면.

부터의 욕망은 세계 안의 대상들에 대한 욕구로 나타난다. 따라서 주체가 자기의 존재 유지를 위해 외부의 것으로 가고자 하는 욕망은 바로 존재론적 욕구의 차원에서 발현되고 있는 것이다.

근대의 특징적 감정 구조는 사회적 · 문화적 모더니티와 관련되어 있다. 그것은 익명적 존재에서 주체로 이행하는 과정에서 '함께 있음'으로 세계 안에 존재하며 구체적인 어떤 것과 관계 맺고 있기 때문이다. 특정 시대가 세계를 느끼는 감정의 틀로써의 문화적 모더니티의 입장은 근대를 진보의 긍정적인 측면으로 파악하기를 거부한다. 그 대신 근대적 삶에 대한 존재 부조리의 경험은 근본적 무기력, 허무감, 슬픔 등이 내포하는 우울의 감정을 공통적으로 강조한다. 그것은 주로 근대에 대한 부정의 정신을 강조하는 맥락에서 수용되었다.

부조리의 경험[44]은 존재 자체에 관한 경험인데 우리는 이 경험을 단지 잊고 있을 뿐이다. 하지만 이 사실 자체보다 삶의 내용과 주변 사물에 오히려 관심을 두고 있다. 그러나 삶이 그 내용을 상실할 때, 모든 것이 무의미할 때, 그러면서도 그것을 벗어날 수 없을 때, 그 순간에 우리가 존재하고 있다는 사실에 직면한다. 이때 인간은 부단히 탈출하고자 노력하지만 뜻대로 할 수 없다. 감각적 쾌락을 탈출구로 삼아보지만, 그러한 시도는 순간일 뿐, 다시 무의미에 직면한다.[45] 여기에서 시적 주체가 느끼는 자괴감은 자신이 이로부터 벗어날 수 없다는 사실을 깨닫게 되면서 자기부정을 통한 무의미한 경험 속에 함몰해 있는 것으로 드러난다.

『學潮』 창간호에 발표된 일련의 시 작품들은 부조리의 경험에서

---

44 부조리에 대한 경험에 대해 레비나스는 익명적이고 무의미한 존재에서 의미 있는 삶으로의 이행을 통해 부조리에서 탈출할 수 있다고 본다(강영안(1996), 225~228면 참조.).

45 위의 책, 226면.

점철된 존재의 무력감으로 인한 자의식의 분열[46]을 보이고 있다. 주체 앞에 나타난 타자는 바로 근대적 풍경들이다. 삶을 향유하던 이기적 자아는 동시에 타자에로 묶이는 현실 속에 위치한 존재로 그 삶의 내용을 여실히 드러낸다. 시적 주체에게 '지금, 여기'의 삶은 주도권을 가질 수 없는 상태에 놓여 있으며, 주체가 외부로 노출되어 있다는 것은 자신을 타자에게 노출시키는 것이라 할 수 있다. 숨길 수 없이 삶의 깊이를 고스란히 담아내는 눈빛과 축적된 시간의 길이, 그리고 고된 삶을 드러내는 감성적 주체는 근원으로 환원시킬 수 없는 것과 관련된다.[47] 따라서 자신의 의식을 혼란시키고 현실적 자아를 흔드는 구도 속에서 나의 몸이 자신의 것이기에 앞서 이미 타자에게 묶여지는 구조 속에 있음을 의미하는 것이다.

옴겨다 심은 綜櫚나무 밑에
빗두루 슨 장명등,
카뗴 뜨란스에 가쟈.

이 놈은 루바쉬카
또 한놈은 보헤미안 넥타이
뻣적 마른 놈이 압장을 섰다

밤비는 뱀눈 처럼 가는데
페이브멘트 흐늙이는 불빛

46 남기혁, 「정지용 초기시의 '보는' 주체와 시선의 문제」, 『한국현대문학연구』 26, 2007, 167면.

47 김연숙, 「타자를 위한 책임으로 구현되는 레비나스의 양심」, 『한국철학적 인간학회』, 2010, 99면.

카페 프란스에 가쟈.

이 놈의 머리는 빗두른 능금
또 한놈의 心臟은 벌레 먹은 薔薇
제비 처럼 젖은 놈이 뛰여간다.

「오 오 패롵(鸚鵡) 서방! 꾿이브닝!」

「꾿 이브닝!」 (이 친구 어떠하시오?)

鬱金香 아가씨는 이밤에도
更沙 커--튼 밑에서 조시는구료!

나는 子爵의 아들도 아모것도 아니란다.
남달리 손이 히여서 슬프구나!

나는 나라도 집도 없단다.
大理石 테이블에 닷는 내 뺌이 슬프구나!

오오, 異國種 강아지야
내발을 빨아다오.
내발을 빨아다오.

「카페 프란스」 전문

「카페 프란스」에는 이국적인 대상들이 화려하게 제시된다. '카페', '루바쉬카', '보헤미안', '넥타이', '울금향', '갱사' 등의 낯선 이름에서 이 시기 정지용이 보여주는 의식세계가 타자의 작용이 이루어지는 측면으로 정교하게 탐색되고 있음을 엿볼 수 있다. 이는 삶의 내용을 구체적으로 드러내고 있다는 사실이기도 하다. 주체는 복잡한 내적 경험을 대상에게 투사시키고 있으며, 지속성으로 보호받지 못한 채 지체 없이 타자에로 노출되어 있음을 보여준다. 즉 타자로부터 자신을 은폐하는 은밀한 은신처로부터 떠나 자기 자신에 대한 방어와 보호를 소홀히 하면서 상처와 모욕[48]에로 자신을 드러내고 있다. 탈출구도 없이 타자에게 노출된다는 것은 자기 안의 평정 상태에 머물 수 없는 불안한 상태이다. 이때 타자들은 그 존재가 왜곡되거나 비정상적인 상황에 처해 있는 것으로 묘사된다. 종려나무는 '옴겨다 심은' 것이며, 장명등은 '빗두루' 서 있다. 실내에 있는 존재들은 상대방의 말을 흉내 내는 '앵무새'로 표현한다. 이러한 세부적인 대상의 묘사는 불안한 감성적 주체의 정서로 연결된다.

이 시는 한국인 유학생들이 '프란스'라는 이름의 카페에 드나들며 술을 마시던 장면을 옮겨놓고 있다. 전반부는 '카뻬 쯔란스'를 찾아 헤매는 젊은이들과 밤거리의 풍경이 묘사되며, 후반부는 '카뻬 쯔란스'의 실내 풍경을 보여준다. '루바시카'를 입은 청년, '보헤미안 넥타이'를 맨 청년, '뻿적 마른 놈' 등 세 명의 청년이 등장하는데 이 중 시적 주체는 '루바시카'라는 러시아 의상을 입은 청년으로서 '빗두른 능금'으로 비유된다. 이때 자신의 수치심을 몸과 연결시키는 방식은 복장과 신체 일부를 통해 드러낸다. 자기 정체성이 없는 복장이나 '머리'와 '심장'은 비뚜러진 능금과 벌레 먹은 장미로 비유되고 있다. 그들의 존재는 모두 불안하고 병적이다. 따라서 그들이 지칭하는 '놈'이

48 E. Levinas, 김연숙・박한표 공역, 『존재와 다르게 - 본질의 저쪽』, 인간사랑, 2010, 144면.

라는 어구에서는 자조적 슬픔을 동반하게 된다.

근대적인 학문과 사상, 예술의 세례를 받은 이 청년들은 알 수 없는 울분과 충동에 휩싸여 "카예 뜨란스에 가자"고 외치며 밤거리를 뛰어간다. 사실 이 외침이 절규에 가까운 소리로 들리는 것은 부조리한 현실에서 상처 입을 가능성으로 존재하기 때문이다. 이 상처를 치유할 순간의 쾌락과 안식을 위해 카페라는 공간을 찾아 나서 보지만, 부조리한 현실에 무의미하게 있는 무기력한 자신을 발견할 뿐이다. 즉, 주체는 이국적 풍경과 동일시되어 '빗두루 슨 장명등'처럼 교토의 밤거리를 흐느끼며 울분과 충동에 휩싸인 주체의 수치심을 드러내고 있는 것이다. 이에 대상과의 거리를 확보하지 못한 주체는 결국 대상과 해체되는 자의식으로 표출된다.

또한 이국도시의 소외된 풍경은 소외된 주체의 내면으로 옮겨와 시적 주체의 황폐한 내면을 비추게 된다. 자신이 '자작의 아들'이 아니라는 사실, 무기력한 지식인이란 사실은 새삼스러울 것이 없다. '남달리 손이 히여서 슬프구나'라는 표현은 아무것도 할 수 없는 사실의 고백에 지나지 않으며, '나라도 집도' 없는 피식민지 주체로서의 위치를 확인할 따름이다. 결국 주체는 낯선 도시에 동화될 수 없는 낯선 타자들과 주체의 위치를 환기시키며 정체성의 분열에 직면하게 된다. 그러기에 과잉된 감정은 쾌락을 쫓으며 일시적으로나마 육체적인 위무를 갈구하는 것이다. '이국종 강아지'에게 발을 내맡기면서 '빨아다오' 하는 탄식의 목소리에서 자기절멸의 비애와 절망이 포착되는 것은 바로 이런 이유 때문이다.

이 작품은 근대적 이국정서를 대상으로 인간존재의 의미를 묻고 있다. 이국적 경험들은 자아에게 자신이 살고 있다는 사실 자체보다는 주변 사물과 그 안에의 삶의 내용에 관심을 둔다. 낯선 대상은 감상적 이국정취와 갈등을 이루는 향수의식의 대립을 지양하는 변증법적 구조로 이기적 자아와는 대응되는 감성적 주체성을 이루고 있다. 과거의 공간에서 향유를 통한 자기성은 근대적 공간에 자신이 존재하고 있다는 사실에 직면하게 되는데, 이러한 인식은 삶의 내용을 슬픔과 비애로 채우지만 결핍된 감정을 자아내지 않는다. 오히려 과잉의 감정으로 자신을 무겁게 짓누르며 표출된다.

식거먼 연기와 불을 배트며
소리지르며 달어나는
괴상하고 거——창한 爬蟲類動物.

그녀ㄴ 에게
내 童貞의 結婚반지를 차지려갓더니만
그 큰 궁둥이 로 쎄 밀 어

… **털 크 덕** … **털 크 덕**

나는 나는 슬퍼서 슬퍼서
心臟이 되구요

여페 안진 小露西亞 눈알푸른 시악시
「당신은 지금 어드메로 가십나?」

… **털 크 덕** … **털 크 덕** … **털 크 덕**

그는 슬퍼서 슬퍼서
膽囊이 되구요

저 기——다란 짱골라는 大腸.
뒤처 젓는 왜놈 은 小腸.

(…중략…)

六月ㅅ달 白金太陽 내리쏘이는 미테
부글 부글 끄러오르는 消化器管의 妄想이여!

赭土雜草 白骨을 짓발부며
둘둘둘둘둘둘 달어나는
굉장하게 가——다란 爬蟲類動物.

「爬虫類動物」 부분

위 시에서도 인간의 몸이 타자와 연결되어 시적 주체의 존재 부조리에 대한 자각이 부정적인 태도로 이어지는 양상을 보이고 있는데 현실에 대한 자의식을 더욱 구체적으로 해체시키고 있다는 차이를 보인다. 기차는 '파충류동물'이라는 이미지로 변용되고 기차 안에 타고 있는 사람들의 형상은 특이하게 파충류의 장기로 묘사된다. 애인에게 거절당한 여자는 슬퍼서 '심장', 슬픈 눈의 외국인 여자는 '담낭', 중국인은 '대장', 왜놈은 '소장' 등의 나와 낯선 대상에 대한 충격적이고 이질적인 대상들에 대한 감정을 함축적으로 보여준다. '파충류동물'이 '지금, 여기'에 존재한다는 것은 세계에 대해 낯설음을 느끼는 주체의 태도로부터 비롯된다. 그것은 다른 존재, 다른 세계와의 상호관계 속에서 이루어진 것이 아니라 공포 그 자체로 존재한다.

시적 주체에게 다가오는 '기차'의 이미지는 먼저 공포감을 불러일으키며 '시커먼 연기와 불을 뱉으며/ 소리지르며 달아나는/ 괴상하고

거— —창한' 괴물과 같은 형상으로 등장한다. '동정의 결혼 반지'로 비유되는 배신감을 비유한 '심장'은 몸의 감정적 반응을 마음과 연결시키며 회복될 수 없는 대상과의 관계를 부정적 이미지로 증폭시키고 있는 부분이다. 그리고 심장이 찢어지는 슬픔으로 통곡하지만 기차는 반복되는 '털크덕' 소리 속으로 이 모든 감정을 흡수해 버린다. 괴물같이 거대한 기차는 존재의 의미를 모두 삼켜버리고 달리기만 하는 대상으로 묘사되어 자의식에 방황하던 시적 주체에게 부조리한 현실을 절실히 실감하게 한다. 시적 주체는 부조리한 현실에서 의미 있는 삶을 찾아 다른 대상인 '기차'를 타고 어디론가 가고 싶었던 자신을 낯설고 괴상한 존재 앞에 노출시킨다. 하지만 기차에 묶여져 있는 이 현실에서 벗어날 수 없는 존재를 포착할 뿐이다. 고정화된 물질의 속성과 접촉하면서 다른 세계를 체험하고자 한 낯선 경험은 사물의 외면적 속성을 확인하면서 존재론적 상황에 무기력한 자신을 또 다시 발견하게 된다.

유학 초기에 쓰여진 위의 시들은 근대적인 대상을 직접 체험하면서 세계를 다양하고 예리하게 표현하고 있다. 그러나 보편적 공리의 세계를 지향하고자 했던 정지용에게 그 세계가 부정적인 인식으로 작용한 것에서 이러한 경험은 개별적이고 순간적인 사건으로 그치지 않는다. 따라서 주체는 존재론적 상황을 강력하게 나타내고 있는 타자 중심의 시선으로 그 대상들을 드러내고 있는 것이다.

> 가엾은 내 그림자는 검은 喪服처럼 지향 없이 흘러 내려 갑니다. 촉촉히 젖은 리본 떨어진 浪漫風의 帽子밑에는 金붕어의 奔流와 같은 밤경치가 흘러 내려갑니다. 길옆에 늘어슨 어린 銀杏나무들은 異國斥候兵의 걸음제로 조용 조용히 흘러 나려갑니다.

(…중략…)

이따금 지나가는 늦인 電車가 끼이익 돌아나가는 소리에 내 조고만魂이 놀란듯이 파다거리나이다. 가고 싶어 따듯한 화로갛를 찾어가고싶어. 좋아하는 코―란經을 읽으면서 南京콩이나 까먹고 싶어, 그러나 나는 찾어 돌아갈데가 있을나구요?

네거리의 모퉁이에 씩 씩 뽑아 올라간 붉은 벽돌집 塔에서는 거만스런 XII時가 避雷針에게 위엄있는 손까락을 치어 들었소. 이제야 내 목아지가 쫄 삣 떨어질듯도 하구료. 솔닙새 같은 모양새를 하고 걸어가는 나를 높다란데서 굽어 보는것은 아주 재미 있을게지요. 마음 놓고 술 술 소변이라도 볼까요. 헬멧 쓴 夜警巡査가 예일림처럼 쫓아오겠지요!

네게리 모통이 붉은 담벼락이 흠씩 젖었오. 슬픈 도회都會의 뺨이 젖었소.

「幌馬車」 부분

「황마차」[49]는 근대도시를 걷는 피식민 주체의 분열된 시선과 정체성의 위기를 실체적이고 구체적으로 드러낸 작품이다. 산문시 형식으로 주체는 도회의 공간을 삭막한 죽음의 풍경으로 인식하면서 자신의 작은 혼이 전차소리에도 놀라 파닥거린다고 적고 있다.[50] 이 시

---

49 이 작품은 1927년 6월 『조선지광』 68호에 발표되어 『정지용 시집』에 수록되었다. 「카페 프란스」나 「슬픈 印象畵」보다 제작 시점이 늦은 것으로 짐작된다. 하지만 발표 당시 이 작품의 끝에 '1925.11월 京都'라고 제작 시점과 장소를 명기해 놓은 것으로 보아, 창작의 선후 관계를 짐작하기는 곤란하다. 다만 시적 주체가 겪는 시선의 혼란과 정체성의 분열이 보다 구체적으로 드러난 점을 고려하면, 「황마차」가 다른 두 작품에 비해 늦게 창작된 것으로 짐작할 수 있다.

는 모두 9연으로 구성되어 있으며 밤거리를 헤매는 시적 주체의 시선의 이동에 따라 시상 전개의 기본축이 형성된다.

시적 주체는 '시계집 모퉁이'를 돌아 군중들과 함께 밤거리를 '지향없이 흘려나려'가면서 마주친 교토의 밤풍경을 그리고 있다. 또한 끊임없이 지즐대는 종달새가 도시의 피로와 권태에 찌든 자신과 흡사하다고 느낀다. 뿐만 아니라 새장 속에 갇힌 새는 자유를 잃은 존재로서 식민 권력자인 타자의 감시를 의식하며 살아가는 자신의 처지와도 비슷하다. 이제 누군가에게 위로 받고 싶어 하지만 밤거리의 풍경은 조망할 수 있는 위치와 시선을 확보하지 못하고 있다. 시적 주체 역시 밤거리를 '흘러나려'가는 보행자에 불과한 까닭에 거리를 '지향없이' 배회할 뿐이다. 밤거리를 걷는 화자가 거리에 늘어선 '어린 종려나무'들을 '異國斥候兵'에 비유한 것은 자신이 제국이 감시하는 시선[51]을 스스로 의식하고 있음을 보여준다. 「슬픈 印象畵」, 「카떼 뜨란스」에서 '나라도 집도' 없는 피식민 주체로 등장했던 시적 주체는 이 작품에서 소외된 자신의 위치를 보다 구체적으로 드러낸다.

권력의 시선을 의식하면서 위축될 수밖에 없는 '헤매는' 영혼은 이제 권력의 시선이 닿지 않는 공간을 갈망한다. 그러나 자신을 감싸안아줄 공간은 어느 곳에도 존재하지 않는다. 시적 주체는 이국의 밤거리에 내던져진 존재이며, 외로운 이방인에 불과하다. 근대란 과거와 현재를 부정하고 끊임없이 미래를 향해 진보하는 불가역적인 시간의

---

50 정의홍은 이 작품을 식민지 현실에서 기인한 시대인식이 반영된 작품으로 보았다. 이것은 시대인식이 내면화되어 암울한 정경을 표출하고 있고, 이 정경은 자아의 고독을 나타내는 데 수렴되고 있다. 『정지용 시 연구』, 형설출판사, 1995, 96~97면.

51 「황마차」에 등장하는 '이국척후병', '뱀눈', '야경순사' 등은 모두 이미지를 떠올리게 한다. 이 눈은 근대도시의 가시성 영역에 들어온 타자들을 감시하는 권력의 시선을 상징하는 것이다. 특히 '뱀눈'의 이미지를 감시의 시선으로 논의한 것으로는 사나다 히로코의 『최초의 모더니스트 정지용』(역락, 2002, 142면.)이 있다.

표상 위에 성립되는 것이다.[52] 선조적인 시간의 축에서 과거란 늘 '이미 사라지고 없는 것'이며, 다시는 돌아오지 못할 것이다.

정지용은 자신에 부과된 운명과 직접 맞설 수밖에 없었다. 그는 고향의 세계로 도피하거나 근원적 세계로 나아갈 수조차 없었다. 혹은 식민제국의 도시 풍경을 관조할 수 있는 심미적 거리를 아직 확보하고 있었던 것도 아니다. 그가 취할 수 있었던 것은 근대 도시의 이면에 숨겨져 있는 '거대한 어둠'의 심연 앞에 위축된 영혼으로서 고독한 자신의 내면성을 지켜내는 것뿐이다. 그러기에 정지용은 근대 시간을 상징하는 '탑'에 걸린 시계를 풍자적으로 묘사하여 시간 질서에 쫓기는 근대인의 삶을 부정적으로 드러내고 있는 것이다. 또한 존재의 부조리 경험은 현실을 대하는 태도와 긴밀하게 연결되며 주변의 것들과 분리된 인간의 '시름'으로 인식하는 것에 이른다. 이러한 경향은 초기의 시 「슬픈 印象畵」, 「鴨川」, 「爬虫類動物」 등에서 구체적인 양상으로 드러난다.

沈鬱하게 울려오는
築港의 汽笛소리…… 汽笛소리……
異國情調로 퍼덕이는
稅關의 旗ㅅ발. 旗ㅅ발

세멘트 깐 人道側으로 사폿 사폿 옴기는
하이얀 洋裝의 點景!

그는 흘러가는 失心한 風景이여니……

---

52 남기혁, 앞의 글, 175면.

부즐없이 오랑쥬 껍질 씹는 시름……

「슬픈 印象畵」 부분

찬 모래알 쥐여 짜는 찬 사람의 마음,
쥐여 짜라. 바시여라. 시언치도 않어라.

역구풀 욱어진 보금자리
뜸북이 홀어멈 울음 울고.

제비 한쌍 떠ㅅ다,
비마지 춤을 추어.

수박 냄새 품어오는 저녁 물바람.
오랑쥬 껍질 씹는 젊은 나그네의 시름.
鴨川 十里ㅅ벌에
해가 저믈어…… 저믈어……

「鴨川」부분

씹히네.
멧千理 물을 건너
뒤글 〱 굴너온몸이
밤으로면 자근〱 시름이 씹히네.

「爬虫類動物」 부분

위 시들에서 시름은 '부질없이 오랑쥬 껍질 씹는 시름'(「슬픈 印象畵」), '오랑쥬 껍질 씹는 젊은 나그네의 시름'(「鴨川」)으로 모두 '오랑쥬'를 대상으로 존재한다. 여기에서 '항구'와 '강' 등은 고정화 되지 않는 이미지를 지니며 떠돌고 방황하는 주체와 연결된다. 일반적으로 물의 이미지는 원형적 세계의 모성적 공간으로 비유된다. 하지만 이 시에서는 '시름'을 불러일으키는 대상으로 나타난다. 이국도시에서 '오렌지'를 씹는 시적 주체에게 그 맛은 '흘러가는 失心한 風景'과 '찬 모래알 쥐여 짜는 찬 사람의 마음'처럼 쓰디쓰다. 슬픈 감정의 골을 증폭시키는 '시름'은 주체가 대상을 인식하기 이전에 이미 주어져 있는 감정이기 때문이다.

우선 「슬픈 印象畵」에서 시름은 '항구의 기적소리'가 '침울'하다는 표현으로 감지된다. '세관의 깃발'로 드러나는 '항구'의 풍경은 시인의 감정에 의해 아름답거나 낭만적인 항구의 모습으로 그려져 있지 않다.[53] 정지용이 바라본 항구의 풍경은 '슬픈 印象畵'일 뿐이다. 그 풍경은 '실심'했고 '부질없이 오랑쥬 껍질 씹는 시름'일 뿐이다. 이 시는 현실에 대한 슬픔의 감정을 시각과 청각과 미각의 감각을 통해 여실히 드러낸다. 이러한 감각으로 비유되는 사실적 체험으로 존재론적 슬픔은 삶의 내용을 흔들어 놓는 계기가 된다. 그러므로 '헤엄쳐 나온 듯이 깜박어리고 빛나'는 순간적인 인상으로 포착될 뿐이다. 축항의 기적소리에 이국정조로 퍼덕이는 관세의 깃발에서 비롯된 감정은 마지막 연에 드러난 바와 같이 나와 다른 세계에 대한 시적 주체의 태도에서 기인되기 때문이다. 흐릿한 풍경의 외부에서 '부질없이 오렌지 껍질'을 씹는 것 이외에, 아무것도 할 수 없는 무력한 시적 주체는 슬픔의 상실감에 주체는 사라지고 대상만 남게 되는 풍경이다. 그가 마주하고 있는 풍경은 그저 흘러가는, 바라볼 수밖에 아무것도 해줄

53 윤의섭, 「부정의식과 초월의식에 의한 정지용 시의 변모과정」, 『한중인문학연구』, 2005, 147면.

수 없는 그림 속의 풍경과도 같은 것으로 주체를 귀속시킨다.

「鴨川」[54]에서도 시름의 심경이 짙게 스며있는 것을 볼 수 있다. 「鴨川」은 해 저문 京都 압천 근처를 배회하며, 흐르는 여울물 소리를 슬픈 음성으로 받아들이는가 하면, 자신의 괴로운 상태를 비애감과 고독감으로 표현한다. '뜸북이'의 울음이나 '제비'의 날갯짓 같은 사소한 자연물로도 위안이 되지 못하는 슬픈 감정은 아무리 자신의 마음을 쥐어짜고 부수어도 사라지지 않는다. 그것은 대상에 있는 것이 아니라 '존재하는 것' 그 자체에서 비롯되었기 때문이다. 그러기에 京都 압천가의 성숙한 여름이 오히려 고향 떠난 나그네에게는 씁쓸한 체험으로 다가온다. 풍경을 객관적으로 묘사하기보다 낯선 도시 교토에서 이방인으로 겪어야 했던 시적 주체의 소외감은 고독과 외로움의 정서로 표출되고 있다.

6연의 '오랑쥬 껍질 씹는 젊은 나그네의 시름'이라는 표현은 1926년 발표작인 「슬픈 印象畵」에도 반복되고 있는데 여기에서 그 당시 내면세계의 고독감이나 공백감의 깊이를 알 수 있다. 이어지는 「爬虫類動物」에서도 '시름'은 신체적으로 묘사되어 씹히는 존재로 인식된다. '몇 천리' 물을 건너 낯선 곳에 왔지만, 자신의 존재는 현실이란 공간에서 무의미하게 굴러다니고 씹히는 존재로 남아 있게 되었다는, 탄식에 가까운 토로를 하고 있는 것이다.

정지용 시에서 '낯선 곳', '낯선 대상'은 동경과 동시에 공포의 대상으로 표출된다. 그는 부조리한 경험에서 오는 존재에 대한 지각을 근

---

54 1927년 6월 『학조』 2호에 발표되었는데 작품 말미에 "1923. 7. 京都壓川에서"라고 창작 시기와 장소가 기재되어 있다. 그 후 1930년 3월 『시문학』 창간호에 「경도압천」이라는 제목으로 재발표되었으며 『정지용시집』에서 다시 「鴨川」이라는 수록되었다. 『학조』에 발표된 것과 『시문학』에 발표된 것은 약간의 표기 변화를 제외하고는 달라진 것이 거의 없으며 시집에 수록된 것은 『시문학』에 발표한 것을 그대로 수록한 것이다.

대적 산물과 그 주변을 대상으로 하여 무기력함을 드러낸다. 삶의 태도는 삶의 내용을 채우는 것과 밀접하게 관련된다. 그의 시에서 선망은 나와는 다른 세계에 대한 놀라움과 경이로움으로 비롯되었지만 공포는 현실의 부조리한 경험으로 외로움, 슬픔, 비애와 절망과 같은 어둡고 부정적인 것으로 나타난다. 또한 자아에게 과거의 자연물이 향유의 대상이었던 것과는 달리 현재의 근대적 풍경은 이질적인 것으로 슬픔을 유발하는 대상으로 존재한다. 이 슬픔은 한 개인의 사적인 감정이 아니라 근대라는 시대 전반을 지배하고 있는 감정이다. 즉 인간의 지향성은 '다른 세계'에 있는 것이 아니라 '나와 다른 것'에 있다는 사실과 다르지 않다. 따라서 감성적 주체에게 대상과의 불일치 경험은 존재의 무의미한 삶에서 의미 있는 삶으로 이행되는 과정에 있었다.

3. 고독한 존재의 거리두기와 자기정립

정지용의 경우 고독은 부조리한 현실 속에 놓여 있는 개인적 혹은 집단적 인간의 실존적 상황이며, 고독감은 그러한 상황에서 혼자만 감당해야하는 고립감, 쓸쓸함 등의 아픔의 의식이다. 고독의 의미를 창출하는 이미지 군 중에서 먼저 등장하는 것은 '바다 시편'이다. 그의 시에서 '바다 시편'은 '바다'라는 단일 제목으로 가장 많이 쓰여진 연작시[55]이다. 정지용이 여러 편의 바다시를 쓸 수 있었던 것은 바다

55 바다연작시는 등단 직후인 1927년부터 1935년까지 9편의 작품을 발표한다. 그 중 『조선지광』 64호에 「바다」로 실린 시는 『정지용시집』에서는 「바다 1 · 2 · 3 · 4」로 구분하여 각각 독립된 작품으로 편성하였다. 그 외 바다체험과 관련된 작품으로는 「해협」, 「다시 해협」, 「갑판 우」, 「선취」 등이 있다(김학동, 앞의 책, 42면.). 바다 시편에서

체험이 그에게 강하게 인식되었기 때문이다. 이는 근대적 공간을 본격적으로 경험[56]하게 된 시인의 의식이 투영된 것으로 볼 수 있다.

정지용 시인은 '바다'를 통해 자아가 세계에 대응하는 인간의 상황과 동시에 그 태도로 그러한 상황 속에서 실존적 고독의 본질에 접근하고자 한다. 바다시들은 시대와 존재론적 상황 아래 있는 사물 혹은 세계의 본질을 꿰뚫어버리겠다는 의지를 선언하는 시편들로 구성되어 있다. 일련의 시편들에서 현재의 조건을 넘어보겠다는 의지로 드러난 '바다 시편'은 의지 사이의 갈등과 긴장이 그의 시를 작동하게 하는 중요한 시작 원리이자 특징이다. 따라서 욕구와 욕망의 출발에서 비롯된 자아 탐색은 본연적 자아의 자아됨을 회복하는 근원적 삶의 모색인 것이다.

레비나스는 고독을 존재의 한 범주[57]로 제한한다. 이런 의미에서 고독은 존재자들이 있다는 사실 자체에 있다. 이것은 존재자가 '존재함'을 자신의 것으로 떠맡는 사건으로 홀로서기[58]인 것이다. 홀로서기

드러나는 정서는 근대적 공간에 대한 선망과 두려움을 호기심과 불안감으로 서로 교차시키며 복합적인 양상을 보이며 이어지고 있다.

56 "정지용에 의한 시 속의 바다 발견은 그 자체가 새로운 요소로서 옛 시가의 관습을 벗어난 일이고 따라서 모더니스트란 호칭은 이러한 면에서도 타당하다, 바다는 그의 '근대'경험의 표상이다."(유종호, 「시는 언어로 빚는다」, 유종호 전집5, 『문학의 즐거움』, 민음사, 1995, 128~129면.) 이러한 지적에서 알 수 있듯이 바다는 그 자체가 근대적 공간이라는 의미보다는 그 공간을 이어주는 매개물로 상징적 차원에서의 근대경험이라고 할 수 있겠다.

57 그에 따르면 고독은 존재의 심리적인 기분을 뛰어넘는 실존적인 의식이다. 왜냐하면 고독은 개물적인 현상이 아니라 비인칭적인 '존재하는 것'의 현상이기 때문이다. 이런 의미에서 존재자의 고독은 단순한 외로움이 아니라 존재하는 것의 흔적이기에 내가 존재한다는 것은 존재론적 사건이며 이미 일종의 저항과 같다고 한다(E. Levinas (1996), 30~34면. 윤대선, 『레비나스의 타자철학』, 문예출판사, 2009, 203면.).

58 '홀로서기'는 주체가 개별적 주체로, 하나의 명사적 존재로 등장하는 과정을 서술한 용어로 번역된다. 즉 익명적인 '있음'이라는 무의미에서 의미함으로 이행하면서 주체가 인식의 자유를 갖게 된다는 것이다. 한 존재자가 그의 존재와 관련 맺기 시작한

로서의 주체는 존재의 익명성에 매몰되지 않고 존재를 자기의 것으로 소유한다. 주체는 먼저 밖에서 안으로의 운동, 내재성의 성립이 선행된 다음, 자신의 존재 실현을 위해 안에서 밖으로의 초월을 시도할 수 있다.[59] 이때 주체는 내 삶과 세계에 의미를 부여하는 것으로서 홀로서기를 시도한다. 그 자리는 존재하는 곳을 출발점으로 삼으며 인식의 자유를 가진다. 여기에서 존재는 존재자로의 길로 들어서며 스스로 고립하는 것이다. 혼자된다는 것이 실존적 자아발견의 조건을 지칭한다면, 고독은 그러한 혼자된 존재조건의 주관적 체험을 말한다. 또한 오직 인간만이 누릴 수 있는 체험으로 인간의 존재양상을 함축적으로 보여준다. 이것은 '존재한다'는 사실이 본질적으로 고독하기 때문이다.

정지용에게 있어 근대적 공간은 존재 부조리로 인해 자아와 세계와의 거리를 불안함으로 인식하게 되는 '지금, 여기'의 현재로 경험된다. 근대라는 타자는 자아와의 관계 속에서 용해되는 존재가 아니라 인정하지 못하는 거리에 위치해 있다. 하지만 자아에게 '바다'라는 공간은 이질적인 대상에 앞서 선망의 대상으로 인식된다. 이에 잠시나마 시적 주체의 불안을 해소하기 위하여 '바다'는 주체의 욕구 충족 수단으로 등장한다. 그것은 자아와 세계 사이에 존재하는 거리를 감성적 관계로 대응하는 양상을 통해서 나타난다.

오 · 오 · 오 · 오 · 오 · 소리치며 달려 가니
오 · 오 · 오 · 오 · 오 · 연달어서 몰아 온다.

·

상황을 지칭하는 것이다(위의 책, 36~46면.). 이 글에서는 홀로서기를 실존함의 의식으로 자기를 스스로 정립하는 일종의 행위이며 실존함에 대한 주인이 되는 의미로 본다.

59 강영안(2005), 94면.

간 밤에 잠 살포시
머언 뇌성이 울더니,

오늘 아침 바다는
포도빛으로 부풀어졌다.

철석, 처얼석, 철석, 처얼석, 철석,
제비 날어 들듯 물결 새이새이로 춤을추어.

「바다 1」 전문

한 백년 진흙 속에
숨었다 나온 듯이,
게처럼 옆으로
기여가 보노니,

머언 푸른 하늘 알로
가이 없는 모래 밭.

「바다 2」 전문

위의 시들에서 바다는 자아의 시선을 통해 포착된 광활한 세계를 역동적으로 나타낸다. 그 대상을 바라보는 세계의 생생한 체험은 세계와 거리를 좁히고자 하는 자아의 자기보존 욕구이다. 우선 「바다 1」은 움직임과 소리와 빛깔을 통해 선명한 아침 바다 이미지를 직접적으로 표현하고 있다. '오 · 오 · 오 · 오 · 오'라는 반복적 음과 '철석, 처얼석, 철석, 처얼석, 철석' 등은 청각적 · 시각적인 효과와 함께 파도치는 물결을 강렬한 인상으로 보여준다. 바다의 생동감은 연속적이고 고조된 파도의 움직임을 통해 자아의 의식에서 꿈틀거리는 욕구와 겹쳐진다. 그리고 삶의 내용을 신비감과 함께 충만하게 채워 준다. '머언 뇌성'이 울던 어젯밤의 바다는 '포도빛으로 부풀어진', '아침 바다'로 변해 있다. 즉 바다의 위용과 힘찬 생동감, 그 속에서 무엇인가가 일어나길 바라는 시적 자아의 충동적인 의식을 엿볼 수 있는 부분이다. 그러기에 물결의 움직임이 '제비'가 춤을 추는 모양새로 그 이미지가 한층 평화롭고 아름답게 비춰진다. 이로써 광활한 바다를 바라보며 자기 정립을 위한 시간을 마련하고자 한다. 역동적인 자연의 모습과 어울리고 겹쳐진 자아는 세계와의 거리에서 불안한 감정을 잠시나마 위안 받고자 하는 것이다. 이러한 경험을 통한 바다의 유동성과 신비감은 다음의 시로 이어진다.

「바다 2」에서 '바다'는 직접적으로 언급되지 않고 간접적인 '하늘'과 '모래 밭'을 통해 대상을 암시한다. 바다는 '머언 푸른 하늘 알로', 모래밭은 '가이 없는' 공간으로 끝없이 펼쳐지는 이미지를 환기시키고 있다. '게처럼 옆으로/ 기여가' 보고 싶기도 한 시적 주체의 태도는 무한한 공간에서 새로운 대상에 대한 조심스러운 탐색으로 시도된다. 이 시에서 시적 주체는 작은 '게'의 행위와 무한한 공간, 파란 하늘과 하얀 모래로 비유되는 색채를 두드러지게 대립시키고 있다. 이는 분리를 위한 대립적 의미가 아니라 거대한 자연에 대한 안정감과 동일성을 확보하기 위한 감각적 형식인 것이다.

위 인용시들은 시간적 흐름에 따라 시시각각 변하는 시상의 전개 과정을 통하여 존재자로서 스스로 자기정립을 위한 공간을 확보하고자 한다. 이 홀로서기는 익명적인 '그저 있음'을 중지시키고 사적인 영역으로 대상을 주체 앞에 위치시킨다. 이는 실존함의 의식이며, 실존하는 것이다. 자기보존의 실존적 욕구는 바다를 대상으로 자아와 세계의 거리를 확보하고자 한다. 위의 시들에서 보이는 대상은 시적 주체에게 존재론적 모험의 가능성을 보여주며 존재자의 존재 사건으로 주체가 있는 존재로 제시된다. '바다'로부터 오는 경이로움은 시적 주체의 불안한 마음을 잠시 잊게 해주는 대상으로 존재하지만 이러한 순간적인 감정은 지속되기 어려운 자연 현상에 불과하다는 사실을 일깨우는 것에 지나지 않는다.

그리고 무엇보다도 이 '있음' 자체가 중립성[60]으로 강조되다보면 비인간적이고 비인격적인 무기력과 수고, 피로 등의 의식에 의하여 존재자는 외로움을 스스로 의식한다. 따라서 홀로서기를 감행한 존재자의 자기정립은 고독이라는 주관적인 체험으로 나타나게 된다.

외로운 마음이
한종일 두고

바다를 불러——

바다 우로
밤이
걸어 온다.

「바다 3」 전문

---

60 비인간적인 중립성은 부정보다도 강한 존재로 존재자에게 복종한다. 비인간적인 존재의 위협은 존재자의 홀로서기의 의식에 의하여 극복된다는 것이다. 하이데거에 있어서 인간 주체란 내면적이며 홀로서는 존재가 아니라 세계 안에 던져 있는 존재이며, 존재에 이르는 하나의 우회로에 불과하다고 본다. 즉 인간을 존재하는 것의 전체 틀 속에 집어 넣어 생각하였다(김영한, 「레비나스의 타자 철학 - 하이데거에 대한 비판을 중심으로」, 『철학논총』 제64집, 2권, 새한철학회, 2011, 112~113면.). 이 점에서 비인격적으로 익명적이란 말은 주체가 없는 상황, 주체성의 힘이 전적으로 무효가 된 상황을 가리키는 것으로 주체가 없는 존재를 말한다.

후주근한 물결소리 등에 지고 홀로 돌아가노니
어데선지 그누구 씨러져 울음 우는듯한 기척,

돌아 서서 보니 먼 燈臺가 반짝 반짝 깜박이고
갈메기떼 끼루룩 끼루룩 비를 부르며 날어간다.

울음 우는 이는 燈臺도 아니고 갈메기도 아니고
어덴지 홀로 떠러진 이름 모를 스러움이 하나.

「바다 4」 전문

정지용의 시에서 고독이라는 정서는 실존적 차원에서 이루어진다. 이국정서가 시의 현실감을 높이기 위한 것, 혹은 새로움의 시작이었다면 고독의 정서는 시간의 흐름에 따라 이방인이라는 사실을 확인하는 자의식으로 표출된다. 근대적 풍물의 퇴폐적이고 이질적인 분위기와 시적 주체의 불안한 감정 토로에서 현재 자아의 슬픈 자화상을 읽을 수 있는 것은 바로 이러한 이유이다. 이국정취가 낯선 곳의 새로움과 경이로움의 감정이었다면 그로 인한 타국에서의 외로움과 고독은 또 다른 감정으로 두 정서는 서로 대립적 서정이다.

인용시들의 시간적 배경이 저녁에서 밤으로 묘사되고 있는 것으로 보아 처음 『조선지광』에 발표된 「바다」의 시상전개와 이어져 있음을 알 수 있다. 그런데 그 정서는 매우 다르게 표현된다. 「바다 3」에서 고독은 바다 자체에 대한 묘사보다 바다와 시적 주체와의 갈등을 통해서 암시한다. '외로운 마음'이 '한종일' 두고 바다를 불러보지만 아무도 오지 않고 바다 위에 깔리는 어두움뿐이다. '바다'라는 존재를 인격적 있음[61]으로 만든 주체는 자신을 노출시키며 존재자이길 애쓰지만 바다는 다시 익명적 존재로 다가오고 있다. 그것은 밤이 '바다

우로 걸어오는' 표현에서 극명하게 드러난다. 바다는 순간의 지속을 이어주지 못하는 불확실성으로 자아를 더더욱 서러움으로 고립시키는 대상으로 존재하는 것이다.

이어지는 「바다 4」 역시 밤의 풍경을 바다 '물결 소리' 뒤로 누군가 '우는' 소리가 들리는 적막과 외로움의 정서로 드러난다. 밤바다의 '물결소리', 끼루룩거리며 날아가는 '갈메기떼', 깜박이는 '등대' 이 모든 것들은 활기찬 낮의 풍경과는 대조적으로 그러한 것들이 어두움에 묻힌 뒤에 오는 쓸쓸하고 고독한 정경이다. 그런데도 주체는 우는 기척에 귀 기울인다. 그러한 노력 뒤에 오는 것은 '어덴지 홀로 떠러진 이름 모를 스러움이 하나'뿐이고 아무도 없이 혼자된 자기를 다시 발견할 뿐이다. 그것은 다름 아닌 현재 자아의 자화상이다. 이러한 고독 속에서 자아는 자신이 내면의 소리를 들을 수 있는 가능성을 열어 보이며 다시 홀로서기를 준비한다.

이상 네 편의 시들이 연작시임에도 불구하고 그 대상을 대하는 시적 주체의 태도가 매우 다름을 알 수 있다. 「바다 1」과 「바다 2」에서 '바다'라는 대상이 주체인 존재자의 의식 안에서 바라보는 '주체가 있는 존재'로서 의식되었다면, 「바다 3」과 「바다 4」에서는 '바다' 한 가운데서 자아의 자기 상실을 경험하는 거리로 존재한다. 시적 주체의 복합적인 태도에서 그 실존적 고독의 깊이를 가늠하게 된다. 정지용의 시에서 '바다' 이미지는 고정화되어 있지 않은 타자로 그 의미가 보편적인 총체성을 내포하지 않는다. 이것은 존재의 바깥에서 존재의 무게중심이 물질에 있을 때, 주체성이 물질에 얽매이는 과정을 겪지만 그것은 존재의 다원성[62]에 의해 개별적인 고유의 영역을 확보해

---

61 인격적 있음은 존재자의 소유의 있음을 말한다. 즉 텅 비어 깨어 있음이 아니라 전적으로 존재에게 내맡겨진 것이 아닌 의식이 위치한 내면적인 존재인 것이다(E. Levinas(2003), 115~119면.).

가는 과정을 담아내고 있기 때문이다. 즉 어떤 사물이나 현상이 하나로 구축된 유일한 원리로 동일하게 환원될 수 없는 타자의 타자성을 의미한다. 이후의 바다시에서 대상과 유사해지려고 하지만, 완벽하게 대상으로 환원되지 않는 주체를 만나게 되는 것도 이러한 이유 때문이다.

바독돌은
바다로 각구로 떠러지는것이
퍽은 신기 한가 보아.

(…중략…)

바독 돌의 마음과
이 내 심사는
아아무도 모르지라요.

「바다 5」 부분

正午 한울,
한 한가온대 도라가는 太陽,
내 靈魂도
이제

62 레비나스에 따르면 다원론을 파르메니데스와 결별하자는 시도라고 주장한다. 파르메니데스에 의하면 존재는 하나요, 불변하는 것이다. 이와 대립되는 생성은 다수요, 변화하는 것이다. 레비나스는 존재를 하나로 보는 존재 일원론에 대해서 존재 다원론을 내세우고자 한다. 즉 통일성 안에 용해할 수 없는 다원론을 지향한다(E. Levinas (1996), 33면.).

고요히 고요히 눈물겨운 白金팽이를 돌니오.

「바다 7」 부분

꼬리가 이루
잡히지 않었다.

힌 발톱에 찢긴
珊瑚보다 붉고 슬픈 생채기!

「바다 9」 부분

「바다 5」에서는 존재의 고독에서 길을 찾지 못하고 헤매는 존재자의 불안이 느껴진다. 이 시는 바둑돌을 소재로 하고 있지만 바둑돌에 대한 이야기를 하려는 것이 아니라 자기 자신의 심사를 암시적으로 나타내려는 것에 있다. 시적 주체는 바둑돌을 만지다가 던지는 일련의 과정 속에서 바둑돌이 바다에 던져지는 것처럼 자신도 그렇게 던져질지 모르는 불안한 심정을 드러낸다. 존재에 대한 자기 동일성은 존재로부터 벗어나지 못할 경우 존재로의 도피로 인식된다. 바둑돌이 바다에 '각구'로 떨어지는 것이 신기한 일인지 그렇지 않으면 비극적인 행위가 될지 '아아무도 모르지'라는 표현에서 그 불안의 정도가 느껴진다. 던져진다는 것은 그것도 거꾸로 내던져진다는 것에서 자기에게 얽매여 동일화되는 태도를 보인다. 그것은 도피이며 일종의 벗어남이다. 그러나 도피란 자신으로부터 나오는 욕망으로 그 자신으로부터의 일탈을 전제로 하고 있기에 그 불안감은 더해질 뿐이다.

이어지는 「바다 7」과 「바다 9」 역시 앞 시편에 대한 해석의 연장선에서 이해해 볼 수 있다. 시적 주체가 근대에 대한 불안한 마음을 바다를 통해 벗어나려고 하지만 그 실체를 완전히 드러내 주지 않는다. 시시각각 빠르게 움직이는 바다의 형상을 쉽게 간파하지 못하는 것은 본질에서 그 대상을 이해하지 못하고 있는 것이다. 여기에서 비롯된 고독은 인간적 아픔으로 표출된다. 시적 주체가 익명적인 존재로 자신을 내맡기지 않고 존재를 자신의 것으로 소유하기 위한 인간적인 아픔의 의식으로 볼 수 있다. 자아가 고독의 본질로 육박해 들어가려고 하면 할수록 두려움도 동시에 존재한다. 이에 그 아픔에서 벗어날 방도를 알지 못하는 시적 주체의 정서는 철저히 혼자가 되는 자리에 있게 된다.

「바다 7」에서 뜨겁게 내리쬐는 정오의 바다 한 가운데에서 '내 영혼'을 '고요히 고요히 눈물겨운 백금팽이를 돌리'는 것이나, 「바다 9」에서 '흰 발톱에 찢긴 산호보다 붉고 슬픈 생채기!'의 표현에서 그 아픔은 바로 존재자의 상처를 있는 그대로 보이는 것이 된다. 이때 시적 주체의 절망적 심리상태는 정오의 태양 아래서 자신의 영혼이 '백금팽이'를 돌리는 정신적 방황으로 드러난다. 이와 같은 표현이 작품 「갈메기」에서도 반복[63]되고 있다는 것에서 그 방황의 깊이를 알 수 있다.

미지에 대한 동경과 두려움이 함께 공존한 '바다'는 시적 주체의 의식적 대응으로 파악된다. 자아는 꼬리가 잡히지 않는 바다에서 존재의 꼬리를 놓치며 대상의 본질로부터 멀어져 자기에로 얽매이는 비시간적 존재로 남아있게 된다. 이에 고독을 극복하지 못한 주체는 그 속에서 불안한 존재로 남아있게 되는 슬픈 현실이 되며 여기서 자아와 세계와의 거리가 없어지고 서로 합쳐지면서 존재자의 자리를 잃어버리고 마는 것이다. 이것은 애초에 근대성을 오직 풍경으로만 치

63 "해는 하늘 한 복판에 白金도가니처럼 끓고, 동그란 바다는 이제 팽이처럼 돌아간다"로 반복된다. 이 작품은 『조선지광』 80호(1928. 9)에 발표한 것으로 바다 위를 나는 갈메기를 섬세하게 묘사하고 있다. 자유롭게 나는 갈메기와 일상의 삶에 사로잡혀 살아가는 시적주체와의 대비되면서 자아의 존재를 외롭고 고독한 세계로 몰고 가는 상관물로 나타난다.

부한 결과이며 가치중립적 풍경으로 그 내면성을 획득한 자리가 아닌 까닭이다. 결국 정지용의 시에서 바다란 다만 풍경이고, 근대로 진입하는 계기가 될 뿐이다.

이상 살펴본 바와 같이 바다 시편[64]은 바다의 개방성과 고독한 자아 사이에서 방황하는 시의식의 불안한 정서로 간취된다. 정지용은 '바다'를 시화한 작품에서 주체를 이성으로 획일화되는 주체가 아니라 다원성으로 이해하려는 시도를 보여주었다. 자아와 세계와의 거리를 존재론적 고독으로 경험함으로써 본질에 가까이 접근한 시도로 보인다. 하지만 실존적 차원에서 홀로서기란 만만치가 않다. 새롭게 시작하기 위한 자기정립은 고독 속에 침잠하면서 근거를 잃어버리고 방황하는 자신을 또 다시 발견할 뿐이다. 감성적 주체는 바다를 통해 존재의 근원적인 고독의 세계를 기억하며 다시 그곳에서 다른 존재의 지향으로 나아간다.

시적 주체는 공존이 불가능한 현재의 삶에서 자신의 체험을 진실하게 드러내 보이는 공간으로 '바다'를 그 타자로 구성한다. 여기에서 근원적인 존재방식인 홀로서기를 통해 존재함에 의해 스스로 고립하는 고독의 세계를 체험한다. 존재를 '인격적 있음'으로 만든 주체에게

---

64 특히 시 「바다 9」에 대한 논의 중에서 송욱은 '바다가 주는 시각적 인상의 단편을 모아 놓은 산문'이라고 부정적인 입장을 취한다(송욱, 「정지용, 즉 모더니즘의 자기부정」, 『시학 평전』 중, 일조각, 1963, 196면.). 문덕수 역시 어떤 사물의 대상을 하나의 형태로서 고정시키고 있다는 점과, 그 대상의 감각적 묘사를 통하여 구체적 이미지를 제시하는 것 이외에 어떤 관념의 개입이 배제되었다는 점을 지적했다(문덕수, 앞의 책, 77~78면.). 그러나 이 글에서는 정지용의 시에서 바다 시편이 실존적인 고독의 차원에서 다루어지고 있기에 인간의 감정이나 관념의 차원보다 좀 더 본질적인 것에 닿아있다고 본다. 이는 '바다시'와 이와 관련된 여러 편의 시가 발표된 것을 미루어 보더라고 짐작할 수 있다. 따라서 한 사물이 하나의 형태로 파악되지 않는 다원성을 표출하고 있는 것이며, 감각적이고 구체적인 묘사는 신체를 통하여 그 내밀한 내면풍경을 드러내는 심층적 차원에 있다는 점을 주목해야 한다. 즉, 사물의 본질에서 근원적 고독의 비애를 불러일으키는 존재자의 고독으로 그 의미를 두고자 하는 것이다.

홀로서기란 익명적 존재로부터 자신을 노출시키며 실존적 의식을 드러낸다. 그러나 '바다'는 고독에서 새롭게 시작하는 근거를 마련하지 못하고 오히려 고독의 본질 속으로 침잠하는 모습으로 드러난다. 그것은 '바다'가 단지 풍경으로 인식될 뿐 그 내면성으로 틈입하지 못하고 있기 때문이다. 따라서 정지용 시에서 '바다'는 존재의 개방성에서 주체의 내면화로 삶의 내용이 채워지는 의미를 지닌다.

인간과 세계와의 거리를 메워주는 것, 그것은 인간의 자기 노력이다. 자기 자신에게 다가오는 물질들을 소유하면서 그 요소들로부터 사물을 만들어낸다. 물질은 근본적으로 불분명하며, 이해할 수 없는 것으로 있다. 그러나 인간은 그 물질을 세계로 가져오기를 원하고 그렇게 하기 위해 그림자가 아닌 실체와 손잡고 구체적 존재를 인식한다. 즉 소유를 통해 세계의 타자성은 자아에로 동화된다. 미래를 자신에게 보존시키며 미래에 대해서 자신의 힘을 확신한다. 그리고 삶의 불확실성에 저항하면서 삶의 최종적 의미가 있는 곳으로부터, 삶의 내용으로부터 의미를 가져오고자 한다.

의식이 존재하는 주체를 주체되게 하는 것은 원래 자기 자리로 돌아가는 것이기도 하다. 그것은 바로 의식의 존재 확실성이 있는 현재이다. 현재는 자기를 구성하는 실존에 절대적으로 근거를 두며 이때 자기 정립은 오직 의식이 활동하고 있는 현재의 순간에만 이루어진다. 그런데 현재는 자아에 대해 아무런 확실성을 보장해주지 못한다는 사실을 경험한 주체는 자신을 내맡기지 않고 다른 존재와의 관계로 나아간다. 이 때 구성되는 타자는 익숙하고 친밀한 대상이다.

> 말아, 다락 같은 말아,
> 너는 즘잔도 하다 마는
> 너는 웨그리 슬퍼 뵈니?

말아, 사람편인 말아,

검정 콩 푸렁 콩을 주마.

이말은 누가 난줄도 모르고

밤이면 먼데 달을 보며 잔다.

「말 1」[65] 전문

위 시에서 '말'은 '자아'와 동일화된 타자로 존재한다. 인간 실존의 차원에서 고독은 인간과 타자와의 접촉, 관계함에서 체험하는 내용에 따른 근원 현상이다. 고독의 경험은 자아를 대상 안에 투사시키며 자신의 존재를 드러낸다. 여기서 주체와 타자의 관계 맺음은 자신의 타자성을 상실한 채 자신의 타자인 시적 주체의 욕망을 욕망하며, 타자를 자신의 연장이나 확장으로 간주한다. 결국 타자에 의해 나의 동일성, 정체성이 구성되는 주체 혹은 자아이다.[66] 이때 주체는 타자와의 관계를 통해서 채워지고 다시 갈망한다.

동요풍의 시 「말」은 '다락 같은 말', '사람편인 말'로 사람과 가깝게 생활하는 경험을 나타내며 그 친근함을 드러낸다. 그런데 파편적 생존[67]이 그를 '누가 난 줄도 모르는 채', '밤이면 먼데' 달을 보며 자는

---

65 이 시는 『정지용시집』에 '말'로 실린 세편 중 가장 먼저 발표된 것으로 1927년 7월호 『조선지광』 69호에 「말」(마리―·로―란산에게)로 실렸다. 『정지용 전집』에는 「말 1」로 실렸다. 그런데 71호(1927. 9) 「말 2」로 발표되었던 작품이 『정지용시집』에서 「말 1」로 제목이 바뀌고 있다. 그리고 최초의 발표지가 밝혀져 있지 않은 「말 2」 작품이 『정지용시집』에 수록된 것으로 미루어 보아 위 작품의 제목을 「말」 이후 작품을 「말 1」로 표기한다.

66 고영아, 앞의 논문, 55면.

67 분리나 그에 따른 상실은 개인적, 집단적인 문맥에서 시적 주체에게 비애와 자기 연민, 나아가 정체성 혼란의 가능성을 보여준다. 「갈메기」에서도 이러한 분위기를 극에 달하고 있다. 『조선지광』 80호(1928. 9.)에 발표한 「갈메기」의 부분을 인용하면 다음과 같다.

돌아다 보아야 언덕 하나 없다/ 솔나무 하나 떠는 풀잎 하나 없다// 갈메기야, 갈메기야, 늬는

상황으로 만들어버린 것이다. '다락 같은 말'을 슬픈 모습으로 변모시킨 자아의 태도에서 낯선 곳에 안주하지 못하고 떠도는 이방인의 비애가 드러난다. 하지만 그것은 타자의 욕망과 타자와의 우애의 관계로 채워진다. 그리고 상실과 소외의 경험 속에서 자기를 찾고자 하는 갈망으로 이어지게 된다.

오동나무 그늘에서 그리운 양 졸리운 양한 내 형제 말님을 잦어 갔지.
「형제여, 좋은 아침이오.」
말님 눈동자에 엇저녁 초사흘달이 하릿하게 돌아간다.
「형제야 빰을 돌려 대소. 왕왕.」

말님의 하이얀 이빨에 바다가 시리다.
푸른 물 들뜻한 언덕에 해ㅅ살이 자게처럼 반쟈거린다.
「형제여, 날세가 이리 휘양창 개인날은 사랑이 부질없오라.」

바다가 치마폭 잔주름을 잡어 온다.
「형제여, 내가 부끄러운데를 싸매였으니
그대는 코를 불으라.」

(…중략…)

쉿! 쉬! 쉿!
어깨우로 넘어닷는 마파람이 휘파람을 불고

고양이 소리를 하는 구나!// 고양이가 이런데 살리야 있나/ 늬는 어데서 났니?/ 갈메기야,
갈메기야, 아는듯 모르는 듯 늬는 생겨났지

물에서 물에서 八月이 퍼덕인다.

날세가 이리 휘양창 개인날은 곱슬머리가 자랑스럽소라!」

「말 2」 부분

말아,
누가 났나? 늬를. 늬를 몰라.
말아,
누가 났나? 나를. 내도 몰라.
늬는 시골 듬에서
사람스런 숨소리를 숨기고 살고
내사 대처 한복판에서
말스런 숨소리를 숨기고 다 잘았다.
시골로나 대처로나 가나 오나
량친 몬보아 스럽더라.
말아.
멩아리 소리 쩌르렁! 하게 울어라.
슬픈 놋방울소리 마춰 내 한마디 할라니.
해은 하늘 한복판, 금빛 해바라기가 돌아가고,
파랑콩 꽃타리 하늘대는 두둑 위로
머언 흰 바다가 치여드네.
말아,
가자, 가자니, 古代와같은 나그내ㅅ길 떠나가자.
말은 간다.
까치가 따라온다.

「말 3」 부분

「말」에서 '말'의 형상이 고독하고 슬픈 존재로 시화되었다면 「말 1」에서는 주체의 분신으로서 욕망을 드러내는 영웅으로 제시된다. 이 시에서 '말'은 8월 바닷가에서 햇살을 받으며 달리는 모습으로 등장한다. 말에게 '형제여'라는 호칭을 사용함으로써 자아와 시적 대상은 서로 공유하고 있는 내적 유대감을 바탕으로 시화된다. 말달리기 직전과 말달리는 모습을 역동적인 이미지로 형상화하고 있는 것에서 그 타자의 욕망을 욕망[68] 하는 갈망이 느껴진다. 자아는 한 마리 말이다. '나'가 코를 풀자 '바다'가 '이리떼처럼 짖으며' 오고 나의 '부끄러운 데'를 감싸주는 것에서 '말'은 주체의 분신이 된다. 그리고 자아는 '말'과의 공감에 의해 또 다른 자신으로 인식된다. 시적 주체와 타자의 이러한 관계는 일시적이고 상상적인 낭만적 동일화[69]에 따른 것이지만, 그것은 또한 '나'에게 없는 것을 이상화한 존재로 갈구하는 대상이기도 하다.

「말」의 사람편인 말에서 「말 1」의 형제로 그 인식범위가 확대되는 이 작품은 삶의 이상을 향한 소망이 담겨져 있다. 따라서 시적 주체

---

68 시적 주체의 욕망의 '대상'이 되기 위한 타자의 선택이라면, 시적 주체의 자유는 확보되지만, 타자는 시적 주체의 자유에 예속되며 이렇게 시적 주체에 의해 장악되고 소유되는 타자는 마침내 자신을 상실하고 더 이상 타자로 남아 있지 않게 된다(J-p. Sartre, 『사르트르 철학』, 신오현 옮김, 민음사, 1985, 166~167면 참조.). 그러나 이 시에서 주체가 일방적으로 자신의 요구를 타자에게 부과하거나, 타자의 자유를 구속하려는 의지를 갖고 있지 않다. 타자와의 공감으로 타자의 타자성이 완전히 상실되지 않고 있기 때문이다(손병희, 앞의 책, 198면.).

69 손병희는 시적 주체의 성격이 동일화의 정서나 경험 속에 놓여 있는 것을 '낭만적 동일성'이라고 규정하고 있다. 이러한 동일화의 정서는 주체와 타자가 공감하는 것에서 찾을 수 있다. "외부세계(타인, 사물, 사태)는 주체의 연장이거나 타자성이 약화된 채 주체에 침투하는 주체화된 타자가 될 가능성이 있다."(위의 책, 92~93면.)고 보았다. 그것은 주체와 타자가 하나의 동일화로 나타나는 상태의 경험을 재현하는 일로 나타난다. 하지만 세계와의 동일화를 일정하게 제한할 경우 비애의 정서가 배태되기도 한다. 정지용 시의 경우는 주로 가족공동체의 생활공간 안에서 이루어진 시들에서 그 소극적이고 제한된 성격이 나타난다. 「향수」, 「넷 니약이 구절」 등이 이에 해당된다고 본다.

와 타자의 분열 가능성은 전혀 제시되지 않는다. 오히려 주체와 타자와의 공감으로 타자화되지만 타자의 타자성이 완전히 상실되지 않고 있다. '형제여, 오오, 이 꼬리 긴 영웅이야!'라고 표현된 말의 형상화에서 알 수 있듯이 동경의 시선은 타자에 의해 주체의 자아가 형성된다. 즉 주체에 의해 타자의 자유는 예속되지 않는 것이다. 자아의 상실과 자의식의 분열을 경험한 자아에게 '말'은 잃어버린 세계와 존재 근원을 향한 욕망을 드러내는 형제와도 같은 존재이다. 이러한 타자의 행위로 '현재' 자아의 정체성의 불안은 행복한 삶의 욕망과 친화적 관계에 있다.

「말 2」에서 친화적 관계는 구체적인 행동으로 그 의식지향을 보인다. 시적 주체와 '말'은 서로 존재의 속성을 교환하거나 공유함으로써 내면의식을 표출한다. 이에 '古代와 같은 나그내ㅅ길 떠나가'자고 청유한다. 그 길은 '말도 가고', '까치도 따라오는' 풍경으로 묘사된다. 이 얼마나 행복한 상황인가. '나'와 '말'은 잃어버렸던 영웅적 기상을 되살리며 이상적 세계에 대한 지향을 분명하게 드러낸다. 이 자아의 의식은 말의 모습과 자신의 처지를 비교하면서 이루어진다. 인간의 심성에 가까운 품성을 갖추고 산골에서 살아가는 '말'과 대처에서 동물적인 야성을 드러내지 못하고 살고 있은 '자신'이 대조적으로 묘사된다. 그리고 '쩌르렁' 하는 말의 영웅적인 옛 형상을 떠올리게 하면서 과거에 대한 지향으로 확대된다. 그 좋았던 기억은 '해은 하늘 한 복판/ 금빛 해바라기가 돌아가고/ 파랑콩 꽃다리 하늘대는 두둑 위로/ 머언 힌 바다'가 넘실대는 곳으로 묘사된다. 이 시는 풍요롭고 행복했던 과거의 세계를 환기시킨다. 이때 외부세계는 고향과 관련된 정서로 온전하고 행복한 삶이나 이로써 분리된 고독의 세계로 이분화되는 양상을 보인다.

분열된 자의식을 회복하는 데 있어서 가장 손쉬운 길은 그 본연의 상태로 되돌아가는 일일 것이다. 근원이란 무엇인가를 물을 경우, 처음 뻗어져 나온 뿌리에 그 주목의 시선을 보내는 이유도 이와 무관하지 않다.[70] 고독은 나의 고통에 대한 사회적 타자 즉 '나' 이외의 모든 사람들과 자연적 타자인 식물들과 동물들, 별들과 달, 하늘과 땅, 산과 바다 등에서 나를 고립시키는 것에서 비롯된다. 고독은 혼자된다는 자체가 아니라 그러한 상황에서 경험하게 되는 나에 대한 타자들의 무관심의 의식이며, 그것은 생물학적 고통과는 다른 외로움, 쓸쓸함, 슬픔의 정신적 고통[71]과 같은 아픔의 의식이다. 인간은 형이상학적으로 각자 홀로서기를 해야 하는 유일한 존재이지만, 그와 동시에 '나' 아닌 타인과의 만남, 타자와의 대화 속에서 스스로 주체의 주체됨을 지각하는 존재이기도 하다. '홀로서기'는 분리를 통해 자기 자신을 세우는 가장 근원적인 존재방식일 뿐만 아니라 고독을 통해 실존을 일깨워주는 귀중한 경험이 되기도 한다.

근대공간에서 고독한 존재자는 현실에서의 부재상태를 경험한다. 그런데 이러한 경험은 타자들이 부재한 것이 아니라 타자에 대한 자아의 경험적 사실성이 부재할 뿐임을 상기시킨다. 정지용 시인에게 근대적 공간은 바로 이러한 사실로 인해 분리된 상황에 직면하게 된다. 그 거리가 '바다'와 '말'의 연작시를 통해 여실히 드러나고 있다. 이는 근원을 향한 주체의 욕망을 드러냄과 동시에 주체가 욕망하는 타자를 불러냄으로써 분열하는 자아의 모습이기도 하다. 여기서 감성적 주체는 자연이라는 기원을 향한 욕심을 버리고 친밀한 타자와 행복했던 과거의 이상적 세계를 희구한다. 주체는 타자에 의해 이기적 폐쇄성을 깨고 타자를 이해하고 그들과 공유하려는 주체가 되기

---

70 송기한, 『한국 현대시와 근대성 비판』, 제이엔씨북, 2009, 307면.

71 박이문, 앞의 책, 256면.

에 이른다.

정지용은 근대에 적응하는 인식을 그리움의 정서로 체득하고자 한다. 그 정서는 이상향의 세계로 되돌아가려는 근원적 삶의 방식이다. 그는 변하지 않는 것, 견고한 것, 흔들리지 않는 것들을 인간이 추구하는 가치에서 가장 중심이 되는 감성의 영역에서 찾고자 하였다. 인간과 자연과의 관계에서 그 주변의 친화적 공간의 질서가 유지되는 세계는 그의 시에 나타난 주체 형성과정의 기본적인 토대를 이루는 전략 가운데 하나이다. 이러한 인식은 존재의 다원성과 존재자의 고유한 내면성을 통해 각각의 독립성이 획득되는 이행 과정에 있었다. 물론 내면적인 타자 즉 타자에 대한 이중적인 태도에 의해 고민하고 괴로워하는 주체를 형성하게 되지만, 타자와 마주함으로써 타자를 경험하고 수용하는 가운데 결국 윤리적 주체를 형성한다. 따라서 시적 주체는 친화적 공간의 개방성을 실존적 고독의 본질과 관계 맺음을 통해 고독을 극복하고자 하였다. 즉 고독은 자아를 매몰시키는 역할을 하는 것이 아니라 주체의 내면화를 견고히 하려는 기제로 작용하고 있는 것이다.

3장 윤리적 주체와 타자지향의 세계

1. 공동체에 대한 기억과 이타성의 추구

정지용 시에서 고향에 대한 기억은 중요한 모티프가 된다. 그의 초기시들이 고향을 기억함으로써 그 출발을 내딛고 있는 것은 누구에게나 그렇듯이 그리움의 대상으로 다시 되돌아가고픈 곳이기 때문이다. 유년기의 기억을 회상하는 과정에서 '고향'은 시인 자신의 현재적 삶이 정신적으로나 물질적으로 풍요롭지 못할 때 더욱 두드러지게 나타난다. 기억은 기억할 수 있는 범위에 한계가 있다. 그러나 어떤 기억이 과거에서 불려나와 생생하게 재현될 때, 그 재현은 주체의 현재와 대화하며 다른 의미 맥락을 가질 수 있다.

베르그송에 의하면 기억은 과거에 속하는 것이고 지각은 현재에 속한다. "현재는 우리에게 작용하는 것이며 우리를 행위 하게 만드는 것이며 감각적이고 운동적인 것"이라고 하고, "과거는 이와 반대로 더 이상 작용하지 않으나 그것의 활력을 빌려 현재의 감각 속으로 끼어들면서 작용하게 된다."고 했다. 그래서 "기억은 현재의 과거에로의 후퇴에 있지 않고 정반대로 과거의 현재에로의 진전"[1]에 있다는 것이다.

후설의 표현을 빌리자면 공동체화된 세계에서 인간세계는 인격적 기억과 과거를 가지고 있다. 공동체 기억은 자기지각과 자기기억을

1 H. Bergson, 홍영실 역, 『물질과 기억』, 교보문고, 1991, 260~261면.

수행하고, 감정이입의 수단을 통해 타자의 자기 통각을 이용할 수 있다. 그러므로 우리의 기억은 나에게 국한되어 있는 과거 경험뿐만 아니라 공동적으로 경험한 세계에 관계한다.[2] 유한한 삶에서 공동체적인 경험의 기억[3]은 나에게 잘 알려진 타자에게로 확대되어 자아는 일반적으로 기억을 수행할 뿐만 아니라 과거로 되돌아가 이전의 경험을 해석하고 수정한다. 그리고 대부분 이전의 경험은 통각적으로 의미를 변화, 변형시킴으로써, 무의식적으로 기억을 재창조하게 한다.

이런 의미에서 기억은 주체의 자아동일성을 확인하는 수단이 되고 자아의 정체성을 규정하는데 주요한 요소를 제공한다고 볼 수 있다. 다시 말해 기억은 과거의 것만이 아니라 현재에도 이어져 자신의 세계를 창조해 나간다. 인간적인 공동체의 삶은 전통으로부터 유래한 삶이고, 이 전통은 고향을 생각하는 과거에 속한다. 그러므로 '나로부터 현재의 타자', '과거의 타자', 그리고 '미래의 타자'에로 확대되며 나에게 있어서 '현재적인 타자' 등등에로 확대된다. 이러한 기억현상은 단순히 주관적이고 자아적인 경험차원에 놓지 않고 상호 주관적이며 공동적인 경험으로 확대되는 의미를 지닌다.[4]

---

2 홍성하, 「역사적 공동체 기억에 대한 고찰」, 『현상학과 실천철학』 제7집, 한국현상학회, 1993, 186~187면.

3 아스만에 따르면, 개인과 집단의 기억은 새로운 것을 추구하며 이질적인 것들과의 상호작용을 통해 끝없이 의사소통을 확장시키는 기능을 수행한다. 그러나 '과거'에 대한 기억은 언제나 '현재'의 현실에 따라 재구성되고, 현전을 통해 의미를 획득하므로 기억은 과거의 것이자 동시에 현재의 것이라는 의미이다(『문학용어사전 · 하』, 국학자료원, 2006, 346면.). 이런 의미에서 그때그때의 현재는 계속 현재라는 시간의 지평 속에 머물러 있는 것이 아니라 지속적으로 가까운 과거에로 들어가고 이렇게 들어가 지각된 현재는 우리 의식에서 사라져 버리는 것이 아니라 재기억을 통하여 현재라는 시점으로 현재화 된다(위의 책, 163면.). 따라서 기억은 지각과 더불어 중요한 의식행위의 하나인 것이다.

4 역사라는 지평 속에서 존재하고 있는 우리 인간 공동체 안에서 이 기억현상은 새로운 역할을 수행하게 된다. 자아의 직접적인 지각뿐만 아니라 타자의 경험까지도

정지용 시의 경우 기억은 삶의 욕망에서 화해로운 통합의 세계인 이상적 삶의 추구로만 기억의 면모를 보이는 것이 아니라 다시는 돌아갈 수 없는 공간이기도 하다. 시인은 기억의 힘을 빌어 순수한 유토피아의 원형으로 이 고향의 모습을 현재에 재현하고자 하는 간절한 의지를 보인다. 하지만 '고향'에 대한 형상화는 갈망과 불가능으로 그의 태도를 극명하게 드러낸다. 그의 시의 한 특징적 면모라 할 수 있는 양가적 태도는 자아의 자기 존재에 대한 인식을 통해 자신의 세계를 창조해 나가는 힘으로 작용한다. 정지용의 시에 존재하는 두 개의 욕망은 근원에 대한 존재론적이고 윤리적인 문제를 실제적 삶 속에서 숙고하려는 태도에서 찾을 수 있다. 초기시를 지탱하는 힘이 바로 그것이다. 그것은 삶과 윤리의 문제를 모두 통합하려는 욕망을 보이며 존재 가능성과 존재 이유를 스스로 세우려는 하나의 시적 동인으로 작용하고 있다.

레비나스는 윤리적 자아의 고유성으로 윤리적 주체에 관해 시간의 통시성, 감성의 수용성, 윤리적 자아의 자아성을 강조한다. 그가 말하고자 하는 윤리적 주체의 근거로 인간은 타자를 수용할 수 있는 감성적 존재라는 것이다. 이 같은 감성적 형태에서 자기보존성의 전도를 발견하고자 한 레비나스는 자기자신에게 집중하는 자아를 자의식의 형태로 본다.[5]

간접적으로 기억한다. 그러므로 기억은 단순히 지나간 과거의 지각을 현재의 시점에서 자아가 재생시키는 차원을 너머로 그 의미가 확대된다. 정지용 시에서 가족과 고향에 대한 과거의 기억이 그의 시에서 중요한 준거점이 되는 이유도 그러하다(같은 책, 189~191면.).

5 E. Levinas(1961), 36면. 그에 따르면 친밀성 있는 공간에서 세계를 자기화하고 동일시하면서 존재하는 자기보존 및 대상들의 타자성을 그 자신과 동일시하는 '동일성의 우선성'으로 보고 있다. 이 같은 전체화는 일반화 할 수 없는 경험으로 환원할 수 없는 궁극적 관계의 경험이라는 것이다.

자아는 항상 동일하게 유지되는 존재가 아니다. 자아는 현존적 존재가 스스로 동일시하면서 존재하며, 자기에게 발생하는 모든 것을 철저하게 자기의 동일성으로 되돌리면서 존재한다. 그것은 바로 최초의 정체성이고, 자기—동일시의 근본적인 작업이다.[6]

인용문에서 보듯이, 자아 안에서 동일자의 동일시는 고정되는 것이 아니라, 반드시 자신에게로 되돌리는 나와 세계 사이의 구체적인 관계로 시작한다. 세계라는 타자에 대한 자아의 존재방식은 외로이 버려진 존재가 아니라, 친밀성이 깃들어 있는 공간에서 세계를 자기화하고 동일시하면서 존재한다. 자아는 타자 속에서 자아의 자기보존으로 세계 속에서 자신의 자리를 구축한다.[7] 이러한 경험은 환원할 수 없는 궁극적인 관계의 경험으로 자아의 홀로서기를 위해 필요한 공간 혹은 세계로 구성된다.

정지용은 충청북도 옥천의 작은 시골에서 1902년에 태어났다. 그는 1915년 집을 떠나 서울에 기거할 때까지 13년 동안 유년의 대부분을 고향에서 지냈다. 그에게 있어 고향은 가족과 이웃이 함께하던 공동체로서의 의미를 지닌다. 뿐만 아니라 고갈되지 않는 기억으로의 향수는 자연의 세계로 표상되는 그런 것들에서 인간의 본질과 삶의 의미를 깨닫게 해주는 원형공간으로 존재한다. 고향에 대한 과거적 타자는 나의 나됨, 나의 주체화를 가능하게 해 주는 주체의 기원으로써 자아의 동일자적 형태인 '나'의 확장된 세계이다. 그것은 조화로운 세계인 공동체적 삶을 지향하는 것으로 본원적 세계로 되돌아감이다. 시적 주체는 자연 속에서 공동체의 삶을 영위하기 위한 자연과 인간

6 위의 책, 37면.

7 이러한 의식은 자기충족적 내재성이며, 자기 자신을 스스로 설정하는 전체성이다. 동시에 의식의 내재성은 무한정한 것이 된다(김연숙, 앞의 책, 100면.).

이 맺는 관계로부터 그 기억을 가져온다. 그것은 자아의 이상을 향해 새로운 자아를 정립하려는 과정인 내면세계로의 체험을 시작하는 행위인 것이다.

가을 볕 째앵 하게
내려 쪼이는 잔디밭.

함빡 피여난 따알리아.
한낮에 함빡 핀 따알리아.

시약시야, 네 살빛도
익을 대로 익었구나

(…중략…)

함빡 피여 나온 따알리아.
피다 못해 터져 나오는 따알리아.

「따알리아」 부분

薔薇꽃 처럼 곱게 피여 가는 화로에 숫불,
立春때 밤은 마른풀 사르는 냄새가 난다.

한 겨울 지난 柘榴열매를 쪼기여
紅寶石 같은 알을 한알 두알 맛 보노니,

(…중략…)

아아 柘榴알을 알알히 비추어 보며
新羅千年의 푸른 하늘을 꿈꾸노니.

「柘榴」 부분

정지용 시에 나타난 자연관은 우선 이미지즘의 영향[8]과 감각적 수용으로 나타난다. 특히 자연과 인간의 합일을 지향하는 생명공동체는 결핍을 보완하기 위한 의식의 지향으로 볼 수 있다. 이 때 '자연'이라는 것이 근대문명이 노정하는 위기와 불안에 대한 극복 의지를 담고 있는 것은 이 때문이다. 그것은 자연이나 고향과 같이 훼손되지 않은 것이자 순수한 정신과 조화로운 자연으로 향해 있다. 정지용 시에서 '자연물'은 단순히 개체의 감각적 지향만을 의미하는 것은 아니다. 사물의 감각적 풍요로움을 노래한 위 인용시들에서 사물의 감각적 향수를 향한 삶의 욕망을 파악할 수 있다. 단순히 시적 의미의 감각적 향유라고 할 수 있는 개인의 정서적 충동의 의미를 넘어서 있다는 것이다. 그것은 감각적 세계에서 시인이 대상을 받아들이고 세계와 접촉하는 고유한 시적 원리가 되기 때문이다.

「따알리아」에서는 감각의 풍요로움이 '활짝 핀 따알리아' 꽃으로 은유된다. 붉게 피어난 꽃의 형상을 여성의 아름다운 모습에 비유하여 표현하고 있다. 그러나 그것은 여성의 관능적인 것만을 의미하는 것을 넘어 이 식물적 원리에서 풍요와 생성의 세계 원리를 함의하고

---

8 이 사조는 흄의 반낭만주의 사상과 파운드의 고전주의 시론이 모체가 되어 1910년 영미를 중심으로 활발히 전개0할 것을 주장한다. 이 이미지즘 운동이 1930년대 한국에 수용되어 김기림, 정지용, 김광균 등에 의해서 모더니즘 운동의 일환으로 전개되었다(『문학비평용어사전 · 상』, 국학자료원, 2005, 648면.). 정지용의 경우는 그의 모더니즘이 근대에 대한 미세한 불안 의식에서 비롯된 동시에 그의 이미지 지향이 이를 넘어선 자리에 놓여 있다. 즉 그의 이미지즘은 그 자체로 근대적 시간으로부터 일탈한 공간성의 차원에 놓여 있는 것이다(송기한, 『현대시의 유형과 인식의 지평』, 지식과 교양, 2013, 116면.).

있는 것이다. 풍요를 상징하는 '가을', '함빡', '터져' 나온 '꽃'과 '시약시 살빛'이 '익을 대로 익었'다는 비유가 가능했던 것은 이 둘의 관계가 조화로운 세계에 있기 때문이다. 이러한 관계에서 시인의 자연공동체적인 태도를 엿볼 수 있다. 정지용은 근대적 삶을 살아가면서도 어릴 적 본 시골 풍경을 잊지 않고 기억하며 향수를 느낀다. 그 기억은 자아를 스스로 자기보존의 세계로 재창조하고 그 안에서 자신의 세계를 구축하고 있는 것이다. 이어지는 「柘榴」에서 그 특징은 보다 확대되어 나타난다.

작품 「柘榴」[9]는 개인적으로 풍요롭고 행복한 삶의 차원에 머물지 않고 공동체적 균형을 향해 확대시키고자 하는 욕망으로 표출된다. 그러므로 '석류알'을 맛보면서 떠올리는 옛 생각으로 그려지는 향수의 이미지에서 시인의 삶에 대한 회복 의지를 느낄 수 있다. 이러한 갈망에서 알 수 있듯이 이 시에서 '고향'은 자기 충족적인 정서로 기억되는 공동체로서 매우 신비화되고 이상화된 모습으로 그려지고 있다. 그곳으로 돌아가고 싶은 갈망은 '석류알'을 통해서 먼 미래를 꿈꾸는 통합된 세계의 기원으로 나타난다.

시적 주체는 방안에서 화로 속의 '숯불'이 곱게 피어오르는 모습을 보며 '입춘' 무렵이면 논이나 밭두렁의 마른풀을 태우며 돌아올 봄의 농사를 준비하던 고향의 기억을 떠올린다. 겨울이 다 지나고 곱게 익은 '석류알'을 쪼개어 입에 넣어보니 '홍보석' 같은 석류알의 투명한 형상을 통하여 그 세계는 기억의 공간에 닿아 있다. 이곳에서 자아의

---

9 이 작품의 제목은 원전의 한자 표기가 '柘榴(자류)'로 되어있는데, 이는 '石榴(석류)'의 오류인지, 아니면 의도적으로 쓴 것인지 확인되어 있지 않다. 다만 그의 산문에서는 분명히 '石榴'로 하고 있는 실례가 있다(김학동, 앞의 책, 355면.). 권영민과 이승원도 한자 오기로 보고 있다. 그러나 발표 당시(1926. 3. 15.)의 원문에 1924년 2월과 1925년 4월로 창작 시기가 다르게 표시되어 있다(권영민, 앞의 책, 217면. 이승원 『원본 정지용 시집』, 깊은샘, 2003, 54면.).

화합된 정서는 친화적 세계 혹은 통합적 세계로 향해 다가가고자 하는 염원을 표현한 것이다. 그것은 '석류알을 알알이 비추어' 보면서 신라천년의 푸른 하늘'을 꿈꾸는 태도에서 쉽게 짐작할 수 있다. 사물의 감각적 향수는 시공간을 초월하여 신화적 공간으로 나아간다.

시적 주체는 이러한 상상력으로 근원적 세계 속에서 분열이나 해체되는 존재가 아니라 행복한 자기동일성에 놓여 있게 된다. 삶의 욕망을 지탱하는 자아의 갈망적인 움직임은 실제적 삶 속에서 무언가를 이루고 행동하려는 욕망이 아니다. 다만 이 속에서 자아는 자기자신에게 집중하는 자의식으로 정체성을 획득하고자 하는 마음의 의지이다. 이로써 자기 존재에 대한 인식을 통해 자신의 세계를 구축하기 위한 공간의 의미를 갖는 것이다.

정지용은 자연과의 조화로운 삶에서 혈연적 타자로 그 결속력을 강화시키며 가족공동체로 구현하고자 하는 의지를 보인다. 이상적 삶을 낭만적 형태로 추구하는 「향수」에서는 자연적 삶의 세계를 회복하고 싶은 시적 주체의 내면이 보다 구체적으로 형상화된다.

넓은 벌 동쪽 끝으로
옛이야기 지줄대는 실개천이 회돌아 나가고,
얼룩백이 황소가
해설피 금빛 게으른 울음을 우는 곳,

— 그 곳이 참하 꿈엔들 잊힐리야.

질화로에 재가 식어지면
뷔인 밭에 밤바람 소리 말을 달리고,
엷은 조름에 겨운 늙으신 아버지가

짚벼개를 돋아 고이시는 곳,

— 그 곳이 참하 꿈엔들 잊힐리야.

흙에서 자란 내 마음
파아란 하늘 빛이 그립어
함부로 쏜 활살을 찾으려
풀섶 이슬에 함추름 휘적시든 곳,

— 그 곳이 참하 꿈엔들 잊힐리야.

傳說바다에 춤추는 밤물결 같은
검은 귀밑머리 날리는 어린 누의와
아무러치도 않고 여쁠것도 없는
사철 발벗은 안해가
따가운 해ㅅ살을 등에지고 이삭 줏던 곳,

— 그 곳이 참하 꿈엔들 잊힐리야.

하늘에는 석근 별
알수도 없는 모래성으로 발을 옮기고,
서리 까마귀 우지짖고 지나가는 초라한 집웅,
흐릿한 불빛에 돌아 앉어 도란 도란거리는 곳,

— 그 곳이 참하 꿈엔들 잊힐리야.

「鄕愁」 전문

이 시는 정지용의 시세계에서 중요한 위치를 점하고 있는 유년 시절의 체험을 시화한 작품이다. 「향수」는 휘문고보를 마치고 동지사대학에 입학하기 전에 창작[10]되었지만 몇 년 뒤에 발표했다. 그만큼 자아의 자의식 속에서 고향에 대한 향수는 자아의 근원적 차원에서 사유되고 있음을 짐작하게 된다. 「향수」는 과거의 기억을 바탕으로 감성적 자아의 세계인 원형적 삶의 그리움으로 나타난다. 낯선 곳에서 이방인으로 살아가는 자아는 '근대'라는 인위적인 공간의 질서뿐만 아니라 시간의 질서까지도 부정함으로써 지금의 삶에서 벗어나고자 한다. 이때 그 돌파구로 제시되는 '고향'은 물리적인 시간들과는 상관없이 자아의 기억에 자리 잡고 있는 원형공간으로 그 의미를 갖는다. 기억 속에서 모든 현재의 시간 질서는 붕괴되고, 평온했던 시간만이 존재하고 있다. 이는 공적이고 객관적인 '자연의 시간'이 아니라 주관적인 또는 심리적인 '경험의 시간'[11]의 영역이다.

자아에서 인간공동체로 넓혀져 존재하는 세계는 상호 주관적인 존재의미를 받아들이게 된다. 이 세계는 원천적인 세계의 기초 위에서 구성되어 나의 근원적인 삶이며 동시에 타자와 함께 이루는 공동체화된 삶이다.[12] 시적 주체가 결핍된 내적 주체의 존재를 과거의 공간으로 구성하고자 하는 것은 감성적이고 수동적인 자아공동체적 삶에 있다. 이는 바로 자아의 근원적 삶의 방식을 회복하고자 하는 내적 갈망

---

10 「향수」는 1927년 3월호 『조선지광』 65호에 발표한 시로 그 제작 연월이 1923년 3월로 표기되어 있다(김학동, 앞의 책, 22면.).

11 H. Meyerhoff, 김준오 역, 『문학과 시간현상학』, 삼영사, 1987, 15~16면. 여기서 자아가 인식하는 경험의 시간은 유년의 기억 속으로 회귀함으로써 도시 시간의 질서 속에서 탈출하고, 일상의 삶에서의 좌절을 무화시키려 의미를 갖는다.

12 홍성하, 앞의 책, 164면. 여기서 타자의 구성을 근거로 내 원천적인 세계의 의미를 끌어 올림으로써, 세계가 형성된다. 이 객관적인 세계는 바로 타자경험에서 확고히 된다는 것이다.

에서 비롯된 것이다. 시적 주체에 의한 회상의 공간은 친밀한 타자들과 따뜻한 기억 속에 온전하게 보전되어 있는 고향으로 표상된다.

「향수」는 모두 10개의 독립된 장면들이 하나의 풍경 속에 결합되어 고향에 대한 그리움과 그 잃어버린 것들에 대한 기억을 다양하게 표출한다. 계절에 따르는 자연적 정서와 구체적인 삶의 내용들은 가족들과 공유했던 유년의 고향을 표상하는 이미지들로 이루어진다. 이때 주체는 현재의 공간에서 결핍된 것들을 과거 고향의 행복한 장면들로 그 공백을 채우고 있다. 그 외부는 실개천이 흐르고 얼룩백이 황소가 울음을 우는 '초라한 지붕'으로 소박한 농촌 모습이 회화적으로 묘사된다. 그리고 내부는 가족들의 정겨움으로 가득 찬 이상적인 공간으로 그리고 있다.

시적 주체에게 있어 고향에 대한 기억은 겨울밤에 짚베개를 돋아 고이시는 '아버지'와 검은 귀밑머리 날리는 '어린 누이', 그리고 사철 발 벗은 '아내'의 생활적인 모습으로 형상화된다. 이때 구체적이고 생생하게 묘사된 가족은 가장 친밀한 대상으로 이들을 통해 스스로 타자를 주변화에서 자기화하는 방식으로 전환된다. 자아는 그러한 대상들에게 더욱 가까이 가기 위해 익숙한 것들로 그 주변을 구성한다. 즉, '질화로, 재, 뷔인 밭, 밤바람 소리, 말' 등의 자연물들로 자아는 스스로 자아의 가장 친밀한 공간인 '집'에 거주하며 자아 안으로 동화되거나 통합되는 관계를 표상하게 된다.

또한 유년 시절의 모습은 하늘과 땅의 대조 속에서 화살을 쏘는 행위로 드러난다. 그것은 비록 농촌 현실의 어려움 속에서 살아가지만, '파란 하늘빛'을 동경하고 '화살을 쏘듯' 무언가를 갈망하는 몸짓이다. 어린 시절의 끊임없이 솟구쳐 오르던 비상 의지와 이상을 향한 몸부림으로 볼 수 있다. 이러한 상황을 가족애로 시화시키는 시적 주체의 태도에서 이상향을 향한 삶의 욕망이 절실히 드러난다. 그런데 이러한 욕망 뒤에 그립고 안타까운 많은 것들이 '휘적시던 곳, 이삭 줏던 곳'이라는 과거로 제시된다. 그 기억은 과거의 회고 속에서 존재하기에 '석근 별, 모래성, 서리 까마귀' 등의 표현으로 지나간 삶을 환기시킬 뿐이다. 이로써 과거 속에서만 존재하는 고향의 그리움이 현재로 이어지면서 그 내면은 다시는 돌아갈 수 없는 공간으로 타자화되고 있다. '그 곳이 참하 꿈엔들 잊힐리야'라는 반복구에서 그 갈망과 열망이 전해지는 것도 바로 이런 이유 때문일 것이다.

이 시에서 고향은 시적 주체의 과거적 삶에 대한 간절한 그리움의 대상이다. 그것은 과거로부터 '지금, 여기'를 현재화시킴으로써 자기 자신의 의식을 세계로부터 노출시키고 있는 것이기도 하다. 이러한 자의식에서 볼 수 있듯이 그의 외로움은 일 년 전 작품 「풍랑몽」[13]을 쓸 때보다 더 깊어져 있음을 알 수 있다. 따라서 시적 주체에게 고향에 대한 기억은 기본적으로 현실 사이에 가로 놓여 있는 불연속성에 대한 인식이다.

그럼에도 자아는 자기 자신만의 유일한 공간을 현재화시키며 자기 보존의 세계를 구축하고 욕망의 끈을 놓지 않는다. 이는 이 시의 구조가 우주의 원리인 인간과 땅, 하늘이 모두 등장하면서 중앙의 '나'를 정점으로 하여 인간, 땅, 하늘이 여러 개의 동심원이 확산되는 방사구조의 형태를 취하고 있다[14]는 것에서 알 수 있다. 이러한 세계관이 통합적 세계에 있기에 '넓은 벌'과 '가족', '하늘의 별' 등의 비유로 자기의 삶을 안정하게 설정하고 있다. 왜냐하면 여기에는 주체의 삶

13 이 작품은 정지용 시의 창작시점으로 볼 때 가장 최초의 작품에 해당하는 것으로 1922년 3월에 쓴 것으로 되어 있다. 졸업과 새로운 진급이 교차하는 어느 날 마포 하류의 물가에서 주체할 길 없는 외로움을 표현한 작품이다(이숭원, 『정지용 시의 심층적 탐구』, 태학사, 1999, 64~65면 참조.).

14 송기한, 「정지용의 '향수'에 나타난 고향의 의미」, 『한국현대시사탐구』, 다운샘, 2005, 135~136면.

을 위협[15]하는 세계나 타자들이 존재하지 않고, 타인과의 갈등이 드러나지 않기 때문이다. 이곳은 자신을 스스로 긍정하고 실현하는 행복한 공간이다. 이같이 가장 친밀한 공간의 기억에서 자아는 세계를 자기화하고 동일시하면서 존재한다. 이 의식은 자기충족적인 내재성이며, 자기자신을 스스로 설정하는 전체성이다.[16] 결국 이들은 나 자신의 실현이나 확립에 기여할 뿐이지만 이러한 궁극적인 관계의 경험은 주체의 주체성에 도달하게 해준다.

「향수」에서 구체화된 고향의 기억은 이상적 삶을 추구하는 낭만적인 곳으로 가족과의 끈끈한 유대감이 공동체를 묶고 있는 곳이다. 하지만, 다시는 돌아갈 수 없는 과거 속에서만 존재하는 곳이기도 한 것이다. 즉, 과거의 상상력에 머물며 현실 공간이 아닌 추억의 공간에서 회상할 뿐이다. 따라서 지용의 시에서 고향 상실로 표상되는 뿌리 깊은 비관적 현실 인식과 상실 의식이 이후의 시들에서 보이는 것은 어쩌면 당연한 것인지도 모른다. 그것은 삶의 욕망이 현실에서는 부재하기 때문이다. 이러한 까닭에 시적 주체는 내적 결핍을 채우고자 그 대상을 생활 공동체인 '마을'로 확대시키는 양상을 보인다.

> 집 써나가 배운 노래를
> 집 차저 오는 밤
> 논ㅅ둑 길에서 불렀노라.
>
> 나가서도 고달피고
> 돌아와서도 고달폇노라.

---

15 삶의 요소(세계)는 우리 존재의 충족임과 동시에 위협이기도 하다(E. Levinas(1996), 132면.).

16 김연숙, 앞의 책, 100면.

열네 살부터 나가서 고달폇노라.

나가서 어더온 이야기를
닭이 울도락,
아버지께 닐으노니——

기름ㅅ불은 깜박이며 듯고,
어머니는 눈에 눈물을 고이신대로 듯고
니치대던 어린 누이 안긴데로 잠들며 듯고
우ㅅ방 문설쭈에는 그사람이 서서 듯고,

큰 독 안에 실닌 슬픈 물 가치
속살대는 이 시고을 밤은
차저 온 동네ㅅ사람들 처럼 도라서서 듯고,

—— 그러나 이것이 모도 다
그 녜전부터 엇던 시연찬은 사람들이
씃닛지 못하고 그대로 간 니야기어니

이 집 문ㅅ고리나, 집웅이나,
늙으신 아버지의 착하듸 착한 수염이나,
활처럼 휘어다 부친 밤한울이나,

이것이 모도다
그 녜전 부터 전하는 니야기 구절 일러라.

「넷니약이 구절」 전문

「향수」에서 평화롭고 화합된 세계로의 공동체적 세계가 존재했다면, 「넷니약이 구절」[17]에서는 상실된 공간으로 등장한다. 위 시는 고향에 대한 그리움, 방랑과 상실감을 직접적으로 묘사한 작품이다. 정지용은 어려서부터 10여 년 동안 공부를 위해 집을 떠나 있었다. 이 작품은 바로 열네 살부터 고달픈 객지생활을 한 시인 자신의 이야기이기도 하다. 시인은 새벽닭이 울도록 '아버지' 앞에서, 눈물 고이신 '어머니' 앞에서, 문설주에서 서서 듣는 '아내' 앞에서, 밤새도록 설움 많은 타국 생활을 이야기 한다. 밤마실 온 동네사람들도 돌아서서 같이 울고 웃는다. 시인은 착하디착한 고향 마을사람들의 순박한 정과 가족 삶의 모습을 보여주며 들려주며, 가족과 마을 공동체와의 동일화를 중심으로 고향의식을 직접적으로 드러낸다. 이때 느끼는 고달픔과 상실의 고통은 가족과 온 동네사람들에게 확장된다. 하지만 상실감은 끊이지 못하는 이야기로 남을 뿐, 위로받지 못한다. 즉 풍요로움으로 충만한 곳이었던 마을은 고단한 삶을 환기시키는 이미지로 바뀌어 있다.

구체적으로 살펴보면 「넷니약이 구절」에서 고향은 집을 떠나서 겪은 생활의 고달픔과 서러움으로 나타난다. 이 정서는 '고달펏노라'가 암시하는 것처럼 집을 떠나서 겪는 갈등과 연관되어 있다. 이 심리적 단절감은 고향을 찾아오는 논둑길에서 부르는 서러운 노래로 표출되며, 이때 마을공동체는 지금껏 자신을 지탱해온 원형적 체험을 빼앗아가는 상실의 공간으로 작용하고 있다. 이에 고향에 돌아와 가족과 친숙한 이웃과의 만남은 '큰 독안에 실린 슬픈 물같이' 서러울 뿐이다. 자신의 삶을 지탱해 주던 행복했던 고향의 기억은 일순간 사라지고 고향사람에게 소외당하는 대상으로 나타나게 된다. 이제 고향은

---

17 이 작품은 시인이 일본 동지사대학 재학 중인 1925년 4월에 쓴 것이다.

삶의 내용을 채우는 풍요로운 세계가 아닌 상실감을 다시 환기시키는 공간으로 그 본래의 기능을 상실하고 만다. 그리고 공동체적 지향을 통해 타자들과 소통되고 화합하던 다양한 감각과 기억은 현실을 비껴 먼 과거로 인식되어 공동체적 지향이 내포할 수 있는 영향력을 벗어난 곳에 있게 된다.

이 시에서 혈연과 지연으로 고향의 정취를 담고 있는 것들은 '기름불', '집', '문고리', '지붕', '아버지의 수염', '밤하늘' 등이다. 여기에서 감당하기 힘들었던 고된 생활을 떠올리는 시인의 섬세한 시선은 '큰 독 안에 실닌 슬픈 물 가치', '돌아서서 듯고', '시연찬은' 마을사람들에게 옮겨진다. 고단한 삶은 개인의 서러운 역사인 동시에 친숙한 타자들과 공유하는 기억이 된다. 이처럼 고통을 함께 치유하도록 이끄는 시적 주체의 태도는 인내의 자세인 것이다. 그러기에 마을의 이야기는 계속될 것이고 그 속에서 유토피아적 세계를 꿈꿀 수 있기를 갈망하게 된다.

정지용에게 고향은 과거를 대상화하는 역사적 시점이다. 공통의 감정적 기반 위에서 변하지 않는 감정을 내포한 향수는 현재의 존재감을 가장 극대화하여 표출하고 있는 것이다. 이 시기 전근대적인 고향의 현실을 민족의 고향으로 인식하는 고향상실과 향수의 감정은 당시 보편적 정서이다. 특히 정지용 시에서 고향에 대한 기억은 고립된 주체가 된 근대적 자아의 표상이다.

고향에 고향에 돌아와도
그리던 고향은 아니러뇨.

산꽁이 알을 품고
뻐꾸이 제철에 울건만,

마음은 제고향 진히지 않고
머언 港口로 떠도는 구름.

오늘도 메끝에 홀로 오르니
힌점 꽃이 인정스레 웃고,

어린 시절에 불던 풀피리 소리 아니나고
메마른 입술에 쓰디 쓰다.

고향에 고향에 돌아와도
그리던 하늘만이 높푸르구나.

「故鄕」 전문

「고향」은 「향수」 발표시점에서 5년이 지난 뒤에 나온 작품이다. 그 시간적 거리만큼이나 시인과 고향은 멀어져 있음을 알 수 있다. 이 시에서 '그리던 고향'이 더 이상 존재하지 않는 것은 '고향'의 모습이 변해서가 아니라 그 고향을 바라보는 시적 주체의 내면이 달라졌기 때문이다.[18] 시인이 고향에 찾아오지만 그가 그리던 고향은 아니기에 고향의 모습은 변한 것과 변하지 않는 것의 대비를 통해 '고향'을 심리적인 공간으로 대상화하고 있다. '산꽁이 알을 품고', '뻐꾸기'는 제철에 우는 자연의 조화로운 세계는 변함이 없지만, 시적 주체의 '마음'은 '제고향'에 붙이지 못하고 떠돌게 된다. '산꽁이', '뻐꾹이', '흰

18 이근화, 「1930년대 시에 나타난 식민지 조선어의 위상: 김기림 · 정지용 · 백석을 중심으로」, 고려대 대학원 박사학위논문, 2008, 88면. 여기서 고향은 복합적인 감정을 고향 안에서 제시함으로써 효과적으로 고향의 모습을 복원하며 사라질 수 없는 고향의 심리적 공간으로 나타난다.

점 꽃', '하늘' 등과 같은 자연심상은 불변의 영속적인 속성을 지닌 것인데 반해, '구름'은 유동적이고 단속적인 것이라고 할 수 있다. 이러한 대응으로 실향자의 비애의식[19]은 더해만 진다.

시인에게 고향은 회상공간이 아니라, 자아가 실제로 고향에 돌아와서 느끼는 현재적 공간으로의 고향이다. 시적 주체는 '고향에 고향에'라는 반복을 통해 고향을 그리워해 온 자아의 절실한 심정은 곧 '그리던 고향'이 아닌 실망감으로 드러난다. 먼저 고향의 모습은 산꿩이 알을 품고, 뻐꾸기도 제철에 울어주고, 흰점꽃은 오늘도 인정스레 웃어 준다. 변한 것은 하나도 없고 그리던 고향의 모습과 어긋나지 않는 듯하다. 자아가 바라던 고향은 마음에 간직되어 있는 이상적인 과거의 고향인 것이다. 오히려 변한 것은 자아처럼 보인다. 그리고 자아가 겪은 세월과 실제 고향의 세월이 겹쳐져 그리워하는 고향은 이제 이 자리에 존재하지 않는 것이다. 현실 세계는 시적 주체의 의지와는 관계없이 부정적인 것으로 바뀌어 버렸다.

이 시의 의미구조는 그리던 고향 그대로의 변화되지 않은 고향과 변화된 자아와의 어긋남과 갈등으로 나타난다. 하여 주체의 인식을 통해 드러난 현실에 대한 부정의식과 상실감은 보다 절실하게 다가온다. 이처럼 「고향」에서의 고향인식은 공허하다. 「향수」에서의 고향이 그리운 공간으로 「녯니야기 구절」이 외로운 공간이었다면, 「고향」에서는 고향으로서의 진정함이 부재하는 공간으로 체험된다. 이와 같은 그리움과 상실감으로의 고향인식은 실존적 삶의 형태를 그대로 드러낸다. 즉 「고향」은 근대를 체험한 시적 자아의 내면풍경이다. 이는 고향 상실감이라는 현재적 의미의 '고향' 풍경을 심미적으로 질서화해내는 근대적 자아의 깊숙한 모습을 담고 있다.[20]

---

19 김학동, 앞의 책, 27면.

고향에 근대를 체험한 '나'를 되비출 때 그 모순되고 긴장된 상황 속에서 실존적 현실이 환기된다. 이러한 인식은 감각적 형상화와 함께 대체로 현재와 과거의 세계를 재현하는 장치이면서 현실의 부정적인 면을 드러내는 데에 중요한 인식적 방식으로 작용한다. 인간의 삶의 유한성에서 느끼는 존재방식으로서의 공동체의 기억과 그로 인한 부재와 상실은 정지용을 더욱 더 실존적 불안에 이르게 한다.

이상 살펴본 바와 같이 정지용의 시에서 고향체험을 다룬 일련의 시들은 행복하고 자유로운 세계를 향한 삶의 욕망에서 비롯된다. 작품 「종달새」, 「홍춘」, 「해바라기 씨」 등에서도 소재나 시어의 정감 속에서 고향 회귀의식과 유토피아적 동경을 나타낸다. 특히 동시에서 가족들이 주로 등장하는 것에서도 그 지향을 알 수 있다. 그러나 그의 삶의 욕망은 애초 결핍이 전제되어 있기에 과거의 공간에서만 화해로운 통합된 세계로 표상되고 있으며 그 그리움은 갈망과 열망으로 표출된다. 이렇듯 과거로 들어가 지각된 현재는 우리의 의식에서 완전히 사라지는 것이 아니라 재기억을 통하여 현재라는 시점에서 현재화된다. 그는 과거의 기억을 재구성하는 것이 공동체의 감정을 확인하고 전통을 복원하는 것으로 인식했다. 그리고 '나'로부터 타자화된 세계가 되어버린 고향을 통해 지금 자신의 세계가 고향의 세계와는 다른 세계임을 알게 된다.

의식하는 시적 주체와 관련되어 자아적인 기억이 공동체의 기억으로 확대된다는 맥락에서 볼 때, 현실적 조건에 의해 '고향'의 모습은 변하거나 사라질 수는 있지만 유년의 공간이자 마음의 고향은 사라질 수 없다는 정신사적 의미로 파악된다. 이것은 무엇보다도 보편타

---

20 김신정, 「고향-'서늘한' 고향 체험의 긴장」, 『정지용의 문학세계연구』, 깊은샘, 2001, 299면.

당한 세계로 나아가려는 공통의 감정적 기반을 다지기 위한 것이다. 따라서 친밀한 타자와의 경험은 인격적인 자아로서 삶의 지평을 넓히고자 하려는 의도에서 발현된 것이다. 공동체의 과거는 화합되고 통합된 세계 안에 타자들의 기억들로 소유되고 재탄생된다. 이는 주체의 삶을 변화시키는 요소로 그의 시의 구도적 특징이라 할 수 있다. 과거의 기억을 통한 재창조라는 시간의 통시성과 감성적 이타성은 정지용의 시에서 고향이 주는 아름다운 감각만큼이나 그것은 매우 소중한 것이었다.

2. 실존의 고통과 죽음의 수용

정지용에게 있어 고통은 가장 친밀한 가족의 부재와 죽음으로 인한 실존적 경험에서 비롯된다. 그에게 고향상실이 외부적 세계의 결핍으로 나타났다면, 내면세계의 결핍은 가족의 상실로 인한 고통이다. 그의 시에서 자식의 죽음과 관련된 작품이 상당한 비중을 차지하고 있는데 이는 시인 자신이 자식을 여럿 잃은 특별한 개인적 체험을 바탕[21]으로 창작된 것이다. 정지용은 10명이 넘는 자녀를 두었지만, 여럿을 잃고 그 가운데 4남매만 장성한다. 특히 1927년에서 1930년경에 두 명의 자녀는 꽤 자라서 잃은 것으로, 그 충격과 슬픔은 대단히 컸을 것으로 보인다.[22]

인간은 고통 받는 존재이다. 아픔과 괴로움과 고통 속에서 우리는 고독의 비극을 형성하는 결정적인 요소를 보게 된다. 신체적 고통은

---

21 장도준, 앞의 책, 107면.

22 이석우, 앞의 책, 28면.

그 자체가 그것의 각 강도에 따라 존재의 순간으로부터 해방될 수 없는 불가능성이자 존재의 면제 불가능성 자체이다. 고통이 그토록 뼈아픈 까닭은 회피할 수 없기 때문이다.[23] 고통은 도처에 존재하고 있으며 예기치 않은 순간에 찾아온다. 인간의 삶에서 고통은 생존과 관련해서 타인과 공유할 수 없기에 의식의 지향성을 벗어난 현실이다. 고통은 비정상적 상황에 대한 일종의 신호로 정상적인 것을 회복할 것을 경고해 준다. 그러므로 고통은 나를 나로서 의식하게 해주는 경험이며 자기의식을 갖게 하는 중요한 계기가 된다.[24]

고통의 경험은 그 자체로 부정적인 경험이지만 인간에게 불가피할 뿐만 아니라 인간이 인간으로서 삶을 누리는 데 없어서는 안 될 경험이다. 죽음의 접근을 통해 알 수 있는 타자와의 관계는 공동체와의 전원적이고 조화로운 관계도 아니며 우리가 타자의 입장에서 봄으로써 우리 자신이 그와 유사하다고 인식하도록 하는 공감도 아니다. 타자와의 관계는 우리에 대해 외재적이다.[25] 그러므로 고통이야말로 주체성을 가장 생생하게 반성하고 확인하는 경험인 동시에 그 고통에 직면해서 설 수 있는 존재만이 타자와의 관계가 가능한 영역에 자신을 세울 수 있다는 것이다. 고통은 거리를 두고 객관적으로 탐구할 수 있는 것이 아니라 고통에 직면할 때, 우리는 고개를 돌리거나 아니면 어떤 행동을 취해야 한다. 이런 의미에서 인간은 타인의 고통과 직면할 때 비로소 윤리적이 될 수 있으며 이 고통의 경험은 자의식의

---

23 E. Levinas(1996), 75~76면. 고통은 나의 '존재 가짐'을 완전히 앗아가며, 고통 속에서 나는 삶과 존재에 완전히 내 자신을 내맡기고 있을 뿐이다. 이런 의미에서 고통은 '무의 불가능성'으로 존재의 매임으로부터 도무지 빠져 나갈 구멍이 없는 것이다. 레비나스는 고통의 경험을 죽음과 관련지으며 존재를 소유하는 주체의 능동성이 완전히 수동성으로 전환됨을 보여주고자 한다(강영안(2005), 106면.).

24 손봉호, 앞의 책, 219~221면.

25 E. Levinas(1996), 85면.

뿌리로 보존된 정신적 터전을 뜻하는 것이기도 하다.

죽음은 친숙한 모든 것과의 교통을 일시에 단절시킨다. 자아 정체성과 관련된 모든 것을 보존하려는 성향을 가진 삶과는 달리 죽음은 바로 이런 모든 것들을 일시에 빼앗아 가는 것이다. 이처럼 자신이 가지고 있는 모든 것들로부터의 완전한 분리, 이것이 바로 죽음의 현현[26]이다. 그의 시에서 죽음에 대한 시적 주체의 태도와 인식은 가장 먼저 과거의 기억과 현실에 직면한 고통과 겹쳐지면서 공포와 두려움으로 형상화된다.

> 우리 옵바 가신 곳은
> 해님 지는 西海 건너
> 멀리멀리 가셨다네
> 웬일인가 저 하늘이
> 피ㅅ빛 보담 무섭구나!
> 날리 났나. 불이 났나.
>
> 「지는 해」 전문

> 옵바가 가시고 난 방안에
> 숫불이 박꽃처럼 새워간다

---

26 우리가 타자를 경험하는 현상에 관하여 레비나스는 인식론적으로 현상과 현현의 차이를 둔다. 감성과 표상의 특징을 단적으로 보여주는 현현과 현상에 있어, 현상이 동일자의 의식의 대상으로 나타난다면, 현현은 동일자의 의도와는 무관하게 스스로 보여주면서 나타난다는 것이다. 이에 타자는 자아론적 전체성의 계기가 될 수 없기 때문에 타자는 현상이 아니라 오히려 현상학의 개념으로는 정의할 수 없는 수수께기로 그 존재방식을 설명한다. 레비나스는 그 스스로 나에게 직접적으로 나타날 수 있는 것을 현현이라고 부른다. 그것은 자아의 동일시 작용에 대한 타자의 저항이라는 것이다.(김연숙, 앞의 책, 120~122면.).

산모루 돌아가는 차, 목이 쉬여
이밤사 말고 비가 오시랴나?

망토 자락을 녀미며 녀미며
검은 유리만 내여다 보시겠지!

옵바가 가시고 나신 방안에
時計소리 서마 서마 무서워.

「무서운 時計」 전문

위의 시들에서는 오빠의 떠남과 부재로 인한 시적 주체의 강박관념과 같은 고통이 나타난다. 고통 속에 붙어 있는 이 불안이 소녀의 의지와는 상관없이 무서움으로 느껴지는 것은 견디기 어려운 현실에 처해 있음을 말하는 것이다. 「지는 해」에서 시적 주체가 찾는 대상은 '옵바'이고 그 '옵바'가 떠난 곳은 '핏빛보다 무서운' 곳이다. 오빠의 안위를 알 수 없기에 '날리났나, 불이났나'와 같이 위험하고 혼란스런 상황으로 묘사된다. 홀로 남겨진 동생의 무서운 소외감은 사실성과 결부되어 그 불안감을 더한다.

이어지는 「무서운 時計」에서도 어두운 밤 홀로 남겨진 소녀의 공포가 주된 정서이다. '옵바'가 없는 공간에 '시계소리'는 두려움으로 가득 찬 공포를 암시한다. 또한 '망토 자락'과 '검은 유리'에서 그 두려움이 무서움으로 전환되며 불안으로 잠 못드는 상태를 드러낸다. 위 시들은 '하늘'과 '시계'라는 대상물에 '지는' 이나 '무서운' 등의 부정적 이미지를 드리우며 가족으로부터 분리된 시적 주체의 자의식을 나타내고 있다. 그것은 보호받지 못하는 자아의 불안한 정서인 주체의 슬픔이다. 따라서 죽음의 징후적 양상들은 자연물과 인공물로 대상화

되면서 시적 주체의 불안과 두려움을 암시하는 환경적 요소로 작용하고 있다. 이러한 타자들은 자아와 현실 사이에 존재하는 심리적 거리로 그 고통을 잊고자 하는 일종의 자기로의 도피로 보인다. 이어지는 시에서 가족의 상실감은 계속된다.

서낭산ㅅ골 시오리 뒤로 두고
어린 누의 산소를 묻고 왔오
해마다 봄ㅅ바람 불어를 오면,
나드리 간 집새 찾어 가라고
남먼히 피는 꽃을 심고 왔오.

「산소」 전문

눈에 아름 아름 보고 지고
발 벗고 간 누의 보고 지고

따순 봄날 이른 아침 부터
산에서 온 새가 울음 운다.

「산에서 온 새」 부분

인용시들에서는 그 대상이 '누의'로 바뀌어 있다. 시적 주체에게 가족의 부재와 죽음으로 인한 상실의 고통은 자연물과 합쳐지면서 그 괴로운 심정을 애써 참아내려는 안간힘으로 나타난다. 죽음이라는 극단적인 상황에 의한 부재임에도 그 정서가 앞의 시와는 달리 격렬하거나 불안정하지 않다. 그것은 이미 이러한 상황이 전제되었거나 혹은 미리 경험했기 때문인지도 모른다.

고통은 타자를 자기 안으로 통합시키지 않고 밖으로 향하여 있다.

이에 그 주체는 타인을 위해 고통을 받을 수 있고, 고통을 향해, 타인을 향해 열려 있다. 왜냐하면 죽음은 알 수 없는 것, 나에게서 유래되지 않는 것[27]이기에 받아들일 수밖에 없는 것이다. 「산소」에서 시적 주체는 '누의'를 묻고 온 '산소'에 새와 꽃이 늘 함께하기를 바란다. 그러기에 '봄 바람'이 불면 '나드리'간 '집새'가 찾아오라고 '남먼히'[28] 피는 꽃을 심어 놓았다. 남쪽을 향해 피어 있는 꽃 덕분에 떠났던 새도 찾아오기 쉽고 고향을 바라볼 수 있어 자아의 슬픈 감정은 잠시나마 위안 받는다. 이러한 시적 주체의 태도에서 '누의'를 생각하는 마음이 불안함에서 그리움으로 바뀌어 있음을 알 수 있다.

「산에서 온 새」에서도 부재한 '누의'를 생각하는 서글픈 마음이 나타난다. 이 시에서 실상 죽음에 대한 구체적인 정황은 서술되지 않고 있지만, '발 벗고 간', '이른 아침', '새의 울음'의 구절에서 그 증후를 내비치고 있다. 새를 보는 순간 누이 생각이 떠오르며 자신의 속마음을 울고 있는 '새'로 드러내 보인다. 이렇듯 가장 친밀한 가족의 죽음 앞에서 초연해질 수 있다는 것은 더 이상 극단적인 타자에 대해 주체로서 자리하지 않고 있다는 것의 의미이기도 한 것이다. 비시간적 존재로서의 의식은 자아의 자기에 대한 얽매임이라고 볼 수 있다. 이것은 주체가 자기 자신에게 종속되어 있기에 현재의 자신은 무거움과 책임감으로부터 벗어나고자 하는 일종의 도피인 셈이다. 그것은 자

---

27 죽음과의 관계에서 '죽음의 미지성'은 "미지의 것은 우리의 모든 경험이 결국 되돌아오는 나와 자기의 친숙성에 대해서 저항적이다." 죽음은 미지의 영역으로 남아 있다는 의미가 아니라 주체가 자신으로부터 유래하지 않는 것과 관계 맺고 있다는 의미이다(E. Levinas(1996), 77면.).

28 남먼하다, '남면하다'는 충청도 방언으로 '남쪽으로 향하다'로 보는 것이 문맥상 타당하다고 보인다(권영민, 앞의 책, 432면.). 김재홍 교수의 『한국현대시어사전』에는 '남 먼저'의 방언으로, 이숭원 교수의 『원본 정지용 시집』에는 '물끄러미'라고 풀이하고 있으나, 그 근거를 정확히 밝히지 않고 있다. 이 시에서는 문맥상 권영민의 해석을 따른다. 이는 죽음의 징후가 불안보다 그리움으로 나타나기 때문이다.

기 동일성의 존재로부터의 도피를 말하는 것이 아니라 존재의 사고에서 도피하여 타자의 사고로 나아가는 것이다.

이상에서 알 수 있듯이 시적 주체의 고통은 실존적 현실의 무거운 책임감에서 연원된 것이었다. 고향의 분리 체험과 겹쳐지면서 그 고통은 자기 자신의 존재로부터 도피하고 싶은 자기 자신에 대한 싫음이다. 그러나 이러한 존재함에 대한 힘겨움으로부터 벗어날 수 없는 주체는 이 상황으로부터 떠날 수 없다는 숙명적인 얽매임[29]의 표출로 볼 수 있다. 결국 자아는 그림자처럼 따라다니는 자기의 책임감의 명령을 듣게 되면서 고통이 좀 더 전면화되는 모습으로 전개된다.

죽음은 '절대타자', 나와는 '전적으로 다른 것'이 있음을 보여주는 존재론적 사건이다.[30] 죽음은 살아 있는 생명을 소멸시켜 '무'로 만든다. 죽음은 주체의 자유를 원천적으로 제거하고 주체로부터 모든 것을 앗아가는 근본적인 폭력이다. 이러한 폭력으로서의 죽음이야말로 주체의 경험을 초월하는 절대적인 외재성이며, 그런 의미에서 가장 극단적인 타자이다.[31] 인간은 누구도 죽음을 자신의 사실로 경험할 수 없기에 죽음은 가능성으로 계산할 수 없는 미래이다.

정지용의 경우 그 경험은 인간의 힘으로는 견디기 어렵고 거부할 수 없는 고통에서 비롯되고 있는데, 그것은 바로 어린 자식의 아픔이 죽음으로 이어지기 때문이다. 유랑과 유학이 본격화하던 식민지공간에서 자식의 죽음은 가장인 아버지에게 가족의 기본 틀을 흔들어 놓

---

29 레비나스에 의하면 "동일성을 지닌 주체가 현실 속에서의 자기에 대한 관계인 한에서, 그 주체는 확실히 과거와 미래에 대해 자유롭다. 그러나 이때 이 주체는 자기 자신에게 종속되어 있다. 현재의 자유는 무거움이며 책임성이다. 자아는 어떻게 모면해 볼 별 도리 없이 자기이다."(E. Levinas(2003), 146~147면.) 이것은 자기와의 결부로서의 '자아'의 숙명과도 같은 관계를 의미한다.

30 강영안(2005), 108면.

31 손병희, 앞의 책, 81면.

는 실존적 사건이다. 이에 자식의 병과 죽음 앞에 무력한 자아에 대한 불안과 상실의식이 직·간접적으로 드러난다. 이와 관련된 작품으로는 「發熱」, 「밤」, 「紅疫」, 「유리창 1」, 「유리창 2」 등이 있다. 먼저 죽음의 비극성과 미지성에서 오는 죽음의 징후들은 극도의 불안과 부정적인 이미지로 나타난다.

처마 끝에 서린 연기 따러
葡萄순이 기여 나가는 밤, 소리 없이,
가물음 땅에 시며든 더운 김이
등에 서리나니, 훈훈이,
아아, 이 애 몸이 또 달어 오르노나.
가쁜 숨결을 드내 쉬노니, 박나비 처럼,
가녀린 머리, 주사 찍은 자리에, 입술을 붙이고
나는 중얼거리다, 나는 중얼거리다,
부끄러운줄도 모르는 多神敎徒와도 같이.
아아, 이 애가 애자지게 보채노나!
불도 약도 달도 없는 밤,
아득한 하늘에는
별들이 참벌 날으듯 하여라.

「發熱」 전문

이 작품은 처음 발표지에 '1927. 6月. 沃川'이라고 적은 것으로 보아 정지용이 동경 유학 중 잠시 고향을 찾았을 때 지은 것으로 짐작[32] 된다. 이 시에는 어린자식의 아픔을 바라보고만 있어야 하는 아버지

32 권영민, 앞의 책, 222면.

의 안타까움이 드러나고 있다. 여기서 열병에 시달리며 '가쁜 숨결을' 몰아쉬는 이 '애'는 '주사바늘'과 '박나븨'처럼 떨고 있는 모습으로 묘사되며 그 상태의 위급함을 나타낸다. 특히 '아아'라고 몸서리치는 아이의 울부짖음을 바라보고 있는 아버지의 애끓는 심정은 안타까움을 넘어 부끄러움이 된다. '연기', '기어나가는 밤', '더운 감' 등과 결합된 발열의 이미지는 '애자지게[33] 보채'는 아이의 절박한 몸부림에서 그 고통이 절정에 다다르고 있음을 표현하고 있다. 시적 주체는 고열에 시달리는 어린아이를 안타까이 지켜보며 아이의 머리에 입술을 대기도 하고 중얼거리며 아이가 다시 살아나기를 간절히 바란다. 하지만 아이는 소생의 기미를 보이지 않고 더 보챌 따름이다.

이 시는 여러 곳에 쉼표를 사용하고 있는데 가쁜 숨을 몰아쉬는 아이의 힘겨움과 그것을 바라보는 아버지의 조바심을 동시에 나타내는 기표[34]로 발열의 상승이미지와 결합되어 절박한 부정의 심리상태를 드러내는 데 효과적으로 작용하고 있다. 이에 '부끄러운' 줄도 모르는 '다신교도'와 같이 '중얼거리는' 표현에서 그 심정은 부끄러움을 넘어 죄스러움으로 나아간다. 이에 시적 주체는 아이의 죽음을 예감한 듯 '불도 약도 달도 없는 밤'의 부정적 이미지로 형상화된다. 이제 그 구원의 가능성은 절망감으로 다가오기에 '아득한 하늘'을 바라보며 '별들이 참벌 날으듯 하여라.'라는 비유로 그 막막함을 극대화시킨다. 시적 주체는 자신의 심정을 외롭게 하늘을 떠돌고 있는 '별'의 이미지로 나타내며 자신에게로부터 멀어져 간 존재로 형상화시키고 있

33 '애자지게'라는 말은 '애절하게'와 '자지러지게'의 뜻이 복합된 말로 말 못하는 갓난애가 자신의 아픔을 울음으로 애처롭게 토해내는 모습을 나타낸 것이다. 이로 보아 이 시에 등장하는 아이가 어린 아이임을 알 수 있다. 권영민은 위의 책에서 '애자지게'를 '에끓다'로 마음이 너무 슬퍼서 창자가 끊어질 듯하다고 해석한다. 이에 자식에 대한 안타깝고 간절한 마음이 담겨있는 것으로 짐작된다.

34 이승원, 앞의 책, 90면.

는 것이다.

죽음에는 나와 공유할 수 있는 공통의 존재 기반이 없다. 그것은 나와 교류할 수 있는 다른 자아가 아닌 전적으로 다른 타자와의 관계로 하나의 '신비'이다. 타자의 존재는 나의 내면성과 구별되는 외재성이다. 그러므로 죽음이라는 극단적인 타자와의 관계에서 '공감'이나 '감정이입' 또는 '신비로운 연합'으로 볼 수 없다.[35] 이와 같이 이 시에 자식의 죽음은 존재자 안에서 공감할 수 없는 불가능한 타자로 관계하고 있음을 알 수 있다. 위 시에서 열병이 홍역일 가능성으로 보이는 것은 이후의 작품 「紅疫」에서도 비슷한 이미지로 나타나기 때문이다. 이처럼 정지용 시에서의 '熱'은 질병과 죽음을 직・간접적으로 예견하는 부정적인 이미지로 제시된다.

石炭 속에서 피여 나오는
太古然히 아름다운 불을 둘러
十二月밤이 고요히 물러 앉다.

琉璃도 빛 나지 않고
窓帳도 깊이 나리운 대로---
門에 열쇠가 끼인 대로---

눈보라는 꿀벌떼 처럼
닝닝거리고 설레는데,
어느 마을에서는 紅疫이 躑躅처럼 爛漫하다.

「紅疫」 전문

35 강영안(2005), 109면.

「홍역」에서도 열병을 앓고 있는 아이의 모습에 드리운 죽음의 그림자를 바라다보는 막막한 심정이 나타나고 있다. 그런데 이 시에서 그 범위는 개인에서 마을로 확대되어 있다. 그것은 마지막 구절인 '우리 마을에서는 홍역이 躑躅처럼 난만하다.'라는 비유에서 알 수 있다. 그런데 그 현실은 '유리도 빛나지 않고 창장도 깊이 나리운 대로'에서 외부와 내부의 경계표지인 유리창의 이미지가 되풀이되고 있다. 말하자면 겨울밤과 석탄불 피운 방이 대립되고, 꿀 벌떼처럼 날리는 눈보라와 철쭉꽃처럼 피어나는 홍역이 상반적 관계에 놓이면서 외부세계와 내면세계의 단절, 즉 자연과 인간의 단절을 의미한다. 이 같은 정황은 돌림병인 '홍역'이 유행하는 때의 상황과 연관시킴으로써 시적 분위기를 고조시키고 있다. 열쇠가 끼인 '문'으로 묘사되는 이러한 겨울밤의 풍경은 어린아이의 몸을 걱정하여 바깥출입을 삼가고 있는 매우 조심스런 행동으로 묘사된다. 결국 '철쭉처럼 난만하다'라며 '홍역'을 붉게 만발하고 화려하게 핀 철쭉의 무리로 인식하는 것에서 그 죽음의 위험이 주변으로 확산되고 있음을 암시하고 있는 것이다.

정지용 시에서 '열'의 이미지는 곧 죽음의 질병으로 인식된다. 이러한 태도는 정지용의 비극적 체험에서 기인된 본능적인 것이다. 이후에 발표된 다음의 시론에서 '열'에 관한 주장도 이전에 자식의 죽음과 관련된 '열'의 이미지와 무관하지 않아 보인다.

> 안으로 熱하고 겉으로 서늘하옵기란 일종의 생리를 壓伏시키는 노릇이기에 심히 어렵다. 그러나 시의 위의는 겉으로 서늘옵기를 바라지 마지 않는다. 슬픔과 눈물을 그들의 심리학자적인 화학적인 部面이외의 전면적인 것을 마침내 시에서 수용하도록 差配되었으므로 따라서 폐단도 많아 왔다. 시는 소설보다도 善泣僻이 있다. 시가 솔선하여 울어 버리면 독자는 서서히 눈물을 저작할 여유를 갖니 못할지니 남을 울려야

할 경우에 자기가 먼저 대곡하여 실소를 폭발시키는 것은 素人劇에서만 본 것이 아니다. 남을 슬프기 그지없는 정황으로 유도함에는 자기의 감격을 먼저 신중히 이동시킬 것이다.[36]

위 글에서 정지용의 시작 원리가 '안으로 열하고 겉으로 서늘하옵기'라는 것에서 알 수 있듯이 감상성의 배제와 지양이 '詩의 威儀'가 된다는 그의 인식이 드러난다. 또한 그의 사유는 대부분 그의 시작체험에서 시작된 것으로 글의 체계성보다는 시적 직관을 바탕으로 이루어지고 있다는 사실을 확인하게 된다. 여기에서 시인은 시작에 있어 감정을 있는 그대로 표현하는 것이 아니라 정제되고 절제된 상태로 표현해야 한다고 주장한다. 그것은 감정적 속성이 시의 본질이 될 수 없다는 것의 의미이다. 그의 작품에서 슬픔이나 눈물과 같은 감정들이 거의 그대로 드러나지 않고 있어 이러한 시관이 그의 시 의식에 깊이 배태되어 있음을 알 수 있다. 작품 「유리창 1」, 「유리창 2」 등에서 그러한 특징을 여실히 보여주고 있다.

琉璃에 차고 슬픈것이 어린거린다.
열없이 붙어서서 입김을 흐리우니
길들은양 언날개를 파다거린다.
지우고 보고 지우고 보아도
새까만 밤이 밀려나가고 밀려와 부디치고,
물먹은 별이, 반짝, 寶石처럼 백힌다.
밤에 홀로 遊離를 닦는것은
외로운 황홀한 심사이어니,

36 정지용, 「詩의 威儀」, 250면.

고운 肺血管이 찢어진 채로
아아 늬는 山ㅅ새처럼 날러 갔구나!

「琉璃窓 1」 전문

「유리창 1」과 「유리창 2」는 서로 일 년 정도의 간격을 두고 있지만, 그 주제와 기법이 유사한 시적 정조를 기반으로 하고 있다. 생과 사의 경계를 상징하는 '유리창'은 시적 주체와 죽은 아이와의 거리를 단절시키는 동시에 그 형상을 떠올리게 하는 상관물이다. 「유리창 1」은 시인이 자식을 잃은 후 그 슬픔을 감정의 절제와 정서의 균제를 통하여 시적 세계를 묘사한 작품이다. 감정의 절제란 막연히 감정을 겉으로 드러내지 않은 것만을 의미하는 것이 아니라 감정을 드러내되 직접 노출시키지 않고 제3의 사물이나 정황을 통하여 그 감정을 간접적으로 환기하는 것을 뜻한다.[37]

이 시는 사물과 현상을 순수한 시선으로 포착한다. 그리고 감정과 정서의 조화로움으로 감상적인 슬픔의 정서를 넘어 부재하는 존재의 영상이 겹치는 죽음의 감정으로 극대화시키고 있다. 죽음이란 존재자가 만나는 가장 위협적인 타자이다. 죽음의 경험[38]은 예고 없이 찾아오기에 그 앞에서 주체는 무기력한 존재자로 남아 있게 된다. 시적 주체는 지금 '유리창'을 닦으면서 거기에 자꾸만 달라붙는 차고 슬픈 실체를 목도한다. 그것은 떠오르는 자식의 영상이면서 지워도 지워지지 않는 자식에 대한 애도의 마음이다. 현실에서 '유리창'은 안과

---

37 이숭원, 앞의 책, 96면.

38 레비나스에 의하면 죽음은 경험될 수 없고, 손에 거머쥘 수 있는 현실의 것이 아니다. 내가 그 앞에서 어떻게 해 볼 수 없는 전적으로 수동성의 사건이다. 그래서 죽음은 절대적인 타자성으로서 죽음을 통한 초월이란 불가능하다(E. Levinas(1996), 77~80면.). 여기서 죽음의 의미란 나는 죽음에 관하여 무력할 뿐 아니라 죽음은 우리가 더 이상 할 수 없음을 드러내는 나와는 전적으로 다른 타자이다.

밖을 나누는 경계이자 시적 주체와 세상 사이에 놓인 소통의 통로이기도 하다. 유리창의 투명성은 단절과 소통이라는 이중성을 지닌다. 시인은 유리창을 매개로 죽은 아이의 환상을 대할 수 있는가 하면 유리창의 단절 때문에 그 환상을 현실의 영역으로 끌어들일 수 없다. 이렇게 보면 유리창이야말로 환상과 현실을 매개해 주면서 다시 환상과 현실을 갈라놓는 모순의 존재이다.[39]

그런데 유리창은 '새까만 밤'으로 표상되는 창밖의 세계와 유리창을 경계로 거기에 직면해 있는 시적 주체의 내면세계를 하나의 시적 공간 속에서 머물게 하는 상관물이 되기도 한다. 이에 유리창에 입을 대고 입김을 불어보는 지금 '창안의 세계'와 '창밖의 밤의 세계'는 서로 연결되는 듯 하지만 일정한 간격이 있다. 시적 주체는 '유리창'이라는 경계를 통해 별빛과의 심정적 거리를 '새'라는 시적 표상을 통해 지금의 상황을 극적으로 제시하고 있다. 즉 시적 주체와 밤하늘의 거리는 도달하기 불가능한 것이며, 닫힌 세계에 놓여 있는 셈이다. 환상을 통해서나마 죽은 아이를 만날 수 있는 것은 일순 황홀하기까지 하지만, 현실로 돌아오면 '새까만 밤'이 되는 서로 다른 공간에 있음을 인식하게 된다.

'별'과 '새까만 밤'은 환상과 현실의 거리를 시각적 영상으로 고정시키는 역할을 한다. 앞서 작품에서 '별'과 '밤'의 이미지가 죽음을 암시하는 부정적 이미지로 나타났듯이 이 시에서도 공유할 수 없는 현실과의 거리를 극명하게 드러내 주는 상관물이다. 시인은 이 이중적 심리를 '밤에 홀로 유리를 닦는 것은 외로운 황홀한 심사이어니'라며 외로움을 토로한다. 결국 형언할 수 없는 슬픔에 '폐혈관이 찢어진 채로

---

39 오세영에 따르면 "유리창은 금속성, 투명성, 그리고 차단성이라는 세 가지 의미를 동시에 지닌다."고 지적하면서 유리창이 연속과 단절의 모순된 매개물이라는 점을 밝히고 있다(『한국 현대시 분석적 읽기』, 고려대학교 출판부, 1998, 112면.).

아아 너는 산새처럼 날러갔구나!'라는 비유로 지금까지 시인의 내부에 응결되어 있던 감정들에 탄식한다. '유리창'은 나와 우주, 유한과 무한, 생과 사의 세계를 만들기도, 이어주기도 하는 매개물이다. 자식의 죽음에 대해서 일정한 거리를 두고 객관화시키며 미화시키고 있는 시적 주체의 태도에서 그 슬픔은 오히려 배가된다. 이것이 정지용 시가 갖는 '詩의 威儀'라고 보아도 무방할 것이다.

그로부터 일 년 후 정지용은 「유리창 2」를 발표한다. 이 두 편의 작품은 유리창을 경계로 외부와 내면이 단절된 상태에서 외로움과 괴로움을 나타낸다는 공통점이 있다. 그러나 「유리창 2」에서는 아이를 잃은 슬픔이 거의 나타나지 않고 있다.

내어다 보니
아조 캄캄한 밤,
어험스런 뜰앞 잣나무가 자꼬 커올라간다.
돌아서서 자리로 갔다.
나는 목이 마르다.
또, 가까히 가
유리를 입으로 쪼다.
아아, 항안에 든 金붕어처럼 갑갑하다.
별도 없다, 물도 없다, 쉬파람 부는 밤.
小蒸氣船처럼 흔들리는 窓
透明한 보라ㅅ빛 누뤼알 아,
이 알몸을 끄집어내라, 때려라, 부릇내라.
나는 熱이 오른다.
뺌은 차라리 戀情스레히
유리에 부빈다, 차디찬 입마춤을 마신다.

쓰라리, 알연히, 그싯는 音響---

머언 꽂!

都會에서 고운 火災가 오른다.

「琉璃窓 2」 전문

「유리창 1」에서 자식의 죽음을 목도한 존재자의 위태로운 체험이 죽음의 비극성으로 인식되었다면 「유리창 2」에서는 그 죄스러움과 이러한 현실에서 벗어날 수 없는 시적 주체의 불안이 보다 가중되어 나타난다. 이 시에서도 닫힌 공간에 의해 불안한 정서를 창밖의 '누뤼알'과 '화재'로 전이시킴으로써 안과 밖의 긴장 관계를 극복하려 한다. 하지만 유리창 안쪽의 시적 주체는 '목이 마르고', '항안에 든 금붕어'처럼 갑갑함을 느낀다. 이렇게 표현하는 것에서 소통이 부재하거나 불가능한 상황에 대한 암시가 깔려 있다. 더욱이 어둡고 침침한 공간에 버티고 선 커다란 '잣나무'는 오히려 위압감으로 다가온다. 이에 심한 갈증을 느낀 시적 주체는 급기야 유리창으로 다가가 유리를 입으로 쪼아댄다. 이것은 「유리창 1」의 화자가 '열없이 붙어서서 입김을 흐리운' 행동과 대조적이다. 이러한 행동은 갑갑한 공간에서 벗어나 탈출하기 위한 시도처럼 보인다. 그런데 그가 유리창을 통하여 본 것은 불길한 모습의 나무가 자꾸 커지는 풍경일 뿐이다. 또한 「유리창 1」에서 '새까만 밤하늘'에 '보석처럼 빛나'던 '별'의 존재는 「유리창 2」에서 완전히 사라져 버리고 만다. 특히 '별도 없다/ 물도 없다'라는 상황적 조건은 시적 주체의 정신적 고갈 상태를 표출하고 있는 것이다.

이 시에서 시적 주체와 조우할 수 있는 어떤 것도 캄캄한 어둠 속에서는 존재하지 않는다. 이러한 내적 갈등을 달래보기 위해 '머언 꽃', '고흔 화재'가 오른 도회의 불빛을 응시하게 된다. 그러나 갑갑한 심사는 적막감만 더해주고 있다. 결국 이 시의 시적 주체는 「유리창

1」의 화자보다 더욱 불안하고 절망적인 상태에 놓여 있는 것이다. 환상을 통한 위안의 가능성이 차단되고 있으며 막막한 밀폐감에서 벗어나려는 시도가 '열병'과 '불빛'으로 돌출될 뿐이다. 따라서 아이의 죽음이라는 모티프는 작품의 배면으로 사라지고 그것이 남긴 상처의 흔적들이 시에 고스란히 담겨 있게 된다.

실존적인 의미에서 공포나 불안의 정서는 인간이 처해있는 상황의 외적인 상태만이 아니라, 인간에게 주어진 육체적 · 정신적인 상태까지를 포함한다. 이러한 불안은 존재론적 사건으로 오기에 죽음이 인간에게 주어진 어쩔 수 없는 유한성이며, 어느 누구도 죽음에서 자유로울 수 없다는 사실의 확인일 따름이다. 필연적으로 이 불안은 죽는 순간의 구체적인 불안도 아니고, 죽음이라는 사건의 고통에 대하여 관념상으로 앞질러 느끼는 불안도 아니다. 그것은 주체의 경험을 초월하는 절대적인 외재성이며 극단적인 타자인 까닭에 오로지 타인의 죽음의 경험을 통해서 예고된다. 그러기에 죽음은 부정적인 미래의 가능성으로 주체를 억압하는 타자이다. 그것은 '더 이상 존재하지 않는다'라는 것을 생각하게 함으로 엄습하는 주체의 무기력과도 같은 것이다.

시적 주체가 자식의 죽음에 대하여 '열병', '홍역', '유리창', '밤' 등의 타자들을 통해 이와 같이 감정적 대응을 하고 있는 것은 죽음의 비극성을 강하게 인식했기 때문이다. 이는 자식의 죽음을 막지 못하는 죄의식과 연관된다. 그에게 있어 죽음의 문제는 그만큼 지속적이고도 가장 고통스런 문제였던 것이다. 이후의 초기 산문에서 죽음에 대한 시인의 인식을 직접적으로 드러내 보이는 것에서 그 고통의 깊이를 짐작할 수 있다. 산문에서 고백이라는 형식은 인간의 유한성에 대한 내면적 성찰과 반성으로 연결되며 나아가 '죽음'을 수용적 태도로 인식하기에 이른다. 이러한 경향은 산문[40] 「밤」과 「람프」에서 보다 구체적으로 드러난다.

> 나의 거름을 따르는 그림자를 볼 때 나의 비극을 생각합니다. 가늘고 긴 희랍적 슬픈 목아지에 팔구비를 감어 봅니다. 밤은 地球를 딸으는 비극이외다. 이 清澄하고 無限한 밤의 목아지는 어드메쯤 되는지 아모도 안이 본 이가 없습니다./ 비극은 반드시 울어야 하지 않고 사연하거나 흐느껴야 하는 것이 아닙니다. 실로 비극은 默합니다.
>
> 「밤」 부분

정지용의 산문에 해당하는 위 글들은 '나'에 대한 고백형식을 취하고 있다. 그 고백은 '나'가 아닌 것을 염두해 둔 것으로 필연적인 외부성 혹은 대상들과 소통의 관계를 통한 초월적 욕망으로 드러난다. 이 시에서 자신의 감정을 다룬 '밤'과 '람프'로 비유된 매개물은 실상 내용상의 실질적인 연관성은 없어 보인다. '나'의 존재와 감정에 의해 매개된 정서는 '나'의 존재를 보충하고 감정을 전달하기 위한 것으로 존재하기 때문이다. 존재자로서의 주체를 드러내기 위한 이러한 방식은 주체가 대상을 발견하고 그 대상의 속성을 통해 자신을 드러내는 데 긴밀히 연결되어 인식하는 것에 있다.

죽음에 대한 불안은 존재가 무화되는 데서 오는 불안이다. 타인의 죽음을 통해 자신에게 예고된 죽음은 현재에 거머쥘 수 없는 전적으로 미래에 도래할 사건이다. 즉 인간에게 죽음은 숙명과도 같은 것이

---

40 두 작품은 1933년 9월 『카톨릭 青年』 4호에 「素描 · 4」와 「素描 · 5」로 발표한 작품이다. 발표시에는 「素描」1~4까지 연재된 것으로 그중 이 두 편만 그 『정지용시집』에 「밤」과 「람프」로 제목이 바뀌어 수록되었다(김학동, 앞의 책, 265~266면; 장도준, 앞의 책, 244면.). 이것으로 미루어 보더라도 정지용이 두 작품에 애착을 가지고 있었다는 사실이 확인된다. 그만큼 그에게 죽음에 대한 불안한 의식은 지속적인 고통으로 다가왔다는 것을 짐작하게 된다. 여기서는 『정지용시집』에 실린 것을 인용한다.

다. 「밤」의 경우는 걸음을 따르는 '그림자'를 볼 때마다 '비극을 생각한다.'라는 구절에서 인간의 비극인 죽음과 연결된 슬픔이 드러난다. 그리고 '밤은 지구를 따르는 비극'이라는 비유에서 인간에 대한 죽음의 필연성과 연결되며 나아가 '죽음'을 받아들일 수밖에 없는 것으로 인식하기에 이른다. 그 결과 '무한한 밤'의 정체를 아무도 본 사람이 없듯이 죽음 또한 우리가 파악할 수 없는 영역으로 나타난다.

시적 주체는 비극을 '울거나, 사연하거나' 하지 않고 경건하게 받아들이고자 한다. 이때 알 수 없는 죽음은 내가 이해할 수 없는 타자와의 관계의 연장선에서 체험되기 때문에 죽음의 의미는 변경[41]될 수 있다. 그러므로 고통을 통해 예고된 죽음은 주체의 수동성의 경험[42]으로 이기적인 자아를 윤리적이 자아의 자리로 이동시키는 과정의 경험으로 인식되기에 이른다. 주체의 능동성이 수동성으로 전환되는 것은 고통의 주체로서 존재를 파악할 때 일어난다. 인간의 인간임, 인간의 주체성을 자기화하는 의식은 오히려 상처 입을 수 있는 존재[43]로부터 가능해진다. 그러기에 죽음이 나의 존재를 침몰시키는 위협자가 아니라 오히려 나의 내면성의 닫힌 세계를 밖으로부터 깨뜨려 무한히 열린 세계로의 초월을 가능케 하는 존재라는 것이다. 이러한 고백은 아래 산문에서 더욱 구체적으로 나타난다.

---

41 강영안(2005), 154면.

42 주체는 이제까지 자신의 고유한 본성에 의해 능동적이었다. 그런데 죽음은 주체가 주인이 될 수 없는 사건을 알려 준다. (E. Levinas(1996), 앞의 책, 77면.) 수용적 감성에 기반하여 인간의 독특한 고유성과 유일성의 의미가 인간이 지닌 윤리성에 있음을 밝혀주고 있다.

43 레비나스는 상처에 노출되는 존재에서 주체의 단독자가 된다. "자신을 희생하는 육화된 존재에게서 자아는 고통받는 존재이고 내어주는 존재이자 동시에 그 누구로도 대체할 수 없는 존재인 단독자로 된다. 타자로 향해 있으며 타자와의 관계에서 새로이 구성되는 주체성은 윤리성에 있음을 밝혀주고 있다." (김연숙, 앞의 책, 185면.)

창을 넘어다보나 등불에 익은 눈은 어둠속을 분별키 어렵습니다. 그러나 역시 부르는 소리외다. 람프를 주리고 내여다보면 눈자위도 분별키 어려운 검은 손님이 서 있읍니다. "누구를 찾으십니까?" 만일 검은 망토를 두른 髑髏가 서서 부르더라도 하면 그대는 이러한 불길한 이야기는 기피하시리다. 덧문을 구지 닫으면서 나의 良識은 이렇게 해설하였읍니다. — 죽음을 보았다는 것은 한 착각이다. — 그러나 '죽음'이란 벌서부터 나의 청각 안에서 자라는 한 恒久한 흑점이외다. 그리고 나의 反省의 정확한 위치에서 나려다보면 람프 그늘에 채곡 접혀 있는 나의 육체가 목이 심히 말러하며 기도라는 것이 반드시 정신적인 것보다도 어떤 때는 순수한 味覺的인 수도 있어서 쓰데 쓰고도 달디 단 이상한 입맛을 다십니다.

「람프」 부분

「람프」에서 '람프'란 '어둠속'에서 빛을 만들어 내는 '등불'처럼 '성스러움의 출현의 증거'를 의미함과 동시에 정신을 포함하는 개념이다. 위 글에서 '람프'는 세속적 삶으로부터 벗어나고자 하는 정신적·내면적 존재방식을 구체적으로 보여주고 있다. 인간의 유한성을 환기하는 죽음 앞에서 주체는 "죽음을 보았다는 것은 錯覺"이라고 말한다. 그는 자신을 부르는 '촉루'의 모습과 목소리를 부정하려 애쓰나 그것은 환영에 지나지 않는다. 그런데 자아는 '죽음'이란 이미 나의 '청각안에서 자라는 한 항구한 흑점'이라고 고백한다. 인간에게 죽음은 피할 수 없는 사건이며 직접 경험할 수 없는 불가능의 세계이다. 이에 따라 죽음의 불안과 공포 앞에 주체의 내면의 불, 곧 정신적 구원은 '람프'의 빛으로 발현되고 있다.

여기에서 '람프 그늘'에 접혀 있는 '나의 육체'에 대한 갈증은 초월을 갈망하는 욕망으로 나아간다. 유한한 존재인 인간은 절대타자를 위한 행위를 하게 된다. 그것은 '반성의 정확한 위치'에서 '순수한 미각'처럼 절실한 윤리적 호소에서 가능한 것이다. 이러한 호소는 신의 위치에서 자신의 삶을 반추해보는 일종의 종교적 초월의 체험이다. 자신이 있어야 할 자리를 절대자의 자리로 옮기고 이 절대자의 자리를 자기반성의 위치로 여길 때, 주체는 자신의 죽음과 삶을 동시에 바라볼 수 있게 된다. 즉 자신의 존재에 갇혀 있던 자리에서 전적으로 다른 타자를 만나게 됨이다. 이때 죽음을 받아들일 수 있는 가능성은 전적으로 인간에게 맡겨져 있다. 주체성이 성립된다는 사실은 인간이 지닌 감성적 수동성에 있다. 이것은 자기에게로 향한 자아가 아니라 밖으로 향한 존재, 타자로 향한 존재임을 보여주고 있는 것이다. 죽음의 경험에는 어떤 무엇으로도 환원할 수 없고 소외시킬 수 없는 고유성과 존엄성이 있다. 이는 고통 속에 나타나는 존재 자체에 다원성[44]이 스며들기 때문이다. 죽음은 나로 환원되지 않는 절대적 성격을 지니기에 주체가 존재를 가지듯 그렇게 존재하지 않는다. 그러므로 존재에 영향을 미치는 죽음은 신비로운 것[45]으로 의미화 된다.

위 산문들에서 '그림자'와 '검은 상복'으로 암시되는 이미지는 이미 「황마차」(내 그림자 - 검은 상복)를 비롯하여 초기의 슬픔과 비애의 정서가 확대된 자리에 놓일 수 있을 것이다. 죽음은 개인에게 고유한 것이며 대신할 수 없다는 사실에서 실존이 개인적인 것임을 깨닫게 한다. 정지용은 삶의 유한성을 인식하고, 단순히 그것을 객관적인 세

---

44 여기서 '다원성'은 단순히 존재자가 다수라는 뜻이 아니다. 그것은 알려져 있지 않고 알 수도 없다. 타자의 존재는 나의 내면성과 구별되는 외재성이고 이타성이다(강영안(2005), 109면.). 나의 나됨과 타자의 타자성은 결코 상대화할 수 없는 절대적 성격을 띠고 있음을 뜻한다. 이런 의미에서 인격은 철저히 다원적이다. 즉 인격은 어떤 명목으로도 전체화할 수 없다는 것이다. 동일하게 환원되지 않는 전체성의 영역을 벗어나 있는 인간 고유의 유일성이자 단독성으로 가는 과정이다.

45 위의 책, 109면.

계의 한 현상에 불과한 것으로 치부하지 않으며 주관적인 내면으로 끊임없는 모색을 시도한다.

이상에서 살펴본 바와 같이 정지용 시의 실존적 고통은 친밀한 가족의 죽음을 통해 경험된다. 그 고통 속에서 만나게 되는 비극적 요소들은 회피할 수 없기에 공포와 두려움으로 표출된다. 그리고 자식을 통해 경험한 죽음과 인간의 유한적 한계상황에서 회복할 수 없는 상실감은 실존적 조건으로 감수해야 할 책임감으로 남게 된다. 실존의 근원적 내재성인 죽음과 그 비극성에 대한 정지용의 인식은 자아가 짊어지고 가야할 주체의 고유성으로 받아들이게 된다.

죽음은 인간을 무력화시키는 극단적인 타자이지만, 살아 있는 인간에게 그것은 연기되어 있는 미래이다. 이러한 의식의 변화는 고통 가운데 불가능에 대한 호소와 더불어 죽음에의 가까움이 동시에 존재함으로 인식된다. 이를 통해 시적 주체는 비로소 절대타자에 눈을 뜨게 된다. 정지용 시의 이러한 특징은 절대적 타자에게 몰입하게 되는 계기가 되며 이전의 사물 지향성에서 관념적 의식의 공간으로 나타나는 양상을 보인다. 따라서 그의 시에서 타자를 받아들이는 자리가 주체중심의 세계에서 타자 지향의 세계로 변화되고 있는 것이다.

3. 가톨릭시즘과 절대타자를 향한 열망

정지용의 시는 시각적 이미지를 중시한 회화성뿐만 아니라 새로운 시의 감수성과 언어 예술로서의 시의 본질을 탐구한 점을 포함하고 있다. 정지용 시의 의의를 이렇게 볼 때 그의 시 가운데서 가장 부정적인 평가[46]를 받아온 시가 종교시이다. 그러나 그의 일련의 종교시들은 초기 감각 위주의 시를 반성하면서 새로운 시의 나아갈 바를 추구하던 지용에게 하나의 전기로 나타난 것이며 또한 그의 신앙생활을 시화한 것으로, 그의 전체 시세계를 풍요롭게 한 것으로 보아야 할 것이다.[47]

레비나스는 인간 또는 타자 중심적인 삶의 가치를 무엇보다 중요시하고 신과 인간에 대한 이해를 종교의 초월적 가치에서 이해하고자 한다. 그는 신과 인간의 관계를 '형이상학적인 것과 인간' 안에서 언급하고 있는데, 이때 형이상학은 윤리학과 관련된다.[48] 신과의 관계는 인간에 대한 실천을 외면하고는 가능하지 않다. 이러한 관계를 인격적으로 가깝게 이어주는 것이 신의 말씀이며 이것은 지고한 선의 가치를 인간으로 하여금 실천적으로 행하게 한다. 즉 신은 초월적 신이면서 인간의 삶 속에 같이 있기 때문에 인격적 '신'인 것이다. 이때 신은 자아의 자기중심적 표상의 논리 안으로 포섭될 수 없는 절대적인 타자이다.

정지용이 가톨릭에 입문하여 신앙심을 키워나간 시점은 일본 유학시절이다.[49] 하지만 종교적 체험을 형상화한 종교시 창작은 1930년 초반부터 중반에 집중되어 있다. 이 시기는 정지용이 유학에서 돌아와 휘문고보에 재직할 시절이며, 이 무렵 그는 가족사적인 불행을 경험하면서 개인적으로 실존의 위기에 봉착하게 된다. 정지용의 종교시가 생과 죽음의 문제에 주로 집중되고 있는 것은 그의 특별한 체험과 자연스럽게 이어진 것으로 보인다. 정지용은 신앙체험을 바탕으

---

46 김윤식은 정지용의 가톨릭 시가 삶의 깊이나 형이상학적 고민 같은 종교적 주제로 심화되지 못하고 다분히 장식적인 미학의 수준에 머물렀다고 비판하였다(김윤식, 앞의 책, 424~435면. 이승원, 앞의 책, 135면 참조.).

47 정순진, 『문학적 상상력을 찾아서』, 푸른사상사, 2002, 9면.

48 E. Levinas(1961), 78면.

49 정지용의 가톨릭 입문 및 신앙과정에 대해서는 사나다 히로코, 『최초의 모더니스트 정지용』, 역락, 2002, 166~181면 참조.

로 존재론적 사유에서 인격적 혹은 윤리적 사유를 대안으로 제시하며 종교시에 대한 탐색을 시도한다. 그는 종교시를 통하여 자신의 주체성이 부정된 자리에 새롭게 현현하는 절대적 타자인 '신'을 발견한다. 그리고 종교의 초월적 가치를 통하여 생명의 긍정, 보편적인 인간성의 실현 등과 같은 삶을 위한 내재적 가치를 지향하고자 한다.

정지용은 『가톨릭 青年』[50]의 실질적인 편집자가 되면서 가톨릭과 문학을 결합시키는 종교시를 창작하게 된다. 그의 신성원리는 주체 소멸과 절대타자에의 몰입에 기반을 두고 있다. 이러한 현상은 정지용의 내면세계를 지배해 온 상실의식 극복을 절대타자에의 긍정으로 갈구하고 있는 것이다. 정지용의 종교시는 개인적이고 실존적인 체험을 바탕으로 하는 한편, 그가 시와 종교에 대하여 가지는 근본적인 이해에서 비롯된다. 이러한 인식을 드러낸 그의 시관은 아래 글에서 확인할 수 있다.

> 시인은 구극에서 언어문자가 그다지 대수롭지 않다. 시는 언어의 구성이기보다 더 정신적인 것의 열렬한 정황 혹은 旺溢한 상태 혹은 황홀한 사기임으로 시인은 항상 정신적인 것에서 정신적인 것을 조준한다. (…) 정신적인 것은 만만하기 않게 풍부하다. 자연, 인사, 사랑, 죽음 내지 전쟁, 개혁 더욱이 덕의적인 것에 멍이 든 육체를 시인은 차라리 평생 지녀야 하는 것이, 정신적인 것의 가장 우위에는 학문, 교양, 취미 그러한 것보다도 '애'와 '기도'와 '감사'가 거한다. 그러므로 신앙이야말로 시

---

50 이 잡지는 한국천주교 주교회의 결정에 의해 가톨릭청년사가 발간한 월간잡지이다. 1933년 6월에 창간하여 1936년 12월 통권 45호를 끝으로 폐간되었다. 정지용은 이 잡지의 편집을 맡아보았다. 종교적 신앙을 주체로 한 시편들은 모두 9편이며 이중 『가톨릭 青年』지에 8편, 『시문학』 3호에 1편에 실렸다. 김학동은 최초의 신앙시로 1931년 10월호 『시문학』에 실린 「무제」를 꼽았다. 이 작품은 이후 『정지용시집』에 「그의 반」으로 실렸다(김학동, 앞의 책, 56면.).

인의 일용할 신적 양도가 아닐 수 없다.[51]

위 글에서 시가 언어의 예술이라는 인식과 함께 시에 있어 최상의 가치를 정신적인 것에 두었음을 알 수 있다. 정지용에게 언어는 튼튼한 버팀목이 되어주는 정신과 긴밀히 연결된다. 시란 '정신적인 것에서 정신적인 것을 조준한다.'는 그의 견해는 종교적 세계와 닿는다. '자연, 인사, 사랑, 죽음, 전쟁'으로 멍이 든 육체를 평생 지녀야 하는 것이기에 정신적인 것의 가장 위에 '애, 기도, 감사'가 있다는 것을 강조하고 있다. 그러므로 정지용 시의 정신은 그의 종교시에서 우선적으로 찾을 수 있다. 그렇다고 언어에 대한 인식을 도외시 했던 것은 아니었다. 그가 종교시에서 구하고자 한 것은 시적 주체의 삶의 고통을 극복하는 방식으로 죽음을 수용하는 시인의 세계 인식에 있었다. 정지용의 종교시편은 자신을 구원해 줄 절대타자를 향한 열망에서 비롯되고 있다.

내 무엇이라 이름하리 그를?
나의 령혼안의 고흔 불,
공손한 이마에 비추는 달,
나의 눈보다 갑진이,
바다에서 솟아 올라 나래 떠는 金星,
쪽빛 하늘에 힌꽃을 달은 高山植物,
나의 가지에 머물지 않고
나의 나라에서도 멀다.
홀로 어여삐 스사로 한가러워——항상 머언이,

51 정지용, 「詩의 옹호」, 243~244면.

나는 사랑을 모르노라 오로지 수그릴뿐,
때없이 가슴에 두손이 염으여지며
구비 구비 돌아나간 시름의 黃昏길우——
나— 바다 이편에 남긴
그의 반 임을 고히 진히고 것노라.

「그의 반」 전문

인간에게는 나의 존재유지를 위한 '욕구'와 이와 다르게 '욕망'이 있다. 이런 의미에서 욕구는 결핍된 것을 채우려는 동기에서 우러나온 것이지만, 욕망은 그 너머에 존재하는 눈에 보이지 않는 것이다. 레비나스가 말하는 타자를 향한 열망은 나에 대해서 완전한 초월과 외재성이며 내가 파악할 수 없는 무한성[52]이다. 이 욕망 가운데 초월적인 절대가치를 부여하기 위하여 설정된 타자의 존재는 인간 사이의 대칭적 관계를 통해 구축될 수 없는 비대칭적 관계에서 비롯된다. 이 관계에서 타자는 나와 동등한 자가 아닌 나의 고통 속에서 나의 주인됨으로 현현되는 것이다. 이와 마찬가지로 정지용에게 종교는 고통으로부터 자신을 구원해 줄 절대타자로 존재하기를 갈망한다.

위 시에서 자신을 구원해줄 신의 형상은 '고흔 불', '달', '금성', '고산식물' 등으로 근대의 파편을 조합해 줄 객관적 매개물[53]로 표상된다. 그것들은 '하늘'과 가까운 이미지로 연계되는 고고하고 값진 사물의 관념적 심상들이다. 이것으로 미루어 보아 시적 주체의 시선이 추앙하는 '그'가 절대타자인 신적 존재임은 의심할 여지가 없다. 또한 '그'는 '나의 가지에 머물지 않고/ 나의 나라에서도 멀리' 있는 '홀로'

52 E. Levinas(1996), 139~140면.
53 송기한(1998), 300면.

존재하면서도 아득히 '머언' 곳에 존재하는 지상을 떠나 초월해 있는 '신'적 존재 그 자체이다. '그'를 대하는 시적 주체의 태도는 '수그리고', '그의 반임을 고히 진히고 것노라'고 묘사되어 있다. 이는 신에 대한 절대긍정임과 동시에 신을 영접하는 경외심의 표현이다. 즉 이 시에서는 '신'과 '인간 '간에 존재하는 신성한 공간을 향한 형이상학적 욕망이 드러나고 있다.

나의 림종하는 밤은
귀또리 하나도 울지 말라.

나종 죄를 들으신 神父는
거룩한 産婆처럼 나의 靈魂을 갈르시라.

聖母就潔禮 미사때 쓰고남은 黃燭불!

담머리에 숨은 해바라기꽃과 함께
다른 세상에 太陽을 사모하며 돌으라.

永遠한 나그내ㅅ길 路資로 오시는
聖主 예수의 쓰신 圓光!
나의 령혼에 七色의 무지개를 심으시라.

나의 평생이요 나종인 괴롬!
사랑의 白金도가니에 불이 되라.

달고 달으신 聖母의 일흠 불으기에

나의 입술을 타게하라.

「臨終」 전문

"죽음에 접근하는 길은 고통의 경험"[54]이라는 레비나스의 말처럼 죽음은 인간을 무력하게 하는 그 한계에 도달하는 사건이다. 인간은 죽음 앞에서 주도권을 상실하기에 절대적 타자성으로 죽음을 인식한다. 이것에서 인간은 언제 다가올지 모르는 죽음을 생각하고 거기에 대한 준비를 하게 된다. 대체로 인간이 자신의 죽음을 생각하는 것에는 자신의 영생을 희구하는 신앙과 연결된다. 이런 점에서 보면 신앙 안에서 죽음이 가정되듯이 정지용 역시 이 시에서 자신의 '임종'을 가정한 고백을 하고 있다. 그는 존재의 숙명적 조건에 눈감을 수 없는 인간의 본래적 모습을 그리고 있다. 즉 시인이 가족의 죽음을 체험한 후 신앙을 통해 영원성과 죽음 뒤의 구원이라는 부활의 문제로 나아가는 과정이 묘사된다.

'임종'을 맞이하는 시적 주체의 자세에서 죽음을 다짐하고 받아들이려는 비장함이 보인다. '신부'에 의해 몸에서 나온 '영혼'은 정결한 예식을 마치고 남은 '황촉불'로 밝히고, '해바라기'가 '태양'을 향하듯 신의 은총을 간절히 소망한다. 그 세계가 '다른 세상의 태양'으로 상징되어 '천국'과도 같은 부활과 영생의 세계에 닿아진다. 그 거리는 '나의 령혼에 칠색의 무지개'로 연결되며 희망찬 이상과 동경으로 가득 차 있기를 갈구하는 마음에서 비롯된 것이다. 그러기에 '영원한 나그네길'로 접어드는 것이지만 죽음이 주는 미련과 슬픔은 예수에 대한 귀의를 통하여 극복될 수 있다는 확신에 찬 신앙심을 보이고 있다. 그런 가운데 인간적인 회한은 '사랑의 백금도가니'에서 정화된

---

54 E. Levinas(1996), 143면.

불처럼 사르기를 원한다.

삶과 죽음에 대한 이원적 세계 인식은 대립적 구조를 상호 보완적인 구조로 바꾸어 주는 매개체인 '신부'와 '해바라기꽃'[55]의 존재로 죽음을 겸허하게 수용한다. 성모에 대한 간절한 갈구는 육신의 소멸로 영혼이 승화되는 신적인 세계로의 지향이다. 죽음이야말로 신성에 이르는 방법적 길이 된다는 부활의 의미인 것이다. 전형적인 종교적 인식이 전면화되어 정화되는 영혼의 이미지는 '신'의 영원성에 대한 절대 긍정의 의식이다. 그러므로 이 시는 실존적 죽음의 상황에 대한 인간적인 갈등보다 선험적인 신성원리가 강조됨으로써 죽음의 세속적 의미를 무화시키고 있는 것이다.

그의 모습이 눈에 보이지 않었으나
그의 안에서 나의 呼吸이 절로 달도다.

물과 聖神으로 다시 낳은 이후
나의 날은 날로 새로운 太陽이로세!

뭇사람과 소란한 世代에서
그가 다맛 내게 하신 일은 진히리라!

미리 가지지 않었던 세상이어니

---

55 이 점에 관해서는 김석환의 논의(김석환, 『정지용 시의 기호학적 연구』, 명지대 대학원 박사학위논문, 1992, 93~94면.)가 설득력이 있다. 그는 "해바리기꽃은 地上의 나와 하늘의 聖母와의 대립을 해소시키는 매개적 기호"이며 "나보다 하늘에 가까운 신부가 나의 영혼을 가르고, 圓光이 나의 영혼에 무지개를 심음으로써 땅위의 나는 하늘의 聖母와 가까워질 수 있는 것"이라고 해석했다.

이제 새삼 기다리지 않으련다.

靈魂은 불과 사랑으로! 육신은 한낱 괴로움.
보이는 한울은 나의 무덤을 덮을뿐.

그의 옷자락이 나의 五官에 사무치지 안었으나
그의 그늘로 나의 다른 한울을 삼으리라.

「다른 한울」 전문

“신앙생활에 대한 기쁨을 찬미한 동시에 물과 聖神으로 세속적인 오염을 털어버리고 가톨릭에 완전히 귀의한 만족감을 노래하고 있다.”[56]라고 한 정의홍의 지적처럼 이 시는 시인의 가톨릭 신앙에 기초한 인식을 보이고 있다. 그 세계는 ‘괴로움’으로 기득 찬 육신의 영역을 넘어 ‘영혼’의 ‘불과 사랑’으로 만들어진 ‘다른 한울’이다. 즉 현실의 세속적 삶을 신의 영역의 초월로 극복하고자 하는 의지를 나타내고 있다. 그러나 정지용의 신앙적 사유에 대하여 “세속적 삶에 대한 참다운 고뇌와 깊이 있는 성찰을 통한 치열한 깨달음의 과정을 드러내지 못하고 신앙만을 고백한 시”[57]라거나, “종교시의 속성이라 할 수 있는 박애적 사랑을 느낄 수 없다.”[58]라는 부정적인 지적도 있다. 물론 정지용 종교시의 이러한 점은 재고되어야 할 문제로 보이지만, 신앙시에서 현실적 가치를 깊이 있게 성찰하다보면 그 가치를 부인하

56 정의홍, 『정지용 시 연구』, 형설출판사, 1995, 212면.

57 정지용의 카톨릭 신앙시에 대한 부정적 평가는 다음 글을 참조(김윤식, 『한국근대문학사상사』, 한길사, 1984, 429면; 김인섭, 「정지용·박목월 신앙시의 대비적 고찰」, 『국어국문학』 124권, 1999. 5, 299~315면; 김우창, 『궁핍한 시대의 시인』, 민음사, 1977, 53~54면; 박철희, 『한국시사연구』, 일조각, 1980, 98면.).

58 민병기, 앞의 책, 89면.

고 무가치한 것으로 간주해 버리는 결과를 초래하기도 한다. 이는 무엇보다 정지용의 종교시에 대한 관점에 따라 달리 해석될 수 있다. 이런 의미에서 이 시는 신의 세계로 초월하고자 하는 상승의지의 차원에서 신을 향한 절대적 요구에 달하는 것이다. 이에 신의 세계를 드러내는 관념적인 내용과 시어[59]를 사용할 수밖에 없게 된다.

이 시에서는 현세적 세계와 초월적 세계의 간극을 관념적인 시어를 통해 그 상징성을 드러낸다. 즉 '물', '太陽', '불', '한울' 등은 영혼의 역동과 에너지의 의미를 갖는다. '물'과 '불'이 세속적 현실의 죄를 정화한다는 의미를 가진다고 보면 '하늘'은 지상의 삶의 조건을 초월하는 세계로 세속에 물들지 않는 영원의 세계이다. 역시 '태양'도 하늘의 세계를 함축하고 있으며, 태양이 암시하는 창조적인 힘으로 '하늘'과 그 의미에 있어 동일선상에서 묘사되고 있다. 따라서 '물'과 '불'로써 세속의 죄를 씻어내는 '성수'와 '정화'의 과정을 통해 다시 태어난다는 것은 세속을 통해 거듭난다는 의미이다. '태양'은 '신의 세계' 혹은 '신 자체'로 존재하게 되는 것은 '불'로 현실 세계에 대한 부정의식으로 현실을 불태워 정화시켜야할 대상으로 인식하고 있기 때문이다. 이에 '육신은 한낱 괴로움'뿐인 부정적인 것으로 파악되며 현실의 삶을 '무덤'으로 끌어내린다. 그러므로 '신'은 '인간'에게 신성함으로 자리하며 그 세계를 지향하고 희구하는 종교적 상징의 의미를 지닌다.

시적 주체의 확고한 믿음은 '뭇사람'과 '소란'한 세속적 삶에서 벗어나 '그의 그늘로 나의 다른 한울을 삼으리라'며 절대적 존재의 품 안에서 평안을 누리고자 하는 순종의 뜻을 표명한다. 이러한 의식지향성은 현세적 세계의 '눈'으로 '보이는 하늘'과 초월적 세계에서 '영혼'

---

59 문덕수는 정지용의 카톨릭 신앙시를 "관념시(platonic poetry)"라고 하고 있다. 문덕수, 「鄭芝溶詩의 特質」, 김은자편, 『정지용』, 새미, 1996, 134면.

으로 볼 수 있는 '다른 하늘'과의 비대칭성을 드러내고 있는 것이다. 주체는 비대칭성으로 '신'과 '인간' 간의 공간적 거리와 위계를 통해 절대자의 위치를 암시한다. '신'을 통한 영혼의 존재와 영생의 의미는 바로 '구원'에 있다. 삶과 죽음에 대한 새로운 해석을 시도하고자 한 시인은 가톨릭의 절대 긍정을 통해 상실되었던 주체의 주체성을 회복하고자 한다. 이때 이기적 자아는 윤리적 자아로 전화되어 나타난다.

온 고을이 밧들만 한
薔薇 한가지가 솟아난다 하기로
그래도 나는 고하 아니하련다.

나는 나의 나히와 별과 바람에도 疲勞웁다.

이제 太陽을 금시 일어 버린다 하기로
그래도 그리 놀라울리 없다.

실상 나는 또하나 다른 太陽으로 살었다.

사랑을 위하얀 입맛도 일는다.
외로운 사슴처럼 벙어리 되어 山길에 슬지라도——

오오, 나의 幸福은 나의 聖母마리아!

「또 하나 다른 太陽」 전문

정지용의 시에 나타난 내면성은 당대 현실의 표상과 분열적인 자아의 자의식이 지닌 주체성의 문제와 긴밀히 연결되어 있다. 특히 그가 주체를 확립하며 내면의 진정성을 확보하는 과정에서 신앙의 길은 주체의 주체됨으로 나아가는 과정에 있다. 타자를 통해 경험된 죽음은 현실에서 소외된 내면이 역설적으로 시적 주체를 윤리적 자아로 정립시키는 출발점이 되고 있다. 이러한 지속적인 자기성찰은 절대자에 대한 확고한 믿음으로 발전된다.

「다른 하늘」에서 절대자에 대한 시적 주체의 믿음과 순종이 '하늘'의 신성한 삶으로 위치해 있다면 「또 하나 다른 太陽」 또한 '태양'으로 절대화된 '성모 마리아'라는 구체적인 대상을 향한 사랑이 드러난다. 이 시들에서 공통적으로 나타나고 있는 '태양'은 불변성의 이미지를 부여해 준다. '달'이 사물 현상의 변화와 순환적 반복에 의한 특성으로 그 근원에 있어서 시간의 척도가 된다면, 태양은 그 모양이 변하지 않는 항구 불변성으로 절대적인 힘을 이끌어 낸다. 이런 의미로 보면 '태양'은 속세적 영역을 통합하는 그 어떤 초월성의 의미인 것이다. 정지용의 시에서 '태양'이 함의하고 있는 것도 이러한 것들과 그 맥을 같이한다.

이 시에서 시적 주체는 '성모 마리아'를 '또 하나의 태양'으로 삼은 이유를 설명한다. 이에 "나의 나히와 별과 바람에도 疲勞"에서 밝히고 있듯이, '나이'만큼 살아온 세월과 '별'과 '바람'처럼 지내면서 겪어야 했던 시련과 고통으로 '피로'해진 삶의 편린을 드러내고 있다. 그러나 이러한 삶이 괴롭지 않았더라고 말하는 시적 주체의 의지에서 '신'을 향한 열망의 정도를 가늠할 수 있다. 지난한 삶이 '외로운 사슴'처럼 '벙어리'가 되어 산을 헤메이는 험난한 삶으로 노정되더라도 절대자에 대한 믿음과 사랑에는 변함이 없을 거라는 고해성사는 "오오, 나의 幸福은 나의 聖母마리아!"의 기도로 마감된다. '태양'은 절대자에 대한 은유로 상징되는 시각적 심상물이다. '빛'을 발하여 만물을 비춰주는 존재로서 광명의 의미는 궁극적 실현자인 '신'의 다른 이름이기도 하다. 이처럼 정지용의 시에서 신앙적 태도는 모든 현세적 고통과 죽음 뒤 구원에 이르리라는 믿음을 지니고 있다.

얼골이 바로 푸른 한울을 울어렀기에
발이 항시 검은 흙을 향하기 욕되지 않도다.

곡식알이 거꾸로 떨어저도 싹은 반듯이 우로!
어느 모양으로 심기여졌더뇨? 이상스런 나무 나의 몸이여!

오오 알맞은 位置! 좋은 우아래!
아담의 슬픈 遺産도 그대로 받었노라.

나의 적은 年輪으로 이스라엘의 二千年을 헤였노라.
나의 存在는 宇宙의 한낱焦燥한 汚點이였도다.

목마른 사슴이 샘을 찾어 입을 잠그듯이
이제 그리스도의 못박히신 발의 聖血에 이마를 적시며—

오오! 新約의 太陽을 한아름 안다.

「나무」 전문

누어서 보는 별 하나는
진정 멀—고나

아스름 다치랴는 눈초리와
金실로 잇은듯 가깝기도 하고,

잠살포시 깨인 한밤엔
창유리에 붙어서 엿보고나.

불현 듯, 소사나 듯,
불리울 듯, 맞어드릴 듯,

문득, 령혼 안에 외로운 불이
바람 처럼 일은 悔恨에 피여오른다.

힌 자리옷 채로 일어나
가슴 우에 손을 념이다.

「별」 전문

위 시들에서 시적 대상은 한없이 높고 순결하며 빛나는 절대적 존재들이다. 그 시각적 표상은 인간의 상관물인 '나무'와 '별'로 동일시되며 그 영원성을 시각화한다. 시적 주체와 대상과의 거리는 생명의 근원, 우주의 지배원리와 궁극적 실현자 등의 의미가 내재된 심리적 차원에 있다. 이 거리는 신의 형상을 짐작할 뿐 묘사할 수조차 없는 위치로 있다. 시적 주체는 숭고한 대상을 바라볼 수 없는 비가시적 존재인 '절대자' 내지 '신'을 형상화하고자 한다. 이때, 시인은 시각적으로 경험의 불가능한 대상을 그려내는 방법으로 그 심상을 지닌 자연물의 비유를 통해 절대적 존재의 속성을 드러낸다. 이와 같이 '신'과 '인간'의 관계 즉, 내세적 · 현세적 세계로 이원화된 세계에서의 두 거리는 결코 대칭적으로 구축될 수 없는 상호주관적 공간인 비대칭성[60]이라는 세계로 표명된다.

레비나스가 말하는 무한성의 관념에 기초한 주체성이란 결국 타자에 의해 나의 동일성, 정체성이 구성되는 주체 혹은 자아이다. 이기성의 자아를 벗어나 타자와의 비대칭적 관계를 통하여 새롭게 태어나는 '주체'[61]와의 관계라는 것이다. 이러한 관계 지향성은 윤리성의 전환 문제와 긴밀히 연결되어 인간정신의 '수동성'을 강조한다. 나아가 타자가 주체의 존재 구성에, 정체성 형성에도 적극적으로 개입되어 역할을 하게 된다.

「나무」에서는 종교적인 의식과 신앙을 통한 축복이 묘사된다. 자기 주체를 객관적으로 그려내기 위해 '나무'라는 비유적 형상을 끌어들인 시적 주체는 지상에 발을 딛고서 '푸른 한울'을 우러르는 '나무'를 자아와 동일시한다. 또한 자아의 초상이 '아담'이라는 기독교 신화의 계보와 연결되고 있다. 그것은 정지용 종교시의 시적 사유와 사상이 가톨릭-기독교 세계관에 토대를 두고 있음을 직접적으로 드러내고 있는 것이다. 이는 먼저 '얼골'과 '발', '푸른 한울'과 '검은 흙'의 이원적 대립의 구도로 나타난다. '한울'과 '흙', 즉 천상과 지상으로 대립되는 두 세계는 관념적 세계로 이원화 된다. 즉 지향해야 할 가치 있는 긍정적인 세계와 초월해야 할 부정적 세계로 갈라지는 셈이다. 이와 같이 도식적으로 이원화된 세계로 표방되는 위의 시는 긍정의 가

---

60 여기서 비대칭성이란 타인에게 자기를 노출시키면서 타자를 위하여 자기를 희생할 수 있는 비대칭성이다. 이 같은 주체의 수동성은 어떤 수동성보다도 더 수동적이다(김연숙, 앞의 책, 150~151면.). 레비나스가 말하는 무한성의 관념에 기초한 주체성이란 결국 타자에 의해 나의 동일성, 정체성이 구성되는 주체 혹은 자아이다. 이기성의 자아를 벗어나 타자와의 비대칭적 관계를 통하여 새롭게 태어나는 '주체'는 타자와 '둘'이 아니면서 하나도 아닌 관계를 맺고 있다(고영아, 앞의 논문, 56면.). 이런 의미에서 비대칭성이란 나는 타자가 아니며, 타자는 내가 아닌 것이다. 따라서 타자의 관점에서 그의 '외재성'과 '타자성'을 강조하는 초월성을 의미하는 것이다. 사물들이 서로 동일한 모습으로 마주보며 짝을 이루고 있지 않은 성질이다.

61 비대칭적 관계에서 주체는 타자와 '둘'이 아니면서 '하나'도 아닌 관계를 맺고 있다. 이러한 관계는 윤리성의 전환의 문제와 함께 인간정신의 '수동성'을 강조하고 있다(위의 논문, 같은 곳.).

치도 여가 없이 인식되는 것에서 정지용이 지닌 초월적 신앙심을 단적으로 드러낸 부분이라 하겠다. 여기서 심각성이나 갈등의 흔적이 보이지 않는 것에서 절대자에 대한 경외심의 깊이를 알 수 있다.

'이상스런 나무'는 '나의 몸'으로 동일시되고 '아담의 유산'과 '이스라엘의 이천년'의 고뇌도 모두 간직하고 있는 자신을 항상 낮은 곳에 거주하는 '한낱 초조한 오점'일 뿐이라며 그 대상을 지고한 곳에 위치시킨다. 이에 항상 낮은 곳에서 신성한 존재를 우러르며 신앙적 자아의 모습을 신비적 교감과의 추구로 드러낸다. 이는 소월의 샤머니즘적인 신비주의적 서정성이나 만해의 불교적인 신비주의적 서정성과는 구별되는 정지용의 기독교적 신비주의적 서정성의 특성이다.[62] 이것은 정지용 시만의 특징이 아니라 '신'과 '인간'의 이원론에 입각한 기독교적 세계관에서 기인하는 시적 사유와 상상의 보편적인 특징이다. 말하자면 정지용은 신앙을 인간적 삶의 내적인 욕망에서 이해하고자 한다.

그의 종교적 가치관은 인간의 삶에 관한 초월에서 비롯된 생명의 존엄성, 사랑의 윤리와 영혼불멸 등과 같은 관념들이다. 그런데 이러한 가치관이 종교적 요소로 인식되는 것은 그것들이 삶의 지속을 추구하려는 실존적인 욕망과 다르지 않다는 인식에서 주목할 수 있다. 그것은 종교를 통한 내세지향적인 가치실현은 인간 중심적인 삶의 보편성을 토대로 하기 때문이다. 종교에서 삶의 궁극적인 가치가 구원에 이르는 것이라고 본다면 거기에서 타인을 위한 주체의 희생과 책임감이 필연적으로 요구된다. 그 결과 일상적인 삶과 지속적인 관계를 유지하며 삶에 대해 초월성을 부여하는 것이다. 이러한 초월이

62 김옥성, 「근대 미학과 신비주의」, 『현대시의 신비주의와 종교적 미학』, 국학자료원, 2007, 71면.

가능해지는 것은 시적 주체가 '오오! 新約의 太陽을 한아름 안'을 수 있는 인간적인 기쁨으로 그 귀의가 가능해지는 것에서 찾을 수 있다.

「별」에서도 초월적 상승의지는 '별'의 이미지로 표상되는데, 이때 '별'은 이중적인 성격으로 나타난다. '진정 멀게' 느껴지는가 하면 '金실로 잇은 듯 가깝기도'하다고 묘사된 것에서 보면 이러한 의식은 곧 자기 안에서 은폐되어 있던 신성에 대한 눈뜸과 절대타자에 대한 우러름 등과 결합된 인식의 반영이다. 그러므로 주체와 타자의 만남은 '유한자로서의 인간이 지닌 자기 한계적 인식을 동반하고 자아가 자기 존재에 대해 새롭게 눈을 뜨는 사태와 더불어 이루어지고 있는 것이다.'[63] 일반적으로 '빛'의 이미지가 정신의 주요 상징을 나타낸다는 점은 잘 알려져 있는데, 그 가운데 '별빛'은 상승의 이미지로 가장 아름다운 미적 경지를 표상한다. 거기에는 유한한 자기 존재와 현실을 초월하려는 신성 지향의 내적 원리가 같이 담겨있다.[64] 따라서 이 작품은 시와 종교 사이에서 물질계를 넘어 초월하려는 상동성이 내재한다는 사실을 경험적으로 일러준다. 이것은 자신 안에 내재되어 있는 내적 영혼의 자기 인식이며 타자에 대한 초월로 나아가는 정신적 과정이다.

유한한 '인간'과 '신'과의 만남은 애초부터 자기 한계를 동반하기에 그 외로움은 항시 붙어 있다. 하여 '문득, 령혼 안에 외로운/ 불이 바람처럼 일은 회한에 피여오르'면 다시 불을 밝힌다. '불'은 영혼을 밝혀주는 불로서 꺼져가기 쉬운 신앙심을 일깨워주는 것이며 유한적 인간의 회한으로 자기인식과 자기초월을 가능하게 하는 중요한 계기를 마련해 준다. 따라서 잠을 자다 깨어 기도하는 시적 주체의 모습

---

63 김신정, 「정지용 시 연구」, 연세대 대학원 박사학위논문, 1998, 54면.

64 유성호, 「감각 · 신앙 · 정신을 통한 초월과 격정의 세계」, 『근대시의 모더니티와 상상』, 소명출판, 2008, 193면.

은 '힌 자리옷 채로 일어나/ 가슴 우에/ 손을 넘이다'로 경건한 자세로 임한다. 시적 주체와 대상과의 관계는 자신을 타자 안으로 투영시키는 자기초월의 세계와 연결되며 그 심층에는 절대적 타자인 '신'을 자기 안에 영접하는 윤리적 자아를 드러낸다. 그러므로 이 시에서 '별'이 신의 계시이며 은총을 상징한다고 보면, '회한도 거룩한 은혜'라고 표현된 작품 「은혜」와도 그 의미상 같은 맥락에 있는 것이다.

悔恨도 또한
거룩한 恩惠

깁실인듯 가느른 봄볕이
골에 굳은 얼음을 쪼기고,

바늘 같이 쓰라림에
솟아 동그는 눈물!

귀밑에 아른거리는
妖艶한 地獄불을 끄다.

懇曲한 한숨이 뉘게로 사모치느뇨?
窒息한 靈魂에 다시 사랑이 이실 나리도다.

悔恨에 나의 骸骨을 잠그고져.
아아 아프고져!

「恩惠」 전문

위 시에서 구축된 세계는 신성 원리로 가득한 일종의 형이상학적 공간이다. 이 세계에서 내면의 움직임이 개인적 정화에서 벗어나 신앙 일반의 상황으로 전환되어 있는 것은 인간이 자신의 잘못을 회개하고 이를 한스러워하는 것 자체가 '거룩한 은혜'라고 인식하는 것에서 비롯된다. 삶에서 얻는 '회한'도 단순한 괴로움이 아니라 '신'이 주는 '거룩한 은혜'라는 깨달음은 바로 구도적 자세이다. 이것은 앞의 「별」에서처럼 회한이 치밀 때마다 더욱 간절한 기도를 올리게 되고 신앙의 기틀이 견고해지면서 은혜로운 일이 된다는 것과 별반 다르지 않다. 따라서 회한의 눈물은 '굳은 얼음'을 쪼개는 '봄볕' 같고 '귀밑에 아른거리는 요염한 지옥불을 끄'는 놀라운 이적을 실현한다. 회한이 불러오는 간곡한 심정에 한숨짓는 시적 주체는 '회한에 나의 해골이 잠길수록'이라는 고백으로 그 구원의 가능성을 더욱 분명하게 드러내고 있다. 고통의 강도가 강할수록 신앙심이 견고해지는 정지용의 종교의식은 절실하고 치열한 것에 있었다. 이 시에서 '회한'조차 신의 은총으로 받아들이는 것에서 신앙적인 자기 믿음을 확인하는 인간적 자아의 모습이 발견된다.

이렇듯 정지용의 신앙적 주체는 응시를 통해 존재 회복을 염원함에도 불구하고 자신에 대한 분열의 지점이 나타나는 것은 유한적 인간이라는 한계를 지니기 때문이다. 아래 시 「불사조」에서 자신의 '눈물'을 '불사조'와 같은 것으로 해석한 것도 바로 끊임없이 이어지는 인간적 비애의 결과들에 대해서 반성적이고 윤리적인 사유를 하고 있기에 가능한 것이다.

悲哀! 너는 모양할수도 없도다
너는 나의 가장 안에서 살었도다.

너는 박힌 화살 날지안는 새,
나는 너의 슬픈 울음과 아픈 몸짓을 진히노라.

너를 돌려보낼 아모 이웃도 찾지 못하였노라.
은밀히 이르노니—〈幸福〉이 너를 아조 싫여하더라.

너는 짐짓 나의 心臟을 차지하였더뇨?
悲哀! 오오 나의 新婦! 너를 위하야 나의 窓과 우숨을 닫었노라.

이제 나의 靑春이 다한 어느 날 너는 죽었도다.
그러나 너를 묻은 아모 石門도 보지 못하였노라.

스사로 불탄 자리에서 나래를 펴는
오오 悲哀! 너의 不死鳥 나의 눈물이여!

「不死鳥」 전문

'새'를 통해 부활을 표상한 위의 시는 비애를 환기하는 '박힌 화살', '날지 안은 새', '나의 신부' 등의 이미지로 표출된다. 그리고 '슬픔', '울음', '아픔'이라는 체험적 고통으로 암시되어 비애의 불멸성을 지속적으로 드러낸다. 그것은 '슬픈 울음'과 '아픈 몸짓'을 지닌 채 가슴에 깊이 박혀있는 비애의 속성으로 시적 주체의 깊숙한 내면을 내보이는 정서들이다. 이 정서는 비극적 인간상으로 묘사되어 그 슬픔과 동체가 된다. 따라서 '행복'이라는 것이 '비애'를 싫어한다는 사실로 표명된다. 시적 주체는 '나의 심장'을 차지하고도 '나의 신부'로 비유되는 비애의 감정으로 '웃음'을 잃어버린 채 고독한 존재가 된다. 또한 시간이 지나도 사라지지 않는 비애는 '나의 청춘'이 사라짐과 더불어

일시적으로 죽었다가 '불탄 자리에서', '나래를 펴는 불사조'로 여전히 남아 있다. 그뿐 아니라 '불사조'란 비유에서 알 수 있듯이 끝없이 다시 살아나는 비애의 감정은 세월의 흐름에도 사그라지지 않고 오히려 그 크기를 더해만 간다.

인간의 그 피할 수도 극복할 수도 없는 숙명적 조건의 의식은 인간이 타고나면서 '원죄적 존재'라는 기독교적 의식의 등가물과 관련되어 그 슬픔을 극대화 시킨다. 예수의 부활 모티프를 통하여 그 불멸을 효과적으로 암시하는 장치는 그 자체로 불멸을 은유화하여 부활을 상징하는 의미와 직결된다. 이러한 관념적 결합을 "사물과 이미지를 결합시키는 데는 천재적 재능이 있었으나 관념과 이미지를 통합시키는 좋은 작품을 보여주지는 못한다."[65]는 비판에서 자유로울 수는 없겠지만, 인간의 존재론적 모순을 보다 높은 초월적 진리로 승화[66]시기고 있다는 점에서 그 의미가 있겠다.

이러한 죽음에 대한 강박적 사고가 어디서 오는지 뚜렷이 알 수는 없다. 다만 그것이 실존의 한계 상황인 죽음에 대한 정지용의 구체적인 체험과 연관될 수 있다는 점은 분명하다. 죽음은 미래의 사건으로 잠재적인, 그러나 필연적인 위협이므로 살아 있는 자는 누구나 미래의 죽은 자이다. 그러나 죽음은 인간이 살아 있는 현재 자신의 것으로 경험할 수 없는 까닭에, 죽음의 위협은 항상 연기되거나 그 의미가 변경[67]될 수 있다. 즉 미래의 사실로 상상될 뿐이다. 신앙적 자아에서 인간적 자아를 다시 발견하게 되는 시적 주체에게 그 삶은 인간의 실존에 대한 한계의식에서 시작된다. 하지만 인간은 실존의 피할 수 없는 조건을 철저하게 인식함으로 신앙적 주체는 인격적이고 윤

---

65 김 훈, 「정지용 시의 분석적 연구」, 서울대 대학원 박사학위논문, 1990, 129면.

66 정순진, 앞의 책, 27면.

67 E. Levinas(1996), 144면.

리적인 주체로의 태도를 보인다. 이런 의미에서 내면의 반복적인 드러냄은 존재자로서 자아의 정체성 확보의 형식이 되는 것이다.

「悲劇」의 힌얼골을 뵈인적이 있느냐?
그 손님의 얼골은 실로 美하니라.
검은 옷에 가리워 오는 이 高貴한 尋訪에 사람들은 부질없이 唐慌한다.
실상 그가 남기고 간 자최가 얼마나 香그럽기에
오랜 後日에야 平和와 슬픔과 사랑의 선물을 두고 간 줄을 알었다.
그의 발옴김이 또한 표범의 뒤를 따르듯 조심스럽기에
가리어 듣는 귀가 오직 그의 노트를 안다.
墨이 말러 詩가 써지지 아니하는 이 밤에도
나는 맞이할 예비가 있다.
일즉이 나의 딸하나와 아들하나를 드린일이 있기에
혹은 이밤에 그가 禮儀를 갖추지 않고 오량이면
문밖에서 가벼히 사양하겠다!

「悲劇」 전문

정지용은 작품 「悲劇」을 통해 죽음에 대한 경험을 직접적으로 토로하며, 시적 주체의 종교적인 의식과 죽음을 대하는 태도를 구체적으로 드러낸다. 그 '비극'은 다름 아닌 죽음이거나 그와 같은 상태로 묘사된다. 레비나스에 의하면, 자식은 '타자가 된 나'[68]이다. 그런 의

68 레비나스는 나는 아버지가 됨으로써 나의 이기주의, 나의 영원한 회귀로부터 해방된다. 자아는 이제 타자와 타자의 미래 속에서 자신의 한계를 초월한다. 주체가 아버지가 되는 길을 통해서 자기 중심적인 주체에서 벗어나 타자를 영접하고 대접할 때 진정한 의미의 주체성이 성립된다고 보았다. 그와 아울러 죽음으로 향한 나의 존재는 '타자를 위한 존재'로 바뀌고 이것을 통해 죽음의 무의미성과 비극성은 상실된다. 죽음은 삶의 마지막 지평이 아니다. 왜냐하면 나의 존재 의미는 내 자신 속에 있는

미에서 자식은 부모에게 자신의 육체적 연장이며 계기적 연속체일 수 있기 때문에 자식을 통해서 자신의 죽음과 인간의 보편적 한계 상황을 경험할 수 있을지 모른다.[69] 죽음의 보편성은 고통과 함께 실존의 조건으로 감수하게 되며 그 비극적 내재성으로 받아들임으로 죽음에 대한 역설적 인식으로 나아간다. 정지용의 종교시편이 대부분 자연물을 대상으로 절대적 신앙심을 표출한 반면, 이 시는 자아의 내면을 보이고 있다.

「悲劇」에서 시적 주체는 '일즉이 나의 딸하나와 아들하나를 드린 일이 있다'며 '비극'을 죽음과 직접적으로 연결시킨다. 그 죽음의 형상은 '하얀 얼굴', '검은 옷', '향기로운 자취'로 나타난다. '비극의 흰얼굴'은 죽음의 死神이고, 곧 죽음자체다. 그러나 그는 그 죽음을 아름답다고 표현함으로 그 평화와 안식과 사랑의 흔적들과 조우하게 된다. 이는 자식의 죽음이라는 비극이 있은 지 오랜 후에야 그 죽음이 선사하는 '향기'와 '슬픔'과 '사랑'을 알게 되었다는 인식에서 비롯된 것이다. 인간은 대부분 죽음이 다가오는 것을 제대로 알지 못하지만, 예지를 통해 그 순간을 감지해 낼 수 있다. 하여 이제는 '墨'이 말라서 '시를 제대로 쓰지 못하는 밤'에 죽음을 맞이하는 '예비'를 한다. 그럼으로써 예의를 갖춘 죽음은 인정할 수 있다는 수용적 자세를 보인다. 시적 주체는 겉으로 죽음 자체가 지닐 수 있는 아름다움과 고귀함, 평화와 사랑을 종교적 차원에서 구하고자 한다. 하지만 어린 자식의 느닷없는 죽음과 같이 용인할 수 없는 죽음이라면 거절하겠다는 결연된 의지를 드러낸다. 그러기에 죽음이나 실존의 비극성을 오히려 '高貴한 尋訪'으로 받아들인다. 이러한 인식에서 존재의 무화를 실존

것이 아니라 타자와 그의 미래에 있기 때문이다(E. Levinas(1996), 145~148면 참조.).

69 손병희, 앞의 책, 228~229면.

의 비극적 내재성으로 수용하는 수동적인 자세를 알게 해준다.

이 시는 신앙시 중에서도 앞의 시들보다 진지하고 고결한 죽음을 승화시키고 있다. 죽음의 직접적인 상황을 제시하는 「비극」에서 시인이 죽음에 대해 긍정적인 수락을 표명하면서도 그것에 대해 거부의 일면을 드러냄은 죽음 자체에 대한 것이 아니라 죽음에 대한 태도에 있다. 시인이 원하는 죽음의 준비상황은 시 「임종」에서 드러나듯이, 매우 엄숙하고 경건하다. 그것은 '귀또리 하나도 울지 않는 고요한 시간'에 지금까지 살아온 인생을 되돌아보고 잘못을 모두 고백한 다음, 사제로부터 죄의 사함을 받을 여유가 있는 시간, 영혼이 천상으로 올라갈 준비가 끝난 그런 시간이다. 그때에 시인은 평생의 괴롬이었던 '죽음'이 그리스도의 사랑 안에서 극복되기를 희구하고자 하는 형이상학적 욕망을 표출하고 있는 것이다.

이상에서 살펴보았듯이 정지용의 종교 시편은 가톨릭 신앙의식에 바탕을 둔 죽음에 대한 종교적 인식과 시인의 태도가 드러나 있다. 종교시에서 고백의 형식은 자신의 흔들림을 고정시키고, 일탈하려는 것을 붙잡아 주는 자기반성과 자아 단속의 기제로 작용한다. 따라서 '신'이라는 절대타자에 대한 절대긍정으로 내면을 드러내는 세상과의 관계맺음임을 확인할 수 있었다. 이 과정을 통해 이기적 자아는 자신의 정체성을 확립해 나가게 된다.

특히 종교시에서 고백의 형식은 인간 내면성의 반복적인 드러내기이다. 이것은 타자에게 개방된 시적 주체의 열린 세계와의 교섭이라 할 수 있다. 결과적으로 종교시는 신앙을 통한 유한적 인간의 문제에서 그 극복을 윤리적 존재로서 타자를 받아들이는 타인과의 윤리적 관계로 나아가고자 하는 전환점이 된다. 이런 점에서 타인과의 윤리적 관계는 자기 자신을 세우도록 요구하는 책임을 갖는 된다. 이에 따라 주체는 지배 관계를 벗어나 다른 타자와의 소통을 가능케 하는 조건으로 작용한다고 볼 수 있다.

정지용의 종교시에 나타난 주체는 인간의 존재조건에서 비롯되는 갈등과 속죄, 그리고 구원에 이르는 과정을 보여주고자 하였다. 이 과정은 절대적 타자성에 대한 사유이며 타자와의 윤리적 관계를 통해 극복하고자 한 시인의 고투이다. 주체가 존재의 근원적인 주체 욕망을 부정함으로써 윤리적 관계로 주체를 형성하고자 하는 것은 실존적 절망에 직면해서 새로운 타자를 받아들이는 시인의 현실참여 의지로 보인다. 따라서 정지용은 종교시를 통해 새로운 차원의 타자성으로 분열되었던 주체의 주체성을 다시 세우는 계기를 마련하고자 했던 것이다.

4장 초월적 주체와 형이상학의 세계

1. 성찰적 주체의 초월의식과 존재의 개방성

정지용의 시에서 초월적 시선은 자아를 반성하는 성찰적 시선에서 출발하여 죽음과 삶을 동시에 바라볼 수 있는 자아초월의 위치로 끌어올리고 있다. 그는 종교시에서 초월적 존재를 시각적으로 재현할 수 없었던 존재의 존재성을 실존적 비전으로 '지금 여기'에서 보여주고자 한다. 이때 주체와 대상이라는 엄격한 구분은 사라지고 자아는 '자연물'이라는 타자를 통해 주체를 드러낸다. 이러한 사유와 연결되는 정지용의 자연관과 그 시적 방향은 다음 글에서 그 단면을 엿볼 수 있다.

> 시의 무차별적 善意性은 마침내 시가 본질적으로 자연과 인간에 뿌리를 깊이 박은 까닭이니 그러므로 자연과 인간에 파들어간 개발적 深度가 높을쑤록 시의 우수한 發花를 기대할 만하다. 뿌리가 가지를 갖는 것이 심도가 표현을 추구함과 다를 게 없다.[1]

정지용은 시가 인간과 자연을 떠나서 그 본령을 제시할 수 없다고 보았으며 이를 통해 시인의 시적 근원과 그 지향점을 밝히고 있다. 즉 그의 시에서 시적 본질을 인간의 삶과 그 자연에서 발견하고자

1 정지용, 「詩와 言語」, 252면.

했다. 이에 정지용에게 있어 자연과 그 이면은 인간에 대한 깊은 성찰을 그리는 정신적 뿌리에서 배태되고 있음을 알 수 있다. 그에 의하면 시의 본질은 "타당을 지나 神髓에 사무치지 않을 수 없으니, 시의 신수에 정신지상의 悅樂"[2]인 것이다. 이러한 시혼을 응결시키는 정신에서 그 초월적 의미는 이후 그의 시에서 전통적 자연과 정신주의적인 경향으로 시적 흐름이 전환되는 것을 가능케 했다.

이와 같은 시적 의장에서 기인된 성찰적 주체는 본질을 드러내는 방향으로 구체화된다. 여기서 성찰한다는 것은 단순한 내재성을 의미하는 것이 아니라, 자아와 자연물을 대상으로 하는 초월적 의식이 정립되어 그 의식을 통하여 스스로 다시 바라보는 체험의 구조화를 가리킨다. 근대의 담론들과 자기 성찰적인 인식에서 공통적으로 발견되는 체험과 주체성의 알레고리는 자아의 개방성[3]으로 표상하는 외부의 사유로 재정립되어 타자성의 문제로 천착되기에 이른다. 또한 특정한 사유의 풍경에 대한 대상과 맺을 수 있는 적극적인 의미는 시인의 세계관과 밀접하게 연결된다.

정지용의 후기시는 초월적 가치가 내재된 타자지향적 갈망의 세계에 닿아있다. 그것은 그의 시세계가 주체와 타자와의 무수한 관계맺음과 그 흔적을 탐색하는 과정에 있다고 보이기 때문이다. 정지용 시에서 타자의 출현은 주체의 문제와 긴밀히 연결되어 긍정과 부정의 양가성을 지니는 것으로 나의 나됨, 나의 주체화를 가능하게 해주는 존재로서의 의미를 지닌다. 타자의 타자성이 삶에 대한 윤리적 성찰

2 정지용, 「詩의 옹호」, 242면.

3 레비나스가 말하고자 하는 인간 주체성의 문제의식은 존재론적 · 인식론적 주체에 의한 진리구성과는 다르게 '스스로 열려지는 존재의 진리로 완전히 개방된 주체'로부터 정립되는 인간 주체성을 탐색한다. 즉 타자에 대하여 냉정할 수 없는 인간의 삶의 조건을 말해준다(김연숙, 「레비나스의 주체성 연구」, 『동서철학연구』 44, 한국동서철학회, 2007, 162~163면 참조.).

로 주체 욕망에 의해 분열되었던 자아의 주체 확립에 필연적으로 위치한다는 점에서 모든 궁극적 물음의 핵심에 타자성이 있다. 이런 맥락에서 주체의 내면에 형성된 타자를 향한 열망이 그의 시를 이끌어 가는 시적 동인이라 할 수 있다.

정지용에게 있어 근대라는 특정 시기는 그 진실성을 확보하는 방식으로 사유되고 재현되어 성찰로 이어진다. 그 일련의 과정은 주체에게 자신의 한계와 가능성을 스스로 묻는 궁극적 근거가 된다. 이러한 내적 의미구조는 대상을 '자연적으로' 지향하는 방식으로부터 출발한다.

蘭草닢은
차라리 水墨色.

蘭草닢에
엷은 안개와 꿈이 오다.

蘭草닢은
한밤에 여는 다문 입술이 있다.

蘭草닢은
별빛에 눈떴다 돌아 눕다.

蘭草닢은
드러난 팔구비를 어짜지 못한다.

蘭草닢에

적은 바람이 오다.

蘭草닢은

칩다.

「蘭草」 전문

1932년 1월에 발표된 「난초」는 형식적으로 시조형태의 변형이라고 볼 수 있으며 동양의 수묵화적 기법을 보여주는데, 이는 서구적 감각이 우세하던 시절의 지용의 시적 경향에서 볼 때 전환적인 작품이라 판단할 수 있다.[4] 위의 시는 외형적으로 단조로운 구성을 보여주고 있지만, 대상을 담아내는 섬세한 감각은 몸짓 하나하나를 포착하여 형상화한다. 시적 주체의 자연적 시선은 내면의 타자를 투사시키고 있다. 난초의 생리가 '수묵색', '엷은 안개', '다문 입술', '눈떴다 돌아눕는' 등의 독립된 연으로 표현되는 것은 각기 다른 이미지 속에 담긴 고요함의 세계로 시적 분위기를 조성하기 위함이다. 여기서 '난초 잎'은 '별빛에 눈떴다 돌아눕'거나 '드러난 팔굽이를 어쩌지 못'하고 '칩다'라고 묘사된다. 먼저 '난초 닢'의 형상은 반복적 진술로 외부 상황에 노출되어 그 반응을 효과적으로 드러낸다. 또한 '차라리', '어짜지' 등의 부사어에서 볼 수 있듯이 심적 상태도 유추할 수 있다. 난초의 형상을 고요한 자태로 묘사함에 있어 은유는 시적 대상물에 인격적 요소를 부여하기 위한 장치이다. 따라서 난초 잎의 여리고 약한 모습은 그것을 인식하는 시적 주체의 내면과 다르지 않게 된다.

---

4 이 시는 『신성』 37호에 발표된 시로 사물에 대한 관조적이면서 고고한 정신적 경지를 안정감 있게 표현한 작품이다. 「난초」는 휘문학교 동료인 고전문학 교사 이병기의 자극과 영향을 받았던 것이라 짐작된다(최동호, 『그들의 문학과 생애 - 정지용』, 한길사, 2008, 68면; 김학동, 앞의 책, 66면 참조.). 전기시와 후기시의 경계로 생각되는 이 시는 자연 사물을 대하는 시인의 정신적 태도를 보여주고 있다(이숭원, 앞의 책, 112면.).

결국 이 시는 시적 대상의 인식 방법과 그 태도를 통해 인식 주체 안의 내면을 간접적으로 제시해준다.

정지용은 자연시에서 사물을 감각적으로 지각하고 재현하는 시선 그 자체를 바라보는 또 다른 자아를 끌어들이고 있다. 이러한 탐색의 시선은 주체로 온전히 동화되는 재현의 방식에서 새로운 방법적 모색으로 보인다. 따라서 대상을 재현하는 방식에 있어서 자연적 시선은 성찰적 시선으로 존재하게 된다. 여기에서 시적 주체는 대상화된 자아의 타자를 다시 반성적 자신의 시선에 의해 자신을 구성하는 주관적 타자의 모습으로 현현된다. 자연적 타자는 자신을 초월하는 존재이거나 자신에 대응되는 존재도 아닌 자신을 구성하는 주관적 타자에 해당하는 것이다. 이때 주체와 타자의 존재는 훼손되지 않고 조화로운 세계를 구축할 수 있으며 이 세계는 성찰과 깨달음을 동반한 비동일화라는 데 그 의미가 있다.

정지용 시에서 인간과 자연의 조화는 타자와 주체의 경계를 해체하는 상호주관적[5] 세계로 형상화된다. 이러한 예는 다음의 시들에서 구체적으로 나타난다.

바람 속에 薔薇가 숨고
바람 속에 불이 깃들다.

---

5 타자와의 조화로운 삶을 희원하는 상호주관성의 핵심은 인간을 존중하는 존재론으로서의 의미가 있다(함재봉, 『탈근대와 유교』, 나남출판사, 1998, 260면.). 레비나스는 타자와의 관계를 '상호성'으로 보지 않는다. 왜냐하면 '상호성'에는 진정한 인격적 관계와 존경이 자리할 공간이 없다고 보기 때문이다. 그렇기 때문에 타자와의 관계 한 복판에는 이미 비상호적 관계로 모습을 드러낸다고 보았다(E. Levinas(1996), 100~101면.). 상호주관성은 동일자의 논리에 의하여 타자와 주체가 구별이 없어지는 동일화가 아니라 타자와 주체의 역동적인 조화이다(조두심, 『한국근대시의 이념과 형식』, 다운샘, 1999, 22면.). 그런 의미에서 보면 자신을 구성하는 타자는 근대적 주체에 대한 근본적인 반성과 타자성에의 진전된 인식을 담고 있다는 점에서 탈 근대적 징후로 보인다.

바람에 별과 바다가 씻기우고
푸른 뫼ㅅ부리와 나래가 솟다

(…중략…)

오롯한 사랑과 眞理가 바람에 玉座를 고이고
커다란 하나와 永遠이 펴고 날다.

「바람」 부분

눈 머금은 구름 새로
힌달이 흐르고,

처마에 서린 탱자나무가 흐르고,

외로운 촉불이, 물새의 보금자리가 흐르고……

「밤」 전문

한밤에 홀로 보는 나의 마당은
湖水같이 둥그시 차고 넘치노나.

쪼그리고 안은 한옆에 힌돌도
이마가 유달리 함초롬 곻아라.

「달」 부분

위 인용시들에서 성찰적 자아는 실천의 기본 체험인 내면을 탐색하는 집요함과 섬세함으로 자연적 자아를 초월하는 사유를 드러낸다.

시적 주체는 대상의 속에 있는 물질적이고 경험적인 세계로 연결되어 생명 및 죽음의 감정과 실존을 갖고 있는 의식적인 자아가 된다. 그리고 물질계로부터 이탈한 하나의 순수한 시선으로 정립된다. 위 시들의 제목에서 알 수 있듯이 '바람', '밤', '달' 등은 자연으로서의 반영물이다. 이 대상들은 고갈되지 않는 반영, 끝없이 흐르는 반영으로서 순수자아와 관계한다. 그 핵심에는 주체 형성의 윤리적 사유가 존재하게 되는데, 이때 스스로를 배려하고 돌보는 실천을 통하여 자기 보존적 주체로서의 '나'와 객체로서의 '나' 사이에는 성찰적인 거리가 존재한다. 이 거리를 통하여 자신의 욕망, 감정, 현실을 객관적으로 파악할 수 있는 시적 주체의 사유가 드러난다. 여기에서 슬픔 속에 괴로워하는 자신으로부터 중심을 거두어 스스로를 다시 바라보는 반성적 주체로 성립된다. 사물과 사물이 보이지 않는 관계를 표현하는 데 있어서 자아는 대상이 놓인 풍경 속에 몸을 숨긴 채 자리하게 된다. 자아는 자기의 모습을 직접 드러내지 않으면서 사물 속에 간접화된 방식으로만 자기 존재를 암시한다.

「바람」에서는 형체가 없는 자연 현상의 하나인 '바람'의 이미지를 통해 그 성질과 움직임을 형상화하고 있다. 바람의 성질은 '바람 속에 장미가 숨고', '불이 깃들'어 있는 것처럼 아름다움과 열정의 강렬한 시각적 이미지로 드러난다. 그 움직임은 바람에 의해 '별과 바다가 씻기'우고 '푸른 뫼ㅅ부리'가 솟아오르며 '나래'가 펼쳐지는 형상이다. 이 모든 것들은 '바람'의 조화를 환기시키며 마지막 연의 '사랑과 진리', '하나와 영원'으로 확대된다. 바람은 무한한 공간성과 시간의 영원성으로 그 의미가 모든 것을 하나로 끌어안는 커다란 포용력의 세계이다. 이 시에서 성찰적 주체는 인식의 대상이 발휘하는 물질적인 직접성에 함몰되지 않은 채 초연한 의식을 유지하는 주체이다. 또한 경험적 자아를 구속하는 도덕적 권위에 맹목적으로 굴복하지 않는 주체이기도 하다. 이렇게 형성된 주체의 윤리적 관계는 자연적 자아를 바라보는 주체의 성찰적 사유에서 비롯된 것이다.

「밤」에서도 그 인식은 정적인 사물의 형상을 동적인 것으로 바꾸어 놓음으로써 실천적 성찰의 의지를 드러낸다. 그것은 '눈 머금은 구름 새로/ 흰달이 흐르'고 있는 밤의 정경에 '구름', '달', '탱자나무', '촉불', '물새의 보금자리' 등이 모두 함께 흐르는 시적 정황으로 묘사되어 있기 때문이다. 즉 모든 사물이 함께 구름이 흘러가듯 흐른다. 결국 시적 주체도 '적막한 홍수를 누어 건늬다'라고 술회함으로써 시간의 흐름 속에 하나의 공간을 마련하여 자기완성을 구축한다. 이러한 의식의 본질에는 윤리적 이상의 실현을 열망하는 감각적 진실들이 존재한다. 「밤」에서 '달'이 스스로 존재하는 자연물이라면 「달」에서는 '달빛'에 이끌려 나가는 자연물로 나타난다. 달밤의 정경은 '호수같이 둥그시 차고 넘치'며 '흰돌'의 '이마가 유달리 함초롬 곻아'라는 달빛의 풍만함과 차분하고 부드러운 이미지로 묘사된다. 이들은 모두 주체와 동일화를 이루지만 그 존재가 훼손되지 않은 채 스스로 존재하게 되는 상호주관성의 세계에 있다.

위 시들에서 드러난 성찰적 인식의 풍경들은 주체에게 부여된 독자적인 반성의 사유를 최대치로 끌어올린다. 하지만, 동일한 이유로 현실과의 생생한 접촉을 상실하고 일종의 관념적 세계를 부유하게 되는 운명을 맞게 된다. 이러한 역설에서 타자로의 열망을 위한 마음의 훈련은 자아의 성장에 이르는 유일한 길로 인식되기에 이른다. 그 인식의 핵심은 고정된 정체성에 안주하고 그 정체성에 동화되기를 강요하는 자연적 자아에서 탈피하여 다양한 타자성을 수용하는 데 있다. 성찰적 주체는 자신의 몸과 마음에서 일어나는 감각과 감정, 그리고 기억 등을 살피는 초월적 시선을 열어놓게 된다. 따라서 그 초월은 사물의 현상에 깃드는 무수한 상념들에 집착할 까닭이 없다는 사실을 일깨우는 자각으로써의 의미를 갖는다.

주체의 의식이 이동하는 과정에서 정지용의 산행 체험[6]은 그 의식의 변화와 직접적으로 관련된다. 시에서 현현된 체험은 그 성격이나 전기적 의미에 있어 시인의 주체 형성과 자기 인식에 기초를 두고 있다. 일반적으로 체험은 기억된 것이기 때문에 그것을 기억해내는 현재와의 시간적 거리와 함께 그것의 시화 과정은 의지적 과정을 통해 지각된 체험[7]으로 재창조된다. 체험은 시간에 의한 변용, 기억에 의한 변용, 시인의 재창조 의지에 의한 변용 등의 중층적인 변용 과정을 거치면서 결국엔 체험이라는 사건의 존재가 시에서 유의미한 방향으로, 존재의 본질을 드러내는 방향으로 구체화된다.[8] 이와 관련하여 타자의 위치와 그 정체성도 끊임없이 이동하면서 변형되어 재배치되고 재구성된다. 그것은 타자의 정체성이 그 어떤 경우에라도 동일하게 환원되지 않는 본질적 특성을 갖고 있기 때문이다.

정지용 시에서 산에 대한 체험은 시적 주체에게 원체험으로 존재하며 주체 의식에 있어 매우 중요한 자리에서 등장한다. 여기에 해당되는 일련의 작품들은 모두 금강산 기행의 체험을 다루고 있으며 자연친화적인 삶을 바탕으로 하고 있다. 이런 의미와 연결되는 아래 산

---

6 정지용 시에서 새로운 전환 모색의 시간으로 표상되는 '산행 체험'은 후기시에서 보여주는 국토기행에서 얻은 자연인 '산'을 시적 대상화로 전개되고 있다. 정지용의 금강산, 장수산, 백두산 등의 산행 시편들은 그의 시에 대한 고고하고 투명한 정신의 경지를 보인다.

7 윤의섭, 「한국 현대시의 체험 변용 연구」, 『한국시학연구』 18, 한국시학회, 2007, 228면.

8 김효중, 「변용과 체험의 시학 · 용아의 "시적 변용에 대해서"를 중심으로」, 『영남어문학』 제9집, 한민족어문학회, 1982. 12, 42면. 여기에서 시창작 과정에서 추상적인 관념이 구체적인 형태로 구성되는 것을 보통 시적 변용 이라고 한다. 하지만 사물의 변이나 상상적 변신만이 아닌 체험의 다양한 시화 양상을 체험의 변용으로 볼 수 있다(윤의섭, 위의 논문 참조.).

문에서 정지용의 의식변화를 확인할 수 있다.

> 나는 무슨 福으로 高麗에 나서 金剛을 두 차례나 보게 되엇든가. 순일을 두고 산으로 골로 돌아다닐제 어든 것이 심히 만헛스니 나는 나의 해골을 조찰히 골라 다시 진히게 되엇던 것이다. 서령 흰돌우 흐르는 물기ㅅ에서 꼿가티 스러진다 하기로소니 슬프기는 새레 자칫 아프지도 안흘만하게 나는 산과 화합하엿던 것이매 무슨 괴조조하게시니 시조니 신음에 가까운 소리를 햇슬리 잇섯스랴. (…) 나의 골수에 비치어 살어질 수 업섯다. 금강이 시가되엇다면 이리하여 된 것이었다.[9]

위 인용된 글에서 정지용은 "나의 해골을 조찰히 골라 다시 진히게 되엇"다고 직접적으로 말함으로써 그 변화를 암시하고 있다. 이전의 종교시에서는 인간의 유한성에 대한 불안을 절대타자인 '신'의 귀의를 통해 극복하고자 했다. 그러나 종교시에서 존재의 시각화를 보여주지 못했던 주체는 타자의 존재를 시각화하는 모색으로 '산'을 구체적으로 형상화한다. 이때 '산'이 갖는 상징적 의미는 자연과 국토로 이어지며 그 인식의 전환을 시도한다. 이러한 변화는 죽음에 대한 인식의 변화와도 관련되어 '슬프지도 아프지도' 않다는 말로 표현되는데, 이는 체험에 의한 시인의 태도나 세계관이 변해있기 때문이다.

자신의 '골수'에 박혀 있는 산의 이미지들은 죽음이나 주체의 소멸에 관한 의식 분열을 드러내기도 하지만 인간의 세속적인 비애나 고뇌와 갈등 같은 것을 모두 초월할 수 있는 시적 공간으로도 자리한다. 위 글에서 정지용이 얼마나 자연에 몰입하려 하는지를 짐작하게

---

9 「愁誰語 Ⅲ-2」, 『정지용 전집 2』, 41면. 이 산문에 「비로봉 2」와 「구성동」이 포함되어 있다. 여기서 금강 산행의 시적 산물인 두 편과 「옥류동」에 대한 언급에서 시인이 가장 애착을 가진 작품은 「옥류동」이라고 술회 하고 있다.

된다. 특히 금강산 기행의 시적 산물인 「비로봉 1」, 「비로봉 2」, 「구성동」, 「옥류동」 등에서 자연의 신비로 경험된 그 의식의 변화를 구체적으로 드러낸다.

白樺수풀 앙당한 속에
季節이 쪼그리고 있다.

이곳은 肉體없는 寥寂한 饗宴場
이마에 시며드는 香氣로운 滋養!

海拔五千䂓이트 卷雲層 우에
그싯는 성냥불!

東海는 푸른 挿花처럼 옴직 않고
누뤼 알이 참벌처럼 옴겨 간다.

戀情은 그림자 마자 벗쟈
산드랗게 얼어라! 귀뜨람이 처럼.

「毘盧峯 1」 전문

담장이
물 들고,

다람쥐 꼬리
숯이 짙다.

山脈우이
가을ㅅ길——

이마바르히
해도 향그롭어

지팽이
자진 마짐

흰돌이
우놋다.

白樺 훌훌
허올 벗고,

꽃 옆에 자고
이는 구름,

바람에
아시우다.

「毘盧峯 2」 전문

위의 두 시는 금강산 비로봉의 등반 경험을 바탕으로 관조된 늦가을 산의 정경을 묘사하고 있다. 금강산을 두 번이나 보게 된 정지용의 심적 경지는 그만큼 정지용에게 있어 '산'이라는 존재가 친화적인 대자연과 국토의 의미를 지니며 주체 형성에 중요하게 위치한다. 「비로봉 1」은 '산'을 소재로 한 첫 작품[10]으로 몇 년 뒤에 발표한 「비로봉 2」와 그 맥락이 이어지고 있다.

이 시는 금강산 정상에 위치한 '비로봉' 주위의 자연미를 그리고 있다. 또한 그 안에 응축된 정신적인 것에 대한 성찰의 자세를 보인다. 그 정신의 절제미는 '백화수풀 앙당한 속에 계절이 쪼그리고 있다'와 '육체없는 요적한 향연장'으로 묘사되어 겨울산의 맑고 깨끗한 이미지로 드러난다. 정상에서 바라본 '하늘'과 '동해 바다'의 움직임은 '권운층 우에 긋는 성냥불!', '누뤼 알이 참벌처럼 옴겨 간다.'는 것처럼 산에서 만나는 기후 변화를 매우 섬세한 시각적 감각으로 묘사하고 있다. 그 움직임은 '산'과 '하늘'과 '바다'의 정경을 정적 이미지와 동적 이미지로 교차시키며 그 선명함과 역동성으로 대자연의 위엄을 드러낸다. 그 속에서 절실한 인간적 감정의 하나인 '연정' 같은 것도 모두 사라진다. 이때 시적 주체는 거대한 자연의 신비 앞에 움츠리며 떨고 있는 작은 미물인 '귀뚜라미'로 비유된다. 따라서 이 시에서 자연과 인간의 대조를 통해 제시된 비인간화된 모습은 세속적 삶을 거부하고자 하는 시적 주체의 정신에서 기인된 것이다.

「비로봉 2」는 위에서 언급했듯이 최초의 금강산 등반 후 두 번째 정상에 올랐던 체험을 시화한 작품이다. 「비로봉 1」과 표면적 연관성은 '백화'와 '향기'로 산 정경의 인상적 요소를 공통적으로 담고 있다. 그러나 「비로봉 1」에서 시적 주체와 대상과의 관계가 대조적 관조의 세계로 드러났다면 「비로봉 2」에서는 대상과의 조화로운 세계

10 1933년 6월호 『가톨릭 靑年』지에 「해협의 오전 두시」와 함께 실린 「비로봉」은 '산'을 소재로 한 첫 작품으로 그 후 1937년 6월 9일 『조선일보』에 발표, 1938년 8월호 『청색지』지에 수록한 후 『백록담』에 실렸다. 「구성동」과 함께 발표된 「비로봉」은 같은 제목의 두 번째 작품으로 서로의 맥락 관계가 이어진다(김학동, 앞의 책, 68면.). 여기서는 발표순서에 따라 「비로봉 1」, 「비로봉 2」로 표기한다.

로 나타난다. 따라서 각 연을 구성하고 있는 사물들은 산과 인간, 그리고 그 주변의 자연적 요소들과 어우러지는 자연적 심상들이다. 이는 산의 정취에 '담장이'가 물들고, '다람쥐 꼬리 숱이 짙어'지는 이미지들에서 확인할 수 있다. 이 공간은 '해'가 비치고 '흰돌'에 '지팡이' 소리로 정적을 깨는 고요한 산의 정경이다. 더욱이 '꽃'과 '구름'의 몸짓 묘사에서 그 신비감은 더해진다. 이처럼 산의 경치가 신비스러운 정취로 묘사되고 있는 것에서 시적 주체의 초월적 시선은 자연의 이치와 맞닿아 있다. 여기에서 자연에 몰두하고자 하는 시적 의지를 짐작하게 되는데, 이는 물질적 세계에 묶여 있는 자아의 얽매임으로부터 '또 다른 나'를 불러 깨우고자 하는 무상의 세계로 볼 수 있다. 이를 통해 인간적 고뇌와 갈등을 무화시키는 신비의 공간으로 초월하고자 하는 것이다.

자연물로 상정된 타자는 존재에 있어 개방적이고 역동적이다. 여기에서 인간의 주체성은 물론 타자성 역시 완성될 수 없는 과정적 성격을 갖게 되는데, 그 핵심은 대상에 대한 시적 주체의 정신적 집중과 '바라봄'의 시선에 있다. 주체와 타자는 경계를 유동하는 타자로 존재하지만 동일자에 의한 타자가 아니라 '타자로서의 자기 자신'을 구성하는 타자로 존재하게 된다. 그 결과 주체성은 타자의 위치에 따라 변용되기는 하지만 그것으로 인해 더 강화될 수 있다. 그러므로 자신의 주체 구성에 타자로서 존재하는 자신의 타자성은 재구성되어 현현된다. 그것은 주체의 수동성[11] 세계로 나타나며 윤리적이고 실천적인 삶의 형식으로 구축되기에 이른다. 이런 의미에서 진정한 타자는 타자로서 자신의 정체성을 확인하고, 현재의 시간에 과거를 끌어

11 주체의 수동성이란 타자에게로 보여짐, 드러남이라 할 수 있다. 타자에게 불리어지고 지명되어지는 것으로 자신을 개시하여야 하고, 개방하여야 한다(김연숙, 앞의 책, 105면.). 이런 의미에서 자연물로 상정된 타자는 존재에 있어 개방적이다.

오고, 이를 미래로 연결하면서 윤리적 주체[12]라는 새로운 주체로 구성된다. 이때 주체의 윤리성은 스스로 저항적 주체가 되는 것이자, 자기표현의 의지와 결합하는 방식으로 재탄생된다.

골작에는 흔히
流星이 묻힌다.

黃昏에
누뤼가 소란히 싸히기도 하고,

꽃도
귀향 사는곳,

절터ㅅ드랬는데
바람도 모히지 않고

山그림자 설핏하면
사슴이 일어나 등을 넘어간다.

「九城洞」 전문

이 시는 보편적 체험의 구조와 조응하며 주체의 수동적인 세계를 나타낸다. 깊은 산골의 고요한 풍경을 재현하고 있는 '구성동'은 범상한 골짜기가 아닌 '유성'이 '묻히'고 '꽃'도 '귀향 사는' 생성이 소멸된

---

12 이런 점에서 윤리적 주체는 윤리적으로 새롭게 구성되는 주체의 고유성은 자아가 짊어지는 타자에 대한 도덕적 책임성에 있다(김연숙, 「E. Levinas 타자윤리에서 윤리적 소통에 관한 연구:얼굴·만남·대화」, 『한국국민윤리연구』 제44호, 2000, 92~94면 참조.).

곳이다. 이때 일상적인 삶의 부재를 암시하는 '절터'는 그 이미지가 중첩되어 현세적 삶과 단절되어 있는 세계로 묘사된다. 따라서 구성동에서 존재하는 '유성, 꽃, 바람' 등의 자연물들은 '묻히고, 귀향살고, 모이지 않는' 것으로 시간적 흐름과 생명력이 거세된 시적 대상으로 드러나고 있다.

앞의 시들에서 보인 자연물들이 그 시간적 흐름의 과정에서 관찰된 자아의 시선을 담고 있다면 이 시에서 그러한 움직임은 거의 드러나지 않는다. 마지막 연의 표현처럼 '사슴이 일어나 등을 넘어 가는' 것뿐이다. 하지만 이때도 그 움직임은 '산 그림자'와 동반되며 불분명하게 묘사한다. 여기서 불분명하다는 것은 어둠의 애매함이 함축된 것으로 이성으로 생각하고 밝혀낼 수 없다는 사실의 일깨움이다. 「구성동」에서 시간의 흐름이 좀처럼 느껴지지 않는 것은 그 세계의 정적과 수동적 세계 속에 명백히 드러낼 수 없이 존재하는 것들의 표현 불가능 때문이다. 이러한 시적 욕구는 감각적 표현으로 고정된 요소들을 해체시키고 새롭게 재구성하려는 시적 주체의 의지이다. 그러므로 시인의 정신에 깃든 고답적이고 은일한 세계는 일정한 거리를 설정하며 풍경으로서의 타자와 마주하게 되는 것이다.

정지용에게 있어 산행체험은 그 속에 있는 또 다른 자연물들을 지각하며 성찰적 주체의 모습을 드러내고자 한다. 이 지각된 경험은 논리적으로 환원되지 않는 풍경으로 재창조되어 재현된다. 자연의 회상은 체험하여 기억되는 주체의 내면풍경을 드러내는 장치이다. 이때 그 기억은 서로의 존재를 암묵적으로 수용하는 동시에 타자의 타자성을 승인한 채 내 안에 받아들인 타자들로 초월적 공간과 교섭을 시도한다.

골에 하늘이
따로 트이고,

瀑布 소리 하잔히
봄우뢰를 울다.

날가지 겹겹이
모란꽃닢 포기이는듯,
자위 돌아 사풋 질ㅅ듯
위태로이 솟은 봉오리들.

골이 속 속 접히어 들어
이내(晴嵐)가 새포롬 서그러거리는 숫도림.

꽃가루 묻힌양 날러올라
나래 떠는 해.

보라빛 해ㅅ살이
幅지어 빗겨 걸치이매,

기슭에 藥草들의
소란한 呼吸!

들새도 날러들지 않고
神秘가 한껏 저자 선 한낮.

물도 젖여지지 않어
흰돌 우에 따로 구르고,

닥어 스미는 향기에
길초마다 옷깃이 매워라.

귀뚜리도
흠식 한양

옴짓
아니 귄다.

「玉流洞」 전문

위의 시는 높은 봉우리와 깊은 골짜기를 하나의 시적 공간으로 형상화하고 있다. '산'의 상징적 의미에서 '봉우리'가 신비성을 암시하는 것은 그것이 하늘과 서로 만나는 지점, 혹은 세계를 표상하는 축이 통과하는 중심이기 때문이다. 그것은 서로 다른 세계가 관련을 맺는다는 의미에서 '꽃과 해, 흰 돌' 등과 결합되어 지성과 순수의 의미를 지닌다. 이 시에서 그 신비성은 보다 구체적으로 제시된다. 즉 '옥류동'은 '골에 하늘이 따로 트이는 곳'으로 하늘이 처음 열린 공간이며, '위태로이 솟은 봉우리들'은 땅과 맞닿은 부분이다. 하여 '사풋'처럼 조심스럽게 발을 내딛는 것으로 묘사된다. 이 신비의 공간은 '꽃가루 묻힌 양 날아올라 나래 떠는 해'와도 같은 천상세계를 암시하며 세속의 시간에서 벗어나고자 하는 초월의식에서 발현되고 있는 것이다.

시적 대상인 '골, 폭포, 흰 돌, 식물'들은 그대로 자연물이지만, 신비스런 실체로 시적 주체에게 인식될 때, 세속에 대립되는 대상으로 존재한다. 이러한 지향은 정지용 시에서 원형의 자연공간으로 연결되어 초월적 시선으로 포획된다. 이는 존재의 개방성과 역사적 공간과의 교섭을 갖는 초월적 주체의 행위로 파악할 수 있다. 이때 '산'의 사유는 구체적 체험의 산물로 이어져 생생한 접근을 지향한다. 또한 이 의식은 삶이며, 상황으로 삶이 얼굴처럼 현현된 사건으로 목격된다.

정지용 시에서 '산'의 상징적인 의미가 다양한 것은 산이 지니는 다중성 때문이 아니라 산을 구성하는 요소들, 곧 높이, 수직성, 질량, 형태 등이 환기하는 다양한 암시성 때문이다. 이에 따라 정신의 내적인 고양이나 위대성과 관용 및 우주의 무한성 등의 상징적 의미와 빛과 암흑, 삶과 죽음, 소멸과 불멸 등을 혼용하는 양가적 의미를 함의하게 된다. 이때 초월의 상징물들 가운데 '불멸의 식물, 별, 달, 원' 등의 보충적인 형상들을 내포하면서 그 의미가 증폭된다. 그 의미는 신성함과 재생으로 재창조되어 그 형태로부터 관념을 상징하는 것이 아니라 관념으로부터 이미지를 떠올리는 방식으로 나가게 된다. 근대로부터 소외된 인식, 그로부터 비롯된 산행체험은 근대 밖으로 나온다는 의미와 함께 그 실상을 깨달음으로써 윤리적 사유를 보이고 있는 것이다. 이는 인간과 자연의 성찰적 탐색을 통해 근대의 이데올로기로부터 주체성의 기원을 회복하기 위한 여정이라고 할 수 있다.

2. 주체의 비움과 자연으로의 초월성

정지용 시에서 주체와 '무한'과의 관계는 타자의 무한성과 그 체험을 구현하는 과정에 있다. 그의 시세계에서 타자는 자아의 자기중심적 표상의 논리가 안으로 포섭될 수 없는 사실적 존재로 나타난다. 타자란 절대적 타자성을 지니고 있기에 이 관계에서 형성되는 무한성은 그 자체로 전체성의 한계를 벗어나 있다. 타자의 타자성은 그것을 생각하는 사유 안에서 소진되지 않는 초월의 대상으로 삶에 대한 의지이다. 따라서 타자로 향해 있는 열망은 주체의 비움을 통해 주체의 주체성을 드러내기 위한 변증법적 도구로 작용한다. 그는 이 과정을 통해 진정한 주체의 회복의지를 보이고자 한다.

타자에 대한 '무한'은 타자의 의미를 나타내는 것 중 가장 큰 특징이다. '무한'은 유한한 자아를 사유 대상으로 삼아 타자를 표상하거나 인식과 능력의 테두리 안으로 가두고 통합하여 내게로 동화시킬 수 없는 절대적 외재성이다. 유한한 자아의 사유작용을 벗어나 있는 것들은 죽음의 예측불가능성, 죽음 후의 자아의 주도권 상실, 절대적으로 현재화할 수 없는 시간의 흐름, 미래의 예측불가능성 등이 있다. 그 속에서 기억과 역사의 테두리를 벗어나 미끄러져 가는 무한한 과거의 시간은 유한한 자아를 넘어서 가는 타자의 무한성의 흔적들이다. 즉 타자는 의식의 사유작용인 주체화나 개념화를 벗어나 있게 된다.

외재성을 대하는 방식으로의 형이상학적 초월은 자아와 타자 사이에 놓인 거리에서 명료해진다. 자아가 타자를 지향적 대상으로 삼아 총체화하는 방법, 자기화라고 동일시하는 표상의 방법과는 구별된다. 형이상학적 초월의 관계에서 타자의 근본적 다름인 타자성은 자아와의 관계에서 자신의 본질은 시종일관 유지하면서 상대적으로가 아니라 절대적으로 존중받는다.[13] 자아들 간의 윤리적 관계는 거리를 유지하고 타자를 열망해 가는 운동이다. 즉 분리가 없다면 참된 진리도 존재할 수 없다[14]는 의미이다. 인간실존에서 타자를 타자로서 열망할 뿐이지, 그것으로 채워질 수는 없다. 열망은 유아론적 존재의 욕구충족을 위해서 빈 구멍을 메우는 것이 아니라 열어젖히는 것이고, 헌신하는 것이다.[15] 진정한 열망은 자신을 채우는 것이 아니라 비우는 것이다. 따라서 타자를 향한 열린 자아의 새로운 미래는 분리를 통한

13 E. Levinas(1961), 40~42면.

14 위의 책, 115면.

15 같은 책, 33~35면.

자신의 내면성으로 구축되는 근원적 존재가 된다. 이는 주체의 윤리적 성격에 그 뿌리를 두고 있음을 의미한다고 할 수 있다.

인간에겐 나의 존재 유지를 위해 대상을 소유하고자 하는 '욕구'와는 다른 '욕망'[16]이 있다. 욕구는 대상을 향해 주체 바깥으로 나갔다가 그 대상을 주체의 향유거리, 소유물로 삼음으로써 다시 주체에게로 귀환하는 반면, 무한을 향한 욕망은 귀환 없이 주체의 바깥으로 초월하고자 하는 것이다. 이는 인간의 주체성을 '나'가 아닌 타자를 위한 주체성에서 찾는다. 타자의 사유에서 형성되는 윤리적 자아는 내 안에 타인의 요청과 호소를 수용하고 받아들이는 타자의 자리에 비례한다. 그 사유는 자기실현의 과정에서 만나는 타자의 존재가 인간의 삶에 어떤 의미가 있는가를 밝히는 데 집중되어 있다.

인간에게 존재론적 욕구가 자아의 존재유지 혹은 존재보존의 노력의 하나로 소유와 동일자로서 정체성을 유지해 나가려는 욕구라면, 인간의 형이상학적 욕망은 욕구와는 다르게 만족과 멈춤을 모르는 움직임을 말한다.[17] 형이상학적 욕망은 외재성과 무한성의 이념으로 자아를 벗어나 타자와의 관계를 통해 새롭게 태어나는 주체에게서 발현된다.

정지용의 시에서 형이상학적 초월은 실존적 욕망의 모순된 거리에서 그것을 포착해 내고 있다. 그 특징은 일원적이고 획일적인 가치에

---

16 여기에서 '욕망'이라는 말은 '욕망'과 '욕구'에 서로 대립적인 의미를 부여하는 레비나스 철학의 가장 유명하고도 기본적인 내용이다. 그 구별에 따르면, 욕구는 주체가 자기의 존재 유지를 위해 주체 외재적인 것을 주체에게 동화시키는 힘을 가리킨다. 욕망은, 나와 완전히 다른 자, 내가 어떤 방식으로도 규정할 수 없는 무한자에게로 가고자 하는 '형이상학적 욕망'을 가리킨다(E. Levinas(2003), 57면.).

17 고영아, 앞의 논문, 55면. 이러한 면에서 모든 인간 실존의 타자적 지향성은 인간이 타자와의 접촉, 관계함에서 체험하는 내용에 그 무게 중심이 있다. 정지용 시에서 '산'이라는 타자는 직접적으로 인간의 삶의 체험 속에 나타나는 근원 현상으로 볼 수 있으며, 이는 레비나스의 사상과 그 의미상 같은 맥락에 있는 것이다.

대한 비판의 의도와 함께 존재의 다원성으로 나타난다. 실재로 그의 시는 욕망하는 주체로서 실존의 불안정성에서 사유하고 있었으며 그 존재 너머의 세계를 지향하는 초월적 의지로 나아간다. 그의 시에서 초월적 관계는 윤리적 관계형성의 계기로 보존된다. 하여 욕망의 주체로서 자신의 충족되지 않는 욕망을 충족 가능한 것으로 대치하거나 스스로 욕망하지 않는 존재로서 그 가능성을 모색하고자 한다. 따라서 그의 시에서 실존은 자신의 욕망을 부정하고 억압하면서 마침내 결빙하고자 하거나 욕망 없는 존재가 되고자 하는 '욕망'을 드러내는 모순적이고 반어적[18] 특징으로 나타난다. 앞의 종교시에서 '신'에 대한 그 욕망의 모순이 시각화되지 않은 양태로 표출되었다면, 후기 시는 '자연'이라는 절대타자를 구체적으로 시각화시키며 그 특성을 뚜렷하게 드러내고자 한다.

정지용 시에서 주체의 욕망은 주체와 자연과의 관계에서 욕망을 배제시키거나 소멸시키는 것으로 드러난다. 하지만 이 관계에서 주체의 욕망은 비워지고 이로 인해 주체와 타자와의 분리와 거리를 통한 초월성이 가능해진다. 이런 맥락에서 '산'을 제재로 한 시들의 특징인 동양적 세계관은 그 특성에 연결되어 있다. 정지용의 시가 1920년대 후반에 집중적으로 쓰여지는 데 비해 그의 시론은 1938년부터 발표되었다. 이 시기 정지용의 시적 전개는 국토여행체험과 『문장』지의 세계관으로부터 분리될 수 없다.[19] 이때 그의 시는 일부 초기의 근대 지향적이었던 것과는 구별되는 동양적 세계관을 지향한다. 이러한 사실은 아래 시론을 통하여 확인된다.

---

18 손병희는 '산'의 상징적 의미를 자연과의 화합의 결과임과 동시에 인간의 유한성에 대한 의식의 분열을 초래하는 서로 다른 의식이 엇갈린 지향을 한 채 공존하고 있다고 보았다(앞의 책, 251~252면.).

19 송기한(1998), 303면.

시학과 시론에 자주 관심할 것이다. 시의 자매 일반예술론에서 더욱이 동양화론 書論에서 시의 방향을 찾는 이는 비뚤은 길에 들지 않는다. 經書 聖典類를 心讀하야 시의 원천에 침윤하는 시인은 불멸한다.[20]

고진직인 것을 진부로 속단하는 자는, 별안간 뛰어드는 야만일 뿐이다. (…) 무엇보다도 돌연한 변이를 꾀하지 말라. 자연을 속이는 변이는 참신할 수 없다. 기벽스런 변이에 다소 교활한 매력은 갖출 수는 있으나 교양인은 이것을 피한다. 鬼面驚人이라는 것은 유약한 자의 슬픈 궤사에 지나지 않는다. 시인은 완전히 자연스런 자세에서 다시 비약할 뿐이다. 우수한 전통이야말로 비약의 발디딘 곳이 아닐 수 없다.[21]

위 시론에서 밝힌 정지용 시의 본질은 동양화론과 전통적인 것에 있다. 시의 원천에 침윤하는 시인이야말로 불멸성을 지닌다는 의미로 일반 예술론 특히, 동양화론이나 서론에 대해 관심을 가져야 함을 강조하고 있다. 또한 경서류에 대한 언급은 동양고전을 의미하며 이는 사악함이 없는 순수한 것, 꾸밈없는 자연 그대로의 모습에 대한 것이다. 그의 시론 속에는 고전에 대한 관심 촉구와 자연에 대한 시관이 담겨 있다. 그 정신적 태도는 자연에 바탕을 두어야 한다는 의미에서 우리 조상들의 삶에 그 근원을 둔다. 그 근원으로서 자연은 필연적으로 타자의 개입에 의해서가 아니라 스스로 되고, 스스로 변하는 것이다.

「詩의 옹호」에서 정지용은 전통에 대한 생각을 "돌연한 변이를 꾀하지 말라. 자연을 속이는 변이는 참신할 수 없다."라고 일축한다. 즉

---

20 정지용, 「詩의 옹호」, 245면.

21 위의 글, 246면.

그에게 새로운 것은 '돌연한 변이'가 아니라 '고전적인' 전통의 토대 위에서 그것에 대한 새로운 구성과 가동이다. 즉 새로운 것이 생명력과 정당성을 획득하고 힘을 가질 수 있다고 본 것이다. 이런 의미에서 그에게 전통은 자연스런 자세에서 다시 비약하는 것이다. 시의 원론적 차원에서 논의된 위 시론은 다양하게 변주되지만 초기시부터 후기시에 이르기까지 지속적으로 그의 시의식과 그 시학적 근거를 마련하고 있다.

정지용 시에서 현세적 삶으로부터의 초월은 '다른 세계'의 모색에 있었다. 정지용이 후기시 초반에 쓴 아래 시에서 '다른 세계'에 대한 의지를 엿볼 수 있다.

> 마침내 이 세계는 비인 껍질에 지나지 아니한것이, 하늘이 쓰이우고 바다가 돌고
> 하기로서니, 그것은 결국 딴 세계의 껍질에 지나지 아니하였읍니다.
>
> 조개껍질이 잠착히 듣는것이 실로 다른 세계의것이었음에 틀림없었거니와
>
> (…중략…)
>
> 나도 이 이오니아바다ㅅ가를 떠나겠읍니다.
>
> 「슬픈 偶像」 부분

위 시에서 '다른 세계'란 초기시의 '바다'와 중기시의 종교적 지향에서 선회하여 새롭게 발견한 '산'이다.[22] 첫 시집을 낸 이후 정지용은 국토를 순례하면서 두 번째 시집 『白鹿潭』을 출간한다. 여기에 실린

시들의 특징으로 동양적 자연미를 갖추고 있는 '산'은 정지용이 새롭게 추구하는 '다른 세계'를 형상화 한 것이다. 정지용에게 있어 산행체험[23]은 단순한 취미의 차원을 넘어 세속과 초월의 공간으로서의 산, 정신적 극기의 상징으로서의 산의 의미를 지닌다. '산'의 사유는 산속에서 은둔적 삶을 거쳐 산정과 하늘의 공간을 향하여 끊임없이 상승하려는 초월적 갈망에서 비롯된다. 이러한 접근에서 그의 자연에 대한 인식이 보다 심층적인 차원에서 머물고 있다는 것을 알게 된다. 하지만 이 모든 인식은 '산'의 신비로운 체험을 통하지 않고는 이런 시적 경지에 이르지 못한다는 사실에서 산행체험은 사고의 깊이를 더해주는 중요한 매개로 기능한다고 볼 수 있다.

> 伐木丁丁 이랬더니 아람도리 큰솔이 베혀짐즉도 하이 골이 울어 멩아리 소리 쩌르렁 돌아옴즉도 하이 다람쥐도 좃지 않고 뫼ㅅ새도 울지 않어 깊은산 고요가 차라리 뼈를 저리우는데 눈과 밤이 조히보담 희고녀! 달도 보름을 기달려 흰 뜻은 한밤 이골을 걸음이랸다? 웃절 중이 여섯판에 여섯번 지고 웃고 올라 간뒤 조찰히 늙은 사나히의 남긴 내음새를 줏는다? 시름은 바람도 일지 않는 고요에 심히 흔들리우노니 오오 견듸랸다 차고 几然히 슬픔도 꿈도 없이 長壽山 속 겨울 한밤내—
>
> 「長壽山 1」 전문

위 시는 '초월의 의지'에 대한 시인의 자세와 현실적 '시름'이 공존하는 공간을 드러내고 있다. 일반적으로 초월의 개념은 내재성의 반

---

22 윤의섭, 앞의 논문, 159면.

23 정지용 문학에서 산행 체험의 의미에 대해서 송기한은 지용의 후기시들을 국토기행이라는 창작 외적 조건과의 관계 속에서 살피고 있다(송기한, 「산행체험과 시집 『백록담』의 의미」, 『한국문학이론과 비평』 19집, 한국 문학이론과 비평학회, 2003. 6.).

대되는 개념으로 '무엇을 넘어 있음'을 의미한다. 레비나스에 있어 초월의 본래적 의미는 자아와 타자와의 거리를 유지하면서 타자의 외재성을 유지시켜 가는 것이다.[24] 이런 의미에서 초월은 시적 주체와 타자 사이에 놓인 거리에서 그 초월성이 가능해진다. 이 시에서 '伐木丁丁'은 『詩經』의 「벌목」에 나오는 첫 구절로 나무를 찍는 소리를 의미[25]하며 산속의 고요함을 고조시켜 청정무구한 동양적 자연의 세계를 암시한다. '골이 울어 멩아리 소리 쩌러렁 돌아옴즉도 하이'라고 가정된 상황에서 울리는 벌목의 소리는 구체적 설명을 넘어서 산의 장엄함을 극대화시킨다. 또한 겨울 산중에서 달밤의 정경은 시적 주체와 연결되어 '고요에 심히 흔들리우노니/ 오오 견듸랸다'라는 삶의 의지로 '슬픔'도 '꿈'도 없는 현세적 삶에 대해 꼿꼿한 자세를 보이는 것이라 할 수 있다. 따라서 시적 주체와 산의 관계는 실재성을 바탕으로 분리된 거리에서 그 절대적 경지가 효과적으로 전달되고 있는 것이다.

「長壽山 1」의 세계는 '깊은산'(자연)/시적 주체(인간), 절대 정적/인간적 시름, 존재의 부동성(안정성)/존재의 유동성(불안전성)의 대립, '웃절 중'/시적 주체, 무욕의 타인/욕망의 시적 주체, 달관/번뇌의 대립을 통해 양자 사이의 거리가 노출된다.[26] 이 공간에서 고요함의 강조는 고요하지 못한 산 아래에서의 현실적인 삶, 또는 고요함을 바랄 수밖에 없었던 세속적 삶과의 부정적 거리를 환기시킨다. 그 현실세계의 부정적인 모습은 '시름은 바람도 일지 않는 고요에 심히 흔들리우노니'라는 구절에서 확인된다. 시적 주체의 '시름'은 욕망의 모순을 모색하는 근거가 되어 그 세계에 침잠하게 하는 기반이 되는 것이

24 김연숙, 앞의 책, 114~115면.
25 이기석, 한백우 역해, 『詩經』, 홍신문화사, 1984, 295면.
26 손병희, 앞의 책, 260면.

다. 시름의 정서는 초월의지와 함께 욕망 없는 존재에 대한 인간적 욕망에서 기인된 고뇌이다. 이 고뇌는 '조찰히 늙은 사나히의 남긴 내음새'로 표상되는 달관과 탈속의 세계에서 종교적 수행을 통해 그것을 억압하려는 소극적이고 수동적인 태도로 드러난다. 하지만 이는 '시름'에 압도되지 않으려는 시적 주체의 내적 싸움이며 '홀연히'에서 알 수 있듯이 내적 긴장을 수반한 시적 주체의 의연한 결의를 의미한다.

시적 주체와 타인, 시적 주체와 타자 사이에 존재하는 거리에서 초월성은 자아로부터 타자로 초월의지를 보인 윤리적 관계형성의 올바른 계기가 된다. 이에 윤리적 주체는 근대적 인간의 주체성을 반성하고 겸허하게 만드는 산의 정신세계로 형성되어 나타난다. 따라서 시적 주체의 '슬픔과 꿈'은 '장수산 속 겨울 한밤'에서 타자를 향한 운동, 초월성이 가능해진다. 인간적 욕망의 비움[27]으로 비롯된 자아와 타자와의 긴장된 관계에서 '산'은 절대적 외재성을 가지며 열망된다. 또한 그 거리를 통해 존재 너머의 세계에 그 인식이 닿아있다. 초월적 대상은 절대적으로 보존되며 이로써 자신의 응결을 통해 '시름'과 대결하고 그를 초극하려는 시적 주체의 '견딤'은 실존적 존재를 무화하려는 의지이며 그 극단은 주체의 비움과 상징적 죽음의 문제[28]로 천착한다.

---

27 이 시에서 '한밤'이라는 부사가 두 번이나 쓰인 것은 시적 주체의 상황 인식과도 관련될 수 있을 것이다. 또한 그것은 시인 자신의 개인적인 정신적 위기와 함께 암울한 역사적인 상황과도 일정한 관계를 맺고 있을 것이다, 여기서 주체의 비움은 새로운 세계에 대한 열망으로 그 간절함의 토로로 볼 수 있다.

28 죽음의 문제를 다루고 있는 「禮裝」, 「호랑나븨」의 시간적 배경이 '한겨울', '三冬'으로 제시되어 있는 점은 「長壽山 1」과 유사한다, 그러나 설화적인 서사 공간의 도입과 가볍고 경쾌한 묘사에 의지해 죽음의 인간적 심각성이 스러지고 마치 자연적인 정경처럼 제시된다는 점은 「長壽山 1」과 대조되며, 이는 죽음에 관한 의식의 어떤 변모와 관련될 수도 있을 것이다.

풀도 떨지 않는 돌산이오 돌도 한덩이로 열두골을 고비고비 돌았세라 찬 하늘이 골마다 따로 씨우었고 어름이 굳이 얼어 드딤돌이 믿음즉 하이 꿩이 긔고 곰이 밝은 자옥에 나의 발도 노히노니 물소리 귀또리처럼 喞喞하놋다. 피락 마락하는 해ㅅ살에 눈우에 눈이 가리어 앉다 흰시울 알에 흰시울이 눌리워 숨쉬는다 온산중 나려앉는 휙진 시울들이 다치지 안히! 나도 내더져 앉다 일즉이 진달레 꽃그림자에 붉었던 絶壁 보이한 자리 우에!

「長壽山 2」 전문

정지용의 시에서 반복된 제목으로 발표된 작품들을 의식의 의미망에서 보면, 그 대상은 시인의 직접적 체험과 긴밀히 관련되어 자아의 응축된 내면의식을 드러내는 기제로 작용한다. 대부분 그 구성 원리는 동일선상에서 이루어지나 내재된 의식은 주체의 미묘한 심리적이고 의식적인 상황과 상태를 보다 구체적으로 제시하는 반영물로 작용한다. 위의 시도 마찬가지로 자연과 시적 주체의 내면이 대조를 이루는 내밀한 의식의 움직임을 보여주고 있다 「長壽山 1」이 주체의 모순된 욕망의 대립으로 근대화된 주체성을 반성하고 겸허하게 받아들였다면, 「長壽山 2」에서는 인간적 욕망의 비움과 욕망할 수 없는 자연으로의 초월적 의지를 보이고 있다. 그것은 자연적 공간에서 초월되어 상징적 공간으로의 절대성으로 보다 구체적으로 드러난다.

이 시에서 시간적 배경은 「長壽山 1」과는 달리 낮의 풍경이다. 그 풍경은 풀 한포기 없는 거대한 하나의 석벽으로 이루어진 절대적이고 신비스런 공간으로 묘사된다. 사람의 자취는 없고 '꿩이 긔고 곰이 밝은 자옥'에 나의 발도 놓이고, 눈도 '흰시울 알에 흰시울이 눌리어 숨쉬는' 절대적 가치의 시각화로 그 존재 방식이 본연적 자연의 상태에서 현현된다. 특히 '피락 마락하는 해ㅅ살에 눈우에 눈이 가리어 앉다'와 '온산중 내려앉는 휙진 시울들이 다치지 안히!'에서 자연에 대한 경건한 태도와 '나도 내더져 앉다'의 행위는 의식존재와 사물존재로 양립되어 나타난다. 시적 주체에게 외부 '산'의 세계에 몰입된 이 공간은 인간의 손이 닿지 않는 성스럽고 순수하며 신성함까지 함의된 공간으로 인식되고 있다. 그 자연의 절대성 앞에 도취된 자아는 주체의 비움을 통해 그로부터 해방되는 욕망의 결빙을 경험하게 된다. 그 극점은 '진달래 꽃그림자 붉었던 자리'와 '보이한 자리'의 중첩의 시간과 공간 속에 존재한다. 인간이 자신의 욕심을 버리고 주체를 확립하는 그 자리에서 벗어날 때, 모든 경계지음에서 벗어나 무욕에 이르게 된다. 이는 굴복되지 않는 나의 견딤으로 전체화에 귀속되지 않으려는 탈식민의 사유이다.

1941년에 발표한 시집 『白鹿潭』에서 그의 시적 대상은 '산'과 관련된 시들로 집중되어 있다. '산'이라는 공간은 수직적 상승으로 질서를 갖춘 우주와 무질서 상태인 혼돈 중간에 존재하는 영역이다. 특히 이 공간에서 삶과 죽음의 시간적 조건을 지시하는 상징의 의미는 공간적 질서 속에서 어떤 차원도 소유하지 않는 공간의 가능성으로 전환될 때, 모든 사물들은 영원한 현재 속에 머문다. 공간이 보여주는 우주적 의미가 역동적 원리로 인식되는 것에서 죽음의 수용으로 삶의 가치가 전도되는 내적 성찰이 암시된다.

상징적 공간으로서 '산'이 갖는 의미는 일상적 삶을 벗어나 초월적 삶과의 만남을 통해서 참된 시간, 진정한 시간의 회복에 있다. 이는 역동적 공간의 인식이며 이런 역동성으로 정적인 세계가 드러난다. 그러나 이 수렴은 더 큰 역동성과 만난다. 그 중심은 초월적 공간이라고 할 수 있으며, 시간적으로 무시간, 초월적 시간, 영원한 현재가 된다. 산행 체험은 정지용 시에서 초월의지에 대한 지향을 보여주는 절대적 외재성인 것이다. 그의 '산'에 나타난 동양적 자연의 세계는 전통적인 것과 현실적인 것을 모두 반성적으로 취하고 있는 근대적 주체가 형성한 또 다른 현실 세계의 표상이다. 온전히 과거적인 것도 아니고 현실적인 것도 아닌 현실 세계에 대한 재창조의 의지로 이루어진 새로운 근대적 세계로 보아야 한다. 따라서 그 세계는 상징적 형태로 나타난다. 이러한 인식은 또 다른 세계로의 의지적 지향으로 그 기반이 되는 것은 '초월'이다.

1

絶頂에 가까울수록 뻑국채 꽃키가 점점 消耗된다. 한마루 오르면 허리가 슬어지고 다시 한마루 우에서 목아지가 없고 나종에는 얼골만 갸웃 내다본다. 花紋처럼 版박힌다. 바람이 차기가 咸鏡道끝과 맞서는 데서 뻑국채 키는 아조 없어지고도 八月한철엔 흩어진 星振처럼 爛漫하다. 山그림자 어둑어둑하면 그러지 않어도 뻑국채 꽃밭에서 별들이 켜든다. 제자리에서 별이 옮긴다. 나는 여긔서 기진했다.

2

巖古蘭, 丸藥같이 어여쁜 열매로 목을 축이고 살어 일어섰다.

3

白樺 옆에서 白樺가 髑髏가 되기까지 산다. 내가 죽어 白樺처럼 흴것이 숭없지 않다.

4

鬼神도 쓸쓸하여 살지 않는 한모롱이, 도체비꽃이 낮에도 혼자 무서워 파랗게 질린다.

5

바야흐로 海拔六天呎우에서 마소가 사람을 대수롭게 아니녀기고 산다. 말이 말끼리 소가 소끼리, 망아지가 어미소를 송아지가 어미말을 따르다가 이내 헤여진다.

(…중략…)

9

가재도 긔지않는 白鹿潭 푸른 물에 하눌이 돈다. 不具에 가깝도록 고단한 나의 다리를 돌아 소가 갔다. 좇겨온 실구름 一抹에도 白鹿潭은 흐리운다. 나의 얼골에 한나 잘 포긴 白鹿潭은 쓸쓸하다. 나는 깨다 졸다 祈禱조차 잊었더니라.

「白鹿潭」 부분

「백록담」에 이르러 대자연의 원리에 동참하려는 시적 주체의 의지가 산정을 향하는 구체적인 움직임 속에서 발현된다. 한라산 등정에서 보게 되는 풍경과 함께 정상의 백록담을 그리는 과정에서 산의 장엄한 풍경은 생명력이 소진된 모습으로 재현되거나 고립과 단절의 부정적 요소들로 드러나고 있다. 산정에 가까울수록 산을 덮고 있는 '뻑국채'의 '꽃키'는 점점 작아지더니 '版에 박힌 꽃무늬', '爛漫하게 흩어진 성진'처럼 그 생명력이 고갈된 모습으로 묘사된다. 시적 주체는 별 속을 걷는 것만 같은 착각 속에 빠지면서 그 아름다움에 취하여 기진되고 있지만, 산정에 오를수록 육체의 소모와는 달리 의식은 점점 더 꽃의 아름다움에 몰입하게 된다. 즉 육체가 기진할 때 의식의 명료성은 극치에 달하는 초극의 경지를 표현하고 있는 것이다.

이와 같이 「백록담」은 한라산 등반기록이면서 동시에 정신적 상승에 대한 상징을 내포하고 있다.[29] 그리하여 정신적 상승에 따른 의식의 변화가 2연에서부터 9연까지의 과정을 통해 이루어진다. 2연에서는 육체적 소진으로부터 다시 회생한다. 여기서 육체적 회생은 또 다른 정신적 황홀감을 맛보기 위한 전제조건이 되는 것이다. 이렇듯 기진과 소생의 정신적 훈련을 통해서 그 의지는 굳건해진다. 1연에서 5연에 나타나 있는 기진과 소생, 즉 죽음과 삶의 이미지는 「백록담」 시의 전체를 떠받치고 있는 주도적 심상이다. 2연의 '살어 일어섰다', 3연 '髑髏', '산다.', 4연 '쓸쓸하다', '무섭다', '살다' 5연 '헤어진다', '살다' 등의 대비적으로 사용된 이미지 군에서 인간의 죽음과 삶이라는 생(生)자체의 본질이 드러난다. 따라서 죽음과 쓸쓸함, 무서움, 헤어짐 등의 표출은 결국 삶과 죽음을 하나의 자연현상으로 보고 세속적인 비애나 고독을 초탈하는 상징적 의미를 담지하고 있는 것이다. 7연과 8연에서는 시적 주체의 시선에 포착된 사물들이 비유의 사용 없이 있는 그대로 묘사되고 있다. 이것은 감정, 사상, 꿈, 환상 등이 소거된 상태의 표현이다. 9연에서 종착지인 백록담에 이르러 "가재도 긔지 않"는 청정무구의 절대 순수로 이어진다. '백록담'은 '좇겨온 실구름 一抹에도 백록담은 흐리운다'고 할 정도로 순수한 공간이다. 이 경지는 자아를 무화시킬 때에만 도달할 수 있는, 즉 주체의 욕망이 소거된 상태로 자연으로의 초월을 의미하는 것이다.

이 시는 등반과정을 통해 기진과 소생, 고독과 연민, 궁극적으로는 삶과 죽음이라는 인간의 가장 본질적인 삶의 문제를 일상성에서 상징적 공간으로 그 의식의 변화를 보이고 있다. 이 공간은 세속적 욕망을 벗어버린 존재의 무욕의 상태에 있다. '白鹿潭은 쓸쓸'하고, '나는 깨다 졸다 祈禱조차 잊'어 버린 인간적 행위에서 자신의 욕망을

---

29 김우창, 「韓國詩와 形而上」, 『궁핍한 시대와 詩人』, 민음사, 1982, 52면.

비우고 자연 속으로 들어가는 고양된 존재의 의식지향이 나타난다. 「白鹿潭」은 자신의 상징적 죽음에 대한 초극을 순수와 청정의 정신, 즉 동양적인 형이상학의 세계로 드러내고 있는 것이다.

정지용은 '산'을 통하여 인간사 · 세속사의 때 묻지 않은 정결하고 숭고한 세계를 표상하고 있다. 그 세계에서 의식이 심화될수록 시의 공간은 세속적 현실로부터 유리될 수밖에 없었다. 「長壽山」이 깊은 산의 절대고요를, 「九城洞」, 「玉流洞」 등이 신비적 산의 고요를 그리고 있지만 그것을 받아들이는 시적 주체의 절대고독은 실재하지 못하고 부유한다. 이것은 세속적 현실로부터 벗어난 의식의 자기 해방이 아니라 존재론적 주체의 순간적인 의식의 절멸상태이다. 이 공간에서 시적 주체와 자연과의 거리는 존재론적의 욕망과 초월적 욕망의 공존으로 의식과 사물이 교차되는 경계 지점을 경유하는 초월적 주체의 세계이다. 『白鹿潭』에 수록된 여러 시편에서 보이는 길이 끊어지고 외부로부터 난절된 폐쇄의 심상들은 시적 주체가 추구하는 순결성의 세계가 세속적 현실로부터 유리된 자아의 고립을 통해 비로소 도달될 수 있는 것의 깨달음과도 같은 것이다.

인간은 안으로 향하여 자기중심적 내면성을 유지하는 존재인 동시에 밖으로 향하여 타자를 향한 존재로 공존한다고 볼 때, '산'을 통해 주체를 압도하는 자연의 절대성에서 그 장엄함과 대비되는 인간의 유한성도 함께 드러난다. 하지만 욕망의 겹침은 절대적 공간에서 상징적 공간으로 그 의식의 변화를 거치면서 변화된 이기적 욕망의 비움으로 나타난다. 그것은 욕망할 수 없는 욕망으로 채워질 수 없기 때문이다. 그 비움은 타자를 향한 형이상학적 욕망으로 채워지는 윤리성에서 연유된 존재 너머로의 세계와 닿아있는 것이다. 그 결과 시적 주체가 꿈꾸는 이상화의 공간으로 잘 드러나지 않았지만 그것은 주체의 욕망을 비우는 견딤의 현실적 표상이다. 이처럼 시인의 냉혹한 자기 인식과 모순의 양립은 현실 비판의식의 일면이라는 측면에서 그 비판적 전망을 담고 있는 것이다. 정지용은 당시의 정신적 위기를 「朝鮮詩의 反省」에서 다음과 같이 고백한 바 있다.

『白鹿潭』을 내놓은 시절이 내가 가장 정신이나 육체로 피폐한 때다. 여러 가지로 남이나 내가 내 자신의 피폐한 원인을 지적할 수 있었겠으나 결국은 환경과 생활 때문에 그렇게 된 것이었다. (…) 親日도 排日도 못한 나는 산수에 숨지 못하고 들에서 호미도 잡지 못하였다. 그래도 버릴 수 없어 시를 이어온 것인데 이 이상은 소위《국민문학》에 협력하던지 그렇지 않고서는 조선시를 쓴다는 것만으로도 신변의 위협을 당하게 된 것이었다. (…) 위축된 정신이나마 정신이 조선의 자연풍토와 조선인적 정서 감정과 최후로 언어 문자를 고수하였던 것이요.[30]

위 인용된 글은 '정신'과 '육체'의 피폐한 상태와 당시의 억압된 현실을 잘 드러내주고 있다. 이 시기 거의 시를 쓰지 못한 정지용은 이 글에서 당시의 생활, 지식 예술인의 정신적 책임감과 비판의식의 어려움을 토로한다. 그 지적 저항의 하나인 정신적 국면 타개의 방향으로 모색된 것이 바로 전통적 세계관이다. 이런 의미에서 산행 체험은 초월적 의미와 민족의 국토라는 보다 비판적 의식을 담은 공간으로 이해할 수 있겠다. 『白鹿潭』이 전체적으로 지향하는 세계, 그 바탕에 시대적 상황에서 오는 어려움이 자리 잡고 있는 것도 바로 이런 이유이다.

죽음을 통한 부정적 현실의 극복과 초월 지향이 현실 세계의 또 다른 면모인 동양적 자연의 세계에서 이루어진다는 점에서 정지용의 후기시에 나타난 초월의식은 전통지향적인 것으로 볼 수 있다.[31] 그

30 정지용, 「朝鮮詩의 반성」, 266~267면.

러나 동양적 자연의 세계가 곧바로 전통적 자연의 세계로 환원될 수는 없다. 마찬가지로 정지용이 추구한 '다른 세계'가 곧바로 현실을 벗어난 과거 지향의 세계인 것은 아니다. 그가 발견한 동양적 자연의 세계는 부정적 현실세계의 초월 가운데 형성된 근대적 세계의 일면으로 볼 수 있다. 그 동양적 자연에 대한 추구를 전통 지향적으로 돌아선 것으로 보거나 단순히 과거를 현재로 이끌어 복원시키려 했다는 것으로 보게 되면, 정지용 후기시의 현실에 대한 극복 의지나 현실과 이상과의 긴장된 대립의 전개 과정에 대한 의미는 제대로 파악될 수 없다.

그러므로 정지용 후기시에 나타난 동양적 자연의 세계는 전통적인 것과 현실적인 것을 모두 반성적으로 취하고 있는 근대적 주체가 형성한 또 다른 현실 세계로 보아야 할 것이다. 그 의지는 온전히 과거적인 것도 아니고 현실적인 것도 아닌 현실 세계에 대한 재창조의 의미로 이해해야 한다. 정지용은 그 세계에서 유한한 자아를 넘어 타자의 무한성의 흔적들을 만난다. 이런 의미에서 자연 공간의 죽음은 더 이상 오를 수 없는 인간의 한계 상황인 죽음의 제의적 지평이 아니라 절대타자에 대한 초월을 의미하고 있는 것이다. 그 결과 삶과 죽음의 경계를 가로지르는 초월의 상상력을 보여준다. 죽음에 대한 상징적 의미는 먼저 「도굴」, 「진달래」 등에서 간접적으로 나타난다.

삼캐기늙은이는 葉草 순쓰래기 피여 물은채 돌을 벼고 그날밤에사

31 정지용의 후기시에 대한 전통지향성 혹은 고전적 경향에 대한 논의는 대체로 일제말기라는 시대적 상황과 『文章』지의 특성과 관련지어 논의되고 있다. 이에 대한 논의로는 차승기, 「1930년대 후반 전통론 연구 - 시간 · 공간 의식을 중심으로」, 서울대 대학원 박사학위논문, 2002; 김영실, 『문장파 문학의 고전 수용 양상 연구』, 1999; 김윤식, 『한국근대문예비평사연구』, 한얼문고, 1973; 한형구, 「일제말기 세대의 미의식에 관한 연구」, 서울대 대학원 박사학위논문, 1992 참조.

山蔘이 담속 불거진 가슴팍이에 앙징스럽게 後娶감어리 처럼 唐紅치마를 두르고 안기는 꿈을 꾸고 났다 모태ㅅ불 이운듯 다시 살어난다 警官의 한쪽 찌그린 눈과 빠안한 먼 불 사이에 銃견양이 조옥 섰다 별도 없이 검은 밤에 火藥불이 唐紅 물감처럼 곻았다 다람쥐가 도로로 말려 달어났다.

「盜掘」 부분

한골에서 비를 보고 한골에서 바람을 보다 한골에 그늘 딴골에 양지 따로 따로 갈어 밟다 무지개 해ㅅ살에 빗걸린 골 山벌떼 두름박 지어 위잉 위잉 두르는 골 (…) 바로 머리 맡에 물소리 흘리며 어늬 한곬으로 빠져 나가다가 난데없는 철아닌 진달레 꽃사태를 만나 나는 萬身을 붉히고 서다.

「진달래」 부분

위 두 작품은 관찰적 시선으로 현실에 대한 욕망의 부정을 상징적 죽음[32]을 통해 묘사하고 있다. 산의 절대적 공간에서 인간적이고 정신적인 가치를 반영하고 있었던 그 의미는 죽음이라는 하나의 사건으로 형상화된다.

---

32 김승구는 정지용 후기시의 죽음을 '무력화된 주체와 상징적 죽음'이란 관점에서 설명한다. 특히 1940년대 초반 정지용 시가 도달한 '주체와 객체, 현실과 환상'이 포개지는 정신적 초월의 순간은 상징적 죽음의 과정을 통과함으로써 얻어진 것이라고 보았다(김승구, 「정지용 시에서 주체의 양상과 의미」, 『배달말』 37권, 배달말학회, 2005, 231~232면 참조.), 남기혁 역시 김승구와 비슷한 관점을 취한다. 남기혁은 정신적 초월의 순간은 상징적 죽음의 과정을 통과함으로써 얻어진 것이라고 보았다(남기혁, 「정지용 중·후기시에 나타난 풍경과 시선, 재현의 문제」, 『국제문학』 제47집, 2009, 131~141면.). 이런 의미에서 필자 역시 시적 주체의 '상징적 죽음'은 육체적 죽음이 아니라, 종교적인 것과 같은 의미 선상에서 자기부정의 사건으로 본다. 따라서 후기 '산'에 관한 시편에서 시적 주인공의 죽음도 이와 같은 맥락으로 해석이 가능하다고 본다.

「盜掘」은 '심마니 늙은이'의 꿈으로 비유된 산삼의 발견으로 모호하게 설정된 상황 속에서 죽음의 서사가 드러난 작품이다. '후취감'처럼 아름다운 산삼이 홍상치마를 걸쳐 입고 자신에게 안기는 꿈은 깨어나면서 맞게 되는 비극적 사건을 암시하듯 인간적 욕망으로 은유된다. 꿈꾼 뒤에 '警官의 한쪽 찌그린 눈'과 '빠안한 먼 불'에서 서로의 충돌은 극적으로 고조되며 '화약불이 물감처럼 곻았다'라는 구절에서 늙은 심마니의 비현실적인 상황이 객관적으로 묘사된다. 산삼을 찾기 위해서 백일치성을 올리는 노인의 삶이나 꿈속에서 산삼을 만나는 모호한 이야기, 그리고 심마니가 도굴꾼으로 오인 받아 죽는 결말부의 이야기는 서사적인 인과를 동반하지 않은 채 생략과 비약의 방법을 동원하여 막연한 상황 인식을 보여주고 있다. 이 시에서 죽음의 의미는 모호한 죽음과 이어지는 '별'도 없는 '밤'의 '화약 불빛'처럼 현실적 죽음의 시사보다는 간접적으로 의인화된다. 따라서 상징적 죽음을 통해 현실 원리를 뛰어넘어 초월적 세계를 암시하고 있는 것이다.

「진달래」에서는 힘들고 고된 산행의 재현에서 환상적 죽음을 상징한 아름다운 초월의 욕망을 드러내고 있다. 이 시에서 '산'이라는 공간은 다소 혼란스럽게 묘사된다. 한 골에서 '비'를 보는 반면 한 골에서는 '바람'을 보고, 한 골에 '그늘'이 있으면 다른 한 골에는 '양지'가 있다. 게다가 산에는 벌떼가 '두름박 지어 위잉 위잉' 날아다니고 칙범까지 살고 있는 것으로 묘사된다. 즉 고결하거나 안정된 공간이 아니라 죽음과 가까이 연결되어 있는 공간으로 나타난다. 시적 주체는 장방에 누웠다가 물소리를 따라 어느 골짜기로 빠져 나가서 '난데없는 철아닌 진달레 꽃 사태'를 만난다. 그리고 '나는 만신을 붉히고 서'는 행위에서 신비로운 '죽음'의 이미지를 발견할 수 있다. 시의 배경이 가을임에도 난데없는 철 아닌 '진달래', '꽃 사태'의 마주침은 꿈과 환상이 지닌 도취적 성격을 드러내며 '산' 속에서의 죽음을 황홀함으로 인식한다. 따라서 '죽음'의 의미는 비극적이거나 부정적인 것이 아닌 오히려 황홀하고 아름다운 죽음으로 상징된 초월적 세계에 닿을 수 있는 통로가 된다. 이것은 죽음을 두려워하면서도 기꺼이 받아들이려는 시적 주체의 태도에서 비롯된 것이다. 이러한 상징적 죽음의 문제를 본격적으로 드러낸 작품으로는 「호랑나븨」, 「예장」 등이 있다.

모오닝코오트에 禮裝을 가추고 大萬物相에 들어간 한 壯年紳士가 있었다 舊萬物 우에서 알로 나려뛰었다. 웃저고리는 나려 가다가 중간 솔가지에 걸리여 벗겨진채 와이샤쓰 바람에 넼타이가 다칠세라 납죡이 엎드렸다 한겨울 내-- 흰손바닥 같은 눈이 나려와 덮어 주곤주곤 하였다 壯年이 생각하기를 「숨도아이에 쉬지 않어야 춥지 않으리라」고 주검다운 儀式을 가추어 三冬내-- 俯伏하였다. 눈도 희기가 겹겹이 禮裝같이 봄이 짙어서 사라지다.

「禮裝」 전문

이 시는 '예장'을 갖추고 산 속으로 들어가 자살한 어느 신사를 소재로 한다. 하지만 그의 자살 행위는 무슨 특별한 생의 번민과 갈등이 개입되었다고는 보이지 않는다. 이 시의 죽음은 이미 세속적인 죽음과는 다른 의미를 지니고 있기 때문이다.[33] 한 장년의 자살을 놓고 그 죽음의 장면을 하나의 예장으로 표현한다. 아름다운 자연 공간에

33 장도준은 「예장」을 분석하면서 "한 장년 신사가 예장을 갖추고 舊萬物 위에서 뛰어 내려 자살하는 내용이지만, 이 시에서 죽음의 심각성 같은 것은 비쳐지지 않는다."라고 하였다(앞의 책, 193면.). 한편 이와 달리 최동호는 "투신 자살한 장년 신사에게서 우리는 현실을 탈출하고자 하는 지용의 정신적 갈등을 느낄 수 있다."라고 하였다(최동호, 「정지용의 산수시와 은일의 정신」, 『민족문화연구』 19, 고려대 민족문화연구소, 1986, 37면.). 이 글에서는 '산'의 시편이 갖는 주체의 모순된 욕망에서 다른 공간의 초월적 의미로 해석이 가능하다고 본다.

서 신사는 죽어가면서도 넥타이가 다칠까 봐 조심스레 엎드린다. 이 시는 죽음에 대한 일체의 정서적 반응을 드러내지 않음으로써 죽음 자체가 가지는 또 다른 차원의 어떤 상징성을 암시한다. 이는 한 장년 신사의 신성한 죽음의 과정을 흰색의 이미지를 강조하는 것에서 드러난다.

금강산 만물상 위의 정결한 이미지 위에 '넥타이가 다칠세라 납족이 업드린' 신사의 모습과 흰 눈의 시각적 이미지는 '죽음'을 신성하고 아름답게 만든다. 특히 '흰 손바닥 같은 눈이 나려와 덮어 주곤' 한다는 표현에서 신사의 죽음을 보듬어 주어 '죽음'을 통해 오히려 '존재의 안식'을 얻는 인간의 모습을 시화하고 있음을 알 수 있다. 장년 신사는 '존재의 안식'에 그치지 않고 '주검다운 儀式을 갖추어 三冬네---俯伏'한다. 이런 모습은 신사가 죽음을 하나의 '제의'로 기꺼이 받아들이는 초월적 의지로 발현된다. 그는 죽어서도 의도적으로 숨을 쉬지 않는데 여기서 그의 육체는 죽었지만 그의 정신은 살아 있다는 것을 의미한다. 즉 육체적 생명이 멈춘 시간에도 살아 있는 정신의 강조는 시적 주체의 냉혹한 겨울 추위보다 더 참혹한 현실의 상황을 암시한다.

> 畵具를 메고 山을 疊疊 들어간 후 이내 蹤迹이 杳然하다 丹楓이 이울고 峯마다 찡그리고 눈이 날고 嶺우에 賣店은 덧문 속문이 닫히고 三冬내—열리지 않었다 해를 넘어 봄이 짙도록 눈이 처마와 키가 같었다 大幅 캔바스 우에는 木花송이 같은 한떨기 지난해 흰 구름이 새로 미끄러지고 瀑布소리 차즘 불고 푸른 하늘 되돌아서 오건만 구두와 안ㅅ신이 나란히 노힌채 戀愛가 비린내를 풍기기 시작했다 그 날밤 집집 들창마다 夕刊에 비린내가 끼치었다 博多 胎生 수수한 寡婦 흰얼골 이사 淮陽 高城사람들 끼리에도 익었건만 賣店 바깥 主人된 畵家는 이름

조차 없고 松花가루 노랗고 뻑 뻑국 고비 고사리 고부라지고 호랑나븨 쌍을 지여 훨 훨 靑山을 넘고.

「호랑나븨」 전문

「호랑나븨」 역시 일본의 어느 산장 매점에서 있었던, 화가와 산장 여주인이 행한 연애 끝의 죽음을 형상화한 것이다. 이 시에서 죽음은 「예장」에 나타난 죽음보다 더 복합적인 양상을 띠며 사랑의 절정과 이어지는 죽음을 예술의 문제로 진전시키고 있다. 죽음의 계절적 변화를 화가가 죽은 후 홀로 매점 밖에 있는 '大幅 캔바스 우'를 구심점으로 묘시한다. 그러기에 '大幅 캔바스'에 봄의 풍경이 그려지고 있는 것같이 나타난다. 또한 그 위로 "목화송이 같은 한 떨기 지난해 흰 구름이 새로 미끄러지고 폭포 소리 차츰 불고 푸른 하늘 되돌아"오면서 두 남녀는 자연으로 회귀한다. '송화가루 노랗고 뻑 뻑국 고비 고사리 고부라지고 호랑나븨 쌍을 지어 훨훨 청산을 넘고'라며 묘사된 장면은 환상으로 죽은 자의 환생을 이끌어낸다. 이 같이 비가시적 재현은 '산'과 '하늘'의 신비로움과 초월성으로 두드러지며 탈속적 세계관이 한층 강조된다. '나비'가 영혼을 상징하는 무의식적 세계로의 이행이라는 의미에서 볼 때도 그것은 사물 저 너머의 세계로 상징되고 있다. 특히 죽음의 문제에서도 이렇듯 자신의 자기 정서를 억제하고 있는 시적 주체의 마음에서 다른 세계로의 의식지향이 포착된다. 즉 타자를 향한 열망은 자연의 절대성과 타자의 타자성 안에서 윤리적 현실의 대안으로 제시되고 있는 것이다.

정지용은 '산'을 비롯한 자연공간에서 죽음과 탈속적 세계관으로 그 감정의 절제를 드러낸다. 남녀의 죽음에 우주적 질서를 부여함으로써 그 죽음을 미화시키는 동시에, 죽음을 둘러싼 아름다운 풍경이 예술 작품처럼 완성되는 과정을 시화한다. 죽음이 예술을 탄생시킨다면 그리고 예술이 인간 삶보다 영속적인 것이라면 여기 죽음은 불가능한 것에서 가능성으로 구현되고 있는 것이다. 산수시에 나타난 죽음의 공간은 갈등의 무화를 위한 제의적 장소이다. 도시 공간에서 죽음이 극복해야 할 죽음이라는 측면이 강했다면 산수 공간에서의 죽음은 행복한 죽음이며 축제의 공간으로 나아가는 통로인 것이다. 이 죽음이 구체적이지 않고 시간의 비약을 앞세운 관념적이고 방법적인 죽음이 될 수밖에 없었던 것은 이 때문이다.

산은 죽음의 형식을 통하여 세속의 갈등을 무화시키는 초월적 공간으로 존재하고 있다. 종교시 이후 끊임없이 정신적인 것을 갈망한 정지용은 죽음을 육체적인 것이 아니라 정신적인 것으로 파악하였다. 정신의 해방은 육체의 한계를 극복할 수 있다는 것이 위의 시들이 갖는 초월성이다. 죽음은 새로운 삶의 공간을 확보하기 위한 상징적 의미를 지닌 공간으로 자유, 현실로부터의 해방, 혹은 완전한 사랑의 절정에서 느껴지는 황홀함, 자연과의 합일 등으로 종교적 영원성과는 또 다른 형태로 드러난다. 이것은 죽음을 받아들이는 시적 주체의 태도가 초월적인 것이기 때문이다.

정지용에게 있어 초월성은 죽음을 통해 새로운 원형성의 세계를 창조하고 삶과 죽음을 일련의 과정으로 파악한 것이다. 그것은 세속의 질서가 개입하지 않는 고요하고 평화로운 산수 공간에서 그는 내면의 고뇌와 아픔을 무화하여 나가고자 한 의도로 보인다. 이 공간에서 시인은 세속적인 외부세계와 차단된 정적인 동양적 세계관을 지향한다. 근대적 공간에서 과학적 합리성을 앞세운 기계주의적인 속도에 쫓기며 살았던 시인은 직선적인 시간의 흐름을 거역하는 무시간성을 추구하며 탈속의 경지에 이르게 된다.

위에서 살펴본 것처럼 후기 자연시에 나타난 상징적 죽음은 비극적이지 않다. 오히려 이 죽음은 자연의 근원적 섭리에 닿아 있다. 그것은 '산'이라는 자연 공간을 감각적 이미지와 어법으로 선명하게 묘사하면서도 그 안에서 일관되게 초월의식을 담는 '고귀한 죽음'을 담지하고 있기 때문이다. '산'의 절대적 공간에서 유한한 인간 존재의 욕망은 주체의 비움과 자연으로의 초월성으로 정신적 초월의 통로를 마련하고자 한 것이다.

3. 초월적 욕구로서의 보편적 인류애

참된 삶이 여기에 없다는 의식은 좌절과 절망을 가져다주지만 어느 곳엔가 있으리라는 기대는 인간으로 하여금 희망과 기대를 가지고 계속 움직이게 한다. 이러한 움직임을 '타자로의 초월'이라 부르고 '형이상학적 욕망'의 표현으로 본다. 참된 삶의 부재 경험에서 비롯된 현실 안에 사는 인간은 초월을 꿈꾼다. 따라서 초월은 문자 그대로 '넘어감', '떠남'의 의미로 '지금, 여기'를 떠나 더 먼 곳으로 옮겨가는 행위라고 부를 수 있다. 이렇게 본다면 인류 역사는 거의 처음부터 초월적 욕구[34]를 갖는다고 할 수 있다.

인간은 '지금, 여기'에 부재하는 참된 삶을 잊기도 하고 실현 불가능한 삶을 대리체험하기도 한다. 그러나 일상으로부터의 초월은 어

---

34 초월적 욕구는 아리스토텔레스의 형이상학으로 거슬러 올라간다. 만물이 각기 실현해야 할 목적을 가지듯이 인간에게도 인간으로서 행해야 할 목적 즉, '선'이 있는데, 개별적 행위의 목적은 그 자체를 위한 것이 아니라 보다 높은 목적을 위한 수단이고, 이 수단과 목적을 연달아 거슬러 올라가면 마침내는 그 이상 더 올라갈 수 없는 단계, 즉 그 자체를 위해서 그것이 소망되는 무엇에 도달할 것이다. 이 마지막 무엇이 바로 인내의 '궁극목적'이며 이 '그 자체를 위하여 소망되는 것'이 곧 인생의 최고선이 아닐 수 없다는 것이다(고영아, 앞의 논문, 82면.). 이러한 입장을 사회와의 공존으로 실재하는 공동체라는 개념으로 접근한다.

떤 모습을 취하든 다시 일상으로 돌아오게 마련이다. 일상은 인간의 삶이 유지되는 자리이자 한계이기 때문이다. 그리고 그 일상에서 무수한 타자들과의 만남은 계속되어 그 체험의 과정에서 초월의 갈망이 일어나고 다시 새로운 세계로의 참된 삶을 꿈꾸게 된다. 이때 초월적 욕구는 인간에게 인간으로서 실천해야 할 목적과 행위를 가지게 되는데, 그것은 자연인으로서 이기적 욕구의 충족이 아니라 초월적 욕구를 위한 공동인의 도덕적 행위에 해당된다. 이는 인간이해의 과정으로 이어지며 그 '나'라는 주체의 존재 사실을 가능하게 하는 타자와의 공존이 필연적으로 요청되는 관계라고 할 수 있다. 이 관계로 공동체적 주체의 정체성[35]을 형성하게 된다.

1930년대 말에 이르러 동양 지향적이고 정신주의적인 세계관이 조선 문단에 있어서 하나의 유행처럼 되어 버린 현상은 민족국가를 향한 제국주의 침탈의 가속화에 대해 부정과 저항의 의미를 띤다. 파시즘에 의해 더욱 포악한 형태로 전개되고 있던 근대의 제반 양상들, 자기중심적인 세력의 대상과 주변으로 확산된 강압적인 힘은 인간의 이기적인 목적에 의해 타자를 지배하는 것이 얼마나 부당하고 우주의 질서에 위배되는 것인가를 잘 알게 해 주었다. 이러한 접근은 국토 순례가 지니고 있는 의미와 만날 때 더욱 분명해진다. 이것은 국토의 의미가 각 민족이 거주하고 있는 공동체의 터전이라는 사실을 전제하고 있기 때문이다.

정지용의 후기 자연시는 작품의 향유를 통해 궁극적으로 민족의 공동체적 문화의 실현을 지향하고자 하는 열렬한 자각에 있었다. 국

---

35 레비나스는 윤리적 관계가 모든 보편성과 공동체에 선행하는 근원적 관계라고 주장한다. 이 관계에서 타자는 모든 타자들과 연대감으로 나타나며, 사회질서를 구성하여 인간존재들의 공동체는 근원적인 우애의 공동체로 형성되어야 한다고 본다(김연숙, 앞의 책, 169~177면 참조.).

토에 대한 새로운 발견은 그 겨레의 화합과 동궤에 놓이며 민족의식을 고취하려는 집단의식이자 윤리적 행위라 할 수 있다. 여기서 윤리는 도덕과는 다른 차원에서 이루어진다고 볼 수 있다. 주체의 의도에 따라 도덕과 윤리는 서로 다른 두 중심을 형성하게 되는데, 이때 도덕은 근본적으로 이성을 수단으로 하여 인간의 행동을 규제하는 자율적인 원리이고 그것은 인간의 노력의 산물이다. 이와 달리 윤리는 인간의 호소를 고백하는 것이자, 인간의 초월적 세계인 타자성에 그 근원을 두고 있다.

전통적인 윤리학은 곧 자아에 관한 윤리, 이를 토대로 공동체의 윤리를 발전시켜왔다. 따라서 윤리는 공동체와의 공존에서 필연적인 과정이라 할 수 있다. 이런 맥락에서 정지용 시의 타자윤리는 타자성을 기초로 하는 새로운 존재론, 즉 이성과 구분되는 인간의 욕망에 관한 새로운 자아윤리를 타자 중심에서 이해하고 있는 것이다. 이런 의미에서 무한성의 관념은 동적인 것으로 통찰은 주체의 존재사실을 가능하게 하기 위해 공동체와의 박애와 대화 속에서 형성된 인간적 유대에 있다. 그러므로 타자에 대한 동일자의 무한한 관심이 인간적 유대, 사회의 기원이라고 볼 수 있겠다. 인간의 관계가 필연적으로 요청되는 윤리적 응답, 도덕적 책임은 모든 인류에게로 확대된다.[36]

정지용의 후기 자연시 및 그와 관련된 시론의 본질은 정신주의 내지 형이상학적 세계관을 기반으로 해서 도출된 것인데, 그의 이러한 정신의 진리는 무엇보다도 언어로 나타낼 수 있어야 한다는 입장을 지니고 있었다.

사물에 대한 타당한 견해라는 것이 의외에 고립하지 않았던 것을 알

36 김연숙 앞의 책, 174면.

았을 때 우리는 비로소 안도와 희열까지 느끼는 것이다. 한가지 사물에 대하여 해석이 일치하지 않을 때 우리는 서로 쟁론하고 좌단할 수는 있으나 정확한 견해는 논설 이전에 이미 타당과 和協하고 있었던 것이요, 진리의 보루에 의거되었던 것이요, 遍滿한 양식의 동지에게 暗合으로 확보되었던 것이니, 결국 알 만한 것은 말하지 않기 전에 서로 알고 있었던 것이다. 타당한 것이란 天成의 위의를 갖추었기 때문에 요설에 삼간다. 싸우지 않고 항시 이긴다.[37]

이 글을 통해 정지용의 사물에 대한 보편적 진리와 그것에 대한 확고한 믿음을 알 수 있다. 그것은 바로 "사물에 대한 타당한 견해"라는 것으로 '고립'되지 않는 보편적인 진리에의 믿음이 일반화될 수 있다는 것을 나타내고 있는 것이다. 따라서 '정확한 견해'란 '천성의 위의'를 갖추었기에 "싸우지 않고 이긴다."고 생각했다. 정지용이 '옹호'하는 '시'라는 것은 보편적인 진리가 함의된 시정신일 것이다. 이때 사물, 즉 자연을 대하는 시정신은 단순히 주관적인 것이 아니라 시인의 의식이 우주내에 보편적으로 존재하는 진리와 일치되고 있음을 전제로 한다. 이 보편적이고 절대적인 진리에 대한 믿음이 정신주의로 나타난 것이다. 그러므로 정지용 시의 행방은 문화와 언어에 대한 믿음으로, 문화적 공동체를 실현하고자 하는 시 정신에서 비롯된 것이라 할 수 있다. 시를 쓰는 시인의 정신과 시 작품은 서로 분리되기 어려운 까닭도 그것이 작가의 오랜 정신적 고투를 바탕으로 하기 때문이다. 이러한 태도는 언어 속에서 출발하여 겨레로 나아가는 정지용 시의 도정을 보여준 전형적인 본보기가 되었던 셈이다.

---

37 정지용, 「詩의 옹호」, 241면.

시는 다만 감상에 그치지 아니한다. 시는 다시 애착과 友誼를 낳게 되고, 문화에 대한 치열한 의무감까지 양양한다. 고귀한 발화에서 다시 긴밀한 화합에까지 효력적인 것이 시가 마치 감람의 聖油의 성질을 갖추고 있다. 이에 불후의 시가 있어서 그것을 말하고 외이고 즐길 수 있는 겨레는 이방인에 대하야 항시 자랑거리니, 겨레는 자랑에서 화합한다, 그 겨레가 가진 聖典이 바로 시로 쓰여졌다. 문화욕에 치구하는 겨레의 두뇌는 다분히 시적 상태에서 왕성하다. 시를 중추에서 방축한 문화라는 것은 생각조차 할 수 없다. 성급한 말이기도 하나 시가 왕성한 국민은 전쟁에도 강하다. 甘密을 위하야 嶺營하는 蜂群의 본능에 경이를 느낄 만하다면 시적 욕구는 인류에 있어서 가장 우수한 본능이 아닐 수 없다.[38]

정지용이 이 글을 발표한 것은 1939년이다. 같은 해 『문장』[39]에 실린 그의 시론[40]을 통해 당시 상황을 짐작해 보면 그의 제2시집 『白鹿潭』 발간과 『문장』의 방향이 그의 시론과 긴밀히 관련되어

---

38 위의 글, 243면.

39 『문장』(1939. 2~1941. 4)은 1930년대 중반 조선주의 문화운동의 흐름을 이어받으며 등장했지만, 총력전의 사상, 반근대적 전통주의, 모더니즘의 유산을 모호하게 결합된 형세를 보여준다. 같은 시기 『人文評論』과 비교해보면 『文章』의 '전통주의적' 경향이 두드러져 보인다. 『文章』의 전통주의는 근대적 인식론의 도식에 의해 구성되는 동시에 그것과 내적으로 갈등하는 '과거적인 것', 다른 한편으로는 '근대 초극'의 이데올로기로서의 동양론이 요구하는 문화 지리적 표상 속으로 포섭되는 동시에 그것과 길항하는 '조선적인 것'이 만들어 낸 효과였다고 말할 수 있을 것이다(차승기, 「동양적인 것, 조선적인 것, 그리고 『문장』」, 『한국근대문학연구』 21, 한국근대문학회, 2010, 4. 365~365면.). 위 논문은 동양적인 것과 조선적인 것의 모호한 관계라는 관점에서 논하고 있지만, 결국 그 흐름을 문화적 정체성에 대한 성찰적 모색으로 보고 있다.

40 「詩의 옹호」(1939. 6), 「詩와 발표」(1939. 10), 「詩의 威儀」(1939. 11), 「詩와 言語」(1939. 12) 등에서 주장한 세계관은 '동양적 산수시의 경지', '性情을 중심으로 한 형이상학의 세계', '정신주의의 개척'등으로 잘 알려진 바와 같이 후기 산수시에 바탕이 된 세계관으로 볼 수 있다(최동호와 이승원의 앞의 글에서 참조.).

있음을 알 수 있다. 김윤식은 일찍이 『문장』에 대해 "〈시적인 것〉으로 대표되는 문장파의 정신적 기조저음은 30년대 말기의 韓民族史의 정신사적 문맥을 해명하는 유력한 단서"[41]라고 표명했다. 이 연장선에서 조선적인 것의 정체성을 문화적으로 확정짓고자 하는 경향적 흐름 속에 등장한 『문장』은 비록 전통주의로 온전히 환원될 수 없는 다양한 지향들의 복합적인 산물이지만, 잡지 편집에 주도적으로 참여하고 있던 편집의 기조는 조선의 문화적 정체성 및 문학적 정통성을 확립해가는 데 있었다.[42] 이런 의미에서 인용된 시론은 작품의 창작 원리와 민족공동체가 지닌 고유한 긍지 '겨레'와의 '긴밀한 화합'과 결합시키고자 하는 지향을 포함하고 있다. 다시 말해 그 문화와 인간의 언어가 밀접함을 역설하고 있다. 모더니즘의 한계를 극복한 세계관이라는 관점에서 정지용이 이 시기 조선 문단에서 전통주의를 주도해 나갈 수 있었던 것도 이러한 세계 인식에서 비롯된 것이다.

물론 『白鹿潭』에 수록된 시들이 신문사의 기획으로 주도된 기행시의 성격[43]을 지닌다는 점에서 다소 문제를 안고 있지만, 이미 초기시부터 이 세계관과 관련된 성찰이 이전에 먼저 자연 체험이 있었던 것에서 그 방식과 양상의 관계 속에 놓이게 된다고 판단된다. 그의 시에서 주체 회복의 문제는 초기부터 일관되게 견지되어 온 지향점이기도 하다. 근대의 부정적이고 이기적인 자아를 극복하고 제반 근대성에 대한 비판을 중심으로 이루어진 것도 이 때문이다. 그러므로 『白鹿潭』은 산행체험을 바탕으로 쓰여진 것들로 동양 지향적 정신주

---

41 김윤식(1978), 168면.

42 차승기, 앞의 글, 365면.

43 1930년대 중반 『동아일보』와 『조선일보』에서 기획한 국토 기행을 계기로 쓰인 것들이다. 정지용은 신문사로부터 국토순례에 대한 기행문을 써달라는 청탁을 받고 금강산 및 한라산 등지를 여행하게 된다. 이후 『백록담』에 수록된 자연시들은 이때의 체험을 바탕으로 쓰여진 것들이다(송기한(2005), 147~148면.).

의에서 비롯되고 있음을 알 수 있다. 시기적으로 볼 때, 정지용 후기 시는 민족국가를 향한 제국주의 침탈과 가속화에 대한 부정과 초월로 이어지는 공동체적 주체의 윤리적 저항이라 볼 수 있을 것이다. 그 초월적인 힘은 우주적 질서를 형성하는 원리로, 인간을 다른 모든 존재들과 더불어 포용하고 인간에게 독보적인 권한을 부여하지 않고 있다는 사유를 그 밑바탕에 깔고 있다.

그렇다고 보면 윤리적 저항의 의미가 함의된 인류공동체는 지리적 공간과 사회적 경험 속에 있었던 역사와 시기를 관통하는 우월성 위에 가능해진다. 민족의 우월성도 '영토'에서 보다 명징하게 드러나며 확장된 영토와 무대의 광대함은 이 우월성을 가장 선명하게 나타내는 수단이 된다. 이때 '산'은 '국토'의 의미로 존재하며 일본이라는 타자와 스스로를 구별하는 민족공동체의 의미까지 포함하게 되는 것이다. 그것은 현실의 질곡을 극복하고 새로운 세계에 대한 갈망만이 이 시대로부터 벗어날 수 있는 유일한 길이었기 때문이다.

정지용은 정신주의를 창작원리로 삼으면서 민족공동체를 추구하는 본질에서 주체를 강화하는 방향으로 나아간다. 이는 주체가 타자에 의해 잠식되어 해체될 위험에서 회복된 주체, 강화된 주체를 바탕으로 민족이라는 집단적 공동체의 정체성을 구축하고자 함이다. 이러한 점에서 '국토 그것은 그 자체가 정신'[44]이라는 사유로 식민지 지식인으로서 필연적이고 정당하게 가질 수 있는 윤리적인 것이라 할 수 있다.

주체의 회복 속에는 존재론과 형이상학적 욕망이 공존해 있다. 그는 주체를 강화하기 위한 노력을 하지만 타자를 자신의 동일성 내로 환원시키며 그들을 지배하지는 않는다. 정지용은 타자의 타자성을

---

44 김윤식(1978), 175면.

수용하고 그 존재를 인정한다. 이는 근대적 세계관에서 볼 때 주체중심적인 차원을 넘어서는 것으로서 주체와 타자간의 대화적이고 매개적 관계가 이루어지는 연대적 성격을 지니는 것이다. 이러한 세계관에 의하면 주체와 타사의 대립적인 사리에서 서로를 대상화시키거나 소외시키는 것이 아니라 주체는 타자 속에서 실천적으로 의미화가 이루어지는 양상을 띠게 된다. 이후 창작되는 정지용의 정제된 시나 산문은 이러한 인식론 위에서 창작된 것들이다.

老主人의 腸壁에
無時로 忍冬 삼긴물이 나린다.

자작나무 덩그럭 불이
도로 피여 붉고,

구석진 그늘 지여
무가 순돋아 파릇 하고,

흙냄새 훈훈히 김도 사리다가
바깥 風雪소리에 잠착 하다.

山中에 冊歷도 없이
三冬이 하이얗다.

「忍冬茶」 전문

인용 시는 '山中'에서 '老主人'이 차를 마시는 상황을 그리고 있다. 그런데 이곳에는 '冊歷'이 없다. 그저 '노주인'이 마주한 산 속의 시간만이 있을 뿐이다. 세속적 현실 세계의 시간관념은 사라지고 오직 '無時'로 찻물을 내리고 있는 정지된 시간만이 흐르고 있을 뿐이다. 다시 말해 '산중에 책력도 없이/ 삼동이 하이얗다.'에서 '책력'이 없음은 그 불필요성을 함의하는 동시에 시간의 구속에서 초월한 존재, 곧 무시간적인 존재와 그 상황을 환기한다. 이 시에서 드러난 자연은 '無時間性'을 통해 인간을 지배하고 있는 역사적이고 객관적인 시간성에서 벗어나, 개인적인 비애나 슬픔을 넘어선 결백의 세계를 형상화 하고 있는 것이다.[45] 이러한 무시간적 상태는 죽음과 미래의 예측불가능성에 대한 초월적 시간에서 이루어진다. 이에 따라 현실의 시간과는 다른 차원의 시간의 질서를 따라 움직이는 정지된 시간 속에서 무한한 현재[46]를 창조해낸 것이다.

무시간적인 상황을 통한 시간의 초월, 그리고 시간에 의해 소진되는 삶에 대한 비관적 인식은 현재적 삶을 끝없이 무화하려는 무의식적 욕망을 드러내며 소진되지 않는 영원성을 회복하고자 한다. 이는 영원성의 경지로, 단일한 우주적 질서로 주체를 회복하고자 하는 초월의 힘이다. 그만큼 벗어나고픈 현실 세계의 부정성이 선험적으로 존재하고 있기 때문인 것이다. 정지용이 자연 공간에서 창조해낸 완벽한 시간, 곧 무한한 현재는 결국 '구석에 그늘지어/ 무가 순돋아 파릇하'기를 기다리는 시인의 의지에서 비롯된 것이라고 할 수 있다.

石壁 깎아지른
안돌이 지돌이,
한나잘 긔고 돌았기

---

45 정끝별, 「지용 시의 상상력 연구 - 시간과 공간을 중심으로」, 이화여대 대학원 석사학위논문, 1989, 26면.

46 김신정, 앞의 책, 221면.

이제 다시 아슬아슬 하고나

일곱 거름 안에
벗은, 呼吸이 모자라
바위 잡고 쉬며 쉬며 오를제,
山꽃을 따,

나의 머리며 옷깃을 꾸미기에,
오히려 바뻤다.

나는 향人처럼 붉은 꽃을 쓰고,
弱하야 다시 威嚴스런 벗을
山길에 따르기 한결 즐거웠다.

(…중략…)

이제 별과 꽃 사이
길이 끊어진 곳에
불을 피고 누었다.

「꽃과 벗」 부분

위 시는 벗과 함께 산행을 하는 시적 주체의 심경이 마치 어린이의 순진무구한 시간처럼 재현되고 있다. 시적 주체와 '벗'은 '山꽃을 따, 나의 머리며 옷깃을 꾸미기에' 바쁘다. 그리고 '벗'의 이러한 행동을 '붉은 꽃을 쓰고, 산길에 따르기 한결 즐거워'한다. 동심에서 우러난 이런 행동에서 시적 주체와 '벗'의 모습은 근엄한 성인의 면모와는 다르다는 사실을 알 수 있다. 이 시는 친구와 더불어 자연공간의 이동을 움직임으로 나타낸다. 이때 힘든 산길이 즐거운 산행으로 묘사되고 있는 것은 어떠한 목적의식을 갖지 않고 자연에 무방비 상태로 '별과 꽃 사이'에 '불을 피고 누'운 채 내맡겨져 있기에 가능하다. 지금의 시인에게는 산의 위엄성을 인식해야 하는 목적 지향적인 관념과는 거리가 멀어 보인다.

산에 대한 시인의 이러한 태도는 현실의 객관적 시간을 거부함으로써 시적 주체의 시간 속에서 현현시키고자 한 것이다. 그 시간은 어린아이의 그것처럼 천진난만한 시간, 근대에 의해 훼손되지 않은 자연의 시간, 그리고 현실을 초월한 재생의 시간을 의미한다고 볼 수 있다. 즉 시인이 추구한 시간은 현실적 자아를 지워버리는 시간이 아니라 근대의 시간에 부재한 결핍된 가치들을 보존하고 있는 시간이었다. 이러한 소망으로 이루어진 시간은 영원성의 기억을 끌어내어 현재를 이어주는 매개물인 동시에 미래의 시간으로 향하고 있다. 따라서 이 시의 시간체험은 가치 있는 것들로 채우려는 공동체적 주체로서의 이상화된 꿈을 바라는 보편적 믿음에 대한 의지를 표출하고 있는 것이다.

또한 두 작품은 자연적 '꽃'이 지니는 감수성의 세계관이라는 차원에서 접근하고 있다. 꽃은 자연의 일부지만, 꽃을 즐기는 것은 문화의 영역으로 인간에 의해서 가능하다. '꽃'을 바라보는 '노인'과 '벗'의 시선에서 그것은 탐하거나 훼손시키는 대상이 아니라 즐거움을 주는 것으로 인식된다. '꽃'을 즐기는 일은 세상 속에 살면서 행하는 정신적 행위가 된다고 볼 때, '꽃'이 표상하는 것은 명리가 지배하는 삶의 영역과는 단절된 인간적 고결성이 살아 있는 영역이다. '노인'과 '벗'의 현현은 나의 이기적 폐쇄성을 깨고 윤리적 타자로 존재한다. 이들 타자로부터 주체는 자신의 자유와 타자의 자유가 존중되고 존재됨을 알게 된다.

이런 의미에서 윤리적 주체는 타자에 의해 타자를 이해하고 그들과 공유하려는 공동체적 주체가 된다. 여기에서 이들과의 동질성은 민족적 정서와 신념 같은 인간의 고유한 내면성의 기초이며, 이를 통해 그들과 소통하면서 민족적 주체로서 자신을 정립하게 되는 것이다. 또한 인격적 타자로 존경이 내재된 존재로 드러난다. 이때 주체와 타자의 관계는 구속과 지배에 있지 않고 독립적으로 존재하는 인격적 관계에 있다. 이 시에서 윤리적 타자로 거듭나는 꽃의 완상이 갖는 의미는 선비의 고귀한 정신에 대한 동경으로 동양 지향적 정신주의에 의도된 것으로 보인다. 이러한 특성은 그의 산문인 수필에서도 나타난다.

『白鹿潭』에 실려 있는 시는 모두 25편이고 산문은 8편 수록되었다. 이러한 양은 첫 번째 시집인 『정지용시집』의 89편에 비해서는 매우 적은 양이다. 하지만 첫 시집이 2행 1연의 단형시 32편을 중심으로 민요와 동요 풍의 시를 비롯하여 다양한 형태를 실험한 데 비해, 두 번째 시집은 10편의 산문형시와 13편의 단형시, 2편의 일반 서정시로 그 형태가 나누어진다. 특히 『白鹿潭』에서 시인 자신의 내적 정신세계의 고양과정을 산문시와 수필류로 변화된 형식은 국토체험을 하면서 '조선적인 것'에 대한 심취한 결과로 보인다. 동시에 민족공동체에 대한 생각과 새로운 정신적 세계로 접어들려고 시도했던 것으로 판단된다.

정지용이 수필류 산문[47]에 의욕을 나타내기 시작한 것은 대략 1936

---

47 정지용은 1930년대 후반부터 121여 편이 넘는 수필을 발표하고 그의 행적이 불분명할 때인 1950년 6월 28일까지도 『국도신문』에 「남해 오월 점철」이라는 기행수필 18편을 발표한다. 대표적 산문은 1935년 『정지용시집』에 실린 「밤」과 「람프」이다. 지면에 발표된 것은 1933년 9월 『가톨릭청년』 4호의 일이다. 이후 『白鹿潭』에

년 「수수어」라는 제목으로 『조선일보』에 일련의 산문 소품을 발표하면서부터이다.[48] 정지용 문학에서 시가 차지하는 성과에 견주어 볼 때 산문에 대한 관심은 주목받지 못했다. 정지용은 1919년 12월 『서광』 창간호에 소설 「삼인」을 처녀작으로 발표한 이후 줄곧 시를 창작하다 1930년 후반에 다시 산문으로 예술형식을 택하게 된다. 당시 국내외 상황과 문단의 영향으로 미루어 볼 때, 정지용 문학에서 산문은 자유로운 형식이 어떤 것일 수 있는가에 대해 사고해 나갔던 것으로 생각된다. 개인의 독자성이 강조되는 산문은 전체성의 테두리를 벗어나기 위한 방법적 선택이었을 것이다. 그리고 거기에 당대의 삶을 풀어놓아 공동체지향[49]을 사유하고자 한다. 그 가운데, 서로 뒤바뀐 삶의 조건 속에서 의미화할 수 없는 현실의 세계를 문학의 형식을 통해 재고하였던 것이다. 특히 산문에 나타난 독특한 원리로 내간체의 존칭보조어간 및 공손법 어미사용,[50] 기행문 형식 등은 전통적 유산에 대한 관심의 생생한 표현과 자기현시적 글쓰기를 보여준다. 그것은 무엇보다도 전통지향적 계기를 위한 진지한 고찰이었다고 평가할 수 있을 것이다.

정지용의 예술형식에 대한 끊임없는 모색과정에서 그의 산문은 주

실린 「노인과 꽃」(『조선일보』, 1936. 6. 21)과 「꾀꼬리」(『三千里文學』, 1938. 1), 1937년 6월 9일 자 『조선일보』에 실린 「비로봉」과 「구성동」 등이 있다. 논자마다 단문, 산문, 수필 등으로 적고 있어 이 글에서는 '산문'으로 표기한다.

48 황종연, 「한국문학의 근대와 반근대: 1930년대 후반기 문학의 전통주의 연구」, 동국대 대학원 박사학위논문, 1992, 130~131면.

49 연대감·조직·보편적 평등으로서의 사회는 보편적 우애의 공동체로서의 인류공동체를 전제한다. 우애적 공동체로서의 인류는 타자에 의해 고립된 개인들도 아니고 단순히 사회적 집합체의 구성원도 아닌 것으로 본래 고유한 형제들의 공동체이다(김연숙, 앞의 책, 176면.). 이러한 의미에서 민족공동체는 자아적인 주체에 앞서 이미 존재하는 자아의 근원이 타자적인 것에 있다고 볼 수 있다.

50 김신정, 앞의 책, 245면.

체와 타자와의 소통의 형식을 지향하는 사고과정이라 할 수 있다. 이것은 주체와 타자를 단절된 관계 속에서 파악한 것이 아니라 내 삶에 필연적으로 존재하는 타자의 타자성을 인식해 나가는 태도에서 찾을 수 있다. 주체 형성 조건으로 긴박하게 구성되는 타자에 대한 인식은 한편으로 '나'를 되돌아보는 일을 가능하게 한다. 뿌리칠 수 없는 타자의 힘으로 이르게 되는 정체성의 과정을 공동체 속에서 탐색해 들어가려는 그의 산문은 '시'와 마찬가지로 정신적 가치를 부여하려는 초월적 욕구에서 배태되고 있음을 알 수 있다. 특히 『白鹿潭』에 실린 「노인과 꽃」, 「꾀꼬리와 국화」에서 그 정신적 엄결성은 매우 두드러지게 나타난다.

> 해마다 꽃은 한 꽃이로되 사람은 해마다 다르도다. 만일 노인 백세 후에 기거하시던 窓戶가 닫히고 뜰 앞에 손수 심으신 꽃이 난만할 때 우리는 거기서 슬퍼하겠나이다. 그 꽃을 어찌 즐길 수가 있으리까. 꽃과 주검을 실로 슬퍼할 자는 청춘이요 노년의 것이 아닐가 합니다. 분방히 끓는 정염이 식고 호화롭고도 홧홧한 부끄럼과 건질 수 없는 괴롬으로 수놓은 청춘의 웃옷을 벗은 뒤에 오는 淸秀하고 고고하고 유한하고 완강하기 鶴과 같은 노년의 덕으로서 어찌 주검과 꽃을 슬퍼하겠읍니까. 그러기에 꽃이 아름다움을 실로 볼 수 있기를 老境에서일까 합니다.
>
> 「愁誰語 Ⅰ-4 老人과 꽃」[51] 부분

「노인과 꽃」은 '청춘'의 정염과 수치와 고통의 시간을 보낸 후 비로소 '노년'의 청수하고 고고한 경지에 이르러 담담한 '꽃'을 완상할 수 있음을 이야기한다. 이 글에서 '청춘'이 삶의 목적에 매이는 자기 욕

51 정지용, 「老人과 꽃」, 28~29면.

망에 대한 집착을 의미한다면, '노인'은 끊임없이 일어나는 인간의 욕망으로부터 초탈한 상태를 의미한다. 그런데 이러한 상태의 가능성을 '꽃'으로 상징되는 체험을 통해서 일깨우고 있다. 이에 꽃을 제대로 바라볼 수 있는 사람은 '노인'이고, 꽃을 제대로 보기 위해서는 '미옥과 같이 탁마된 춘추'를 거쳐야 한다. 노년의 지혜와 법열에 도달해야 진정으로 꽃과 하나가 될 수 있다는 것이다. 그래서 시인도 빨리 하얗게 늙어 그 순수의 자리에 설 수 있기를 희망한다. 그가 '노경'을 꿈꾸었던 것은 그의 정신적 엄결성의 지향 때문이다.

초월적 주체는 존재론적 욕망과 번민을 다 가라앉히고 눈처럼 정결한 지혜의 법열에 도달하기를 희구했다. 또한 이 시에서 죽음의 의미는 '꽃'이라는 현상을 통해 보이지 않는 세계가 현존의 삶 속에 존재하고 있는 가치에 대한 지향을 드러낸다. 이에 노인의 덕으로 죽음과 꽃의 현상의 세계에서 초월하여 진정한 가치를 찾고자 했다. '꽃'이라는 자연적 타자를 존재론적으로 초월하여 반성적 사유를 드러내고자 하는 성찰의 시선에서 윤리적 자아가 존재한다. 결과적으로 이 글은 과거의 것이 지닌 빛나는 미덕을 발견하고 그 정신적 깨달음에 도달하고자 하는 초탈의 의지를 보이고 있는 것이다. 이어지는 글에서 정신적 결의는 보다 정결한 정신자세로 드러나게 된다.

> 나라 세력으로 자란 솔들이라 고스란히 서 있을 수밖에 없으려니와 바람에 솔소리처럼 안윽하고 서럽고 즐겁고 편한 소리는 없다. 오롯이 패잔한 후에 고요히 오는 위안 그러한 것을 느끼기에 족한 솔 소리, 솔 소리로만 하더라도 문 밖으로 나온 값은 칠 수밖에 없다. (…) 꾀꼬리는 우는 제철이 있다. 이제 계절이 아조 바뀌고 보니 꾀꼬리는 커니와 며누리새도 울지 않고 산비둘기만 극성스러워진다. 꽃도 닢도 이울고 지고 산국화도 마지막 슬어지니 솔 소리가 억세어 간다. 꾀꼬리가 우는 철이

다시 오고 보면 長城벗을 다시 부르겠거니와 아주 이우러진 이 계절을 무엇으로 기울 것인가. 동저고리 바람에 마고자를 포기어 입고 은단초를 달리라. 꽃도 조선 황국은 그것이 꽃 중에는 새 틈에 꾀꼬리와 같은 것이다. 내가 이제로 황국을 보고 취하리로다.

「꾀꼬리와 菊花」[52] 부분

이 글의 전체를 지배하는 것은 관조적 태도이다. 즉 주변의 사물을 대하는 태도에는 어떤 욕망도 개입되어 있지 않다. 이 담담한 관조의 시선에서 한가로운 방심과 자조가 느껴지지 않는 것은 시인이 절망적인 상황을 감내함으로써 이겨내는 정신적 극기와 밀접한 연관을 함축하고 있기 때문이다. '솔바람소리'에서 '오롯이 패잔한 후에 고요히 오는 위안'을 느낀다는 화자의 태도에서 괴로웠던 체험의 흔적과 절망의 깊이가 느껴진다. 하지만 '꾀꼬리는 우는 제철이 있다.'라며 이 모든 절망적인 상황을 감내하리라는 의지를 보인다. '꾀꼬리'에게 있어서 '울음'이란 곧 자기의 존재를 드러내는 행위라고 보면 꾀꼬리가 자기 존재를 드러내는 철과 드러내지 않을 철을 가린다는 것이 된다. 꾀꼬리의 울음소리처럼 청아한 선비는 자기를 세상에 드러낼 때와 그렇지 않을 때를 알아서 처신할 것의 물음과도 같다. 즉 이 물음에는 도덕적 의미가 부여되며 견디기 힘든 시대를 암시한다.

그러나 화자는 곧 '내가 이제로 황국을 보고 취하리로다.'의 결의에 찬 정신의 엄결성을 지니겠다는 일종의 자기 선언을 한다. 동양문학에서 '국화'는 세속을 초탈한 선비의 고고한 기품을 표상하는 꽃으로 간주되어 왔다. 꽃 중에 꾀꼬리처럼 귀한 꽃이 가을에 피는 '조선 황국'이다. 이러한 의미에서 '꾀꼬리'와 '국화'가 동격에 놓여 있다는 것

---

52 정지용, 「꾀꼬리와 菊花」, 153~154면.

은 세속의 초탈한 마음으로 지금의 역경을 감내하겠다는 결의의 표현인 것이다. 여기에서 그런 정결한 정신자세를 유지하고 그 쇠락의 계절에 정신이라는 고고한 자리를 지키려는 태도가 엿보인다. 이런 점에서 정지용의 산문은 그의 정신세계를 더욱 넓은 차원에서 파악할 수 있는 실존적 양식이다.

> 세상이 바뀜을 따라 사람의 마음이 흔들리기도 자못 자연한 일이려니와 그러한 불안한 세대를 만나 처신과 마음을 천하게 갖는 것처럼 위험한 게 다시 없고 또 무쌍한 화를 빚어내는 것이로다. 누가 홀로 온전히 기울어진 세태를 다시 돌아 이르킬 수야 있으랴. 그러나 치붙는 불길같이 옮기는 세력에 부치어 온갖 음험 괴악한 짓을 감행하여 부귀는 누린다기로소니 기껏해야 자기 신명을 더럽히는 자를 예로부터 허다히 보는 바이어니 이에 굳세고 날카로운 선비는 탁류에 거슬리어 끝까지 싸우다가 不義를 피로 갚는 이도 없지 않어 실로 높이고 귀히 녁일 바이로되 기왕 할 수 없이 기울어진 바에야 혹은 몸을 가벼히 돌리어 숨도 피함으로써 지조와 절개는 그대로 살리고 身命도 보존하는 수가 있으니 이에서도 또한 빛난 지혜를 볼 수 있는 것이로다.
>
> 「옛 글 새로운 정 (上)」[53] 부분

> 농부로부터 제왕에 이르기까지 한갈로 보배가 되는 갸륵한 인정이 묻어나온 글을 名文이라 하노라. 다만 玉手로 이루어진 주옥같으신 필적마자 옮기어 놓을 수 없어 섭섭하도다.
>
> 「옛 글 새로운 정 (下)」[54] 부분

---

53 정지용, 「옛 글 새로운 정 (上)」, 212면.
54 정지용, 「옛 글 새로운 정 (下)」, 215면.

1930년대 후반 정지용에게 예술가의 윤리적 사명에 대한 관념은 여전히 살아 있다. 그러나 그것이 관조의 태도로 국한되어 나타나고 있는 것은 아마도 예술가가 다른 사람들과 구별되는 심미적 체험과 전통의 계승적 차원에서 고결한 도덕적 주체[55]라는 점 때문일 것이다. 인용된 산문에서 옛 詩文의 고풍스런 품격에 대한 공감과 숭배의 자세는 이런 맥락에서 고전의 세계를 대한 내면을 보인다. 그것은 '지조'를 지키고 '신명'을 보존하기 위해 타락한 세상에서 몸을 가벼이 하지 말라는 교훈이다. 이에 올바른 관계를 맺는 일이 모든 윤리적 행동의 중심에 있던 옛 선비의 입장을 반영한 것이다. 이러한 인식에서 '빛난 지혜'를 볼 수 있다는 정지용의 생각은 역사적 당위성보다 인간적 기품의 발현에 그 무게 중심이 있다.

따라서 詩文들이 인정과 교훈을 간결하면서도 곡진하게 전달하는 경지에 도달해 있다는 점에서 명문이라고 예찬한다. 여기에서 거론하고 있는 작자들에게 어떤 공통점이 있다면, 그것은 그들이 자애로운 부모이면서 동시에 도덕적으로 고결한 인격이라는 점이다. 그러므로 정지용이 옛 사람들의 글을 통해서 확인하고자 한 것은 '농부로부터 제왕에 이르기까지 한갈로 보배가 되는 갸륵한 인정'처럼 인정의 바탕에 깔린 엄정한 윤리성에 있었다.

정지용 문학에서 고전문학의 재발견을 위해 쏟았던 열의가 민족적 감정과 전적으로 무관하다고 보는 일부의 시각은 잘못된 견해일 것이다. '內鮮一體'의 이념 아래 민족말살정책이 자행되고 있었던 당시 상황에서 문장파의 핵심적인 역할을 한 지용의 이러한 애착은 사사로운 감정 이상이 내포되어 있었다. 거기에는 민족의 문화적 정체성을 지키고자 하는 의도가 포함되어 있었으며, 그가 실천한 고전문학

---

55 황종연, 앞의 논문, 87면.

의 재발견을 문화적 저항으로 평가하는 것도 이러한 맥락에서 가능해진다. 고전론은 민족이 공유하는 과거의 유산에 대한 애정으로 나타나는 것에서 공통체적 연대감을 발견하려는 의도가 포함된 것이다. 바로 이런 이유에서 전통의 계승과 재발견은 민족공동체적 주체로서 필연적인 요구라고 볼 수 있다. 따라서 그의 산문에서 보편적이고 윤리적인 '조선정신'을 쉽게 읽어낼 수 있다. 그의 문학적 이상을 지배하고 있었던 것은 바로 민족적 정서의 재생으로 민족의 주체적인 자기인식과 함양이었다.

정지용 산문의 전통주의는 고양된 정신적 유대 속에서 고전이 과거 문화의 잔해로서 포용하고 있는 정서적 측면과 고전을 통해서 민족공동체에 대한 역사적 감각을 일깨우는 노력의 일면으로 보인다. 이런 점에서 그의 산문은 민족공동체 안에서 윤리적 주체인 동시에 윤리적 타자가 된다. 공동체지향으로의 초월적 욕구는 삶의 자리를 인류애의 희구와 연대감으로 확대시키며 인간의 보편적 결속과 평등의 차원으로 끌어올리고 있다. 정지용 문학에 내재한 주체와 세계 관계로서의 타자지향은 이렇듯 풍부하고 복합적인 사유에서 비롯되고 있음을 알 수 있다.

5장 결 론

이 글은 정지용 시에 나타난 근대의 현상과 한국 근대적 현실에서 그의 고유한 범주와 질적 특수성으로 인식되는 주체의 형성과정을 타자성에 대한 사유의 변천과정을 통해 고찰하였다. 1920~1930년대 근대적 사유는 식민지라는 특수한 상황 아래, 근대에 대한 회의와 불안 등 소위 주체성의 위기의식과 동궤에 놓이며, 근대의 부정성과 인식의 단절성을 주는 근본 요인이 될 수밖에 없었다. 이러 전제 하에 전개된 이 글은 정지용 문학에 드러난 시 변화의 궁극적 계기를 타자성과의 관련성에 주목하였다. 그의 문학에서 주체와 타자와의 존재방식은 존재론적 욕구와 형이상학적 욕망이 공존하며 그 무엇으로도 동일하게 환원되지 않는 매우 광범위하고 모순된 관계에 있다.

정지용 문학에서 상실된 주체의 회복과정은 인간의 고전적 가치인 진, 선, 미를 추구하는 인간 삶의 가치 지향적 세계에 대한 끊임없는 탐색이었다. 따라서 정지용 시에 나타난 주체는 존재론적 삶의 가치를 지향하는 감성적 주체, 타자지향적인 윤리적 주체, 초월적 주체의 초월의식이 지향하는 형이상학적 세계에서 발현되었다. 정지용에게 있어 미학적 정서인 감성은 주체 이전 자아의 자기확립을 위한 내면성으로 형성되어 윤리적 실천 의지와 참된 삶을 위한 토대가 되었다.

우선 정지용 시에서 지속적으로 모색된 주체성을 근대적 주체와 타자성과의 관련 하에 살필 때, 그것은 근대 주체중심주의에 대한 반성철학의 과정을 통해 성립되었다. 반성철학을 통한 근대 초극은 타자의 사유에서 비롯된다. 이에 타자의 타자성은 절대화된 이성적 주체의 반성을 견지하면서 주체중심에서 타자중심으로의 전환을 의미한다. 따라서 개인의 인격성과 고유성, 인간 존재의 윤리적 의미가 함축된 타자의 사유만이 진정한 주체를 회복할 수 있다는 함의를 도출해 낸 레비나스의 견해는 합당하다고 본다. 그 외에 니체, 라캉, 푸코, 데리다 등의 견해에서 타자성과 현실의 관계성을 읽어낼 수 있었다.

레비나스의 인간이해는 인간 존재의 경험적인 사실과 거기에서 추론과 해석을 중심으로 이루어진다. 그것은 인간의 본질에 관한 전반적 이해에 바탕한 소통의 철학으로 궁극적인 자아의 실현을 타자관계에서 찾고자 하는 타자지향적 삶의 윤리를 제시한다. 정지용의 시의식은 주체를 회복하고자 하는 정신에서 비롯되며 그 실천적 의지의 발현으로 타자를 주체 구성의 중요한 계기로 삼았다. 이런 맥락에서 타자성과 긴밀하게 연결되어 있음을 확인할 수 있었다. 이는 시에 대한 존재론적 탐색이 인간이해를 바탕으로 한 성찰적이고 지향적인 인간의 본연적 차원에서 발현되고 있었기 때문이다.

정지용 시에서 주체 형성과정은 타자에 대한 존재탐색과 수용 및 사유방식 등의 구성 원리를 중심으로 이루어졌다. 먼저 정지용 시의 근간이 되고 있는 삶의 근원적·존재론적 욕구의 세계를 살펴보았다. 그의 시에서 존재의 물음은 시세계 전반에 걸쳐 자기정체성의 의미를 지니며 존재론적 삶의 가치를 지향하는 근거로 제시된다. 개인의 존재론적 욕구에 의한 인간 삶의 근원적인 모습은 세계와의 일차적 관계에서 감각 작용을 통한 향유의 감성이라는 특성을 지니고 있다. 그 대상은 동심의 상상력으로 유추된 동시의 세계로 체험되며 그 세계는 아직 인간관계가 개입되지 않는 공간으로 두려움이 존재하지 않는다.

정지용의 시에서 향유는 자기정체성의 보존과 확립을 위한 자기성의 확보임과 동시에 자기정립의 구축을 위한 공간으로 작용한다. 이 공간에서 주체는 독자적이고 유아론적 체험을 통해 인간 존재의 근원적인 즐김으로 그 주체의 공백을 채우고자 했다. 따라서 존재론적 욕구로서의 향유를 통해 형성되는 감성적 주체는 가장 원초적인 의미의 주체성이라고 할 수 있다.

정지용의 시에서 타자의 존재론적 탐색은 향유의 감정뿐만 아니라 이국지향성으로 낯선 곳, 낯선 대상에 대한 동경과 두려움의 이중적이고 모순된 정서를 선명하게 드러낸다. 그 정서는 근대의 부조리한 경험에서 오는 존재에 대한 지각이 슬픔과 상실감의 무기력한 모습으로 드러난다. 근대적 산물과 그 주변의 풍경으로 파악되는 삶의 태도는 삶의 내용을 채우는 것과 밀접하게 관련되는데, 이때 선망은 나와는 '다른 세계'에 대한 동경에서 비롯되었지만 두려움은 현실의 부조리한 경험으로 비애와 질망으로 분열된 주체로 형상화되고 있다. 그의 시에서 자연물이라는 타자는 향유의 대상에서 이질적인 대상으로 인식되어 슬픔을 유발하는 존재인 것이다. 이런 의미에서 인간의 지향성은 '다른 세계'에 있는 것이 아니라 '나와 다른 것'에 있다는 사실을 확인하게 되는 근본 요인이 되었다. 이러한 주체와 대상의 분리로 생겨나는 실존적 고독은 바다시편에서 구체적으로 살펴보았다.

바다 시편에 드러난 풍경으로서의 바다는 근대적인 방식으로 주체의 특성이 드러나 있다. 그것은 근대적 자연관에서 자연을 시화하는 것에서 발견되듯이, 도시적 감각의 산물인 근대의 풍물로 이해하려는 것과 실존론적 고독에 대한 의미가 중첩되어 나타난다. 이국적 정서로 다가온 바다와 주체와의 거리는 선망의 대상으로 인식되어 주체의 욕구 충족 수단으로 제시되지만, 시간의 흐름에 따라 이방인이라는 자의식의 표출임을 발견하였다. 그런데 타자의 개방성으로 자연물과 친화적 타자로 존재하는 대상들은 실존적 고독의 본질과 관계

맺음으로 인해 고독은 자아를 매몰시키는 것이 아니라 주체의 내면화를 견고히 하려는 기제로 작용한다는 사실도 확인할 수 있었다. 이는 근대적 질서에서 본연적 자아를 상실한 감성적 주체가 나르시시즘에 빠지지 않고 다른 타자와의 끊임없는 교섭을 시도하는 방식에서 확인하였다. 즉 타자를 향해 나아가려는 움직임, 즉 형이상학적 욕망으로 전환되는 근거가 되고 있는 것이다. 이러한 지향성은 이기적인 욕망을 포기하고 타자에 대한 윤리적 주체로서 탐색을 본격화한다.

정지용 시에서 타자와의 관계가 나의 주체구성 혹은 주체성의 변화에 중요한 역할을 하고 있다는 사실의 인식은 주체와 타자의 안정적 위치를 확보하고자 하는 움직임으로 고향을 시화한다. 고향은 근대적 공간에서 그 거리감으로 인해 불안한 자의식을 드러내며 원형적 세계로서의 고향으로 구현되고 있다. 고향의 체험을 다룬 작품들은 행복하고 자유로운 세계를 향한 고향 회귀의식과 유토피아적 동경인 삶의 욕망에서 비롯된다. 고향은 자연과 인간과 마을 공동체에 대한 구체적 경험들로 구성된 공간으로 제시된다.

고향은 시적 주체와 타자들 사이에서 일어나는 동일화로 자기보존적 세계인 향유의 내재성을 충만하게 하지만 그로부터 지금 자신의 세계가 고향의 세계와는 다른 세계임을 알게 하는 구도적 특징을 취하고 있다. 고향에 대한 주체의 기억이 공동체로 확대된다는 맥락에서 볼 때, 고향의 모습은 현실적 조건에 의해 변하거나 사라질 수는 있지만, 유년의 공간이자 마음의 고향은 사라질 수 없다는 정신사적 의미로 이해된다. 이것은 무엇보다도 경험된 인격적 주체로서 삶의 지평을 넓히고자 하려는 의도에서 발현된 것이기 때문이다.

한편, 정지용 시에서 타자와의 관계가 언제나 친밀한 대상세계에만 머물지 않는다. 그것은 타자가 시적 주체의 의지와 욕망의 차원에서 어긋나 있거나 벗어나 있기 때문이다. 그 경험은 가장 친밀한 가족의 부재와 죽음으로 인한 실존적 경험에서 비롯되기에 그 상실감을 강하게 토로한다. 죽음은 절대타자로 있음을 보여주는 존재론적 사건으로 가장 폭력적이고 극단적인 타자이다. 정지용 시의 실존적 고통은 가족의 죽음을 통해 경험되며 공포와 두려움으로 표출된다. 이로 인한 상실감은 인간의 유한적 한계상황에서 실존적 조건으로 감수해야 할 책임감이 된다.

정지용은 실존의 근원적 내재성인 죽음과 그 비극성을 자아가 짊어지고 가야할 주체의 고유성으로 받아들인다. 이 의식의 변화는 고통 가운데 불가능에 대한 호소와 더불어 죽음에의 가까움이 동시에 존재함으로 인식된다. 이를 통해 시적 주체는 비로소 절대타자에 눈을 뜨게 된다. 정지용 시의 이러한 특징은 절대적 타자에게 몰입하게 되는 계기가 되며 이전의 사물 지향성에서 관념적 의식의 공간으로 나타나는 양상을 보인다. 따라서 그의 시에서 타자를 받아들이는 자리가 주체중심의 세계에서 타자 지향의 세계로 변화되는 양상을 보인다.

정지용 종교시의 두드러진 특징은 가톨릭 신앙의식에 바탕을 둔 고백형식으로 나타난다. 고백은 자신의 흔들림을 고정시키고, 일탈하려는 것을 붙잡아 주는 자기반성과 자아 단속의 기제로 작용한다. 이기적 자아는 '신'에 대한 절대 긍정으로의 내면을 드러내는 세상과의 관계맺음을 통해 자신의 정체성을 확립해 나가게 되는데, 특히 종교시에서 고백의 형식은 인간 내면성의 반복적인 드러내기임을 확인하였다. 그의 종교시는 자기 확립을 위한 나의 이기심을 꾸짖고 윤리적 존재로서, 타자를 받아들이는 윤리적 관계를 확보하려 했던 것이다. 윤리적 주체는 내 자신을 세우도록 요구하는 책임을 동반하며 지배관계를 벗어나 다른 타자와의 소통을 가능케 하는 조건으로 작용한다. 시인의 고투는 주체 욕망을 부정함으로써 윤리적 실천의 차원에 있었다. 따라서 주체가 윤리적 타자를 통해 분열되었던 주체의 주체성을 다시 세우는 계기를 마련하고자한다는 데 그 의미가 있다.

타자성은 존재의 다원성과 개방성이 함축된 타자를 향한 열망과 초월이다. 타자를 자기 동일성의 의식 안으로 이끌어 들이려는 전체성에 대한 비판적 태도에서 타자의 타자성은 그 어떤 것으로도 동일하게 환원되지 않는 고유한 존재의 독립성이다. 형이상학적 욕망의 세계는 인간의 본질에 대한 심층적인 시각을 요구하며 타자를 향해 나아가려는 움직임이다. 그것은 절대타자와 관계함으로써 타자에 대한 존중, 타자를 타자로서 인식한다는 점에서 정지용의 종교시뿐만 아니라 후기 '산'에 관한 자연시에서도 나타난다. 그 대표적 특징은 신비스러움과 신성함으로 표상되며 무한성의 범위에서 그 초월의식이 발현되었다.

정지용 후기시에서 초월의지는 초월적 가치를 함의한 타자 지향적 갈망의 세계인 '산'에 집중된다. '산'은 곧 '국토'의 의미로 이는 주체의 정체성의 문제와 긴밀히 연결되어 나의 주체화와 민족공동체의 실현을 가능하게 해주는 의미로 존재한다. 이렇게 타자의 타자성이 삶에 대한 윤리적 성찰로 주체의 욕망에 의해 분열되었던 자아의 주체성 확립에 필연적으로 위치한다는 점에서 '산'에 대한 초월적 시선은 자아를 반성하는 성찰적 시선으로 죽음과 삶을 동시에 바라볼 수 있는 자아초월의 위치로 끌어올릴 수 있게 되는 것이다.

초월적 주체는 존재의 개방성과 역사적 공간과의 교섭을 통해 주체성을 복원시키려는 사유의 구원자로 등장한다. '산'의 사유는 구체적 체험의 산물로 이어져 생생한 접근을 지향한다. 따라서 주체에게 '산'은 곧 삶이며, 상황으로 삶이 얼굴처럼 현현된 사건이다. 정지용 시에서 '산'의 상징적인 의미가 다양한 것은 산이 지니는 다중성 때문이 아니라 산을 구성하는 요소들의 다양한 암시성 때문이다. 이에 따라 정신의 내적인 고양이나 위대성과 관용 및 우주의 무한성 등의 신비한 공간의 의미를 함의하게 된다. 근대로부터 소외된 인식, 그로부터 비롯된 산행체험은 근대 밖으로 나온다는 의미와 함께 그 실상을 깨닫는 것으로 반성적 사유를 보이고 있는 것이다. 이는 인간과 자연의 성찰적 탐색을 통해 근대의 이데올로기로부터 주체성의 기원을 회복하기 위한 저항의 의미를 지닌다는 점에서 그 의의를 획득한다.

또한 죽음의 상징적 의미는 일원적이고, 획일적인 가치에 대한 비판의 의도와 함께 존재의 다원성을 분명하게 보여주었다. 실제로 그의 시는 욕망하는 주체로서 실존의 불안정성에서 사유하고 있었으며, 근본적으로 유한한 존재의 무한한 욕망은 결코 충족될 수 없는 것이기에 그 존재 너머의 세계를 지향하는 초월적 의지와의 결합을 의미한다. 초월적 관계는 윤리적 관계형성의 올바른 계기로 보존된다. 하여 실존은 자신의 충족되지 않는 욕망을 충족 가능한 것으로 대치하거나 스스로 욕망하지 않는 존재로서 가능해진다. 따라서 그의 시에서 욕망의 주체로서 실존은 자신의 욕망을 부정하고 억압하면서 마침내 결빙하고자 하거나, 욕망 없는 존재가 되고자 하는 '욕망'을 드러내는 모순적이고 반어적 특징으로 드러났다.

정지용의 산수시에 나타난 상징적 죽음이 비극적이지 않을 뿐만 아니라 오히려 자연의 근원적 섭리에 닿고 있는데, 이는 '산'이라는 자연 공간을 감각적 이미지와 어법으로 선명하게 묘사하면서도 그 안에서 일관되게 초월의식을 담는 '고귀한 죽음'을 담지하고 있기 때문이다. 이를 통해 유한한 인간 존재의 욕망은 주체의 비움과 존재의 발견으로 그 정신적 초월의 통로를 마련하고자 했다. 또한 초월적 욕구는 인간에게 인간으로서 실천해야 할 도덕적 행위에 해당된다. 이는 인간이해의 과정으로 이어지며 그 '나'라는 주체의 존재 사실을 가능하게 하는 타자와의 공존이 필연적으로 요청되는 관계라고 할 수 있다. 이러한 관계는 타자의 수용을 통해 공동체적 주체의 정체성을 형성하는 토대가 된다.

정지용의 시론 및 산문시와 산문은 1930년대 말에 이르러 동양 지향적이고 정신주의적 세계관이 궁극적으로 민족공동체적 문화의 실현을 지향하고자 하는 열렬한 자각에 있었다. 국토에 대한 새로운 발견은 그 겨레의 화합과 동궤에 놓이며 민족의식을 고취하려는 집단의식이자 윤리적 행위이다. 윤리는 인간의 호소를 고백하는 것이자, 각 행위의 의미 대조를 통해서 알 수 있는 인간의 초월적 세계인 타자성에 그 근원을 두고 있다. 이를 토대로 공동체의 윤리는 공동체와의 공존에서 필연적인 과정으로 정지용 시에서는 타자성을 기초로 하는 새로운 존재론, 즉 이성과 구분되는 인간의 욕망에 관한 새로운 자아윤리를 타자 중심에서 이해하고 있는 것이다.

이와 같이 정지용의 후기 자연시 및 그와 관련된 시론의 본질은 정신주의 내지 형이상학적 세계관을 기반으로 해서 도출된 것인데, 그것은 사물에 대한 보편적 진리에 대한 확고한 믿음에 근거한 것이다. 이에 따라 이 보편적이고 절대적인 진리에 대한 믿음은 곧 정신주의로 출발하고 그의 시의 행방은 문화와 언어에 대한 믿음으로 문화적 공동체를 실현하고자 하는 시 정신에서 비롯되었다.

마지막으로 정지용의 산문은 고양된 정신적 유대 속에 고전이 과거 문화의 잔해로서 포용하고 있는 정서적 측면과 고전을 통해서 민족공동체에 대한 역사적 감각을 일깨우는 총체적 노력이었다. 이에 따라 공동체지향으로의 초월적 욕구는 삶의 자리를 인류애의 희구와 연대감으로 확대시키며 인간의 보편적 결속과 평등의 차원으로 끌어올린다. 정지용의 문학에 내재한 주체와 세계 관계로서의 타자양상은 이렇듯 풍부하고 복합적인 사유에서 비롯되고 있었다.

정지용 문학에서 주체는 존재론적 삶의 가치를 지향하는 감성을 중심으로 하여 윤리적 의지와 참된 진리추구의 형이상학적 세계로 나아가는 끊임없는 노력의 과정을 보여주었다. 또한 주체 개념은 그의 사상과 의미들을 표출하고자 하는 자기 자신의 정체성과 자기이익을 초월한 참된 삶에 관한 물음에 응답하였다는 점에서 그 이유를 찾을 수 있을 것이다. 그의 시세계는 식민지시대 거대한 근대 체험의 소용돌이 속에서 자기 자신을 찾으려는 노력이었다. 그 탐색은 인식하는 주체로서 자기를 확립하려는 시도임과 동시에 존재의 문제에 천착하였다는 점에서 인식의 틀을 빼앗긴 시대의 아픔을 극복하려는 시도이다. 이러한 노력은 인간의 고전적 가치인 진, 선, 미를 이상화된 형태로 복원하고자 하는 의지를 통해 자기인식의 방법으로 새로운 주체에 한발 다가서 있는 것이다.

정지용에게서 잃은 것을 찾겠다는 의지는 정신적이고 내면적인 방식으로 표출되며 공동체로 전이된다. 즉 주체의 회복 의지는 주체를 찾을 수 있다는 희망이 전제되지 않으면 발현되지 않는 의식인 까닭이다. 따라서 정지용의 시세계는 상실과 비애의 세계관에 바탕을 두고 있는 것이 아니라 근대의 이중성과 병폐를 바라보는 시각이 긍정적 세계관에 자리하고 있다.

이 글은 정지용 시에 대한 많은 연구에도 불구하고 근대성에 대해 깊이 있게 논의되지 못했던 정지용의 주체 형성과정을 타자성과의 관련성으로 밝히고 그 의미를 도출해 냈다는 것에 의미가 있을 것이다. 또한 이를 통해 시의 변모과정에서 그 변화의 궁극적 계기가 근대적 상황에 대한 깊은 통찰에서 비롯되었다는 것도 확인하였다. 따라서 인간이해를 중심으로 한 자연과 근대적 관계에 대한 자각적 시의식은 그의 문학이 지속적으로 탐색되는 노력의 총체적 동력이었다.

참고문헌

1. 기본 자료

정지용, 『鄭芝溶詩集』, 시문학사, 1935.

______, 『白鹿潭』, 문장사, 1941.

______, 『지용시선』, 을유문학사, 1946.

______, 『文學讀本』, 박문출판사, 1948.

______, 김학동 편, 『鄭芝溶全集 1, 2』, 민음사, 1997.

『學潮』, 『신동아』, 『조선일보』, 『三千里文學』, 『동아일보』, 『文章』, 『人文評論』, 『詩文學』, 『카톨릭 청년』

2. 국내 논저

강영안, 『주체는 죽었는가』, 문예출판사, 1996.

______, 『타인의 얼굴』, 문학과 지성사, 2005.

고영아, 「哲學的 人間學의 觀點에서 본 엠마누엘 레비나스(Emmanuel Levinas)의 他者性의 論理에 관한 硏究」, 서울대 대학원 석사학위논문, 1997.

곽광수 · 김현, 『바슐라르 연구』, 민음사, 1976.

권성우, 『모더니티와 타자의 현상학』, 솔출판사, 1999.

권오만, 「정지용 시의 은유검토」, 『시와시학』, 시와시학사, 1994. 여름호.

권정우, 「정지용 시 연구 - 시점 분석을 중심으로」, 서울대 대학원 석사학위논문, 1993.

______, 「정지용의 동시 연구」, 김신정 편, 『정지용의 문학세계 연구』, 깊은샘, 2001.

______, 「정지용 시의 탈근대 정서 연구」, 『어문논총』 제54집, 한국문학언어학회, 2011. 6.

김교식, 「정지용의 시적 공간에 나타난 투명성 연구」, 『한국현대문학의 내면의식』, 국학자료원, 2009.
김기림, 「1933년 詩壇의 回顧와 展望」,『조선일보』, 1933. 12.
김기림, 「모더니즘의 역사적 위치」, 『인문평론』, 1939. 10.
김동석, 「시를 위한 시 - 정지용론」, 『상아탑』, 1946. 3.
김명인, 「정지용의 '곡마단'고」, 『경기어문학』 4, 경기대 국어국문학회, 1983. 12.
______, 「1930년대 시의 구조연구」, 고려대 대학원 박사학위논문, 1985. 7.
김상봉, 『자기의식과 존재사유』, 서울, 한길사, 1998.
김상환, 『니체가 뒤흔든 철학 100년』, 민음사, 2000.
김석환, 「정지용 시의 기호학적 연구」, 명지대 대학원 박사학위논문, 1992.
김승구, 「정지용 시에서 주체의 양상과 의미」, 『배달말』 37권, 배달말학회, 2005.
김신정, 「정지용 시 연구 - 감각의 의미를 중심으로」, 연세대 대학원 박사학위논문, 1998.
______, 「정지용 시에 나타난 '자기'와 '타자'의 관계 - 전지시와 산문을 중심으로」, 『비평문학』 12, 한국비평학회, 1998.
______, 『정지용 문학의 현대성』, 소명출판, 2000.
______ 편, 『현대시의 문학세계 연구』, 깊은샘, 2001.
김연숙, 「레비나스의 타자윤리에 관한 연구」, 서울대 대학원 박사학위논문, 1999.
______, 「E. Levinas 타자윤리에서 윤리적 소통에 관한 연구: 얼굴 · 만남 · 대화」, 『한국국민윤리연구』 제44호, 2000.
______, 『레비나스 타자윤리학』, 인간사랑, 2001.
______, 「레비나스의 주체성 연구」, 『동서철학연구』 44호, 한국동서철학회, 2007.
______, 「타자를 위한 책임으로 구현되는 레비나스의 양심」, 『한국철학적 인간학회』, 2010.
김영한, 「레비나스의 타자 철학」, 『철학논총』 제64집, 새한철학회 논문집, 2011.
김옥성, 「근대 미학과 신비주의」, 『현대시의 신비주의와 종교적미학』, 국학자료원, 2007.
김용직, 「시문학파 연구」, 『인문과학논총』 2, 서강대, 1969. 11.
김용직, 『한국현대시연구』, 일지사, 1974.
김용희, 「정지용 시의 어법과 이미지의 구조 연구」, 이화여대 대학원 박사학위논문, 1994.
김우창, 「한국시와 형이상」, 『세대』, 1968. 7.
김원식, 「근대적 '주체' 개념의 비판과 재구성:주체의 자기 관계와 상호주관성」, 『심리학과 해석학』, 한국해석학회 편, 철학과 현실사, 2002.
김윤식, 「모더니즘의 한계 - 카톨릭시의 행방(정지용의 경우)」, 『한국근대작가논고』, 일지사, 1974.
______, 『한국근대문학사상비판』, 일지사, 1978.
______, 「카톨릭시즘과 미의식」, 『韓國近代文學思想史』, 한길사, 1984.
______, 『청춘의 감각, 조국의 사상』, 솔, 1999.
김윤정, 『김기림과 그의 세계』, 푸른사상사, 2005.
김은자 편, 『정지용』, 새미, 1996.
김재홍, 「갈등의 시인 방황의 시인, 정지용」, 『한국현대문학의 비극론』, 시와시학사, 1993.
김정숙, 「정지용 시 연구」, 세종대 대학원 박사학위논문, 2000.
김종욱, 「실체의 원리와 코키토 그리고 무아」, 『하이데거 연구』 제10집, 2004.
김종태, 「근대 체험의 아이러니 - '유선애상론'」, 『시의 아포리아를 넘어서』, 이룸, 2001.
______, 『한국현대시와 전통성』, 하늘연못, 2001.
김준오, 「사물시의 화자와 신앙적 자아」, 『가면의 해석학』, 이우출판사, 1985.
김학동, 『정지용 연구』, 민음사, 1997.
김학동 편, 『정지용』, 서강대학교 출판부, 1995.
김환태, 「정지용론」, 『三千里文學』, 1938. 4.
김효중, 「정지용의 시에 수용된 가톨릭시즘」, 『한국 현대시의 비교문학적 연구』, 푸른사상사, 2000. 10.
김　훈, 「정지용 시의 분석적 연구」, 서울대 대학원 박사학위논문, 1990.

남기혁, 「정지용 초기시의 '보는' 주체와 시선의 문제」, 『한국현대문학연구』 26, 2007.

______, 「정지용 중 · 후기시에 나타난 풍경과 시선, 재현의 문제」, 『국제문학』 제47집, 2009.

노병곤, 「정지용 시 연구」, 한양대 대학원 박사학위논문, 1991.

류보선, 「한국 근대문학의 특수성과 문학연구의 자리」, 『세계의 문학』, 1994.

문덕수, 「한국 모더니즘 시 연구」, 고려대 대학원 박사학위논문, 1981.

문혜원, 「정지용 시에 나타난 모더니즘 특질에 관한 연구」, 『관악어문연구』 18, 1993. 12.

______, 『한국 현대시와 모더니즘』, 신구문화사, 1996.

민병기, 「30년대 모더니즘의 심상체계 연구」, 고려대 대학원 박사학위논문, 1987.

______, 『정지용』, 건국대학교출판부, 1996.

박민영, 「1930년대 시의 상상력 연구」, 한림대 대학원 박사학위논문, 2000.

박용철, 「辛未詩壇의 回顧와 批判」, 『중앙일보』, 1931. 12. 7.

박이문, 『현상학과 분석철학』, 일조각, 1982.

______, 「니이체 哲學의 現代性」, 『하나만의 選擇』, 문학과 지성사, 1983.

박인기, 『한국현대시의 모더니즘적 연구』, 단국대출판부, 1988.

박인철, 「타자성과 친숙성」, 『철학과 현상학 연구』 24집, 한국현상학회, 2005.

박정호 · 양윤덕 · 이봉재 · 조광제 엮음, 『현대 철학의 흐름』, 동녘, 2006.

배호남, 『정지용 시의 갈등 양상 연구』, 경희대 대학원 박사학위논문, 2008.

백운복, 「정지용의 '바다'시 연구」, 『서강어문』 5, 서강어문학회, 1986.

변순용, 『책임의 윤리학』, 철학과현실사, 2007.

사나다 히로코, 「모더니스트 정지용 연구」, 인하대 대학원 박사학위논문, 2001.

서동욱, 『차이와 타자 - 현대철학과 비표상적 사유의 모험』, 문학과지성사, 2000.

소래섭, 「정지용 시에 나타난 자연인식 연구」, 서울대 대학원 석사학위논문, 2001.

손병희, 「정지용 시와 타자의 문제」, 『한국 현대시 연구』, 국학자료원, 2003.

손병희, 『정지용 시의 형태와 의식』, 국학자료원, 2007.
손봉호, 「고통받는 인간」, 서울대출판부, 1995.
손종호, 「정지용 시의 기호체계와 카톨리시즘」, 『어문연구』 29, 국어국문학회, 1997. 12.
송기섭, 「정지용 산문 연구」, 『국어국문학』 115, 국어국문학회, 1995. 12.
송기한, 『문학비평의 욕망과 절제 - 정지용론』, 새미, 1998.
_____, 『한국현대시사탐구』, 다운샘, 2005.
_____, 『한국 현대시와 근대성 비판』, 제이엔씨북, 2009.
_____, 『현대시의 유형과 인식의 지평』, 지식과 교양, 2013.
송 욱, 「한국모더니즘 비판 정지용 연구 즉 모더니즘의 자기 부정」, 『思想界』, 사상계사, 1962. 12.
신범순, 『한국 현대시의 퇴폐와 주체』, 신구문화사, 1998.
양주동, 「1933년 시단 연평」, 『신동아』, 1933. 12.
양왕용, 『정지용시연구』, 삼지원, 1988.
연세대 근대한국학연구소편, 『한국문학의 근대와 근대성』, 소명, 2006.
오세영, 「모더니스트, 비극적 상황의 주인공들」, 『문학사상』, 문학사상사, 1975. 1.
_____, 『20세기 한국시 연구』, 새문사, 1989.
_____, 『한국 근대문학론과 근대시』, 민음사, 1996.
_____, 『한국 현대시 분석적 읽기』, 고려대학교 출판부, 1998.
_____, 『한국현대시인연구』, 월인, 2003.
오탁번, 「지용시 연구」, 고려대 대학원 석사학위논문, 1972.
원종찬, 『한국 근대문학의 재조명』, 소명, 2005.
유성호, 「정지용의 이른바 '종교시편'의 의미」, 김신정 편, 『정지용의 문학 세계 연구』, 깊은샘, 2001.
_____, 「감각 · 신앙 · 정신을 통한 초월과 격정의 세계」, 『근대시의 모더니티와 상상』, 소명출판, 2008.
유인채, 『정지용과 백석의 시적 언술비교연구』, 인천대 대학원 박사학위논문, 2012.
유종호, 「현대시 50年」, 『思想界』, 1962. 5.

유종호, 「정지용의 당대 수용과 비판」, 『정지용시의 현대성』, 태학사. 2002.
유치환, 「예지를 잃은 슬픔」, 『현대문학』, 현대문학사, 1963. 9.
유태수, 「정지용 산문론」, 『관학어문연구』 6, 서울대학교 국어국문학과, 1981. 12.
윤대선, 『레비나스의 타자철학』, 문예출판사, 2004.
윤여탁, 「시 교육에서 언어의 문제 정지용을 중심으로」, 『국어교육』 90, 국어교육학회, 1995.
윤의섭, 「부정의식과 초월의식에 의한 정지용 시의 변보과정」, 『한중인문연구』, 2005.
_____, 「한국 현대시의 종결 구조 연구 - 정지용 · 백석 · 이용악 시를 중심으로」, 『한국시학 연구』 15, 한국시학회, 2006.
_____, 「한국 현대시의 체험 변용 연구」, 『한국시학연구』 18, 한국시학회, 2007.
윤혜연, 「정지용 시의 한문학의 관련 양상 연구」, 인하대 대학원 박사학위논문, 2001.
이가림, 『물과 꿈』, 문예출판사, 1980.
이광호, 「정지용 시에 나타난 시선 주체의 형성과 변이」, 『어문논집』 64권, 민족어문학회, 2011.
이근화, 「1930년대 시에 나타난 식민지 조선어의 위상: 김기림 · 정지용 · 백석을 중심으로」, 고려대 대학원 박사학위논문, 2008.
이기서, 「1930년대 한국시의 의식구조 연구」, 고려대 대학원 박사학위논문, 1983.
_____, 「정지용 시 연구 언어와 수사를 중심으로」, 『문리대논집』 4집, 고려대, 1986. 12.
이기석 · 한백우 역해, 『시경』, 홍신문화사, 1984.
이기형, 「1930년대 한국 모더니즘시 연구 정지용을 중심으로」, 인하대 대학원 박사학위논문, 1994.
이명찬, 『1930년대 한국시의 근대성』, 소명출판, 2000.
이미순, 「정지용 '鴨川' 다시 읽기」, 『한국시학연구』 5, 한국시학회, 2001.
이석우, 「정지용 시의 연구」, 청주대 대학원 박사학위논문, 2000.
_____, 『현대시의 아버지 정지용 평전』, 충북학연구소, 2006.

이숭원, 「정지용시 연구」, 서울대 대학원 석사학위논문, 1980.
______, 「韓國近代詩의 自然表象 硏究」, 서울대 대학원 박사학위논문, 1986.
______, 「정지용 시의 해학성」, 정지용 시인 탄생 100주년기념 문학포럼 자료집, 2002.
이숭원, 『정지용 시의 심층적 탐구』, 태학사, 1999.
______, 『원본 정지용 시집』, 깊은샘, 2003.
이승철, 『정지용 시의 인지시학적 연구』, 전북대 대학원 박사학위논문, 2011.
이승훈, 「정지용의 시론」, 『현대시』, 한국문연, 1990. 3.
이양하, 「바라든 지용시집」, 『조선일보』, 1935. 12. 15.
이정우, 『주체란 무엇인가』, 서울, 그린비, 2009.
______, 『담론의 공간 - 주체철학에서 담론학으로』, 민음사, 1994.
이진우, 『이성은 죽었는가 - 포스트모더니즘의 철학』, 문예출판사, 1998.
이　활, 『鄭芝溶·金起林의 세계』, 명문당, 1991.
임　화, 「曇天下의 詩壇一年」, 『신동아』, 1935. 5.
장도준, 『정지용 시 연구』, 태학사, 1994.
전동진, 「1930년대 시의 시간성과 서정성 연구」, 전남대 대학원 박사학위논문, 2006.
정끝별, 「정지용 詩의 상상력 연구」, 이화여대 대학원 석사학위논문, 1989. 12.
정순진, 『문학적 상상력을 찾아서』, 푸른사상사, 2002.
정의홍, 『鄭芝溶의 詩 연구』, 형설출판사, 1995.
정효구, 「정지용 시의 이미지즘과 그 한계」, 『모더니즘 연구』, 자유세계, 1993.
조두심, 『한국근대시의 이념과 형식』, 다운샘, 1999.
조연현, 「수공업 예술의 말로 - 지용씨의 운명」, 『평화일보』, 선문사, 1947. 8. 20.
조영복, 『한국 현대시와 언어의 풍경』, 태학사, 1999.
진순애, 『한국현대시와 모더니티』, 태학사, 1999.
______, 『한국 현대시와 정체성』, 국학자료원, 2001.
차승기, 「동양적인 것, 조선적인 것, 그리고 『문장』」, 『한국근대문학연구』 21, 한국근대문학회, 2010.
최동호, 「정지용의 산수시와 은일의 정신」, 『민족문화연구』 19호, 1986. 1.

최동호, 『현대시의 정신사』, 열음사, 1985.
최두석, 「정지용 시세계 - 유리창 이미지를 중심으로」, 『창작과비평』, 1998. 여름호.
최승호, 「1930년대 후반시 시의 전통주의적 미의식 연구」, 서울대 대학원 박사학위논문, 1994.
최승호, 『한국현대시와 동양적 생명사상』, 다운샘, 1995.
_____, 『서정시의 본질과 근대성 비판』, 다운샘, 1999.
최윤정, 『1930년대 낭만주의와 탈식민주의』, 지식과교양, 2011.
_____, 「근대의 타자담론으로서의 정지용 시」, 『한국문학이론과 비평』 제50집, 한국문학 이론과 비평학회, 2011. 3.
하정일, 「20세기 한국문학과 근대성」, 『20세기 한국문학과 근대성의 변증법』, 소명출판, 2000.
한영옥, 『한국현대시의 의식탐구』, 새미, 1999.
함재봉, 『탈근대와 유교』, 나남출판사, 1998.
홍성하, 「역사적 공동체 기억에 대한 고찰」, 『현상학과 실천철학』 제7집, 한국현상학회, 1993.
황종연, 「한국문학의 근대와 반근대」, 동국대 대학원 박사학위논문, 1992.

3. 국외 논저

Abrams, M. H. *Glossary of Literary Terms*(문학용어사전), 최상규 역, 예림기획, 1997.
Adorno, T. W. · Horkheimer, M. 김유동 역, 『계몽의 변증법』, 문학과 지성사, 2001.
Aristoteles, 천병희 역, 『시학』, 문예출판사, 2002.
Bachelard, G. 이가림 역, 『물과 꿈』, 문예출판사, 1980.
Bachelard, G. 이수희 역, 『촛불의 美學 문예출판사』, 1985. 1.
Benjamin, W. 반성완 역, 『발터 벤야민의 문예이론』, 민음사, 1983.
Bergson, H. 홍영실 역, 『물질과 기억』, 교보문고, 1991.
Berman, M. 윤호병 역, 『현대성의 경험』, 현대미학사, 1994.
Bollnow, O. F. 최동희 역, 『실존철학이란 무엇인가』, 서문당, 1972.

Calinescu, M. 이영욱 외 공역, 『모더니티의 다섯 얼굴』, 시각와 언어, 1993.
David, H. 구동회 · 박영민 역, 『포스트 모더니티의 조건』, 한울, 1995.
Eagleton, T. 김명환 외 옮김, 『문학이론입문』, 창작사, 1986.
Eliad, M. 정진홍 역, 『우주와 역사』, 현대사상사, 1976.
Foucault, M. 이정우 역, 『담론의 질서』, 새길, 1993.
Frye, N. 임철규 역, 『비평의 해부』, 한길사, 1982.
Giddens, A. 외, 임현진 · 정일준 역, 『성찰적 근대화』, 한울, 1998.
Hegel, G. W. F. 임석진 역, 『정신현상학』, 서울, 한길사, 2000.
Heidegger, M. 박찬국 역, 『니체와 니힐리즘』, 철학과 현실사, 2000.
Heidegger, M. 소광희 역, 『시와 철학』, 박영사, 1975.
Heidegger, M. 이기상 역, 『존재와 시간』, 서울, 까치, 1998.
Heidegger, M. 전양범 역, 『존재와 시간』, 시간과 공간사, 1992.
Lacan, J. 권택영 외 역, 『욕망이론』, 문예출판사, 1994.
Levinas, E. 강영안 역, 『시간과 타자』, 문예출판사, 1996.
Levinas, E. 김연숙 · 박한표 공역, 『존재와 다르게 - 본질의 저쪽』, 인간사랑, 2010.
Levinas, E. 서동욱 역, 『존재에서 존재자로』, 민음사, 2003.
Martin, D. & Boeck, K. 홍명희 역, 『EQ』, 해낸, 1997.
Meyerhoff, H. 김준오 역, 『문학과 시간현상학』, 삼영사, 1987.
Milner M. 이규현 역, 『프로이트와 문학의 이해』, 문학과 지성사, 1997.
Nietzsche, F. W. 강 수남 역, 『권력에의 의지』, 청하, 2003.
Rasmussen, D. M. 장석만 역, 『상징과 해석』, 서광사, 1991.
Ricoeur, p. "Du texte Iaction", 박명수 · 이경래 역, 『텍스트에서 행동으로』, 이카넷, 2002.
Ricoeur, p. "Le Conflit des Interpr tations", 양명수 역, 『해석의 갈등』, 이카넷, 2001.
Sartre, J-p. 손우성 역, 『존재와 무』 10판, 삼성출판사, 1978.
Sartre, J-p. 정소성 역, 『존재와 무』, 동서문화사, 2009.
Schacht, R. 정영기 · 최희봉 역, 『근대철학사: 데카르트에서 칸트까지』, 서광사, 1993.

Staiger, E. 이유영 · 오현일 역, 『시학의 근본개념』, 삼중당, 1978.

Van Peursen, C. A. 손봉호 역, 『현상학과 분석철학』, 탑 출판사, 1983.

Levinas, E. De L'existence à L'existant, 1947: Paris, Vrin, 1990.

Levinas, E. *Le Temps et L'autre*, Paris, Arthaud, 1948: Paris, PUF, 1983.

Levinas, E. *Totalité et Infini. Essais sur L'extériorité*, La Haye: Martinus Nijhoff, 1961.

Levinas, E. *Étbique et Infini, Dialogues avec p. Nemo*, Paris: Fayard/Culture France, 1982.

〈부록〉

정지용 연보

1902(1세) · 6월 20일(음력 5월 15일) 충북 옥천군 옥천면 하계리 40번지에서 부 연일정 씨(迎日 鄭氏) 태국(泰國)과 모 하동정 씨(河東 鄭氏) 미하(美河) 사이에서 장남으로 태어났다. 원적은 충북 옥천군 옥천면 하계리 40번지(당시 주소는 옥천내면 상계 전 7통 4호)이다.

· 부친 태국은 한약상을 경영하여 생계를 유지하였으나 어느해 여름에 갑자기 밀어닥친 홍수의 피해로 집과 재산을 모두 잃고 경제적으로 무척 어렵게 되었다고 한다.

· 형제는 부친의 둘째 부인과의 사이에서 태어난 이복 동생만이 충남 논산에서 살고 있다가 최근 사망했다고 한다. 자녀는 구관(求寬), 구익(求翼), 구인(求寅), 구원(求園), 구상(求翔) 등이 있었으나, 현재는 장남과 장녀만이 서울에 살고 있다.

· 정지용의 아명은 어머니의 태몽에서 유래되어 '지용(池龍)'이라 했고, 이 발음을 따서 본명을 '지용(芝溶)'으로 했다. 필명은 '지용'이며, 창씨명은 '대궁수(大弓修)', 천주교 세례명은 '방지거'(方濟角, '프란시스코'의 중국식 발음)이다. 휘문중학교 재직시 학생들 사이에서 '신경통(神經痛)'과 '정종(正宗)' 등의 별명으로 불렸다고 한다. 모윤숙과 최정희 등의 여류 문인들이 그를 '닷또상'(소형 자동차)이라고 부르기도 했다.

1910(9세) · 4월 6일 충북 옥천공립보통학교(현재 죽향초등학교)에 입학하였다. 학교 소재지는 옥천 구읍이며, 생가에서 5분 거리에 있다.

1913(12세) · 충북 영동군 심천면에 사는 은진 송씨(恩津 宋氏) 명헌의 딸 재

숙(在淑)과 결혼하였다.

1915(14세) · 집을 떠나 처가의 친척인 서울 송지헌의 집에 기숙하며 여러 가지 일을 하였다고 전해진다.

· 1918년 휘문고보에 진학하기 전까지 4년간 집에서 한문을 수학한 것으로 되어 있으나 확실하지는 않다.

1918(17세) · 4월 2일 사립 휘문고보에 입학하였다. 그 때 서울의 주거지는 경성 창신동 143번지 유필영씨 방이다. 휘문고보 재학 당시 문우로는 동교의 3년 선배인 홍사용과 2년 선배인 박종화, 1년 선배인 김윤식, 동급생인 이선근, 박제찬과 1년 후배인 이태준 등이 있었다. 학교 성적은 매우 우수했으며 1학년 때는 88명 중 수석이었다. 집안이 넉넉하지 못하여 교비생으로 학교를 다녔다. 이 무렵부터 정지용은 문학적 소질을 발휘하기 시작하여 주변의 칭찬을 받았으며, 한편으로는 박팔양 등 8명이 모여 요람동인(搖藍同人)을 결성하였다. 그러나 아직 그 중의 한 권도 발견되지 않아 그 정확한 내용은 알 수가 없다. 정지용과 박제찬이 일본 교토(京都)에 있는 도시샤대학(同志社大學)에 진학한 뒤에도 동인들 사이에는 원고를 서로 돌려가면서 보았다고 한다.

1919(18세) · 휘문고보 2학년 때 3 · 1운동이 일어나 그 후유증으로 가을까지 수업을 받지 못했다. 그의 학적부를 보면 3학기 성적만 나와 있고, 1,2학기는 공란으로 처리되어 있다. 이 무렵 휘문고보 학내 문제로 야기된 휘문 사태의 주동이 되어 전경석은 제적당하고 이선근과 정지용은 무기정학을 받았다. 그러나 교우들과 교직원들의 중개역할로 휘문사태가 수습되면서 곧바로 복학되었다고 한다.

· 12월 ≪서광(曙光)≫ 창간호에 소설 「삼인(三人)」을 발표했는데, 이것은 이제까지 전해지고 있는 정지용의 첫 발표작이다.

1922(21세) · 3월에 휘문고보 4년제를 졸업하였다. 이 해에 학제 개편으로 보통고등학교의 수업 연한이 5년제(1922-1938)가 되면서, 졸업반의 61명중 10명이 5년제로 진급한 것으로 보인다. 그러나 학

적부의 기록은 4년분만 기록되어 있다. 휘문고보의 재학생과 졸업생이 함께 하는 문우회의 학예부장직을 맡아 ≪휘문≫ 창간호의 편집위원이 되었다. 이 교지는 일본인 교사가 실무를 맡았고, 김도태 선생의 지도아래 정지용, 박제찬, 김양현, 전형필, 지창하, 이경호, 민경식, 이규정, 한상호, 남천국 등이 학예부 부원으로 있었다.

· 마포 하류 현석리에서 「풍랑몽(風浪夢)」을 쓴 것으로 전해진다. 이 작품은 현재 전해지고 있는 정지용의 첫 시작(詩作)이다.

1923(22세) · 정지용 등 문우회 학예부원들이 편집한 ≪휘문≫ 창간호가 출간되었다. 3월에 휘문고보 5년제를 졸업하였다. 4월 휘문고보 동창인 박제찬과 함께 일본 교토에 있는 도시샤대학 예과에 입학했다. 이때 정지용의 학비는 휘문고보측에서 보조한 것으로 전해지고 있다.

· 4월에 그의 대표작의 하나인 「향수(鄕愁)」의 초고를 썼다.

1924(23세) · 소설가 김말봉과 1924년부터 1927년까지 교토에서 공부하는 학생들이 모여 유학생 문예지 『학조』를 펴냈다. 도시샤대학 시절, 시 자품 「자류(柘榴)」, 「민요풍 시편」, 「Dahila」, 「홍춘(紅春)」, 「산에ㅅ색시 들녘사내」 등을 썼다.

1925(24세) · 교토에서, 「샛밝안 기관차(機關車)」, 「바다」, 「황마차(幌馬車)」 등의 작품을 썼다.

1926(25세) · 3월 예과를 수료하고 4월 영문학과에 입학했다.

· 1929년 동지사대학을 졸업할 때까지 일본 문예지 『근대풍경』에 일본어로 된 시들도 많이 투고하여 일본의 대표적인 시인 키타하라 하쿠슈의 관심을 받았다.

1927(26세) · 9월 1일 한정동, 고장환, 신재항, 유도순, 윤극영, 김태오, 등과 동요연구에 뜻을 둔 '조선동요협회'를 창립하였다.

· 작품 「뺏나무 열매」, 「갈매기」 등 7편을 교토와 옥천 등지를 내왕하면서 썼다.

1928(27세) · 음력 2월 옥천군 내면 상계리 7통 4호(하계리 40번지) 자택에서 장남 구관이 출생하였다.

· 음력 7월 22일 성프란시스코 사비엘 천주당(가와라마치 교회)에서 요셉 히사노신노스케를 대부로 하여 뒤튀 신부에게 영세를 받았으며 세례명은 '프란시시코'였다.

1929(28세) · 6월 교토의 도시샤대학 영문과를 졸업하고, 9월 모교인 휘문고보 영어교사로 취임했다. 이 때 학생들간에는 시인으로서 인기가 높았다고 한다. 동료로서는 김도태, 이헌구, 이병기 등이 있었다.

· 부인과 장남을 솔거하여 충북 옥천에서 서울 종로구 효자동으로 이사를 했다.

· 12월에 「유리창(琉璃窓)」을 썼다.

1930(29세) · 천주교 종현청년회에서 총무직을 맡았다.

· 3월 김영랑의 권유로 박용철, 김영랑, 이하윤 등과 함께 ≪시문학≫ 동인으로 활동하며 시작품을 발표했다. 1930년대 시단의 중요한 위치에 서게 되었다.

1931(30세) · 천주교 종현청년회 총무로 활동하며 천주교 기관지 『별』 편집에 참가하였으며 이때 자작 및 번역한 종교 시편을 발표하였다.

· 12월 서울 종로구 낙원동 22번지에서 차남 구익이 출생하였다.

1933(32세) · 7월 종로구 낙원동 22번지에서 3남 구인이 출생하였다.

· 6월에 창간된 ≪가톨릭청년(青年)≫지의 편집을 돕는 한편, 8월 반카프적 입장에서 순수문학의 옹호를 취지로 결성한 구인회(九人會)에 가담했다. 초기 창립회원은 김기림, 이효석, 이종명, 김유영, 유치진, 조용만, 이태준, 정지용, 이무영 등 9명이다.

1934(33세) · 서울 종로구 재동 45-4에 집을 사서 처음으로 이사하였고, 12월 재동 자택에서 장녀 구원이 출생하였다.

1935(34세) · 10월 시문학사에서 첫시집 『정지용 시집(鄭芝溶 詩集)』이 간행되었다. 총 수록 시 편수는 89편으로 그 이전의 잡지에 발표되었던 작품들이다.

1936(35세) · 12월 종로구 재동에서 5남 구상이 출생하였다.

1937(36세) · 서울 서대문구 북아현동1의 64호로 이사하였고, 8월 5남 구상

이 병사했다.

· 산문과 기행문을 많이 썼다.

1938(37세) · 가톨릭 재단에서 주관하는 ≪경향잡지≫의 편집을 도왔다. 시와 평론, 산문 등을 활발하게 발표했다.

1939(38세) · 5월 20일 북아현동 자택에서 부친이 사망하였고, 묘지는 충북 옥천군내 소재의 수북리에 안장했다.

· 8월 창간된 ≪문장(文章)≫에 이태준과 함께 참여하여 이태준은 소설 부문, 정지용은 시 부문의 심사위원을 맡았다. 그리하여 박두진, 박목월, 조지훈 등 청록파 시인과 이한직, 박남수, 김종한 등의 많은 신인을 추천했다.

1940(39세) · 길진섭 화백과 함께 선천, 의주, 평양, 오룡배 등지를 여행했다. 이 때 쓰고 그린 글과 그림으로 이루어진 기행문 「화문행각(畵文行脚)」을 발표했다.

1941(40세) · 1월 「조찬(朝餐)」, 「진달래」, 「인동차(忍冬茶)」 등 10편의 시작품이 ≪문장(文章)≫ 22호의 특집, 〈신작 정지용 시집(新作 鄭芝溶 詩集)〉으로 꾸며졌다.

· 9월 문장사에서 제2시집 『백록담(白鹿潭)』이 간행되었다. 총수록 시편은 「장수산(長壽山)」 1 · 2와 「백록담(白鹿潭)」 등 33편이다. 이 무렵 정지용은 정신적으로나 육체적으로 무척 피로해 있었다고 전한다.

1944(43세) · 제2차 세계대전의 말기에 이르러 일본군이 열세해지면서 연합군의 폭격에 대비하기 위해 내린 서울소개령으로 정지용은 부천군 소사읍 소사리로 가족을 솔거하여 이사했다.

1945(44세) · 8 · 15해방과 함께 휘문중학교 교사직을 사임하고 10월에 이화여자전문학교 교수로 옮겨 문과과장이 되었다. 이 때 담당과목은 한국어, 영시, 라틴어였다.

· 12월 13일 문학가 동맹결성

· 12월 김구, 김귀식 등의 귀국을 기념하기 위한 명동성당의 미사와 환영회가 열려 그 자리에서 「그대들 돌아오시니」를 낭독하였으며 이 시를 『해방기념시집』에 실었다.

1946(45세) · 서울 성북구 돈암동 산 11번지로 이사하였고, 5월 돈암동 자택에서 모친 정미하가 사망하였다.
· 2월 문학가동맹에서 개최한 작가대회에서 아동분과위원장 및 중앙위원으로 추대되었으나 정지용은 참석하지 않았고, 장남 구관이 참가하여 당나라 시인 왕유(王維)의 시를 낭독하였다.
· 5월 건설출판사에서 『정지용시집(鄭芝溶詩集)』의 재판이 간행되었다.
· 6월 을유문화사에서 『지용시선(芝溶時選)』이 간행되었다. 이 시선에는 「유리창(琉璃窓)」 등 25편의 작품이 실려 있는데, 이들은 모두 『정지용시집(鄭芝溶詩集)』과 『백록담(白鹿潭)』에서 뽑은 것들이다.
· 8월 이화여전이 이화여자대학으로 개칭되면서 동교의 교수가 되었다.
· 10월 경향신문사 주간으로 취임, 이 때 사장은 양기섭, 편집인은 염상섭이었다.
· 10월 백양당과 동명출판사에서 시집 『백록담(白鹿潭)』 재판이 간행되었다.

1947(46세) · 8월 경향신문사 주간직을 사임하고 이화여자대학교 교수로 복직했다.
· 서울대학교 문리과 대학강사로 출강하여 현대문학강좌에서 『시경(詩經)』을 강의하였다.

1948(47세) · 2월 이화여자대학교 교수직을 사임하고 녹번리의 초당에서 서예를 즐기면서 소일하였다.
· 박문출판사에서 산문집 『문학독본(文學讀本)』이 간행되었다. 이 산문집에는 「사시안의 불행(斜視眼의 不幸)」 등 37편의 평문과 수필, 기행문 등이 수록되어 있다.

1949(48세) · 3월 동지사에서 『산문(散文)』이 간행되었는데, 여기에는 평문, 수필, 역시 등 총 55편이 실려 있다.

1950(49세) · 3월 동명출판사에서 시집 『백록담(白鹿潭)』의 3판이 간행되었다.

· 6 · 25전쟁 당시 녹번리 초당에서 설정식 등과 함께 정치보위부에 나가 자수 형식을 밟다가 서대문 형무소에 정인택, 김기림, 박영희 등과 같이 수감되었다. 평양 감옥으로 이감될 때, 이광수, 계광순 등 33인이 같이 수감되었다가 그 후 폭사당한 것으로 추정된다.

· 1950년 9월 25일 사망했다는 기록이 북한이 최근 발간한 『조선대백과사전』에 기재되어 있다(『동아일보』 2001년 2월 26일자 참조). 이후 월북문인으로 규정되어 상당 기간 동안 그의 문학이 대중들에게 공개되지 못함.

1971 · 3월 20일 부인 송재숙이 서울 은평구 역촌동 자택에서 사망하였고, 묘소는 〈신세계 공원 묘지〉에 있다.

1982 · 6월 그의 유족 대표 정구관과 조경희, 백철, 송지영, 이병도, 김동리, 모윤숙 등 원로 문인들과 학계가 중심이 되어 정지용 저작의 복간 허가를 위한 진정서를 제출하였다.

1988 · 3월 30일 정지용, 김기림의 작품이 해금되었고, 10월 27일 납·월북 작가 104명의 작품이 해금되었다. 『정지용 전집』(김학동 엮음) 전 2권이 민음사에서 간행되었다.

· 4월 '지용회'가 결성되어, '지용제'와 '지용문학상' 등의 기념행사가 이루어지고 있다.

1989 · 5월 정지용의 고향 충북 옥천에 '지용회'와 옥천문화원이 공동으로 지용의 시 「향수(鄕愁)」를 새겨 넣은 시비(時碑)를 세웠다. 이후부터 매년 정지용 탄생일인 5월 15일에 옥천에서 정지용 시인을 기리는 문학생사로서 '지용제'가 개최된다.

· 청록파 시인의 유일한 생존자인 박두진이 제1회 지용문학상을 수상하였다.

1993 · 월북작가 박산운이 북한의 『통일신문』 5월 1일자부터 3회에 걸쳐 「시인 정지용에 대한 생각」을 기고했다.

1995 · 류만이 저술한 『조선문학사』 제 9권에서 정지용의 시는 "향토적 및 민족적 정서와 민요풍의 시풍을 보여주며 생신한 가락, 청신한 호흡, 가락 맞은 박동이 뚜렷이 살아 있어 민족정기를

강하게 느끼게 한다"고 평가했다.

2001 · 2월 26일 제 3차 남북이산가족 상봉으로 북한의 구인씨가 남한의 형(구관)과 여동생(구원)을 만났으나 시인의 사망 원인이나 장소 등은 해명되지 않았다.

2002 · 정지용 시인 탄생 100주년을 기념하여 5월 11일 '정지용 시인 탄생 100주년 기념 문학 포럼'과 5월 15일 '지용 문학 세미나'가 열렸다.

2003 · 2월에 이숭원 주해 『원본 정지용 시집』이 도서출판 깊은샘에서 출판되었으며, 3월에 최동호편저 『정지용사전』이 고려대출판부에서 간행되었다.

2005 · 12월 옥천군과 옥천문화원 주관으로 도시샤대학에 정지용의 시 「압천」을 새겨 넣은 시비를 건립하였다.

2014 · 5월 15일 충북 옥천에서 제 27회 〈지용제〉가 개최되었다. 제 26회 지용문학상은 나태주 시인이 수상했다.

* 이상의 내용은 최동호 교수의 『정지용사전』(고려대출판부, 2003)과 박태상 교수의 『정지용의 삶과 문학』(신화인쇄공사, 2013) 및 이석우 박사의 『현대시의 아버지 정지용 평전』(충청북도 · 충북개발연구원 부설 충북학연구소 발행, 푸른사상사, 2006). 등에서 정리한 것을 바탕으로 했음.

정지용 작품 연보－시

1926년	6월	카뼤 ᄯ란스	≪학조≫ 창간호
		슬픈 印像畵	〃
		爬蟲流動物	〃
		「마음의 日記」에서-시조 아홉 수	〃
		지는해(서쪽한울)	〃
		띄	〃
		홍시(감나무)	〃
		병(한울 혼자 보고)	〃
		딸레(人形)와 아주머니	〃
	11월	따알리아(Dahila)	≪신민≫ 19호
		紅椿	〃
		산엣 색시, 들녘 사내	≪문예시대≫ 창간호
		산에서 온 새	≪어린이≫ 4권 10호
1927년	1월	넷니약이 구절	≪신민≫ 2호
		甲板 우	≪문예시대≫ 2호
	2월	바다	≪조선지광≫ 64호
		湖面	〃
		샛밝안 機關車	〃
		내 맘에 맞는 이	〃
		무어래요?	〃
		숨ㅅ기내기	〃
		비듥이	〃
		이른 봄 아츰	≪신민≫ 22호
	3월	鄕愁	≪조선지광≫ 65호
		바다	〃

		柘榴	〃
	5월	벚나무 열매-To Sister P	≪조선지광≫ 67호
		엽서에 쓴 글	〃
		슬픈 汽車	〃
		할아버지	≪신소년≫ 5권 5호
		산넘어 저쪽	〃
	6월	산에서 온 새	≪신소년≫ 5권 6호
		해바라기씨	〃
		五月소식	≪조선지광≫ 68호
		幌馬車	〃
		船醉	≪학조≫ 2호
		鴨川	〃
	7월	말-마리 로란산에게	≪조선지광≫ 69호
		發熱	〃
		風浪夢	〃
	8월	太極扇에 날리는 꿈	≪조선지광≫ 70호
	9월	말	≪조선지광≫ 71호
1928년	5월	우리나라 여인들은	≪조선지광≫ 78호
	9월	갈매기	≪조선지광≫ 80호
1930년	1월	겨울	≪조선지광≫ 89호
		琉璃窓 · 1	〃
	3월	일은 봄 아츰(1926.3)	≪시문학≫ 창간호
		Dahila	〃
		京都鴨川	〃
		船醉	〃
	5월	바다	≪시문학≫ 2호
		피리	〃
		저녁햇살	〃
		甲板우	〃
		紅椿	〃

		湖水 · 1	〃
		湖水 · 2	〃
		청개구리 먼 내일	≪신소설≫ 3호
		배추 벌레	〃
	8월	아츰	≪조선지광≫ 92호
	9월	바다 · 1	≪신소설≫ 5호
		바다 · 2	〃
	10월	絶頂	≪학생≫ 2권 9호
		별똥	≪학생≫ 2권 9호
1931년	1월	琉璃窓 · 2	≪신생≫ 27호
	10월	그의 반(無題)	≪시문학≫ 3호
		柘榴	〃
		뻣나무 열매	〃
		風浪夢 · 2(바람은부옵는데)	〃
	11월	촉불과 손	≪신여성≫ 10권 11호
	12월	아츰	≪문예월간≫ 2호
1932년	1월	무서운時計(옵바가시고)	≪문예월간≫ 2권2호
		蘭草	≪신생≫ 37호
		밤	〃
	4월	바람	≪동방평론≫ 창간호
		봄	〃
	6월	달	≪신생≫ 42호
	7월	조약돌	≪동방평론≫ 2호
		汽車	〃
		故鄕	〃
1933년	6월	海峽의 午前二時	≪가톨릭청년≫ 창간호
		毘盧峰	〃
	9월	臨終	≪가톨릭 청년≫ 4호
		별	〃
		恩惠	〃

		갈릴네아 바다	〃
	10월	時計를 죽임	≪가톨릭 청년≫ 5호
		歸路	〃
1934년	2월	다른 한울	≪가톨릭 청년≫ 9호
		또 하나 다른 太陽	〃
	3월	不死鳥	≪가톨릭 청년≫ 10호
		나무	〃
	9월	勝利者 金안드레아	≪가톨릭청년≫ 16호
1935년	1월	갈메기	≪삼천리≫ 58호
	3월	紅疫	≪가톨릭청년≫ 22호
		悲劇	〃
	4월	다른 한울	≪시원≫ 2호
		또 하나 다른 太陽	〃
	7월	다시 海峽	≪조선문단≫ 24호
		地圖	〃
	10월	시집 『鄭芝溶詩集』	시문학사 刊(신작시 89편 수록)
	12월	바다	≪시원≫ 5호
1936년	3월	流線哀傷	≪시와 소설≫ 창간호
	6월	明眸	≪중앙≫ 32호
	7월	瀑布	≪조광≫ 9호
1937년	11월	玉流洞	≪조광≫ 25호
1938년	3월	슬픈 偶像	≪조광≫ 29호
	4월	삽사리	≪삼천리문학≫ 2호
		溫井	〃
	6월	明水臺 진달래	≪여성≫ 27호
	8월	毘盧峰	≪청색지≫ 2호
		九城洞	〃
1939년	3월	長壽山 · 1	≪문장≫ 2호
		長壽山 · 2	〃
	4월	春雪	≪문장≫ 3호

		白鹿潭	〃
	7월	地圖	≪학우구락부≫ 창간호
		달	〃
1940년	1월	天主堂	≪태양≫ 창간호
	8월	지는 해	≪조선일보≫ 8월 10일
1941년	1월	朝餐	≪문장≫ 22호 신작 정지용 시집
		비	〃
		忍冬茶	〃
		붉은 손	〃
		꽃과 벗	〃
		盜掘	〃
		禮裝	〃
		나븨	〃
		호랑나븨	〃
		진달래	〃
	9월	시집 『白鹿潭』 (신작시 33편 수록)	문장사
1942년	1월	窓	≪춘추≫ 12호
	2월	異土	≪국민문학≫ 4호
1946년	1월	愛國의 노래	≪대조≫ 창간호
		그대들 돌아오시다	≪혁명≫ 창간호
	5월	『정지용시집』	건설출판사
	6월	시집 『지용時選』 (대표시 25편 수록)	을유문화사
1950년	2월	曲馬團	≪문예≫ 7호
	6월	늙은 범(四四調五道)	≪문예≫ 8호
		네몸매	〃
		꽃분	〃
		山 달	〃

		나비	〃

정지용 일본어시 연보

1926년	12월	かつふえふらんす	≪근대풍경≫ 1권 2호
1927년	1월	海 1	≪근대풍경≫ 2권 1호
1928년	2월	海 2	≪근대풍경≫ 2권 2호
		海 3	〃
		みなし子の夢	〃
	3월	悲しき印象畵	≪근대풍경≫ 2권 3호
		金ほたんの哀唱	〃
		湖面	〃
		雪	〃
	4월	幌馬車	≪근대풍경≫ 2권 4호
		初春の朝	≪근대풍경≫ 2권 4호
	5월	甲板の上	≪근대풍경≫ 2권 5호
	6월	まひる	≪근대풍경≫ 2권 6호
		遠いしール	〃
		夜半	〃
		耳	〃
		歸り路	〃
	9월	鄕愁の靑馬車	≪근대풍경≫ 2권 9호
		笛	〃
		酒場の夕日	〃
	11월	眞紅た汽關車	≪근대풍경≫ 2권 11호
		橋の上	〃
1928년	2월	族の朝	≪근대풍경≫ 3권 2호
	10월	馬 1. 2	≪동지사문학≫ 3호
1939년	12월	ふるさと	≪휘문≫ 17호

* 일본어시 연보는 김학동 편, 『정지용전집1시』(민음사, 1989)와 최동호 편저 『정지용 사전』(고려대출판부, 2003)의 작품 목록을 바탕으로 했음.

정지용 작품 연보－산문

소설

- 삼인 ≪서광≫지 창간호, 1919년 12월.

소묘와 수수어

- 소묘1～소묘5 ≪가톨릭청년≫, 1～4호(1933년 6～9월).
- 수수어1-1～수수어1-4, ≪조선일보≫, 1936년 6월 18～21일.
- 수수어2-1 ～ 수수어2-4, ≪조선일보≫, 1937년 2월 10～17일.
- 수수어3, ≪조선일보≫, 1937년 6월 8～12(총 5편). 특히 수수어 3-1은 '이 목구비'라는 제목으로 『백록담』(1941)에 재수록되었다.
- 수수어4, ≪문장≫, 1940년 4월호.

기행문

- 남유와 다도해기, ≪조선일보≫, 1938년 8월 6～30일.
- 선천, 의주, 평양, 오룡배, ≪동아일보≫, 1940년 1월 28일～2월 15일.
- 남해 오월 점철, ≪국도신문≫, 1950년 5월 7일～6월 28일.

수필

- 옛 글 새로운 정, ≪동아일보≫, 1937년 6월 10～11일.
- 꾀꼬리와 국화, ≪삼천리문학≫, 1938년 1월.
- 날은 풀리며 벗은 앓으며, ≪조선일보≫, 1938년 2월 17일.
- 남병사 7호실의 꿈, ≪동아일보≫, 1938년 3월 3일.
- 인정각, ≪조선일보≫, 1938년 5월 13일.
- 압천 상류, 출처 미상. 『지용문학독본』(박문출판사, 1948)에 수록.
- 다방 'ROBIN'에 연지 찍은 색시들, ≪삼천리≫, 1938년 6월.
- 서왕록, ≪조선일보≫, 1938년 6월 5～7일.

- 예양, ≪동아일보≫, 1939년 4월 14일.
- 우산, ≪동아일보≫, 1939년 4월 16일.
- 합숙, ≪동아일보≫, 1939년 4월 20일.
- 화문 점철 1, 화문 점철 2, ≪동아일보≫, 1940년 1월 1일.
- 비, 비둘기는 『백록담』(문장사, 1941)에 수록.

시론과 평문

- 영랑과 그의 시, ≪여성≫, 1938년 8~9월.
- 생명의 분수 - 무용인 조택원론, ≪동아일보≫, 1938년 12월 1일.
- 참신한 동양인 - 무용인 조택원론(하), ≪동아일보≫, 1938년 12월 3일.
- 월탄의 『금삼의 피』와 각지 비평과 독후감, ≪박문≫, 1939년 1월.
- 시의 옹호, ≪문장≫, 1939년 6월.
- 시와 발표, ≪문장≫, 1939년 10월.
- 시의 위의, ≪문장≫, 1939년 11월.
- ≪문장≫지 선후평1, ≪문장≫, 1939년 4월.
- ≪문장≫지 선후평2, ≪문장≫, 1939년 5월.
- ≪문장≫지 선후평3, ≪문장≫, 1939년 6월.
- ≪문장≫지 선후평4, ≪문장≫, 1939년 8월.
- ≪문장≫지 선후평5, ≪문장≫, 1939년 9월.
- ≪문장≫지 선후평6, ≪문장≫, 1939년 10월.
- ≪문장≫지 선후평7, ≪문장≫, 1939년 11월.
- ≪문장≫지 선후평8, ≪문장≫, 1939년 12월.
- ≪문장≫지 선후평9, ≪문장≫, 1939년 1월.
- ≪문장≫지 선후평10, ≪문장≫, 1939년 2월.
- ≪문장≫지 선후평11, ≪문장≫, 1939년 4월.
- ≪문장≫지 선후평12, ≪문장≫, 1939년 9월.
- 『가람시조집』 발, 『가람시조집』, 문장사, 1939년 8월.
- 가람시조집에, ≪삼천리≫, 1940년 7월.
- 윤석중 동요집 『초생달』, ≪현대일보≫, 1946년 8월 26일.
- 시집 『종』에 대한 것, ≪경향신문≫, 1947년 3월 9일.

• 조택원 무용에 관한 것, ≪경향신문≫, 1947년 6월 26일.
• 『포도』에 대하여, 『포도』, 정음사, 1948년.
• 윤동주 시집 서, 『하늘과 바람과 별과 시』, 정음사, 1948년.
• 조선시의 반성, ≪문장≫, 1948년 10월.
• 서 대신, 『이용악집』, 동지사, 1949년.
• 월파와 시집 『망향』, ≪국도신문≫, 1950년 4월 15일.

해방 후 산문

• 한 사람분과 열 사람분, 출처 불명. 『산문』(동지사, 1949년 1월)에 수록.
• 학생과 함께, ≪경향신문≫, 1946년 10월 27일.
• 동경대진재 여화, 출처 불명. 『산문』(동지사, 1949년 1월)에 수록.
• 산문, ≪문학≫, 1948년 4~5월.
• 인정각, ≪조선일보≫, 1938년 5월 13일.
• 새옷, ≪주간서울≫, 1948년 11월 29일.

* 이상 산문작품 연보는 이숭원 교수의 『정지용 산문집 - 꾀꼬리와 국화』(도서출판 깊은샘, 2011)과 송기한 교수의 『정지용과 그의 세계』(도서출판 박문사, 2014)에서 정리한 것을 바탕으로 했음.

정지용 연구문헌 목록

* 아래에 정리된 목록은 정지용의 시세계를 논의한 단행본, 학위논문, 학술지 논문, 잡지 평론, 기타 산문 등을 총망라한 것이다. 1930년부터 2014년 사이에 발표된 정지용에 관한 대부분의 글들을 수록하는 것을 원칙으로 삼았다.

김기림, 「1933년도 시단회고」, 『조선일보』, 1933. 12.7-13.

______, 「정지용 시집을 읽고」, 『조광』, 1936. 1.

강근주, 「행방불명된 지용, 고국 등지려는 미당 - 2000년 가을 대시인들의 우울한 초상」, 『뉴스메이커』 398호, 경향신문사, 2000. 11. 16.

강순예, 「정지용 시 연구」, 창원대 교육대학원 석사학위 논문, 1995.

강신주, 「정지용의 시에 나타난 죽음 이미지」, 『숙명여대원우논총』 7집, 숙명여대 대학원, 1989.

______, 「한국현대기독교시 연구 정지용 김현승 윤동주 최민순 이효상의 시를 중심으로」, 숙명여대 대학원 박사학위 논문, 1992.

강용선, 「정지용 시 연구」, 원광대 대학원 석사학위 논문, 2001.

강찬모, 정지용 시와 시론에 나타난 사단칠정(四端七情) 고찰 : 이이의 기발이승일도설(氣發理乘一途說)을 중심으로」, 『어문연구』 51권, 어문연구학회, 2006. 8.

______, 「정지용과 윤동주 시론 비교 연구」, 『새국어교육』 82호, 한국국어교육학회, 2009. 8.

강현철, 「정지용 시 연구」, 국민대 대학원 석사학위 논문, 1989.

강호정, 「산문시의 두 가지 양상 - 지용과 이상의 산문시를 중심으로」, 『한성어문학』 20집, 한성대 한국어문학부, 2001.

______, 「'여기'와 '저기'의 변증법 : 정지용의 '별2'를 중심으로」, 『한성어문학』 21집, 한성대학교 한국어문학부, 2002. 8.

______, 「1930년대 시에 나타난 '지도' 표상과 세계의 상상:정지용, 임화, 김

기림, 신석정의 시를 중심으로」, 『한국민족문화』 43, 부산대, 2012.
강홍기, 「정지용 산문시 연구 - 서사 구조를 중심으로」, 『인문학지』 9집, 충북대 인문과학연구소, 1993.
강화신, 「정지용 시의 변모과정 연구」, 대전대 교육대학원 석사학위 논문, 2003. 8.
강희근, 『한국 가톨릭시 연구』, 예지각, 1989.
고노 에이지(鴻農暎二), 「정지용의 생애와 문학」, 『현대문학』, 현대문학사, 1982. 7.
_____, 「정지용과 일본시단 - 일본에서 발굴한 시와 수필」, 『현대문학』, 현대문학사, 1988. 9.
고명수, 「한국 모더니즘 문학의 공간체험 - 정지용과 김기림의 경우」, 『동국어문학』 6집, 동국대 사범대학 국어교육과, 1994.
고 봉, 「정지용과 볜즈린(卞之琳)의 모더니즘시 비교 연구」, 대진대 대학원 석사학위 논문, 2012. 2.
고정원, 「1930년대 자유시의 산문지향성 연구 - 김기림 정지용 백석의 시를 중심으로」, 경북대 대학원 석사학위 논문, 1999.
고형진, 「정지용 시의 이미지 연구」, 『어문학연구』 7집, 상명대 어문학연구소, 1998.
곽명숙, 「정지용 시에 나타난 여행의 감각과 의미」, 『한국현대문학연구』 37집, 한국현대문학회, 2012. 8.
구마키 쓰토무(熊木勉), 「정지용과 근대풍경」, 『숭실어문』 9집, 숭실대 숭실어문연구회, 1992. 5.
_____, 「정지용의 일어시」, 김신정 편, 『정지용의 문학세계 연구』, 깊은샘, 2001.
구모룡, 「생명현상의 시학 - 근대 한국시관의 한 지향성」, 『어문교육논집』 8집, 부산대 사범대학 국어교육과, 1984.
구연식, 「신감각파와 정지용 시 연구」, 『동아논총』 19집, 동아대, 1982. 2.
_____, 「정지용시의 현대시에 미친 영향」, 『국어국문학』 100집, 국어국문학회, 1988. 12.
국원우, 「한국 이미지즘 시 연구 - 지용을 중심으로」, 중앙대 대학원 석사학위 논문, 1985.
권국명, 「정지용시의 카톨릭시즘 수용양상」, 대구대 대학원 석사학위 논문, 1989.
권수진, 「정지용 시의 모더니즘적 특성 연구 - 변모과정을 중심으로」, 국민대 대학원 석사학위 논문, 1997.
권영민, 「정지용 시의 해석 문제3 : '옥류동'의 시적 언어와 '폭포'의 공간적 심상 구조」, 『문학사상』 32권 10호 통권 372호, 문학사상, 2003. 10.
권영희, 「정지용 시 연구」, 경기대 대학원 석사학위 논문, 2009. 2.
권오만, 「한국 현대시 은유의 변이 양상 - 정지용의 작품을 중심으로」, 『인문과학』 1집, 서울시립대 인문과학연구소, 1993.
_____, 「정지용 시의 은유 검토」, 『시와시학』, 시와시학사, 1994. 여름.
권점출, 「정지용 시의 공간이미지 연구」, 영남대 교육대학원 석사학위 논문, 1995.
권정우, 「정지용 시 연구 - 시점 분석을 중심으로」, 서울대 대학원 석사학위 논문, 1993.
_____, 「정지용 동시 연구」, 김신정 편, 『정지용의 문학세계 연구』, 깊은샘, 2001.
_____, 「정지용 시론 연구 : 전통과 근대의 대립에 대한 지용의 입장」, 『개신어문연구』 24집, 개신어문학회, 2006. 12.
_____, 「정지용 시의 탈근대 정서 연구」, 『어문논총』 54호, 한국문학언어학회, 2011. 6.
권창규, 「정지용 시의 새로움 : '미' 개념을 중심으로」, 연세대 대학원 석사학위 논문, 2003. 8.
금동철, 「정지용 시론의 수사학적 연구」, 『한국시학연구』 4호, 한국시학회, 2001.
_____, 「1930년대 한국 모더니즘시의 수사학적 연구」, 『우리말글』 24집, 우리말글학회, 2002.
_____, 「정지용 후기 자연시에 나타난 기독교적 자연관」, 『한민족어문학』 51호, 한민족어문학회, 2007. 12.
_____, 「정지용의 시 '백록담'이 도달한 자리」, 『시안』 11권 4호 통권 42호,

시안사, 2008. 12.

금동철, 「정지용의 시 '백록담'에 나타난 자연의 의미」, 『우리말글』 45집, 우리말글학회, 2009. 4.

금영옥, 「정지용의 초기시에 나타난 시의식과 형상성 연구 : 초기시를 중심으로」, 『어문논집』 31집, 중앙어문학회, 2003. 12.

김건일, 「정지용 시의 연구」, 인하대 교육대학원 석사학위 논문, 1989.

김경훈, 「정지용의 시가에서의 '물' 이미지 연구」, 『국어국문학』 162호, 국어국만학회, 2012. 12.

김경희, 「정지용 시에 표현된 자연관 연구」, 청주대 교육대학원 석사학위 논문, 2005. 8.

김광철, 「정지용 시 연구」, 조선대 교육대학원 석사학위 논문, 1999.

김광현, 「내가 본 시인 - 정지용 이용악론」, 『민성』, 4권 9·10호, 고려문화사, 1948. 10.

김교식, 「정지용의 시적 공간에 나타난 투명성 연구」, 『대전어문학』 19·20집, 대전대학교 국어국문학회, 2003. 2.

김구슬, 「블레이크의 상상력이 발전된 과정을 네 개의 비전으로 설명한 논문의 비중 : 정지용의 학사논문 '윌리엄 블레이크 시에 있어서의 상상력'에 대하여」, 『문학사상』 31권 10호 통권360호, 문학사상사, 2002. 10.

______, 「정지용의 논문 '윌리엄 블레이크의 시에 있어서의 상상력'과 원전비평 」, 『현대시학』 35권 6호 통권 411호, 현대시학사, 2003. 6.

김기국, 「정지용의 '향수'와 기호학적 글읽기 : 확장성과 곱씹음의 미학」, 『자유문학』 20권 4호 통권 78호, 자유문학, 2010.

김기림, 「정지용 시집을 읽고」, 『조광』, 조선일보사, 1936. 1.

김기중, 「체험의 시적 변용에 대하여 - 지용 이상 만해의 경우」, 『민족문화연구』 25집, 고려대 민족문화연구소, 1992.

김기현, 「정지용 시 연구 - 그의 생애와 종교 및 종교시를 중심으로」, 『성신어문학』 2호, 성신어문학연구회, 1989. 2.

김남권, 「정지용 시에 나타난 동일성 지향의 연구」, 강원대 대학원 석사학위 논문, 1995.

김남호, 「정지용 시의 바다 이미지 연구」, 서남대 교육대학원 석사학위 논문, 2001.
김다현, 「정지용 『백록담』의 시간과 공간 연구」, 목포대 교육대학원 석사학위 논문, 2010. 2.
김대행, 「정지용 시의 율격」, 『정지용연구』, 새문사, 1988.
김덕상, 「정지용 시 이미지의 교육적 활용방안」, 동아대 대학원 석사학위 논문, 1992.
김동근, 「정지용 시의 기호론적 연구」, 전남대 대학원 석사학위 논문, 1989.
______, 「1930년대 시의 담론체계 연구 - 지용시와 영랑시에 대한 기호학적 담론 분석」, 전남대 대학원 박사학위 논문, 1996.
______, 「정지용 시의 공간체계와 텍스트 의미」, 『한국문학이론과 비평』 8권 1호 제22집, 한국문학이론과 비평학회, 2004. 3.
______, 「정지용 시와 이상 시의 대위적 텍스트성 : 불연속적 시간 특질을 중심으로」, 『한국문학이론과 비평』 26권 2호 55집, 한국문학이론과 비평학회, 2012. 6.
김동석, 「시를 위한 시 - 정지용론」, 『상아탑』, 1946. 3.
김만수, 「정지용의 시 연구」, 경남대 교육대학원 석사학위 논문, 1988.
김명리, 「정지용 시어의 분석적 연구 - 시어 '누위(알)'과 '유선'의 심층적 의미를 중심으로」, 동국대 대학원 석사학위 논문, 2002.
김명숙, 「정지용 시에 대한 서사공간이론적 고찰」, 『한국시학연구』 35호, 한국시학회, 2012. 12.
김명옥, 「정지용 시에 나타난 현대문명과 도시성」, 『비평문학』 12집, 한국비평문학회, 1998.
______, 「정지용 시에 나타난 상실과 소외의식」, 『한국어문교육』 9집, 한국교원대 한국어문교육연구소, 2000.
______, 「정지용 시에 나타난 유토피아 의식과 이상향 추구」, 『한국어문교육』 10집, 한국교원대 한국어문교육연구소, 2001.
김명인, 「정지용의 '곡마단'고」, 『경기어문학』 4집, 경기대 국어국문학회, 1983. 12.
______, 「1930년대 시의 구조연구 - 정지용 김영랑 백석의 시를 중심으로」,

고려대 대학원 박사학위 논문, 1985. 7.
김명인, 『시어의 풍경』, 고려대학교출판부, 2000.
______, 「우리 시어의 근대성과 근대적 자각 : 김소월과 정지용의 시어를 중심으로 」, 『한국학연구』 19집, 고려대학교 한국학연구소, 2003. 11.
김묘순, 「정지용 산문연구」, 우석대학교 교육대학원 석사학위 논문, 2013. 2.
______, 「정지용 생애 재구 I 」, 『2013 정지용 문학포럼』, 옥천군 · 옥천문화원 · 지용회, 2013.
김문주, 「한국 현대시의 풍경과 전통 : 정지용과 조지훈의 시를 중심으로」, 고려대 대학원 박사학위 논문, 2005. 8.
______, 「기독교 신앙과 근대적 주체의 문제 : 정지용과 김현승의 시를 중심으로」, 『문학과 종교』 12권 1호, 한국문학과종교학회, 2007. 6.
김미란, 「정지용 동시론」, 『청람어문교육』 30집, 청람어문교육학회, 2004. 12.
김미사, 「정지용 시의 변모양상 연구」, 상지대 교육대학원 석사학위 논문, 2009. 2.
김미혜, 「장르 의식의 소산으로서의 정지용 동시 연구」, 『한국초등국어교육』 40집, 박이정, 2009. 8.
김병찬, 「정지용 시의 변모 양상에 관한 연구」, 원광대 교육대학원 석사학위 논문, 1997.
김부월, 「정지용 시 연구 - 이원적 성향을 중심으로」, 원광대 대학원 석사학위 논문, 1991.
김상태, 「정지용 문학의 이상과 현실 : 『산문』을 중심으로」, 『계절문학』 17호, 한국문인협회, 2011.유리창 23

김석환, 「정지용의 초기시 연구」, 『명지어문학』 19집, 명지대 국어국문학회, 1990.
______, 「정지용 시의 기호학적 연구 - 공간기호체계의 구축과 변환을 중심으로」, 명지대 대학원 박사학위 논문, 1993.
______, 「정지용 시의 기호학적 연구 - 수직축의 매개기호작용을 중심으로」, 『명지어문학』 21집, 명지대 국어국문학회, 1994.

김석환, 「정지용 시의 기호학적 연구 - 수평축의 매개기호작용을 중심으로」, 『명지어문학』 21집, 명지대 국어국문학회, 1994.
김성옥, 「정지용 시 연구」, 숙명여대 대학원 석사학위 논문, 1987. 8.
김성용, 「정지용 동시 연구」, 부산대 대학원 석사학위 논문, 2003. 8.
김성태, 「정지용 시의 표현에 관한 고찰」, 경기대 교육대학원 석사학위 논문, 1990.
김성하, 「정지용 시의 위계적 교재화 연구」, 영남대 교육대학원 석사학위 논문, 2010. 8.
김성희, 「정지용과 윤동주의 동시 연구」, 충남대 대학원 석사학위 논문, 2006. 2.
김소영, 「정지용 시의 '산' 연구」, 경원대 교육대학원 석사학위 논문, 2009. 8.
김수복, 「정지용 시의 물의 상징유형 연구」, 『단국대논문집(인문사회과학)』 30집, 단국대, 1996. 6.
______, 「정지용 시의 산의 상징성」, 『단국대논문집(인문사회과학)』 32집, 단국대, 1998. 9.
김승구, 「정지용 시에서 주체의 양상과 의미」, 『배달말』 통권 제37호, 배달말학회, 2005. 12.
______, 「근대적 피로와 미적 초월의 욕망 : 1930년대 중반 정지용 시를 중심으로」, 『한국문학연구』 41집, 동국대학교 문화학술원 한국문학연구소, 2011.
김승종, 「정지용의 산수시 '비' 고찰 : 또 하나의 '비' 해석」, 『연구논문집』 33집, 안양과학대학, 2005. 12.
______, 「정지용의 '카페 프란스' 고찰」, 『연구논문집』 37집, 안양과학대학, 2007. 12.
김시덕, 「정지용 시 연구 - 동양적 자연관을 중심으로」, 관동대 대학원 석사학위 논문, 1996.
김시태, 「영상미학의 탐구 - 정지용론」, 『현대문학』, 현대문학사, 1980. 6.
김신응, 「『정지용시집』의 특성 연구」, 충북대 교육대학원 석사학위 논문, 1997.

김신정, 「정지용 시에 나타난 자기와 타자의 관계 - 전기시와 산문을 중심으로」, 『비평문학』 12집, 한국비평문학회, 1998.
김신정, 「정지용 시 연구 - 감각의 의미를 중심으로」, 연세대 대학원 박사학위 논문, 1998.
______, 『정지용 문학의 현대성』, 소명출판, 2000.
______ 편 『정지용의 문학세계 연구』, 깊은샘, 2001.
______, 「'미적인 것'의 이중성과 정지용의 시」, 김신정 편 『정지용의 문학세계 연구』, 깊은샘, 2001.
______, 「불길한 환상, 유리창 밖의 세계 - '유리창2'론」, 이숭원 외, 『시의 아포리아를 넘어서』, 이룸, 2001.
______, 「정지용 연구의 주요 쟁점과 앞으로의 연구과제 : 한국 시사의 정체성 확립을 위해, 다각적인 접근 방법이 필수적」, 『문학사상』 31권 10호 통권360호, 문학사상사, 2002. 10.
김애희, 「정지용 후기 시집 『백록담』 연구」, 전남대 대학원 석사학위 논문, 2008. 2.
김영덕, 「정지용 시에 나타난 좌절양상 연구」, 계명대 교육대학원 석사학위 논문, 1993.
김영미, 「정지용 시의 운율의식」, 『한국시학연구』 7호, 한국시학회, 2002.
______, 「정지용 시에 나타난 죽음 초월 양상 연구」, 대전대 대학원 석사학위 논문, 2010. 2.
______, 「정지용 시에서의 주체 형성과정 연구」, 대전대 대학원 박사학위 논문, 2014.
김영범, 「정지용 시에 나타난 시선 연구」, 충북대 대학원 석사학위 논문, 2010. 8.
김영석, 「정지용의 산수시와 허정의 세계」, 『인문논총』 9집, 배재대 인문과학연구소, 1995.
김영주, 「정지용 시의 구조 분석 - 이미지를 중심으로」, 숙명여대 대학원 석사학위 논문, 1989.
김예니, 「정지용 시에 나타난 공간, 그리고 이미지」, 『사회진보연대』 통권38호, 사회진보연대, 2003. 9.

김예리, 「정지용의 시적 언어의 특성과 꿈의 미메시스」, 『한국현대문학연구』 36집, 한국현대문학회, 2012. 4.
김예호, 「정지용과 윤동주 시의 심상 구조」, 『인문과학연구』 11집, 안양대학교 인문과학연구소, 2003. 9.
김옥선, 「정지용 시어 연구」, 동국대 대학원 석사학위 논문, 2005. 2.
김옥희, 「정지용 시 연구」, 부산여대 대학원 석사학위 논문, 1992.
김용숙, 「정지용 시 연구」, 창원대 대학원 석사학위 논문, 1995.
김용직, 「시문학파 연구」, 『인문과학논총』 2집, 서강대, 1969. 11.
______, 「새로운 시어의 혁명성과 그 한계」, 『문학사상』, 문학사상사, 1975. 1.
______, 「정지용론 - 순수와 기법, 시 일체주의」, 『현대문학』, 현대문학사, 1989. 1-2.
______, 「주지와 순수」, 『시와시학』, 시와시학사, 1992. 여름.
______, 「『문장』과 정지용」, 『현대시』, 한국문연, 1994. 8.
김용진, 「청록파의 시와 정지용의 영향」, 한양대 교육대학원 석사학위 논문, 1983.
______, 「지용시의 자연관 연구」, 『안양전문대논문집』 13집, 안양전문대학, 1990.
김용태, 「정지용 시 연구 - 이미지 분석을 중심으로」, 서남대 교육대학원 석사학위 논문, 2002.
김용희, 「정지용 시의 어법과 이미지의 구조 연구」, 이화여대 대학원 박사학위 논문, 1994.
______, 『현대시의 어법과 이미지 연구』, 하문사, 1996.
______, 「정지용 시에서 은유와 미적 현대성」, 『한국문학논총』 35집, 한국문학회, 2003. 12.
______, 「정지용 시에서 자연의 미적 전유」, 『현대문학의 연구』 22집, 한국문학연구학회, 2004. 2.
______, 「정지용 시에 나타난 신경쇠약증과 언어적 심미성에 관한 일 고찰」, 『한국문학논총』 47집, 한국문학회, 2007. 12.
김우창, 「한국시와 형이상」, 『세대』, 세대사, 1968. 7.

김원배, 「한국 이미지즘 시 연구 - 이장희 정지용 김광균을 중심으로」, 인하대 교육대학원 석사학위 논문, 1990.
김원배, 「1930년대 한국 이미지즘 시 연구 - 정지용을 중심으로」, 『인천어문학』 6집, 인천대 국어국문학과, 1990.
김원호, 「정지용의 시」, 『뿌리』 33호, 뿌리, 2009. 3.
김유중, 「정지용 시 정신의 본질」, 『한국문학이론과 비평』 19집, 한국문학이론과 비평학회, 2003. 6.
김윤선, 「정지용 연구」, 세종대 대학원 석사학위 논문, 1994.
_____, 「1920년대 한국 시의 모더니즘 양상 연구 - 이장희와 정지용을 중심으로」, 세종대 대학원 박사학위 논문, 2000.
김윤식, 「카톨릭 시의 행방」, 『현대시학』, 현대시학사, 1970. 3.
_____, 「풍경의 서정화」, 『한국근대문학사상비판』, 일지사, 1974.
_____, 「카톨리시즘과 미의식」, 『한국근대문학사상사』, 한길사, 1984.
_____, 「유리창 열기와 안경 쓰기 - 정지용론 3」, 『동서문학』 206호, 동서문학사, 1992. 9.
_____, 「'나의 청춘은 나의 조국'에 대한 한 가지 주석」, 『시학시학』, 시와시학사, 2002. 여름.
_____, 「정지용의 '해협'과 채만식의 '처자' : 강물의 상류 거슬러 오르기에 부쳐」, 『동서문학』 32권 4호 통권 247호, 동서문학사, 2002. 12.
_____, 「『문장강화』에서 『산문』까지의 거리재기 : 이태준과 정지용 그리고 '별첨'」, 『문학의 문학』 6호, 동화출판사, 2008. 12.
_____, 「정지용이 최후로 남긴 두 가지 물증 : 환각으로서의 물증과 현실로서의 물증」, 『서정시학』 19권 제1호 통권 41호, 서정시학, 2009. 3.
김윤정, 「정지용 시의 공간지향성 연구」, 『한민족어문학』 47집, 한민족어문학회, 2005. 12.
김은자, 「지용시의 현실인식과 내면의식」, 『민족문화연구』 26집, 고려대 민족문화연구소, 1993.
_____ 편, 『정지용』, 새미, 1996.
김인환, 「지용시의 대극(對極) 모티브에 관하여」, 『2013 정지용 문학포럼』, 옥천군 · 옥천문화원 · 지용회, 2013.

김재근, 『이미지즘연구』, 정음사, 1973.
김재숙, 「정지용 시의 담론 특성 연구 - 다성주의적 담론분석을 중심으로」, 공주대 대학원 석사학위 논문, 2000.
김재홍, 「정지용 또는 역사의식의 결여」, 『현대시와 역사의식』, 인하대학교 출판부, 1988.
______, 「갈등의 시인 방황의 시인 - 정지용의 시세계」, 『문학사상』, 문학사상사, 1988. 1.
______, 「정지용, 현대 시의 선구 또는 시어의 근대성」, 『새국어생활』 17권 2호, 국립국어원, 2007. 6.
______, 「시인 정지용의 언어미술(言語美術) : 그의 시에 쓰인 활자의 이해」, 『기초조형학연구』 9권 1호, 한국기초조형학회, 2008. 2.
김정란, 「정지용 시의 양면성 연구」, 부산대 대학원 석사학위 논문, 1989.
김정숙, 「정지용 시 연구」, 세종대 대학원 석사학위 논문, 1992.
______, 「정지용의 시 연구 - 전통의식을 중심으로」, 세종대 대학원 박사학위 논문, 2000.
김정우, 「상호텍스트적 시교육에 관한 연구 - 정지용의 시텍스트를 중심으로」, 서울대 대학원 석사학위 논문, 1998.
______, 「정지용의 시 '바다2' 해석에 관한 몇 가지 문제」, 『국어교육』 110호, 한국국어교육연구학회, 2003. 2.
______, 「학습자 중심의 문학사교육 연구 : 정지용의 시론을 예로 하여」, 『국어국문학』 142호, 국어국문학회, 2006. 5.
김종석, 「정지용 시 연구」, 전남대 교육대학원 석사학위 논문, 1995.
김종욱, 「시인 정지용의 北行 비화 : "芝容은 가명 박창현으로 거제도서 포로생활했다" : 차마 꿈엔들 그 아픔 잊힐리야…〈실화〉 1954년 6월호에 실린 김태운의 글 발견」, 『월간중앙』 31권 2호 통권351호, 중앙일보사, 2005. 2.
김종윤, 「지용 문학에 대한 몇 가지 의문」, 『한국시학연구』 7호, 한국시학회, 2002.
김종철, 「30년대의 시인들」, 『문학과지성』, 문학과지성사, 1975. 봄.
김종태, 「근대 체험의 아이러니 - '유선애상(有線哀傷)'론」, 이승원 외, 『시의 아포리아를 넘어서』, 이룸, 2001.
김종태, 「정지용의 『백록담』에 나타난 동양정신」, 『한국현대시와 전통성』, 하늘연못, 2001.
______, 「정지용 시 연구 - 공간의식을 중심으로」, 고려대 대학원 박사학위 논문, 2002.
______, 「정지용 시의 문명인식방법」, 『한국시학연구』 7호, 한국시학회, 2002.
______ 편, 『정지용 이해』, 태학사, 2002.
______, 「정지용 시의 죽음의식」, 김종태 편, 『정지용 이해』, 태학사, 2002.
______, 「정지용 시에 나타난 불안과 고통의 문제」, 『한국문학논총』 64집, 한국문학회, 2012. 12.
김준호, 「사물시의 화자와 신앙적 자아」, 『가면의 해석학』, 이우출판사, 1985.
김지태, 「정지용 시 연구 - 현실인식을 중심으로」, 단국대 교육대학원 석사학위 논문, 1993.
김지혜, 「1930년대 모더니즘시의 특성 연구 : 정지용, 김광균, 김기림을 중심으로」, 건국대 대학원 석사학위 논문, 2008. 8.
김진희, 「정지용의 후기시와 『문장』 : 화단(畵壇)과 문단(文壇)의 교류를 중심으로」, 『비평문학』 33호, 한국비평문학회, 2009. 9.
______, 「정지용과 『문장』 그리고 화가 길진섭(吉鎭燮)」, 『서정시학』. 19권 4호 통권 44호, 서정시학, 2009. 12.
김창완, 「정지용의 시세계와 변모양상」, 『한남어문학』 16집, 한남대 국어국문학과, 1990. 12.
김창원, 「정지용 시의 후기시 연구 - 시집 『백록담』을 중심으로」, 『경기어문학』 9집, 경기대 국어국문학회, 1991.
김초희, 「정지용 문학의 감각연구」, 서울대 대학원 석사학위 논문, 2004. 8.
김춘수, 『한국현대시형태론』, 해동문화사, 1958.
______, 『시론』, 송원문화사, 1971.
김춘식, 「유기적 통일과 시어의 신성성 : 정지용의 시론과 시어관, 감각의 상관성」, 『헌국시학연구』 31호, 한국시학회, 2011. 8.

김태봉, 「정지용 산문의 중국고전 수용양상고」, 『호서문화논총』 13집, 서원대 호서문화연구소, 1999.
김태봉, 「정지용시와 중국시의 고향과 농촌에 대한 묘사 비교 연구」, 『호서문화논총』 15집, 서원대 호서문화연구소, 2001.
김학동, 『정지용연구』, 민음사, 1987.
_____ 외, 『정지용연구』, 새문사, 1988.
_____, 『정지용 - 차마 잊히리야 향수의 시인』, 동아일보사, 1992.
김학선, 「정지용 동시의 아동문학사적 의미」, 『아동문학평론』 61호, 아동문학평론사, 1991.
김현자, 「정지용의 향수」, 『한국현대시작품연구』, 민음사, 1988.
_____, 「정지용 시 연구 : 이미지의 특성을 중심으로」, 중앙대 교육대학원 석사학위 논문, 2004. 2.
김형미, 「정지용론 - 그의 시적 소재의 유형을 중심으로」, 연세대 교육대학원 석사학위 논문, 1990.
김형주, 「한국 초기 모더니즘 시에 나타난 민족의식 양상 - 정지용과 김기림의 시를 중심으로」, 수원대 대학원 석사학위 논문, 1992.
김형필, 「식민지 시대의 시정신 연구」, 『교육논총』 10집, 한국외대 교육대학원, 1994.
김환태, 「정지용론」, 『삼천리문학』, 1938. 4.
김효선, 「정지용 시의 모더니티와 향토성」, 제주대 교육대학원 석사학위 논문, 2013. 2.
김효선 · 유재진, 「한국 모더니즘 문학과 일본어 글쓰기 : 정지용의 일본어 시작(詩作)을 중심으로」, 『일본연구』 30집, 중앙대학교일본연구소, 2011. 2.
김효중, 「정지용의 휘트먼 시 번역에 관한 고찰」, 『영남어문학』 21집, 영남어문학회, 1992.
_____, 「한국 현대시와 가톨릭시즘 - 정지용을 중심으로」, 『교육연구논집』 8집,대구효성가톨릭대 교육연구소, 1998. 2.
_____, 「정지용 시의 영역에 관한 고찰」, 『번역학연구』 3권 2호, 한국번역학회, 2002.

김 훈, 「정지용 시의 분석적 연구」, 서울대 대학원 박사학위 논문, 1990. 8.
김휘정, 「정지용 시의 고향 상실 연구」, 동국대 대학원 석사학위 논문, 1999.
나민애, 「1930년대 한국 이미지즘 시의 세계 인식과 은유화 연구 : 정지용과 김기림을 중심으로」, 서울대 대학원 박사학위 논문, 2013. 2.
나종수, 「정지용의 기독교 시 연구」, 경기대 교육대학원 석사학위 논문, 1999.
나희덕, 「1930년대 시의 '자연'과 '감각' : 김영랑과 정지용을 중심으로」, 『현대문학의 연구』 25집, 한국문학연구학회, 2005. 3.
남기혁, 「정지용 초기시의 '보는' 주체와 시선(視線)의 문제 : 식민지적 근대와 시선의 계보학2」, 『한국현대문학연구』 26집, 한국현대문학회, 2008. 12.
남상운, 「정지용 시에 나타난 이미지 연구」, 조선대 교육대학원 석사학위 논문, 1990.
남윤식, 「정지용 시 연구 - 감상과 이해를 중심으로」, 성균관대 대학원 석사학위 논문, 2002.
노만수, 「북 반동작가 멍에 벗기고 있다 - 정지용 염상섭 등 일제시대 활동 시인 소설가 '지주적 민족작가'로 재평가」, 『뉴스메이커』 376호, 경향신문사, 2000. 6. 8.
노병곤, 「정지용 시 연구」, 한양대 대학원 석사학위 논문, 1983.
_____, 「'백록담'에 나타난 지용의 현실인식」, 『한국학논집』 9집, 한양대 국학연구소, 1986. 2.
_____, 「'장수산'의 기법 연구」, 『한국학논집』 11집, 한양대 국학연구소, 1987. 2.
_____, 「지용의 생애와 문학관」, 『한양어문연구』 6집, 한양대 한양어문연구회, 1988. 12.
_____, 「정지용 시 연구」, 한양대 대학원 박사학위 논문, 1991.
_____, 「고향 의식의 양상과 의미 - 지용시와 천명시를 중심으로」, 『한국학논집』 26집, 한양대 국학연구소, 1995.
_____, 「정지용 시에 나타난 전통성 연구」, 조선대 교육대학원 석사학위 논

문, 2005. 8.
노용무,「정지용 시의 이미지 연구 - 집 이미지의 변모 양상을 중심으로」, 전북대 대학원 석사학위 논문, 1997.
노창수,「한국 모더니즘 시론의 형성 과정 고찰」,『인문과학연구』12집, 조선대 인문과학연구소, 1990.
노혜경,「정지용의 세계관 연구」, 부산대 대학원 석사학위 논문, 1985.
류경동,「1930년대 한국 현대시의 감각 지향성 연구 : 정지용과 백석의 시를 중심으로」, 고려대 대학원 박사학위 논문, 2005. 2.
류시경,「한국 현대시에 나타난 아동화법 연구 : 정지용과 윤동주의 작품을 중심으로」, 영남대 대학원 석사학위 논문, 2005. 8.
리 그리고리(Li Grigoriy),「역번역을 활용한 한국문학의 러시아어 번역 연구 : 정지용과 김원일의 작품을 중심으로」, 한국학중앙연구원 한국학대학원 박사학위 논문, 2010. 8.
마광수,「정지용의 모더니즘 시」,『홍대논총』11집, 홍익대, 1979.
______,「정지용의 시 '온정'과 '삽사리'에 대하여」,『인문과학』51집, 연세대 문과대학, 1984.
모윤숙,「정지용 시집을 읽고」,『동아일보』, 동아일보사, 1935. 12. 2.
목정원,「정지용 시에 나타난 원환의 현상학」, 서강대 교육대학원 석사학위 논문, 2007. 2.
문국희,「시 교육의 기호학적 방법 연구」, 충남대 교육대학원 석사학위 논문, 2000.
문덕수,「한국 모더니즘 시 연구」, 고려대 대학원 박사학위 논문, 1981.
______,『한국 모더니즘 시 연구』, 시문학사, 1981.
문진아,「정지용 시 연구」, 한국교원대 대학원 석사학위 논문, 1993.
______,「정지용 시에 나타난 전통적 정서 연구」, 임문혁 외,『한국현대문학과 전통』, 신원문화사, 1993.
______,「정지용 시 연구」,『청람어문학』8집, 청람어문교육학회, 1993.
문 철,「정지용 시 연구 - 고향의식과 감각의식 중심으로」, 동국대 교육대학원 석사학위 논문, 2001.
문혜원,「정지용 시에 나타난 모더니즘 특질에 관한 연구」,『관악어문연구』

18집, 서울대 국어국문학과, 1993. 12.
문혜원, 「정지용 시의 모더니즘적 특질」, 『한국 현대시와 모더니즘』, 신구문화사, 1996.
문혜윤, 「국토 여행과 '조선시'의 형식 : 정지용의 「장수산2」를 중심으로」, 『한국문학이론과 비평』 11권 4호 37집, 한국문학이론과 비평학회, 2007. 12.
민병기, 「정지용론」, 고려대 대학원 석사학위 논문, 1981.
_____, 「30년대 모더니즘시의 심상체계 연구」, 고려대 대학원 박사학위 논문, 1987.
_____, 『정지용』, 건국대출판부, 1996.
_____, 「정지용의 '바다'와 '향수'」, 『시안』 4호, 시안사, 1999. 여름.
_____, 「지용시의 변형 시어와 묘사」, 『한국시학연구』 6호, 한국시학회, 2002.
박경수, 「정지용의 시 향수론」, 『부산외대논총』 16집, 부산외대, 1997. 2.
_____, 「정지용의 일어시 연구」, 『비교문화연구』 11집, 부산외대, 2000.
박규봉, 「정지용 시 연구」, 전북대 교육대학원 석사학위 논문, 1994.
박기제, 「정지용 문학론 연구」, 부산외국어대 교육대학원 석사학위 논문, 1996.
박기태, 「정지용 시 연구」, 『한국어문학연구』 10집, 한국외국어대 한국어문학연구회, 1999.
박남희, 「한국 유기체시론 연구 : 박용철, 정지용, 조지훈을 중심으로」, 『숭실어문』 18집, 숭실어문학회, 2002. 6.
_____, 「한국현대시의 유기체적 상상력 연구 : 박용철, 정지용, 조지훈을 중심으로」, 고려대 대학원 박사학위 논문, 2009. 8.
박노균, 「정지용과 김광균의 이미지즘시」, 『개신어문연구』 8집, 충북대 사범대학 국어교육과, 1991.
_____, 「정지용의 문학사상과 서구 모더니즘」, 『개신어문연구』 15집, 충북대 사범대학 국어교육과, 1998.
_____, 「정지용과 서구문학」, 『개신어문연구』 16집, 충북대 사범대학 국어교육과, 1999.

박노균, 「정지용의 시작품 분석 : '향수'와 '유리창 1'」, 『개신어문연구』 19집, 개신어문학회, 2002. 12.

______, 「정지용 시어의 해석」, 『개신어문연구』 20집, 개신어문학회, 2003. 12.

______, 「정지용의 난해 시어 해석 2 : 한자어를 중심으로」, 『교육연구논총』 25권 3호, 충북대학교교육개발연구소, 2004. 12.

______, 「정지용의 난해 시어 해석」, 『개신어문연구』 22집, 개신어문학회, 2004. 12.

______, 「정지용 시의 연속성」, 『개신어문연구』 24집, 개신어문학회, 2006. 12.

______, 「정지용의 단형시」, 『개신어문연구』 30집, 개신어문학회, 2009. 12.

______, 「정지용 시 해석의 현 수준 : 개별 작품론을 중심으로」, 『개신어문연구』 34집, 개신어문학회, 2011. 12.

박두진, 「솔직하고 겸허한 시인적 천분 - 내가 만난 정지용 선생」, 『문학사상』 183호, 문학사상사, 1988. 1.

박동혁, 「정지용 시어 연구 : 방언을 중심으로」, 한국교원대 대학원 석사학위 논문, 2009. 2.

박말숙, 「정지용의 시정신 연구」, 충북대 교육대학원 석사학위 논문, 1994.

박명옥, 「정지용의 '장수산 1'과 한시의 비교연구 : 『詩經』의 '伐木'과 두보의 '題張氏隱居'를 중심으로」, 『한국문학이론과 비평』 9권 2호 제27집, 한국문학이론과비평학회, 2005. 6.

______, 「정지용의 '玉流洞'과 이백의 '望廬山瀑布' 비교연구」, 『한국문학이론과 비평』 11권 4호 제37집, 한국문학이론과 비평학회, 2007. 12.

______, 「정지용 산수시 연구」, 『돈암어문학』 23호, 돈암어문학회, 2010. 12.

______, 「정지용의 산수시 연구 : '用事', '意境'을 중심으로」, 고려대 대학원 박사학위 논문, 2012. 2.

박명용, 「정지용 시 다시 보기」, 『인문과학논문집』 32집, 대전대 인문과학연구소, 2001.

박명화, 「정지용의 초기시 연구 - '밤' '바다' '고향' 이미지를 중심으로」, 동국대 대학원 석사학위 논문, 1998.

박미숙, 「정지용 시의 변용 지향성 연구」, 창원대 교육대학원 석사학위 논문, 2002. 8.
박미애, 「시의 이미지 교육 방안 연구 : 정지용 시를 중심으로」, 경희대 교육대학원 석사학위 논문, 2010. 2.
박미자, 「정지용 시 연구」, 전남대 교육대학원 석사학위 논문, 1999.
박민영, 「1930년대 시의 상상력 연구 - 정지용 백석 윤동주 시의 자기 동일성을 중심으로」, 한림대 대학원 박사학위 논문, 2000.
박상동, 「정지용 시의 난해성 연구 : '향수'·'유리창 I'·'유선애상'을 중심으로」, 고려대 대학원 석사학위 논문, 2004. 8.
박선실, 「정지용 시의 이미지 교육방법 연구」, 숙명여대 교육대학원 석사학위 논문, 2001.
박수경, 「현대시 교육에서의 상호텍스트성 연구」, 아주대 교육대학원 석사학위 논문, 2000.
박수진, 「정지용 시 연구 - 이미지 분석을 중심으로」, 『성심어문논집』 17집, 성심여대 국어국문학과, 1995.
박숙경, 「'옵바'와 '누나'의 행방 : 정지용의 「지는 해」, 「무서운 시계」, 「병」, 「산에서 온 새」를 중심으로」, 『인하어문연구』 7호, 인하대학교 문과대학 국어국문학과 인하어문연구회, 2006. 2.
박순원, 「정지용 시에 나타난 색채어 연구」, 『비평문학』 24호, 한국비평문학회, 2006. 12.
박영희, 「정지용 시의 상상력과 시공간의식」, 고려대 교육대학원 석사학위 논문, 1992.
박옥영, 「정지용 시 연구 : 종교시를 중심으로」, 목포대 교육대학원 석사학위 논문, 2003. 2.
박용철, 「신미 시단의 회고와 비판」, 『중앙일보』. 1931. 12.7.
박용택, 「정지용과 일본근대시」, 『비교문학』 17집, 비교문학회, 1992. 12.
박은경, 「정지용 시 연구」, 창원대 교육대학원 석사학위 논문, 2005. 8.
박은미, 「정지용과 김기림 시론 대비 연구」, 청주대 대학원 석사학위 논문, 1998.
박은혜, 「정지용 시의 변모양상 연구」, 경원대 교육대학원 석사학위 논문,

2006. 8.
박인기, 『한국현대시의 모더니즘적 연구』, 단국대학교출판부, 1988.
박정석, 「정지용 시의 공간의식 연구」, 충남대 대학원 석사학위 논문, 2006. 2.
박정선, 「한국 현대시의 모더니즘과 전통 : 정지용과 김수영의 시를 중심으로」, 고려대 대학원 박사학위 논문, 2011. 2.
박정은, 「정지용의 시어 연구 : 쟁점 시어를 중심으로」, 청주대 교육대학원 석사학위 논문, 2007. 8.
박정임, 「정지용 시 연구」, 명지대 대학원 석사학위 논문, 1988.
박종철, 「1930년대 한국 모더니즘 시 연구 - 정지용 김기림 김광균을 중심으로」, 서남대 교육대학원 석사학위 논문, 2002.
박종화, 「감수의 연주 - 정지용 시집」, 『매일신보』, 1935. 1.12-13.
박주택, 「『정지용 시집』에 나타난 동경과 낭만적 아이러니 연구」, 『한국언어문화』 38집, 한국언어문화학회, 2009. 4.
박진희, 「정지용 종교시 연구」, 단국대 교육대학원 석사학위 논문, 2001.
박철희, 「현대한국시와 그 서구적 잔상(상)」, 『예술논문집』 9집, 대한민국 예술원, 1970.
박태상, 「서정을 바라본 정지용 · 김기림의 관점」, 『2013 정지용 문학포럼』, 옥천군 · 옥천문화원 · 지용회, 2013.
______, 「잡지 '문장'과 정지용」, 『논문집』 38집, 한국방송통신대학교, 2004. 8.
박태일, 「새 발굴 자료로 본 정지용의 광복기 문학」, 『어문학』 83호, 한국어문학회, 2004. 3.
박현수, 「토포스(topos)의 힘과 창조성 고찰 - 정지용 · 이상의 시를 중심으로」, 『한국학보』 94호, 일지사, 1999. 3.
______, 「미학주의의 현실적 응전력 - 정지용의 '도굴'론」, 『어문학』 100집, 한국어문학회, 2008. 6.
박현숙, 「정지용 시 연구」, 전주우석대 대학원 석사학위 논문, 1989.
______, 「정지용 시 연구 - 중기시를 중심으로」, 『우석어문』 6집, 전주우석대 국어국문학연구회, 1990.

박혜숙, 「정지용 시 연구」, 건국대 대학원 석사학위 논문, 1981.
______, 「김소월과 정지용의 전통시 실험에 대한 연구」, 『대유공전논문집』 11집, 대유공업전문대학, 1989.
방경남, 「정지용 시의 변모양상 연구」, 대구대 교육대학원 석사학위 논문, 2004. 2.
방민호, 「감각과 언어 사이, 그 메울 수 없는 간극의 인식 - '바다2'론」, 이숭원 외, 『시의 아포리아를 넘어서』, 이룸, 2001.
배상철, 「문인의 골상평 - 갑자년의 정지용」, 『중외일보』, 1930. 8.16.
배한봉, 「정지용 시의 생태시학적 연구」, 경희대 대학원 석사학위 논문, 2010. 8.
배호남, 「정지용 시 연구」, 『고봉논집』 29집, 경희대 대학원, 2001.
______, 「정지용 시의 갈등 양상 연구」, 경희대 대학원 박사학위 논문, 2008. 2.
백운복, 「정지용의 '바다'시 연구」, 『서강어문』 5집, 서강대 국어국문학과 서강어문학회, 1986. 12.
백 철, 『조신신문학사조사』, 백양당, 1949.
변영로, 「정지용군의 시」, 『신동아』, 동아일보사, 1936. 1.
변해명, 「정지용 시 연구 - 초기시에 나타난 바다(물)의 이미지를 중심으로」, 고려대 교육대학원 석사학위 논문, 1979.
사나다 히로코, 「모더니스트 정지용 연구 - 일본근대문학과의 비교고찰을 중심으로」, 인하대 대학원 박사학위 논문, 2001.
______, 『최초의 모더니스트 정지용』, 도서출판 역락, 2002.
사에구사 도시카쓰(三枝壽勝), 「정지용의 시 '향수'에 나타난 낱말에 대한 고찰」, 『시와시학』, 시와시학사, 1997. 여름.
서경식, 「정지용 시의 변모과정 - 내면의식을 중심으로」, 부산대 교육대학원 석사학위 논문, 1982.
서기남, 「시문학파 연구 - 영랑 용아 지용을 중심으로」, 조선대 교육대학원 석사학위 논문, 1983.
서안나, 「소월시와 지용시의 비교연구 - 화자를 중심으로」, 제주대 교육대학원 석사학위 논문, 1991.

석성화, 「정지용 시에 나타난 '심상'연구 : '부정'에 닿은 시편을 중심으로」, 『사림어문연구』 23, 2013.
선환동, 「정지용 시 연구」, 인하대 교육대학원 석사학위 논문, 1991.
설화순, 「정지용 시의 모더니티 연구」, 동아대 대학원 석사학위 논문, 2003. 2.
성기옥, 「정지용 시에 있어서의 동시와 동심」, 이재철 편, 『한국아동문학』, 서문당, 1991.
성대상, 「정지용 시 연구 - 그의 색채 유형을 중심으로」, 연세대 교육대학원 석사학위 논문, 1993.
소래섭, 「정지용 시에 나타난 자연인식 연구」, 서울대 대학원 석사학위 논문, 2001.
______, 「정지용의 시 〈유선애상〉의 소재와 의미」, 『한국현대문학연구』 20집, 한국현대문학회 2006. 12.
소성숙, 「정지용 시 연구」, 성신여대 교육대학원 석사학위 논문, 1989.
손미영, 「정지용 시 연구」, 『성신어문학』 4집, 성신어문학회, 1991.
손민달, 「정지용과 백석 시에 나타난 생태학적 상상력 연구 : 자연관을 중심으로」, 『국어국문학』 147호, 국어국문학회, 2007. 12.
______, 「정지용과 백석 시의 전통 생태의식 비교 연구 : 신화적 세계관을 중심으로 」, 『어문학』 99집, 한국어문학회, 2008. 3.
손병희, 「정지용 시 연구」, 『문학과언어』 16집, 문학과언어연구회, 1995.
______, 「정지용 시의 형태 분석」, 『인문과학연구』 5집, 안동대학교인문과학연구소, 2002. 11.
______, 「정지용의 초기 시의 형태 : 『학조』 창간호에 실린 작품을 중심으로」, 『솔뫼어문논총』 14집, 안동대학교, 2002. 11.
______, 「정지용의 시와 타자의 문제」, 『어문학』 78호, 한국어문학회, 2002. 12.
______, 「정지용 시의 구성 방식」, 『어문론총』 37호, 경북어문학회, 2002. 12.
______, 「정지용 시의 형태와 의식 연구」, 경북대 대학원 박사학위 논문, 2003. 2.

손병희, 「정지용 시의 시간과 공간」, 『인문학논총』 3집, 국립7개대학공동논문집간행위원회, 2003. 8.
손종호, 「수직공간의 구조와 성화 - '나무' 분석」, 『어문연구』 26집, 충남대학 문리과대학 어문연구회, 1995.
_____, 「정지용 시의 기호체계와 카톨리시즘」, 『어문연구』 29집, 충남대학 문리과대학 어문연구회, 1997. 12.
송기섭, 「정지용의 산문 연구」, 『국어국문학』 115집, 국어국문학회, 1995. 12.
송기태, 「정지용 시 연구」, 동국대 대학원 석사학위 논문, 1984.
송기한, 「정지용론」, 『시와시학』, 시와시학사, 1991. 여름.
_____, 「경계를 넘어서는 확장된 사유 - 정지용 『백록담』 분석론」, 『시와시학』, 시와시학사, 1997. 여름.
_____, 「정지용 시 연구」, 『대전어문학』 16집, 대전대 국어국문학회, 1999.
_____, 「산행체험과 시집 『백록담』의 의미」, 『한국문학이론과 비평』 19, 2003. 6.
_____, 「정지용의 '향수'에 나타난 고향의 의미」, 『우리말글』 28집, 우리말글학회, 2003. 8.
_____, 「정지용 시에 나타난 가톨릭시즘의 의의와 한계」, 『한중인문학연구』 39, 2013. 4.
_____, 『정지용과 그의 세계』, 도서출판 박문사, 2014. 5.
송문석, 「거리에 따른 화자와 대상 연구 - 정지용 시 이상 시를 중심으로」, 제주대 교육대학원 석사학위 논문, 2000.
송 욱, 「한국 모더니즘 비판 - 정지용 즉 모더니즘의 자기 부정」, 『사상계』, 사상계사, 1962. 12.
송인희, 「정지용 시 연구」, 숙명여대 교육대학원 석사학위 논문, 1996.
송정종, 「정지용 시 연구 - 특히 '바다' '산' '유리창'의 이미지를 중심으로」, 중앙대 교육대학원 석사학위 논문, 1990.2
송현호, 「모더니즘의 문학사적 위치에 대한 고찰」, 『국어국문학』 90호, 국어국문학회, 1984.
송화중, 「정지용 시의 변모양상 : 운율과 시적 대상을 중심으로」, 한남대 교육대학원 석사학위 논문, 2003. 2.

송희복, 「한국의 고전주의 - 정지용과 조지훈」, 『오늘의 문예비평』 10집, 세종출판사, 1993.

신경림, 『신경림의 시인을 찾아서 - 정지용에서 천상병까지』, 도서출판 우리교육, 2002.

신경범, 「정지용 시 연구 : 산문시를 중심으로」, 중앙대 대학원 석사학위 논문, 2004. 2.

신규호, 「정지용의 기독교시 연구」, 『성결대논문집』 29집, 성결대, 1999.

______, 규호, 「정지용의 신앙시론」, 『기독시문학』 6호, 한국기독시인협회, 2010.

신기훈, 「정지용 시의 시적 주체에 대한 연구 - 경험유형으로 본 자아의 지향의식」, 경북대 대학원 석사학위 논문, 1992.

신난영, 「정지용 시에 나타난 색채 이미지」, 충북대 대학원 석사학위 논문, 2008. 8.

신동욱, 「고향에 관한 시인의식 시고」, 『어문논집』 19·20집, 고려대 국어국문학연구회, 1977.

신명자, 「정지용 초기시의 상실감에 대하여」, 『국어교육논지』 15집, 대구교대, 1989.

신범순, 「정지용 시에서 병적인 헤매임과 그 극복의 문제」, 『한국현대시의 퇴폐와 작은 주체』, 신구문화사, 1998.

______, 「정지용의 시와 기행산문에 대한 연구」, 『한국현대문학연구』 9집, 한국현대문학연구회, 2001.

신서영, 「정지용 시 비극성 고찰」, 『한국어문학연구』 18집, 한국외국어대학교한국어문학연구회 2003. 8.

신석정, 「정지용론」, 『풍림』, 1937. 4.

신성화, 「정지용 산문 연구 - 내재적 특질을 중심으로」, 홍익대 교육대학원 석사학위 논문, 1988.

신용목, 「정지용의 '바다2' 분석 : 자연을 대상화하는 방식을 중심으로」, 『한국언어문학』 75집, 한국언어문학회, 2010. 12.

신용협, 「정지용론」, 『한국언어문학』 19집, 한국언어문학회, 1980.

신익호, 「현대시에 나타난 '유리창1'의 패러디 수용 양상」, 『한남어문학』 22집, 한남대 국어국문학회, 1997.
신정은, 「정지용의 신앙시 연구」, 단국대 대학원 석사학위 논문, 2008. 8.
신 진, 「정지용 시와 현실」, 『국어국문학논문집』 8집, 동아대 국어국문학과, 1988.
______, 「정지용 시의 기반적 심상 연구」, 『동아대대학원논문집』 16집, 동아대 대학원, 1991.
______, 「정지용 시의 상징성 연구」, 성균관대 대학원 박사학위 논문, 1992.
신해영, 「정지용 시에 나타난 자연 연구」, 한남대 교육대학원 석사학위 논문, 2003. 8.
심경호, 「정지용과 교토(京都)」, 『동서문학』 32권 4호 통권247호, 동서문학사, 2002. 12.
심원섭, 「명징과 무욕의 이면에 있는 것 - 정지용의 시의 방법과 내적 욕망의 구조」, 『문학과의식』 35호, 문학과의식사, 1996. 12.
______, 「김종한과 김소운의 정지용 시 번역에 대하여 : 『설백집』(1943)과 『조선시집』(1943)을 중심으로」, 『한국문학논총』 41집, 한국문학회, 2005. 12.
심인택, 「정지용 시의 주제의식 고찰」, 조선대 교육대학원 석사학위 논문, 2003. 2.
안광기, 「정지용의 시와 전통과의 관계」, 인하대 교육대학원 석사학위 논문, 2001.
안웅선, 「정지용 시 연구 : 발표 매체를 중심으로」, 고려대 대학원 석사학위 논문, 2010. 8.
안주헌, 「정지용 산문시의 문학적 특성」, 광운대 대학원 석사학위 논문, 1994.
안효근, 「기능 위주 시교육론에 대한 비평적 고찰」, 고려대 교육대학원 석사학위 논문, 1999.
양선자, 「정지용 시 연구」, 원광대 대학원 석사학위 논문, 1998.
양선주, 「정지용 시 연구」, 원광대 교육대학원 석사학위 논문, 1994.
양소영, 「1930년대 시에 나타난 '아이'와 '유년기'의 의미 연구 : 정지용, 이상,

백석 시를 중심으로」, 서울대 대학원 박사학위 논문, 2012. 2.
양왕용, 「1930년대의 한국시 연구 - 정지용의 경우」, 『어문학』 26집, 1972. 3.
_____, 「정지용시의 의미구조」, 『홍익어문』 7집, 홍익대 사범대학 국어교육과, 1987. 6.
_____, 「정지용 시 연구」, 경북대 대학원 박사학위 논문, 1987. 12.
_____, 『정지용시연구』, 삼지원, 1988.
_____, 「정지용의 문학적 생애와 그 비극성」, 『한국시문학』 5집, 1991. 2.
_____, 「감각적 이미지와 정지용의 '향수' - 교사를 위한 시론」, 『시문학』 253호, 시문학사, 1992. 8.
양인숙, 「한국 현대 동시의 정신 양상 연구 : 정지용 · 윤동주 · 유경환을 중심으로」, 단국대 대학원 박사학위 논문, 2008. 8.
양주동, 「1933년도 시단년평」, 『신동아』, 1933, 12.
양혜경, 「자연회귀와 향토의식 - 정지용과 조지훈을 중심으로」, 『국어국문학』 16집, 동아대, 1997.
_____, 「정지용과 조지훈 시의 전통지향성 연구」, 동아대 대학원 석사학위 논문, 1997.
_____, 「정지용 시에 나타난 미의식의 수용 양상」, 『수련어문논집』 24집, 수련어문학회, 1998. 4.
양혜은, 「정지용 시에 나타난 고향의식 연구」, 충북대 교육대학원 석사학위 논문, 2010. 2.
엄미라, 「가톨릭시즘의 시 연구 - 정지용 구상 김남조 최민순 이해인 중심으로」, 건국대 대학원 석사학위 논문, 1999.
엄성원, 「1930년대 한국 모더니즘 시에 나타난 시간의식 연구 - 김기림 이상 정지용의 시를 대상으로」, 서강대 대학원 석사학위 논문, 1997.
여 수, 「정지용 시집에 대하여」, 『조선중앙일보』, 조선중앙일보사, 1935. 12. 7.
_____, 「지용과 임화의 시」, 『중앙』, 1936. 1.
여태천, 「정지용 시어의 특성과 의미」, 『한국언어문학』 56집, 한국언어문학회, 2006. 2.

오도영, 「정지용 시 연구」, 전북대 교육대학원 석사학위 논문, 2001.
오문석, 「정지용의 시세계에서 종교시의 위상」, 『문학과 종교』, 한국문학과 종교학회, 2010.
오 봄, 「모더니즘 시 교육 방안 연구 : 김광균, 정지용의 시를 중심으로」, 성신여대 교육대학원 석사학위 논문, 2011. 2.
오성호, 「'향수'와 '고향' 그리고 향토의 발견」, 김종태 편, 『정지용 이해』, 태학사, 2002.
오세영, 「모더니스트, 비극적 상황의 주인공들」, 『문학사상』, 문학사상사, 1975. 1.
_____, 「한국문학에 나타난 바다」, 『현대문학』, 현대문학사, 1977. 7.
_____, 『한국현대시 분석적 읽기』, 고려대학교출판부, 1998.
_____, 「지용의 자연시와 성정의 탐구」, 『한국현대문학연구』 12, 2002.
오세인, 「정지용 시 연구 : 자아와 대상 사이의 거리를 중심으로」, 고려대 대학원 석사학위 논문, 2002. 8.
오순연, 「정지용 시의 변모과정 연구」, 경북대 교육대학원 석사학위 논문, 1991.
오양호, 「한국문학 속의 교토」, 『황해문화』 25집, 새얼문화재단, 1999. 12.
_____, 「지용 선생에게 바친 7년 세월과 기다림 : 일역판 '정지용 시선'(동경 화신사) 발행과 모교 동지사대 시비 건립 보고서」, 『월간문학』 39권 3호 통권445호, 한국문인협회 월간문학사, 2006. 3.
오연경, 「정지용 산수시에서 자연과 정신의 감각적 매개 양상 : '차다'라는 신체 감각을 중심으로」, 『한국문학이론과 비평』 14권 4호 49집, 한국문학이론과 비평학회, 2010. 12.
오은숙, 「정지용 초기시 연구 : 밤, 바다, 고향의 이미지를 중심으로」, 한남대 교육대학원 석사학위 논문, 2006. 2.
오탁번, 「지용 시 연구」, 고려대 대학원 석사학위 논문, 1972.
_____, 「현대시 방법의 발견과 전개」, 『문학사상』, 문학사상사, 1975. 1.
_____, 『현대문학산고』, 고려대학교출판부, 1976.
_____, 「한국현대시사의 대위적 구조 - 소월시와 지용시의 시사적 의의」, 고려대 대학원 박사학위 논문, 1983.

오탁번, 『한국현대시사의 대위적 구조』, 고려대 민족문화연구소, 1988.
_____, 「엿치기와 연애편지」, 『오탁번 시화』, 나남출판사, 1998.
_____, 「정지용의 '춘설'」, 『시와시학』, 시와시학사, 2002. 여름.
_____, 「지용시의 이름 짓기와 시적 고도」, 『시안』 17호, 시안사, 2002. 가을.
오태환, 「현대시 공간에 드러난 아포리아의 두 지형 : 정지용의 '파라솔', 서정주의 '문(門)'」을 중심으로」, 『현대시학』 42권 8호 통권 497호, 현대시학사, 2010. 8.
오형엽, 「시적 대상과 자아의 일체화, 혹은 공간화 - 김기림과 정지용의 '유리창' 비교 분석」, 『한국문학논총』 24집, 한국문학회, 1999. 6.
요시무라나오끼, 「일본 유학시 정지용과 윤동주 시에 나타난 고향의식 연구」, 충남대 대학원 석사학위 논문, 2000.
원구식, 「정지용 연구 - 전기(傳記)과 시어를 중심으로」, 숭전대 대학원 석사학위 논문, 1983.
_____, 「정지용론」, 『현대시』, 한국문연, 1990. 3.
원명수, 「한국 모더니즘 시에 나타난 소외의식과 불안의식 연구」, 중앙대 대학원 박사학위 논문, 1984. 11.
_____, 「정지용시에 나타난 소외의식」, 『돌곶 김상선교수 회갑기념논총』, 돌곶 김상선교수 회갑기념논총 간행위원회, 1990. 11.
_____, 「정지용 카톨릭 시에 나타난 기독교사상고」, 『한국학논집』 17집, 계명대 한국학연구소, 1990. 12.
위미경, 「정지용 시 연구」, 경희대 대학원 석사학위 논문, 1988.
유근택, 「정지용 시 연구」, 건국대 교육대학원 석사학위 논문, 1988.
유병석, 「절창에 가까운 시인들의 집단」, 『문학사상』, 문학사상사, 1975. 1.
유상영, 「정지용 시관의 변모 양상 연구」, 인천대 교육대학원 석사학위 논문, 1999.
유성호, 「정지용의 이른바 '종교시편'의 의미」, 김신정 편, 『정지용의 문학세계 연구』, 깊은샘, 2001.
_____, 「충북 지역 문인들의 문학과 생가 보존 상태 연구 : 정지용 · 오장환 · 홍명희를 대상으로」, 『인문논총』 6집, 한국교원대학교인문과학연구소, 2003. 1.

유윤식, 「정지용의 시관 고찰」, 인천대, 『인천대논문집』 14집, 1989.
_____, 「시문학파 형성과정 고찰」, 『인천어문학』 11집, 인천대, 1994.
유인채, 「정지용과 백석의 시적 언술비교연구」, 인천대 대학원 박사학위 논문, 2012. 2.
유임하, 「1920년대-1930년대 시에 나타난 근대문명 인식」, 『한국문학연구』 14집, 동국대 한국문학연구소, 1992.
유정웅, 「정지용 시의 공간이미지 연구 : 불안의식의 변모를 중심으로」, 안동대 교육대학원 석사학위 논문, 2003. 2.
유종호, 「현대시의 50년」, 『사상계』, 사상계사, 1962. 5.
_____, 「의미론적 정의를 위하여 - 엄밀성과 상투성」, 『동서문학』 226호, 동서문학사, 1997. 9.
_____, 「정지용의 당대 수용과 비판」, 김종태 편, 『정지용 이해』, 태학사, 2002.
_____, 「시인의 언어 구사 : 정지용의 경우」, 『새국어생활』 12권 2호, 국립국어연구원, 2002.
유치환, 「예지를 잃은 슬픔」, 『현대문학』, 현대문학사, 1963. 9.
유태수, 「정지용 산문론」, 『관악어문연구』 6집, 서울대학교 국어국문학과, 1981. 12.
_____, 「한국에 있어서의 주지주의 문학의 양상」, 『강원인문논총』 1집, 강원대, 1990.
육순복, 「정지용 시 연구 - 문학적 특성을 중심으로」, 한양대 대학원 석사학위 논문, 1992.
윤선희, 「정지용 산문시 연구」, 한양대 교육대학원 석사학위 논문, 2007. 8.
윤여탁, 「시 교육에서 언어의 문제 - 정지용을 중심으로」, 『국어교육』 90집, 국어교육학회, 1995. 12.
_____, 『시 교육론』, 태학사, 1996.
_____, 『시 교육론 II』, 서울대학교출판부, 1998.
윤은주, 「정지용의 시세계 연구」, 명지대 교육대학원 석사학위 논문, 1999.
윤의섭, 「정지용 시의 시간의식 연구」, 아주대 대학원 박사학위 논문, 2005. 2.

윤의섭, 「부정의식과 초월의식에 의한 정지용 시의 변모 과정」, 『한중인문학연구』 14집, 한중인문학회, 2005. 4.
_____, 「한국 현대시의 종결 구조 연구 : 정지용 · 백석 · 이용악 시를 중심으로」, 『한국시학연구』 15호, 한국시학회, 2006. 4.
윤재웅, 「1941년, 정지용과 서정주, 상이한 재능의 두 국면 : 『백록담』과 『화사집』의 비교 검토를 중심으로」, 『한국시학연구』 14호, 한국시학회, 2005. 12.
윤한태, 「정지용 소고 - 신앙시를 중심으로」, 『순천향대학논문집』 42집, 순천향대, 1989.
윤해연, 「정지용 시와 한문학의 관련 양상 연구」, 인하대 대학원 박사학위 논문, 2001.
_____, 「정지용 후기 시와 선비적 전통 : 「장수산 1」과 「인동차」를 중심으로」, 『시와시학』 통권50호, 시와시학사, 2003.
윤혜린, 「정지용과 윤동주 시에 나타난 실존 의식 연구」, 한양대 교육대학원 석사학위 논문, 2010. 8.
은희경, 「정지용론」, 연세대 대학원 석사학위 논문, 1982.
이경숙, 「시적 화자를 중심으로 한 시담론 교수 - 학습 방법 연구」, 강원대 교육대학원 석사학위 논문, 1999.
_____, 「윤동주 시의 발전과정 연구 - 정지용 시와의 비교를 중심으로」, 인하대 교육대학원 석사학위 논문, 1999.
이고산, 「정지용 시집에 대하여」, 『조선중앙일보』, 조선중앙일보사, 1936. 3. 25.
이광자, 「정지용의 모더니즘적 시관과 시 경향 연구」, 강릉대 교육대학원 석사학위 논문, 2007. 2.
이광호, 「정지용 시에 나타난 시선 주체의 형성과 변이」, 『어문논집』 64집, 민족어문학회, 2011. 10.
이광희, 「정지용 시 연구」, 국민대 교육대학원 석사학위 논문, 2001.
이기서, 「1930년대 한국시의 의식구조 연구 - 세계상실과 그 변이과정을 중심으로」, 고려대 대학원 박사학위 논문, 1983.
_____, 『한국현대시의식연구』, 고려대 민족문화연구소, 1984.

이기서, 「정지용 시 연구 - 언어와 수사를 중심으로」, 『문리대논집』 4집, 고려대 문과대학, 1986. 12.
이기향, 「1930년대 시의 이미지론 - 정지용 김기림을 중심으로」, 단국대 대학원 석사학위 논문, 1992.
이기현, 「정지용 시 연구 - 내면의식의 변이양상을 중심으로」, 중앙대 대학원 석사학위 논문, 1997.
이기형, 「1930년대 한국 모더니즘시 연구 - 정지용을 중심으로」, 인하대 대학원 박사학위 논문, 1994.
이근화, 「정지용 시 연구 - 시의 화자를 중심으로」, 고려대 대학원 석사학위 논문, 2001.
_____, 「정지용 시의 2인칭과 감정의 형식화」, 『국어국문학』 148호, 국어국문학회, 2008. 5.
이남호, 「한국현대문학에 나타난 자연의 모습」, 『현대한국문학 100년』, 민음사, 1999.
_____, 『교과서에 실린 문학작품을 어떻게 가르칠 것인가』, 현대문학사, 2001.
_____, 「현대시에 나타난 나비와 잠자리」, 『시안』 17호, 시안사, 2002. 가을.
이동순, 「가모가와에서 만난 정지용 시인 : 한국 현대시의 현주소를 다시 성찰하며」, 『시와시학』 82호, 시와시학사, 2011.
이동엽, 「정지용 시 연구」, 국민대 대학원 석사학위 논문, 1984.
이동진, 「정지용의 일본어시에 대한 고찰 : 정지용의 시세계 형성과 北原白秋」, 부경대 대학원 석사학위 논문, 2011. 8.
이명찬, 「1940년 전후의 시정신 - '인문평론'과 '문장'을 중심으로」, 『한성어문학』 18집, 한성대학교 국어국문학과, 1999.
_____, 『1930년대 한국시의 근대성』, 소명출판사, 2000.
이미순, 「정지용 시의 수사학적 일 고찰」, 『한국의 현대문학』 3권, 모음사, 1994.
_____, 「한국 근대문인의 고향의식 연구 - 김기림 정지용 오장환을 중심으로」, 『비교문학』 23집, 비교문학회, 1998.

이미순, 「정지용의 '압천' 다시 읽기」, 『한국시학연구』 5호, 한국시학회, 2001.
이민호, 「정지용 시에 나타난 의미의 사회적 생산 분석 : 시 「향수」를 중심으로」, 『한국문학이론과 비평』 19집, 한국문학이론과 비평학회, 2003. 6.
이봉숙, 「정지용 시에 나타난 갈등양상과 극복에 관한 연구」, 충북대 대학원 석사학위 논문, 1998.
이상오, 「정지용의 산수시 고찰」, 『한국시학연구』 5호, 한국시학회, 2001.
______, 「정지용 시의 자연 은유 고찰」, 『한국현대문학연구』 16집, 한국현대문학회, 2004. 12.
______, 「정지용 시의 풍경과 감각」, 『정신문화연구』 28권 1호 통권98호, 한국학중앙연구원, 2005. 3.
______, 「정지용 후기 시의 시간과 공간」, 『현대문학의 연구』 26집, 한국문학연구학회, 2005. 7.
______, 「정지용 시의 자연 인식과 형상화 양상」, 고려대 대학원 박사학위 논문, 2005. 8.
______, 「정지용의 초기 시와 '바다'시편에 나타난 자연 인식」, 『인문연구』 49호, 영남대학교인문과학연구소, 2005. 12.
______, 「정지용 시의 '고향'과 상상적 자연」, 『인문학연구』 34권 3호 통권72호, 충남대학교인문과학연구소, 2007. 12.
이석우, 「정지용 시의 연구 - 영향관계를 중심으로」, 청주대 대학원 박사학위 논문, 2000.
______, 『현대시의 아버지 정지용 평전』, 충북학 연구소, 2006.
이선이, 「정지용 후기시에 있어서 전통과 근대」, 『우리문학연구』 21집, 우리문학회, 2007. 2.
이선우, 「정지용과 윌리엄 블레이크의 유기체론 연구」, 『동서비교문학저널』 22호, 한국동서비교문학학회, 2010.
이소라, 「문학 작품을 활용한 음 · 율 · 어휘 교육 방안 연구 : 정지용 작품을 중심으로」, 동국대 교육대학원 석사학위 논문, 2010. 8.
이순욱, 「국민보도연맹시기 정지용의 시 연구」, 『한국문학논총』 41집, 한국문학회, 2005. 12.
이숭원, 「정지용 시 연구」, 서울대 대학원 석사학위 논문, 1980.
_____, 「'백록담'에 담긴 지용의 미학」, 『어문연구』 12집, 어문연구회, 1983. 12.
_____, 「정지용시의 환상과 동경」, 『문학과비평』 6호, 문학과비평사, 1988. 5.
_____, 숭원, 「정지용 시에 나타난 고독과 죽음」, 『현대시』, 한국문연, 1990. 3.
_____, 「향수 혹은 고독의 내면풍경 - 정지용의 '향수'」, 『문학과비평』 14호, 문학과비평사, 1990. 6.
_____, 「정지용 시와 현대시의 한 전범」, 『현대시』, 한국문연, 1995. 10.
_____, 「정지용의 생애와 시적 성장에 대한 연구」, 『인문논총』 3집, 서울여대 인문과학연구소, 1996. 12.
_____ 편, 『정지용』, 문학세계사, 1996.
_____, 『정지용시의 심층적 탐구』, 태학사, 1996.
_____, 「정지용의 초기시편에 대한 고찰」, 『국어교육』 97, 국어교육학회, 1998. 6.
_____, 「시대를 견인한 청신한 감각 - 정지용의 시세계」, 『뉴스메이커』 398호, 경향신문사, 2000. 11. 16.
_____, 「정지용 시의 해학성」, 김종태 편, 『정지용 이해』, 태학사, 2002.
_____, 「정지용 시 '유리창' 읽기의 반성」, 『문학교육학』 16호, 역락, 2005. 4.
_____, 「정지용 시집 『정지용 시집』 : 청신한 감각과 시의 다양성」, 『시인세계』 통권 제12호, 문학세계사, 2005. 5.
_____, 「정지용 시에 나타난 도시 문명에 대한 반응」, 『태릉어문연구』 14집, 서울여자대학교, 국어국문학과, 2006.
이승복, 「정지용 시의 운율 연구 - 시적 특질과 운율 형성과의 관계를 중심으로」, 홍익대 대학원 석사학위 논문, 1988.
_____, 「정지용 시의 운율체계 연구 - 1930년대 시창작 방법의 모형화 구축을 중심으로」, 홍익대 대학원 박사학위논문, 1994.

이승복, 『우리 시의 운율 체계와 기능』, 보고사, 1995.
______, 「정지용 시 운율의 체계와 교육방법」, 김종태 편, 『정지용 이해』, 태학사, 2002.
이승철, 「정지용 시 연구 - '전통'과 '모던'의 논리」, 『인문과학논집』 17집, 청주대, 1997.
______, 「정지용의 '장수산1'에 대한 인지시학적 연구」, 『한국언어문학』 72집, 한국언어문학회, 2010. 3.
______, 「정지용 시의 인지시학적 연구」, 전북대 대학원 박사학위 논문, 2011. 8.
이승하, 「일제하 기독교 시인의 죽음의식 - 정지용 윤동주의 경우」, 『현대문학이론연구』 11집, 현대문학이론학회, 1999.
이승훈, 「람프의 시학」, 『정지용 연구』, 새문사, 1988.
______, 「정지용의 시론」, 『현대시』, 한국문연, 1990. 11.
______, 「1920년대 한국모더니즘 시 연구」, 『한국학논집』 29집, 한양대 국학연구원, 1996.
이시용, 「정지용 시 연구」, 경원대 교육대학원 석사학위 논문, 1996.
이시활, 「한중 현대문학에 나타난 고향의식 비교 : 현진건과 魯迅, 정지용과 戴望舒를 중심으로」, 『중국어문학』 41집, 영남중국어문학회 2003. 6.
이양하, 「바라든 지용시집」, 『조선일보』, 조선일보사, 1935. 12. 7-11.
이어령, 「창의 공간기호론 - 정지용의 '유리창'을 중심으로」, 『문학사상』, 문학사상사, 1988. 4.-1988. 5.
______, 『시 다시 읽기』, 문학사상사, 1995.
이영섭, 「한국 현대시의 모더니즘 수용 양상 - 30년대 모더니즘 시를 중심으로」, 『인문논총』 2집, 경원대, 1993.
______, 「동양정신의 창조적 계승과 무욕의 시학 : 정지용의 자연시 연구」, 경원대학교 아시아문화연구소, 『아시아문화연구』 11집, 2006. 12.
이영숙, 「정지용 시 연구」, 한국외국어대 교육대학원 석사학위 논문, 1988.
이영희, 「정지용 시의 전통적 특성 연구」, 계명대 교육대학원 석사학위 논문, 1995.

이용한, 「정지용시 방법론 연구 - 비유형태를 중심으로」, 경희대 교육대학원 석사학위 논문, 1992.
이용훈, 「정지용시에 나타난 바다의 양상」, 『교양논총』 2집, 한국해양대 교양과정부, 1994.
이우원, 「정지용 시 연구 - 시의 변화과정과 변화양상을 중심으로」, 계명대 교육대학원 석사학위 논문, 1989.
이윤건, 「정지용 시에 나타난 시의식과 이미지 분석 - 바다를 제재로 한 작품을 중심으로」, 고려대 교육대학원 석사학위 논문, 1998.
이윤영, 「정지용 시에 나타난 의식변이 양상의 고찰」, 인천대 교육대학원 석사학위 논문, 1999.
______, 「정지용 시의 가톨리시즘 연구」, 조선대 교육대학원 석사학위 논문, 2007. 2.
이은선, 「정지용 시의 자아와 상상력 연구」, 경희대 교육대학원 석사학위 논문, 2010. 2.
이은정, 「정지용 시 연구 : 담화 체계를 중심으로」, 동아대 교육대학원 석사학위 논문, 2006. 8.
이을수, 「정지용 시 연구」, 국민대 대학원 석사학위 논문, 1984.
이인호, 「1930년대 모더니즘 시에 나타난 '바다' 이미지 연구 - 정지용과 김기림의 시세계를 중심으로」, 강원대 대학원 석사학위 논문, 1998.
이재동, 「정지용의 기독교시 변모과정 연구 - 기독교교육이 정지용시에 미친 영향을 중심으로」, 인천대 교육대학원 석사학위 논문, 2000.
이정미, 「'고향', 서늘한 고향 체험의 긴장」, 김신정 편, 『정지용의 문학세계 연구』, 깊은샘, 2001.
이정숙, 「1930년대 한국 현대시의 한 방향 - 전통과 서구의 접합이라는 측면에서」, 『한성어문학』 7집, 한성대 국어국문학과, 1988.
이정은, 「정지용 시의 이미지 연구」, 성균관대 교육대학원 석사학위 논문, 2007. 8.
이정일, 「정지용 시론 연구」, 제주대 교육대학원 석사학위 논문, 1988.
이정현, 「정지용 시 텍스트의 교수 · 학습 방법 연구」, 부산외국어대 교육대학원 석사학위 논문, 2003. 8.

이종대, 「정지용 시의 세계인식」, 『한국문학연구』 19집, 동국대 한국문학연구소, 1997. 3.
이종록, 「정지용 시 연구 - 이미지 분석을 중심으로」, 충남대 교육대학원 석사학위 논문, 1984.
이종연, 「정지용 시세계 연구」, 중앙대 대학원 석사학위 논문, 2002.
이종옥, 「정지용의 '바다' 연작시에 나타난 수(水)의 상상력」, 『한국문학논총』 59집, 한국문학회, 2011. 12.
이지영, 「정지용 시 연구」, 서원대 교육대학원 석사학위 논문, 2006. 8.
이진영, 「정지용의 시의식 변모 양상」, 건국대 교육대학원 석사학위 논문, 2001.
이진홍, 「정지용의 작품 '유리창'을 통한 시의 존재론적 해명」, 경북대 대학원 석사학위 논문, 1979.
이창민, 「정지용 시 연구 - 물의 이미지의 변모 양상을 중심으로」, 고려대 대학원 석사학위 논문, 1993.
______, 「정지용 시의 미적 특성과 한계」, 『한국학연구』 16집, 고려대학교 한국학연구소, 2002.
이창배, 「현대영미시가 한국의 현대시에 미친 영향 - 영시학도가 본 한국의 현대시」, 『한국문학연구』 3집, 동국대 한국문학연구소, 1981.
이철희, 「정지용 시 연구 - '바다'와 '산'의 이미지를 중심으로」, 대구대 대학원 석사학위 논문, 1985.
이태동, 「비극적 숭고미 - 정지용의 시세계」, 『문화예술』 156호, 한국문화예술진흥원, 1992.
이태희, 「정지용 시의 창작방법 연구 : 전통 계승의 측면을 중심으로」, 경희대 대학원 박사학위 논문, 2003. 8.
______, 「정지용의 시어 분석」, 『국제언어문학』 8호, 국제언어문학회, 2003. 12.
______, 태희, 「정지용 시의 체험과 공간」, 『어문연구』 34권 1호 통권129호, 한국어문교육연구회, 2006. 3.
이학신, 「정지용 시의 연구 - 상징과 이미지의 변모 과정」, 전남대 교육대학원 석사학위 논문, 2001.

이한용, 「주정적(主情的) 기법과 주지적(主知的) 기법 : 김영랑과 정지용의 경우」, 『계절문학』 11호, 한국문인협회, 2010.
이헌숙, 「정지용 시 연구 - 시적 변용을 중심으로」, 성균관대 교육대학원 석사학위 논문, 2001.
이현승, 「한국 현대시 운율론의 가능성 : 정지용의 시를 중심으로」, 『한국시학연구』 14호, 한국시학회, 2005. 12.
이현정, 「정지용 시 연구 - 표현 기법과 주제적 특징을 중심으로」, 성균관대 교육대학원 석사학위 논문, 1997.
_____, 「정지용 산문시 연구」, 연세대 대학원 석사학위 논문, 2003. 2.
이형권, 「정지용 시의 '떠도는 주체'와 감정의 차원 : 시적 자아의 이국정조와 슬픔을 중심으로」, 『한국문학이론과 비평』 19집, 한국문학이론과 비평학회, 2003. 6.
이 호, 「하이데거로 정지용의 '고향' 읽기」, 『월간문학』 40권 4호 통권458호, 한국문인협회 월간문학사, 2007. 4.
이희경, 「1930년대 모더니즘시에 나타난 바다 이미지 연구 - 정지용 김기림 시를 중심으로」, 아주대 교육대학원 석사학위 논문, 1999.
이희준, 「정지용 시의 고향의식 분석」, 중부대 인문사회과학대학원 석사학위 논문, 2000.
이희춘, 「우수와 초월의 시학 - 정지용론」, 『계명어문학』 5집, 계명대 계명어문학회, 1990.
이희환, 「젊은 날 정지용의 종교적 발자취」, 『문학사상』, 문학사상사, 1998. 12.
임상석, 「정지용 후기 시의 시적 상황 : 「호랑나비」·「예장」·「곡마단」 등을 중심으로」, 『우리문학연구』 15집, 우리문학회, 2002. 12.
임성규, 「문학 텍스트의 주체적 해석 수행을 위한 일고찰 : 정지용의 「유선애상」을 중심으로」, 『문학과 언어』 30집, 문학과언어학회, 2008. 5.
임세훈, 「정지용 시 연구 - 초기시를 중심으로」, 한양대 교육대학원 석사학위 논문, 2001.
임영천, 「시인 정지용의 전기적 의문점에 관한 고찰」, 『인문과학연구』 12집, 조선대 인문과학연구소, 1990.

임영천, 「카톨릭 신앙시의 명편 - 정지용의 종교시편」, 『기독교교육』 263호, 대한기독교교육협회, 1990.
______, 「정지용의 신앙시와 전기적 의문점」, 『기독교사상』 377호, 대한기독교서회, 1990. 5.
임용숙, 「정지용과 백기행의 시의식 비교연구」, 청주대 교육대학원 석사학위논문, 2003. 8.
임윤희, 「정지용 · 윤동주의 '동심'과 '환상성'에 관한 연구 : 아동문학의 서정장르를 중심으로」, 동국대 대학원 석사학위 논문, 2011. 8.
임은희, 「정지용 시의 공간의식 연구」, 숙명여대 교육대학원 석사학위 논문, 1997.
임점식, 「정지용 시 연구 - 운율에 관하여」, 국민대 교육대학원 석사학위 논문, 1994.
임헌영, 「정지용 친일론의 허와 실 - 시 '이토'와 친일문학의 규정문제」, 『문학사상』, 문학사상사, 2001. 8.
임홍빈, 「정지용 시 '유선애상'의 소재와 해석」, 『(서울대학교)인문론총』 53집, 서울대학교인문학연구원, 2005. 6.
임　화, 「담천하(曇天下)의 시단일년」, 『신동아』, 동아일보사, 1935. 12.
임희태, 「정지용 시 연구」, 충북대 교육대학원 석사학위 논문, 1996.
장도준, 「새로운 언어와 공간 - 정지용의 1925-30년 무렵 시의 연구」, 『연세어문학』, 연세대 국어국문학과, 1988. 12.
______, 「정지용 시 연구」, 연세대 대학원 박사학위 논문, 1989.
______, 「정지용시의 음악성과 회화성」, 『국문학연구』 47집, 효성여대 대학원 국어국문학연구실, 1990.
______, 「정지용 시의 표현 특징」, 『국문학연구』 14집, 효성여대 대학원 국어국문학연구실, 1991.
______, 『정지용의 시세계』, 태학사, 1994.
장석원, 「정지용 시의 리듬」, 『한국시학연구』 21호, 한국시학회, 2008. 4.
장승화, 「한국 모더니즘 시의 기본 패턴 시론 - 특히 김기림 정지용 김광균 박인환을 중심으로」, 『국어국문학논문집』 5집, 동아대 국어국문학과, 1982.

장영우, 「정지용과 '구인회' : 『시와 소설』의 의의와 '유선애상'의 재해석」, 『한국문학연구』 39집, 동국대학교 문화학술원 한국문학연구소, 2010.
장옥희, 「정지용 시 연구 - 이미지 유형을 중심으로」, 한국외국어대 교육대학원 석사학위 논문, 1994.
장화원, 「정지용 시의 전통지향성 연구 - 동요 민요풍시를 중심으로」, 부산대 교육대학원 석사학위 논문, 1997.
전병호, 「정지용 동시 연구 - 특히 상실의식을 중심으로」, 중앙대 교육대학원 석사학위 논문, 1993.
전지영, 「정지용 시와 조지훈 시에 나타난 상호텍스트성과 문학 교육적 가치 연구」, 고려대 교육대학원 석사학위 논문, 2013. 2.
정구향, 「정지용의 초기시에 나타난 '고향'의 의미 연구」, 『건국대대학원논문집』 30호, 건국대 대학원, 1990. 8.
정규화, 「정지용 시 연구」, 인하대 대학원 석사학위 논문, 1985.
정끝별, 「정지용 시의 상상력 연구 - 시간과 공간을 중심으로」, 이화여대 대학원 석사학위 논문, 1989. 12.
정노풍, 「시단회상 - 새해에 잊히지 않는 동무들 - 정지용군」, 『동아일보』, 1930.1.16-18.
정대영, 「정지용 시에 나타난 고향의식 연구」, 동아대 대학원 석사학위 논문, 1983.
정미경, 「정지용 윤동주의 동시 비교 연구」, 중앙대 교육대학원 석사학위 논문, 2001.
정 민, 「한시와 현대시 4제」, 『현대시학』, 현대시학사, 2002. 4.
정상균, 「정지용 시 연구」, 『천봉이능우박사 칠순기념논총』, 천봉이능우박사 칠순기념논총 간행위원회, 1990. 2.
정선영, 「정지용의 시 연구 - 허정무위를 중심으로」, 서강대 교육대학원 석사학위 논문, 1999.
정수자, 「한국 현대시의 고전적 미의식 연구 : 정지용·조지훈·박목월의 산시를 중심으로」, 아주대 대학원 박사학위 논문, 2005. 2.
정순진, 「가톨릭 체험의 시화 - 정지용의 경우」, 『대전어문학』 16집, 대전대 국어국문학회, 1999.
정승운, 「일본인의 감성과 애니미즘 : 일제강점기 정지용 시를 중심으로」, 『호남문화연구』 45집, 전남대학교 호남학연구원, 2009. 9.
정옥주, 「『정지용 시집』의 문체적 특성 연구」, 연세대 교육대학원 석사학위 논문, 2006. 2.
정용문, 「정지용 시의 연구 - 자연 수용을 중심으로」, 제주대 대학원 석사학위 논문, 1995.
정용호, 「정지용 시에 나타난 언어의 특성 연구 : '눌어'와 '침묵'의 관련 양상을 중심으로」, 울산대 대학원 석사학위 논문, 2012. 2.
정우택, 「현해탄의 청춘공화국 : 『정지용시집』(1935)을 중심으로」, 『민족문학사연구』 44호, 민족문학사학회 민족문학사연구소, 2010. 12.
정인상, 「정지용 시인의 가톨릭 신앙관과 구원관」, 『누리와 말씀』 19호, 인천가톨릭대학교, 2006. 6.
정의홍, 「정지용시의 문학적 특성 연구」, 동국대 대학원 석사학위 논문, 1982.
______, 「정지용시 연구에 대한 재평가」, 『대전대학논문집』 4집, 대전대학, 1985.
______, 「정지용 시 평가의 문제점」, 『시문학』 197 · 198호, 시문학사, 1987. 12-1988. 1.
______, 「정지용시의 동양적 자연관」, 『대전어문학』 5집, 대전대 국어국문학회, 1988.
______, 「정지용론」, 『현대시』, 한국문연, 1990. 3.
______, 「정지용 시의 연구」, 동국대 대학원 박사학위 논문, 1992.
______, 「정지용 시에 나타난 정신외상 - 심리주의 비평적 방법론의 시도」, 『인문과학논문집』 20집, 대전대 인문과학연구소, 1994.
______, 『정지용의 시 연구』, 형설출판사, 1995.
정재욱, 「정지용 시 연구」, 경성대 교육대학원 석사학위 논문, 2001.
정정덕, 「'정지용의 졸업논문' 번역」, 『우리문학과 언어의 재조명』, 한양대 국문학과, 1996. 7.
정조민, 「정지용 시 연구」, 원광대 교육대학원 석사학위 논문, 2005. 2.

정종수, 「정지용의 동양적 시정신에 관한 연구」, 제주대 대학원 석사학위 논문, 1989.
정종진, 「정지용 시론의 고전시학적 해석」, 『인문과학논집』 14집, 청주대 인문과학연구소, 1995.
______, 「정지용과 조지훈 시론의 비교연구」, 『인문과학논집』 18집, 청주대 인문과학연구소, 1998. 2.
______, 「정지용의 시에 표현된 동심과 경(敬)사상에 대한 연구」, 『새국어교육』 83호, 한국국어교육학회, 2009. 12.
정진아, 「정지용 시 연구」, 숙명여대 교육대학원 석사학위 논문, 1991.
______, 「정지용 시 연구」, 『강남어문』 7집, 강남대 국어국문학과, 1992.
정 철, 「정지용 시의 이미지 연구」, 목포대 교육대학원 석사학위 논문, 2005. 2.
정태선, 「정지용의 시 연구」, 서강대 대학원 석사학위 논문, 1981.
정효구, 「정지용 시의 이미지즘과 그 한계」, 『모더니즘 연구』, 자유세계, 1993.
______, 「정지용의 시 '鄕愁'와 '陰'의 상상력」, 『한국시학연구』 19호, 한국시학회, 2007. 8.
조강석, 「정지용 초기시에 나타난 근대의 '감성적(ästhetisch)' 전유 양상 고찰」, 『상허학보』 29집, 상허학회, 2010. 6.
조남익, 「시의 언어와 법열(法悅) - 정지용편」, 『시문학』 307호, 시문학사, 1997. 2.
조병춘, 「한국 모더니즘의 시론」, 『태능어문』 1집, 서울여대 국어국문학회, 1981.
______, 「모더니즘 시의 기수들」, 『태능어문』 4집, 서울여대 국어국문학회, 1987.
조성문, 「정지용 시의 음운론적 특성 분석」, 『동북아문화연구』 22집, 동북아시아문학학회, 2010. 3.
조연현, 「수공업 예술의 말로 - 정지용씨의 운명」, 『평화일보』, 선문사, 1947. 8. 20-21.
______, 「산문 정신의 모독 - 정지용씨의 산문문학관에 대하여」, 『예술조선』,

1948. 9.
조연희, 「지용시에 나타난 전통적 양상 - 자연과 죽음과 사랑을 중심으로」, 『어문교육논집』 2집, 부산대, 1977.
조영복, 「정지용의 〈유선애상〉에 나타난 꿈과 환상의 도취」, 『한국현대문학연구』 20집, 한국현대문학회, 2006. 12.
______, 「한국 근대시의 형성과 근대 문화 예술의 관계 : 정지용 시와 조택원 춤의 관계를 중심으로」, 『한국시학연구』 18호, 한국시학회, 2007. 4.
______, 「정지용의 '파라솔/明眸' 연구 : 畵文으로서의 원본성 및 화문의 양식적 성격과 관련하여」, 『한국현대문학연구』 36집, 한국현대문학회, 2012. 4.
조영식, 「정지용 시의 교육 방법 연구 : 브레인스토밍과 마인드맵을 중심으로」, 전남대 교육대학원 석사학위 논문, 2007. 2.
조영일, 「정지용 시의 카톨리시즘」, 관동대 교육대학원 석사학위 논문, 1990.
조완호, 「지용 시의 변모 양상 연구」, 『국어교육』 87·88집, 국어교육학회, 1995.
조의홍, 「1930년대의 한국 산문시 연구」, 『동아어문논집』 2집, 동아대 동아어문학회, 1992.
조정림, 「정지용 시 연구」, 호남대 대학원 석사학위 논문, 1996.
조제웅, 「정지용 시의 여성상 연구」, 『한민족어문학』 56호, 한민족어문학회 2010. 6.
조지훈, 「현대시의 반성」, 『사상계』 107호, 사상계사, 1962. 5.
조창환, 「현대시 자료의 검증과 해석」, 『한국시학연구』 5호, 한국시학회, 2001.
조항범, 「정지용의 '향수'에 쓰인 몇 가지 시어의 의미에 대하여」, 『한국시학연구』 20호, 한국시학회, 2007. 12.
조행순, 「정지용 시의 내면의식 연구」, 한림대 대학원 석사학위 논문, 1995.
조혜진, 「감각의 발명으로서의 근대 : 정지용 시의 창작방법론 연구」, 『돈암어문학』 22호, 돈암어문학회, 2009. 12.
주경희, 「시의 이미지 교육 방법연구 : 정지용 시를 중심으로」, 동국대 교육대학원 석사학위 논문, 2008. 8.

주은일, 「정지용 시의 변모양상 고찰」, 조선대 교육대학원 석사학위 논문, 1994.
지선영, 「정지용 시의 감각과 시적 변용」, 이화여대 대학원 석사학위 논문, 1986.
지의선, 「정지용 시 연구 - 『정지용시집』을 중심으로」, 강원대 교육대학원 석사학위 논문, 1999.
진기영, 「정지용 시 연구」, 국민대 교육대학원 석사학위 논문, 2009. 2.
진선화, 「정지용의 시의식 변모과정」, 충북대 교육대학원 석사학위 논문, 2005. 2.
진수미, 「정지용 시의 은유 연구」, 서울시립대 대학원 석사학위 논문, 1994. 12.
______, 「정지용 시의 회화지향성 연구」, 『비교문학』 41집, 한국비교문학회, 2007. 2.
진수웅, 「정지용 시 연구 - 특히 그의 동시와 관련하여」, 단국대 교육대학원 석사학위 논문, 1983.
진순애, 「한국현대시의 모더니티 연구」, 성균관대 대학원 박사학위 논문, 1997.
______, 『한국현대시와 모더니티』, 태학사, 1999.
진창영, 「시문학파의 문학적 성향 고찰」, 『국어국문학논문집』 13집, 동아대 국어국문학과, 1994.
차용태, 「정지용 시의 이미지 고찰」, 조선대 대학원 석사학위 논문, 1991.
차원주, 「정지용의 시에 나타나는 '무심'의 미의식연구」, 울산대 교육대학원 석사학위 논문, 2011. 8.
채상우, 「혼돈과 환멸 그리고 적요 : 김기림과 이상, 정지용 읽기의 한 맥락」, 『한국문학평론』 7권 2호 통권 제25호, 국학자료원, 2003. 9.
채수영, 「동일성 이미지과 시적 교감」, 『비평문학』 5집, 한국비평문학회, 1991.
채유미, 「정지용 시의 교수 · 학습 방법 연구 : 이미지와 주제의 상관성을 중심으로」, 성신여대 교육대학원 석사학위 논문, 2006. 2.
천창우, 「정지용 시의 공간의식 변모 과정 연구」, 순천대 대학원 석사학위 논문, 2012. 2.
최경숙, 「정지용시의 전통지향성 연구」, 건국대 대학원 박사학위 논문, 2009. 8.
최광임, 「정지용 시의 공간의식 연구」, 대전대 대학원 석사학위 논문, 2006. 2.
최기정, 「정지용 시 연구 - 시집 『백록담』을 중심으로」, 가톨릭대 대학원 석사학위 논문, 1996.
최동호, 『현대시의 정신사』, 열음사, 1985.
_____, 「정지용의 산수시와 은일의 정신」, 『민족문화연구』 19집, 고려대 민족문화연구소, 1986. 1.
_____, 「산수시와 은일의 정신」, 『불확정시대의 문학』, 문학과지성사, 1987.
_____, 『하나의 도에 이르는 시학』, 고려대학교출판부, 1997.
_____, 「동아시아 자연시와 동서의 교차점 - 비분리의 시학을 위하여」, 『인문과학연구』 20집, 성신여대 인문과학연구소, 2000.
_____, 「정지용의 '금강산' 시편에 대하여」, 『동서문학』 32권 4호 통권 247호, 동서문학사, 2002. 12.
_____, 「정지용의 산수시와 성정의 시학」, 김종태 편, 『정지용 이해』, 태학사, 2002.
_____, 「정지용 시어의 다양성과 통계적 특성 : 적확한 감정 표현 위해 모국어를 갈고 닦은 정지용의 성취 확인」, 『문학사상』 32권 5호 통권 367호, 문학사상사, 2003. 5.
_____, 「정지용의 시세계와 문학사적 의미」, 『문학마당』 5권 2호 통권 15호, 문학마당, 2006. 6.
_____, 「정지용의 번역 작품과 고전주의적 감수성」, 『서정시학』 19권 4호 통권44호, 서정시학, 2009. 12.
_____, 「정지용의 타고르 시집 『기탄자리』 번역 시편 : 1923년 1월 발간된 『휘문』 창간호를 중심으로」, 『한국학연구』 39집, 고려대학교 한국학연구소, 2011. 12.
_____, 「시문학파의 문학사적 의미망과 정지용」, 『한국시학연구』 34호, 한국시학회, 2012. 8.

최동호, 『정지용 시와 비평의 고고학』, 서정시학, 2013.
최두석, 「정지용의 시 세계 - 유리창 이미지를 중심으로」, 『창작과비평』, 창작과비평사, 1988. 여름.
최병준, 「한국적 모더니즘 비평문학론」, 강남대, 『강남대논문집』 19집, 1989.
최 상, 「한국 현대시에 투영된 유년기 체험의 시적 특질에 관한 연구 - 윤동주 정지용 백석을 중심으로」, 원광대 대학원 석사학위 논문, 1996.
최석화, 「정지용의 후기 산문시에 나타나는 죽음의 의미 : 정지용의 '도굴', '호랑나븨', '예장'을 중심으로」, 『어문논집』 49집, 중국어문학회, 2012. 3.
최승옥, 「정지용 시 연구 - 시어에 나타난 '바다'의 이미지를 중심으로」, 『우암논총』, 11집, 청주대 대학원, 1994.
최승호, 「1930년대 후반기 시의 전통지향적 미의식 연구 - 문장파 자연시를 중심으로」, 서울대 대학원 박사학위 논문, 1994.
_____, 『한국현대시와 동양적 생명사상』, 다운샘, 1995.
_____, 「정지용 자연시의 정(情)·경(景)에 대한 고찰」, 『한국현대문학』 4집, 모음사, 1995.
_____, 「정지용 자연시의 은유적 상상력」, 『한국시학연구』 1호, 한국시학회, 1998. 11.
최윤정, 「근대의 타자담론으로서의 정지용 시」, 『한국문학이론과 비평』 15권 1호 50집, 한국문학이론과 비평학회, 2011. 3.
최은숙, 「정지용 후기시 연구 : 여백의 시적 효과를 중심으로」, 고려대 대학원 석사학위 논문, 2006. 8.
최정례, 「정지용과 백석이 수용한 전통의 언어 : 시어 선택과 시적 태도를 중심으로 」, 『어문논집』 48집, 민족어문학회, 2003. 10.
최정숙, 「정지용의 문학과 월북의 의미」, 『통일』 111호, 민족통일중앙협의회, 1990. 12.
최종금, 「정지용 시의 전통수용론」, 임문혁 외, 『한국현대문학과 전통』, 신원문화사, 1993.
_____, 「일제하 한국 현대시에 나타난 고향의식」, 『한국어문교육』 9집, 한

국교원대 국어교육과, 2000.
최지현, 「정지용 시의 은유 구조 : 물 이미지의 형성과 상호텍스트적 영향 관계를 중심으로」, 『호서문화논총』 15, 서원대학교 호서문화연구소, 2001. 2.
최창록, 「한국 시문체의 전통적 요소와 현대적 요소 - 소월과 지용을 통해 본」, 경북대 대학원 석사학위 논문, 1962.
최치원, 「정지용 시의 은유 구조 - 물 이미지의 형성과 상호텍스트적 영향 관계를 중심으로」, 『호서문화논총』 15집, 서원대 호서문화연구소, 2001.
최학출, 「정지용의 시와 시적 주체의 욕망에 대한 연구」, 『울산어문논집』 12집, 울산대 국어국문학과, 1997.
______, 「정지용의 초기 자유시 형태와 형식적 가능성에 대하여」, 『울산어문논집』 15집, 울산대 국어국문학과, 2001.
최혜경, 「정지용의 시 '춘설'에 나타난 도가적 자연주의와 춤 이미지 재해석」, 세종대 공연예술대학원 석사학위 논문, 2010. 8.
하은진, 「정지용 시 연구 : 부재의식과 치유 양상을 중심으로」, 공주대 교육대학원 석사학위 논문, 2011. 2.
하재연, 「일본 유학 시기 정지용 시의 특성과 창작의 방향」, 『비교한국학』 15권 제1호, 국제비교한국학회, 2007. 6.
한상선, 「정지용 시 연구」, 인하대 교육대학원 석사학위 논문, 1993.
한애숙, 「정지용 동시 연구」, 한국교원대 교육대학원 석사학위 논문, 2004. 2.
한영실, 「정지용 시 연구 - 시집 '백록담'을 중심으로」, 연세대 석사학위 논문, 1988. 2.
한영옥, 「정지용 시의 현상학적 연구」, 『문학한글』 10집, 한국학회, 1996.
______, 「산정으로 오른 정신 - 정지용의 시」, 『한국현대시의 의식탐구』, 새미, 1999.
한은주, 「정지용 시 연구 - 신앙시를 중심으로」, 인하대 교육대학원 석사학위 논문, 2006. 2.
한종수, 「정지용 시 연구」, 전북대 대학원 석사학위 논문, 1989.

한홍자, 「정지용 시 연구」, 성신여대 대학원 석사학위 논문, 1995.
함동선 · 조완호, 「정지용의 시에 나타난 도가정신에 관한 연구 - 시집 『백록담』에서 고전지향적인 성격을 띤 작품을 중심으로」, 『중앙대창론』 13집, 1994.
허갑순, 「정지용 시 연구」, 호남대 대학원 석사학위 논문, 2005. 2.
허소나, 「석정시의 성립 배경 연구 4 - '시문학' 지용과의 관계를 중심으로」, 『한국언어문학』 34집, 한국언어문학회, 1995.
허　윤, 「정지용 시와 가톨릭문학론의 관련 양상 연구」, 서울대학 대학원 석사학위 논문, 2012. 8.
허윤회, 「정지용과 번역」, 『민족문학사연구』 28호, 민족문학사학회 민족문학사연구소, 2005. 8.
허치범, 「정지용과 김기림의 '바다' 시 비교 연구」, 청주대 교육대학원 석사학위 논문, 2007. 8.
호테이 토시히로, 「정지용과 동인지 『가(街)』에 대하여 - 새 자료의 소개를 중심으로」, 『관악어문연구』 21집, 서울대 국어국문학과, 1996.
홍기원, 「정지용 시 연구」, 홍익대 교육대학원 석사학위 논문, 2004. 8.
홍신선, 「방언사용을 통해서 본 경기 충청권 정서 - 지용 만해 노작의 시를 중심으로」, 『현대시학』 321호, 현대시학사, 1995. 12.
______, 「한국시의 향토정서에 대하여 - 노작 만해 지용의 시를 중심으로」, 『기전어문학』 10 · 11집, 수원대 국어국문학회, 1996.
______, 「상생의 보살핌과 동심 - 정지용의 동시」, 『현대시학』, 현대시학사, 2001. 5.
홍은하, 「정지용 시 연구: 고향의식을 중심으로」, 한국외국어대 교육대학원 석사학위 논문, 2003. 8.
홍정선, 「정지용과 한용운」, 『황해문화』 27집, 새얼문화재단, 2000.
홍정운, 「소외된 자아의 공간 - 정지용의 시세계」, 『월간문학』 232호, 월간문학사, 1988. 6.
홍효민, 「정지용론」, 『문화창조』, 1947. 3.
황규수, 「정지용 시 연구 - 공간 시간의식을 중심으로」, 인하대 대학원 박사학위 논문, 2002.

황병석, 「시의 형식론적 접근 : 정지용의 시 '향수'를 중심으로」, 연세대 교육대학원 석사학위 논문, 2003. 2.
황성규, 「정지용 시의 낭만성 연구 : 『정지용시집』을 중심으로」, 한양대 대학원 석사학위 논문, 2010. 2.
황성윤, 「정지용 시의 이미지 연구」, 명지대 교육대학원 석사학위 논문, 1997.
황종연, 「정지용의 산문과 전통에의 지향」, 『한국문학연구』 10집, 동국대 한국문학연구소, 1987. 9.
황현산, 「정지용의 '향수'에 붙이는 사족」, 『현대시학』, 현대시학사, 1999. 11.
______, 「이 시를 어떻게 읽을 것인가13 - 정지용의 '누뤼'와 '연미복의 신사'」, 『현대시학』, 현대시학사, 2000. 4.

* 이상 연구문헌 목록은 『한국 현대시의 아버지 정지용 - 문학포럼』 (옥천군 · 옥천문화원 · 지용회, 2014.)과 송기한 교수의 『정지용과 그의 세계』 (도서출판 박문사, 2014.)에서 정리한 것을 바탕으로 최근의 자료를 추구하였음.

찾아보기

[ㅁ]

[ㅂ]

[ㅅ]

[ㅇ]

[ㅈ]

[ㅊ]

[ㅋ]

[ㅌ]

[ㅍ]

[ㅎ]